涌幢小品

[明] 朱国祯 撰　王根林 校点

上

图书在版编目(CIP)数据

涌幢小品/(明)朱国祯撰;王根林校点. —上海:
上海古籍出版社,2012.12(2023.8重印)
(历代笔记小说大观)
ISBN 978-7-5325-6317-3

Ⅰ.①涌… Ⅱ.①朱…②王… Ⅲ.①笔记小说-小说集-中国-明代 Ⅳ.①I242.1

中国版本图书馆 CIP 数据核字(2012)第 045008 号

历代笔记小说大观

涌幢小品

(全二册)

[明]朱国祯 撰

王根林 校点

上海古籍出版社出版发行

(上海市闵行区号景路 159 弄 1-5 号 A 座 5F 邮政编码 201101)

(1) 网址:www.guji.com.cn
(2) E-mail:guji1@guji.com.cn
(3) 易文网网址:www.ewen.co

常熟文化印刷有限公司印刷

开本 635×965 1/16 印张 43.5 插页 4 字数 572,000
2012 年 12 月第 1 版 2023 年 8 月第 2 次印刷
印数:2,101—3,200
ISBN 978-7-5325-6317-3
I·2471 定价:98.00 元
如有质量问题,请与承印公司联系

校 点 说 明

《涌幢小品》三十二卷,明朱国祯(祯一作桢)撰。国祯(？—1632),字文宁,号平涵,乌程(今浙江吴兴)人,明末政治家。万历十七年(1589)进士,官祭酒,后谢病归。天启三年,拜礼部尚书、文渊阁大学士,遂为首辅。为官正直,反对阉党魏忠贤把持朝政,魏视其为"邪人"(见《明史》本传),最后还是被魏党羽李藩参劾,只好引疾求去,于崇祯五年卒于家。为政期间,力主减轻农民负担,曾提出均田便民主张,得到广大贫苦农民的拥护,却引起豪族劣绅的强烈反对,以致豪绅率近千仆从欲焚烧国祯房屋,国祯亦以此得罪。

据作者自序,他原想把本书写成洪迈《容斋随笔》一类的学术笔记,但写下去却发现达不到这个要求,遂定名为《涌幢小品》。他在《涌幢说》一文中说,他构木为亭,上有六角,如石幢然,可随意卷舒,择地安置,仿佛从地中涌出一样,便将在此亭中写作的笔记命名为《涌幢小品》。

朱国祯对明代历史十分熟悉,撰有《皇明史概》一百二十卷。他虽非史官,但以内阁首辅的身份,可以看到许多皇家档案史料。因而本书所记,不但内容丰富,而且翔实可靠。通观本书,举凡当时的政治、经济、军事、外交、文化诸领域,都广为涉及,蔚为大观。若加细分,如朝典制度、职官兴替、典狱诉讼、科举学校、户籍人口、少数民族、盐铁钱粮、农民起义、自然灾害、宗教问题、邻国外交、抗倭战事、典籍沿革、诗文评述,乃至山川胜迹、花鸟鱼虫、动植矿物等,门类众多，无所不包。其中有些记录，言之确凿，具体生动。如卷二十七记嘉靖三十四年山西、河南、山陕同日大地震，为害剧烈，悲惨万状，死亡之数，仅奏报有名者，即达八十三万多人。又如卷三十记嘉靖年间胡宗宪平定入寇江南的倭寇，篇幅集中，条理清晰。凡此，皆可补正史之不足，具有很高的史料研究价值。当然，书中也记载了一些妖鬼怪异、因果报应的传说，要之，亦可据以了解当时的社会思潮、民间风气。《四库全书总目》在肯定该书"在明季说部之中，犹为质实"的同时，又疵其"贪多务得，使芜秽汩没其菁华"。其实，内容赡备，包罗宏富，正是本书的一大特点。

现今可见本书的版本有两种。一是收入民国进步书局《笔记小说大观》的明刻本；一是复旦大学图书馆藏明天启二年刻本。二本虽皆明末刻本，但在文字上尚有一些差异。经对勘，天启二年本缺佚、错讹皆较另本为少。遂以天启二年本为底本，进行校点。改动之处，不出校记。

目　　录

涌幢小品自叙 / 1
涌幢说 / 1

卷之一

太白神 / 1
洪武昌 / 1
心事记 / 2
渡江生子 / 3
御札 / 3
升赦忠裔 / 4
象鼻岩 / 4
揣隐微 / 5
好杀必杀 / 5
建文军令 / 7
朱衣人 / 8
械僧报效 / 8
挞房征应 / 9
宫妃 / 10
祀庙石函 / 10
武皇圣明 / 11
继统祥瑞 / 11
庙池浮物 / 12

五色云 / 1
明兴偈谶 / 2
梦异人 / 2
沐公生本 / 3
照世杯 / 4
视朝赐食 / 4
用谏掷书 / 5
小山泉 / 5
不经之语 / 6
凯旋之盛 / 7
召治水 / 8
功德寺 / 8
奉侍房中 / 9
山陵彩云 / 10
御膳进素 / 10
王女儿 / 11
黄衣陛辞 / 12
时玉 / 12

芝草 / 12
祥云 / 13
驸马封侯 / 13
讹言惊走 / 14
对上雅语 / 15
购香 / 15
戎服出郊 / 16
御笔题诗 / 16
御号 / 17
献俘 / 18
出阁 / 18

卷之二
庙号 / 21
年号 / 21
讲读 / 22
经筵忌辰 / 25
讲官互易 / 26
请教讲官 / 27
大诰 / 28
大明会典 / 28
承天大志 / 30
两渊 / 30
大狱 / 31
南院书籍 / 32
内库银钱 / 33
司牲所 / 33
免税 / 35
白粮 / 35
果品 / 36
开矿 / 37

桃降 / 13
西苑农坛 / 13
中宫废立 / 14
康懿被召 / 15
海榴罂 / 15
买珠 / 16
大阅 / 16
御笔改字 / 17
药王庙 / 17
东宫门卫 / 18
圣谕 / 19

国号 / 21
侍朝 / 21
经筵词二十首 / 22
讲书职分 / 26
不避讳 / 26
实录 / 27
永乐大典 / 28
典礼 / 29
大礼 / 30
善逐好 / 31
秘书 / 31
图书之厄 / 33
桐漆园 / 33
钞税 / 34
盐政 / 35
马价 / 36
籴贩 / 37
和市 / 37

农蚕 / 37
儳母传《吴鲍庵集》/ 39
蚕报 / 39
续传 / 40

卷之三

国宝 / 43
旧玺 / 45
武定敕 / 46
批敕尾 / 46
内外制 / 47
颁印 / 47
古印 / 49
请封 / 49
王官封典 / 50
优恤 / 50
登闻监鼓 / 53
攻上官 / 53
参属官 / 54
詈人不憾 / 54
文官嫉媢 / 55
王谢 / 56
解怨为德 / 56
忘怨释罪 / 57
善谑 / 58
师弟子礼 / 59
通家 / 59
死不忘友 / 60
旧寮执礼 / 60
子畏知己 / 61
公瑕设像 / 61

红黄玉 / 44
诰敕 / 45
赐札 / 46
焚敕 / 47
别撰敕书 / 47
矫刻将印 / 48
存问 / 49
移封 / 50
谕祭 / 50
谥 / 51
奏疏 / 53
攻大臣 / 54
发私书 / 54
报恩不受 / 55
韩裴 / 55
吕霍意见 / 56
忘怨感德 / 57
仇怨相遇 / 57
奉师友 / 59
门生天子 / 59
巢谷袁炎 / 60
鹄粮 / 60
子畏真心 / 61
子与好客 / 61
扮虎 / 62

卷之四

都城 / 63

都墙 / 63

罗城分工 / 63
南内 / 66
演象所 / 66
瑞木 / 68
香木 / 69
府县城池 / 70
权奇筑城 / 71
堂 / 72
弈 / 74
钟鼎 / 75
人皮鼓 / 77
铜拳 / 78
铁器 / 79
僧取沉牛 / 80
铁棺 / 81
挈棺 / 81

宫殿 / 64
梳妆台 / 66
神木 / 67
圣木 / 69
运木 / 69
城门 / 70
楼阁台 / 71
衙宇房屋 / 73
琴 / 74
铜鼓 / 76
古铜镜 / 77
铁炉 / 78
陕州铁人 / 80
铁镬釜 / 80
攒棺奇绘 / 81

卷之五

巡狩 / 82
巡幸关系 / 83
皇太后父母 / 84
册封 / 86
亲王之冤 / 86
楚宗行刑 / 88
宗人入学 / 90
宗人攘夺 / 90
娄妃 / 91
凶人一律 / 92
历代宗室 / 94
郑秀才 / 95

拦驾 / 82
母后奉迎 / 83
王府 / 85
送亲王 / 86
郡王之冤 / 87
宗案 / 88
郡主侍养 / 90
二庶人 / 91
二王孙 / 91
叛宗 / 92
叶分教 / 94
宗禁 / 97

卷之六

祖陵 / 98　　朱巷 / 98
陵像 / 99　　陵户 / 99
九陵 / 99　　陵祭 / 99
寿陵 / 101　　把滑 / 101
少昊陵 / 102　　尧陵 / 102
古陵庙 / 103　　拜陵 / 104
伐墓柏 / 104　　舅家移茔 / 104
土窑 / 105　　彭祖举柩 / 105
古墓 / 105　　谯周墓 / 106
骆宾王冢祀 / 106　　墓记铭 / 107
太保墓石 / 107　　掩墓 / 108
圹对 / 108　　耻志文 / 108
筑墓除妖 / 109　　祭墓 / 109
墓旁神鼎 / 109　　墓盗 / 110
冥婚 / 110　　寿椁 / 110
墓之凶吉 / 110　　不会葬 / 111
方相 / 111　　羡道刊志 / 111
志墓无愧 / 111　　溢美 / 111
大范志铭 / 112　　楼启墓志 / 112
墩 / 112　　桥 / 112
建桥改堤 / 113　　大堤 / 114
堤利 / 114

卷之七

开科 / 116　　御制策问 / 116
试录 / 116　　试额 / 117
题石建坊 / 118　　策题 / 118
殿试改期 / 118　　请改试期 / 118
兵科瀛洲真像 / 119　　会场支费 / 119
会试搜检 / 119　　密探状元 / 120

元会 / 120
并赐袍带 / 120
御笔再改 / 121
易水生 / 121
二酉解元 / 122
京考 / 123
制科盛际 / 123
考试得人 / 124
进士回籍 / 125
辽阳试士 / 125
京尹黜卷 / 126
闽中鼎甲 / 127
拟题决文 / 128
覆试得释 / 129
代笔 / 130
嚼笔 / 131
各省监临 / 131
试院 / 132
武试 / 133
焚私书 / 133
宋制科 / 134
陈氏兄弟 / 134
进士书榜首 / 135

词谶 / 120
伦氏之盛 / 121
失中三元 / 121
父子解元 / 122
试官 / 122
回避 / 123
小座主 / 124
传胪之谬 / 125
忠愍名次 / 125
减补坊银 / 126
名先状元卷 / 127
闱中定命 / 128
传题 / 129
场后口语 / 130
断么绝六 / 130
常服入试 / 131
文武宴 / 132
恩贡 / 132
进士中制 / 133
王老陈少 / 134
冯京 / 134
蔡傅进士 / 135
雁塔 / 135

卷之八

召问命官 / 136
设官 / 136
增设知县 / 137
世荫不同 / 137
选法 / 140
本兵 / 141

官数 / 136
判府 / 137
停荫 / 137
大选诗《许松皋集》/ 138
尚书不轻授 / 141
大小九卿 / 141

南兵参赞 / 142
总督总兵 / 143
部属凌压 / 144
驸马教习 / 144
调官 / 145
监司上坐 / 146
盐运官 / 146
经历清廉 / 147
少仙 / 147
废旧规 / 148
门户 / 149
增年待劾 / 150
品服 / 150
参游佐击 / 151
皇亲封伯 / 151
衙门体统 / 152
随朝米 / 152
换职 / 153
启事 / 153

摄篆 / 142
门旗 / 144
官名 / 144
调吏部 / 145
藩臬久任 / 145
考选台谏 / 146
奖县佐 / 147
进阶 / 147
坐部考察 / 148
骤黜 / 148
两左伯 / 150
白岩知人 / 150
武臣品级 / 151
龙虎将军 / 151
土司衔 / 151
会议 / 152
选官图 / 153
谬姓 / 153
二大 / 154

卷之九

使相 / 155
真宗问相 / 156
文敏子弟 / 156
夏贵溪 / 157
大臣开边 / 159
阁臣相构 / 160
张太岳 / 161
被谤得白 / 163
亲戚门生免受牵累 / 164
世将 / 164

唐宰相 / 155
内阁 / 156
焦严终始 / 157
郎官不屈 / 159
华亭归田 / 159
中玄定论 / 160
训士 / 162
阁衔 / 163
阁臣勋臣 / 164
鄂蕲学道 / 165

韩都督应变 / 165
秋崖文武 / 165
梅林手疏 / 167
四少保 / 167
絷献千户 / 169
谕贼卜珓 / 170
吴刘心计 / 171
虎枕不杀 / 173
佐军兴 / 173
豕首 / 174

武而能文 / 165
俟命辞 秋厓听勘作 / 166
田水月 / 167
陈同甫谈兵 / 168
罗汤侠气 / 169
博鸡者 / 170
王葛仗义 / 172
巨贾居间 / 173
不喜神怪 / 174

卷之十

讲读学士免考 / 175
院中老柳 / 176
二大节 / 177
谈兵荐起 / 177
馆长 / 178
南翰林 / 179
大名 / 180
翰林前辈 / 181
己丑馆选 / 181
良法 / 189
言不可行 / 190
人心异 / 190

东宫官 / 176
瀛洲亭 / 176
希鬓中允 / 177
留馆职 / 178
改翰林 / 179
名帖 / 179
坊局严重 / 180
升转 / 181
妙语 / 189
好事难干 / 189
卷帘审视 / 190

卷之十一

韵均 / 191
邓刘相似 / 192
太学生分教 / 192
历事 / 193
秦屠出入 / 193
精鉴 / 194

雍政 / 191
丁祭演礼 / 192
好秀才 / 193
民生 / 193
沙汰罢官 / 194
天人 / 195

持旧制 / 195　　　　　　停告考 / 196
免追廪 / 196　　　　　　督学发策 / 196
亲行冠礼 / 196　　　　　重教职 / 197
不上名 / 197　　　　　　奏弹靖远 / 197
忤督学 / 198　　　　　　不负心 / 198
书香窝 / 199　　　　　　教职入台 / 199
执盖护行 / 200　　　　　御倭 / 200
材略 / 200　　　　　　　赠文 / 200
执正存厚 / 201　　　　　课士 / 201
天遣故人 / 202　　　　　直责主司 / 202
救难生子 / 202　　　　　肥香 / 203
辞贡 / 203　　　　　　　两欧阳 / 203
海征 / 204　　　　　　　奇中 / 204
胎色 / 205　　　　　　　浚泮池 / 205
世俗溺人 / 205　　　　　檄令修志 / 206
擒盗 / 206　　　　　　　三不宝 / 206
公庭诗思 / 207　　　　　天下第一 / 207
自称名 / 207　　　　　　批内官 / 208
罚水 / 208　　　　　　　代罚 / 209
发橐 / 209　　　　　　　袖金 / 209
禁入试 / 210　　　　　　实效 / 210
三司狱传《董见龙集》/ 211

卷之十二

兵制 / 213　　　　　　　京营 / 213
清军 / 214　　　　　　　家丁 / 214
民壮 / 214　　　　　　　土兵 / 215
调兵 / 215　　　　　　　背水阵 / 216
多多益善 / 217　　　　　词林谭兵 / 217
塘报 / 218　　　　　　　三军 / 218
士戏 / 218　　　　　　　败将弛法 / 218

射礼三不入 / 219
火器 / 220
步骑射 / 222
纸铠绵甲 / 222
廷杖 / 223
木丸塞口 / 223
伏气 / 224
刑人而笑 / 224
神断 / 225
年少编发 / 226
门客义男 / 227
雪冤解狱 / 228
同宗二狱 / 228
呜咽声 / 229
二主事得罪 / 229
寝大狱 / 230
雪白 / 231

兵器 / 219
阵法战法 / 221
僧慧开弓 / 222
甲胄密法 / 222
族刑 / 223
申文鬼杀 / 224
革鞭夹钱 / 224
鹦鹉堕地 / 225
增官寿 / 226
非法用刑 / 226
神示扼吭 / 227
冯小二 / 228
断朱英 / 229
支解不孝子 / 229
争田 / 230
鬼挠搏颡 / 231

卷之十三

埋羹撤茶 / 232
岁月正合 / 232
杖知府 / 233
操纵蜀府 / 234
清主事 / 234
却馈负税 / 235
习成节啬 / 235
三速六字 / 236
二于 / 236
杨太守 / 237
王公政教 / 239
妄捕弃官 / 240

中官祈哀 / 232
试诸生 / 233
掩金宝 / 233
都郎中 / 234
林公四知 / 234
骑士捧檄 / 235
止象凿山 / 236
投书 / 236
叱金忘名 / 237
神识 / 238
阳和俎豆 / 239
藩国两名臣 / 240

誓不留食 / 240
夫妇却金 / 241
补盗库 / 242
双槐 / 242
苦里正 / 243
鳏巢 / 243
增笔画 / 244
生祀 / 244
冢宰有愧 / 245
劝父隐居 / 245
归寿 / 246
藏贤书 / 246
老莱衣 / 247
拔发 / 247

麾兵抗席 / 241
立应军需 / 241
救覆舟 / 242
编差 / 242
编役连拜 / 243
请旗牌 / 243
名宦 / 244
蚤致仕 / 244
章童齐名 / 245
忍詈 / 246
安贫 / 246
知机挂冠 / 247
耻扫门 / 247
抗中珰 / 248

卷之十四
保全功臣 / 250
先主伐吴 / 250
三召平 / 251
两廉蔺 / 252
两施全 / 252
两龙光 / 253
两小友 / 253
两烧尾 / 253
两岘山 / 254
两天台 / 254
两富春 / 254
两水晶宫 / 255
两湖 / 255
两海运 / 256
两大界 / 257

亚父用壮 / 250
三谋臣 / 251
两颜子 / 252
两逍遥公 / 252
两王保保 / 253
两六如 / 253
两傲弟 / 253
两大索 / 254
两吴兴 / 254
两孤山 / 254
两太岳 / 255
两淞江 / 255
两尚书 / 255
两降夷 / 257
殷浩悟空 / 257

告反 / 258
萧颖士才识 / 258
定命 / 259
南使折虏 / 259
不学虱髯 / 260
渊圣之酷 / 261
钱俶 / 262
辟幕客 / 263
王苏 / 263
刺客同异 / 263
辞集乐 / 264
教官全城 / 265
五日受用 / 265
临安三学 / 266
乡官多口 / 266
揭帖 / 268
客问 / 270
驳宦户贴银一款 / 271
先兆 / 273

褚遂良被诬 / 258
钉座梨 / 258
取幽州 / 259
钦宗札 / 260
宋用李纲 / 260
大劫运 / 261
生他郡 / 262
简肃心事 / 263
上疏仰药 / 263
石大门 / 264
坤为金 / 264
学正抗敌 / 265
救善类 / 266
大盗藉口 / 266
均田 / 267
绪帖 / 269
条议自序 / 270
曾有庵赠文 / 272

卷之十五

天文 / 274
五星聚 / 274
王李二生 / 275
祈雨法 / 275
雪报 / 275
蜀雪 / 276
望气 / 277
月忌 / 278
九州不同 / 279
府州郡县异同 / 280

帝车 / 274
彗星 / 274
雷电 / 275
藏冰 / 275
雪篷 / 276
雪三色 / 276
节令 / 277
律灰 / 278
西南寒暑 / 279
地名支干 / 280

地名训义 / 281
渡泸 / 281
息壤 / 282
编户 / 283
新丰南迁 / 284
白路贯顶 / 284
幔井见月 / 284
泰州井 / 285
山池船 / 285
石潭 / 286
崇阳洪 / 286
周公庙泉 / 287
灵泉 / 287
咸水泉 / 288
石穴水 / 288
石名 / 290
磬石 / 290
石妇 / 291
醒酒石 / 291
太湖石 / 291
庙石 / 292
南宫旧物 / 293
石箭石鲸 / 293
石人赌钱 / 293
文石 / 294
端溪石 / 294
无字碑 / 295
韩文公碑 / 295
仆碑起立 / 296
勒石题名 / 296

五岭 / 281
朐忍 / 282
息壤辩 / 283
桴船 / 283
洞天 / 284
火井 / 284
圣井 / 285
井署井脉 / 285
虾池 / 286
峡岭山洞 / 286
石油 / 287
温泉 / 287
甘泉 / 288
第四泉 / 288
品水 / 288
奔石 / 290
津石 / 290
娥石 / 291
五丁石 / 291
怪石 / 292
田州石 / 292
石碣 / 293
石光射人 / 293
石青 / 294
献石 / 294
社义立石 / 295
癸巳碑 / 295
汾阴碑 / 295
仆碑生杏 / 296
禁立碑 / 296

诘龙浮碑 / 297
挖碑 / 297
供御桵 / 298
人舆 / 298
习套科禁 / 299
京师老媪 / 300

掷碑熄火 / 297
碑神 / 297
白绸帐 / 298
织锦札 / 299
告示 / 300
施钱 / 300

卷之十六

圣表 / 301
易主之始 / 302
厄台 / 302
游海 / 304
仙迹 / 304
配享孟子之始 / 305
夹室塑像 / 305
为学两端 / 306
得水解毒 / 307
学者归宿 / 307
王阳明先生 / 309
后渠评品 / 311
邪正 / 311
黄叔度二诬辨 徐应雷著 / 312
阁部争权 / 316

启圣祠 / 301
圣称圣裔 / 302
占鼎 / 304
翔鹤 / 304
曾孟 / 304
宫墙修礼 / 305
黜从祀 / 306
多目星 / 306
宜楸神 / 307
陈白沙先生 / 308
庄定山先生 / 310
荐贤 / 311
李卓吾 / 312
权臣受枉 / 316

卷之十七

罗先生 / 317
吴先生 / 319
许敬庵先生 / 321
李临川沈继山二先生 / 323
先辈 / 325
断维 / 326
修民敬 / 327

唐先生 / 318
沈镜宇先生 / 320
钱澹庵先生 / 322
丁石台吴平山二先生 / 325
彭泽舣舟记 / 326
槎捧 / 326
往役 / 327

笃行 / 328
辞钱 / 329
不食官米 / 330
真我 / 330
占地 / 331
陈湖道士 / 331
忤子心动 / 332
偿金 / 333
致寓物 / 333
与伞 / 334
酱杨 / 335
清计簿 / 336
山游 / 336
酒禁 / 337
醉龙虎 / 338
醉后诗文 / 338
新挂教范 / 339
酒趣 / 339
八崖 / 340
浃洽 / 340
贵人持斋 / 341

卷之十八

精经史 / 342
啖助解义 / 342
班史 / 343
宋史 / 344
史难信 / 344
袭影 / 345
训注 / 345
通典有本 / 346

高行 / 329
引发 / 329
酌水 / 330
儒宗可儿 / 331
散家财 / 331
道化恶人 / 332
竹轩 / 332
全税金 / 333
免祸 / 334
报谢 / 334
步皇城 / 335
处士 / 336
截头尾 / 337
头脑酒 / 337
清欢 / 338
趣击贼 / 338
绘图私谥 / 339
大嚎 / 340
酒喻 / 340
饮会 / 341
心口 / 341

士夫守礼 / 342
史名 / 343
唐史记 / 343
不列监修官 / 344
信大节 / 345
儒禅演语 / 345
字法 / 345
撰记 / 346

文选 / 346
苏文 / 347
焚枕文 / 348
启戏 / 348
文冗长 / 349
文淫妖 / 350
序文之多 / 350
忏悔 / 351
塑像藏稿 / 351
百千万姓编 / 352
书名先取 / 352
古板不可改 / 353
正杨 / 354
字义字起 / 354
字义异同 / 359
名姓字号 / 361
农丈人 / 363
二王改名 / 363
街次对揖 / 365

韩文 / 347
浙文 / 347
叙文首尾 / 348
文字简古 / 349
文照顾 / 349
文奇字 / 350
河下皂隶 / 351
换字 / 351
千字文 / 351
志录集 / 352
书已先做 / 353
碧云騢 / 353
文人喜憎 / 354
名义 / 358
事起 / 360
称谓 / 362
名字互重 / 363
呼名 / 364

卷之十九

祀神第一 / 366
朝天宫 / 366
景惠殿 / 367
尧庙规制 / 368
祭用常服 / 369
许庙祭田 / 369
萨法官 / 370
飞天神 / 370
猿仙神 / 371
舞阳侯 / 372

大社取土 / 366
城隍 / 367
帝王庙 / 367
孔庙 / 368
不领祠祭 / 369
蝼蚁 / 369
苻神 / 370
钟葵 / 371
霍庙池冰 / 371
卫公生日 / 372

河神 / 372
荷石 / 373
神鬼所护 / 374
刘忠宣免难 / 375
济风救难 / 375
辞请威灵 / 376
神示 / 377
断狱 / 378
王春元 / 379
易榜 / 379
心计得情 / 380
竹神 / 381
保障为神 / 381
神灯庙 / 382
神惠记 / 384
蒋侯授矛 / 386
假神 / 386
精爽 / 388
役鬼 / 389
鬼报恩 / 391
冥狱 / 392

石像 / 373
老父指路 / 373
诗镇 / 374
陆庄简风火 / 375
神人救厄 / 376
黄冠授药 / 377
神儆 / 378
却羡 / 378
青衣持檄 / 379
焚像 / 380
井神 / 380
石鹿神 / 381
石吞为神 / 382
丹台记 / 383
神术 / 385
朱书 / 386
假妖 / 387
避正人 / 389
鬼道姓名 / 391
鬼怪 / 392
冥司牌 / 393

卷之二十

关云长 / 394
文文山 / 396
于少保 / 398
海忠介实际 / 400
忠魂助战 / 401
魏公有孙 / 401
孝童 / 402
青天歌叹 / 402

岳武穆 / 395
文陆二事 / 397
责备 / 400
死水拱立 / 401
江涛得完 / 401
袁氏全家死难 / 401
代父饮鸩 / 402
船灰涂颈 / 403

祷泉灌田 / 403
梅高报母 / 404
见星斗 / 405
万里寻亲 / 405
工人孝义 / 407
二沈妻 / 408
节妇涌江 / 409
大饥甘饿 / 409
守节自信 / 409
求见不得 / 410
三尸绕门 / 410
愍贞哀感 / 411
义门 / 412
义姻 / 413
书仆书佣 / 415

和盗诗 / 404
未尽之禄 / 404
孝愤 / 405
庐墓 / 407
节妇给粟养子 / 408
媵奴死节 / 408
母丧不嫁 / 409
伏毒食醋 / 409
节妇胆识 / 410
芝竹 / 410
双烈 / 411
丐妇投桥 / 412
义友 / 413
义仆 / 413
仆惜字纸 / 416

卷之二十一

父子 / 417
三及第子 / 417
同居异室 / 418
贤母 / 418
贤继母 / 420
钱袁二母 / 420
刘李有兄 / 422
敬兄之怒 / 422
起家工部 / 423
兄弟年远甲科 / 423
义姊 / 424
女将 / 424
贤夫人 / 425
长爪妻 / 426

父子与庆成宴 / 417
两翰林父 / 418
学士少年牧豕 / 418
严母 / 419
三柄臣母 / 420
兄弟 / 421
怀兄请罪 / 422
兄弟贤贵 / 422
三仲 / 423
兄给得归 / 424
妇人知兵 / 424
妇人有须 / 425
乔刘二妾 / 425
暗妾 / 426

姊妹继娶 / 426
妒妇 / 427
妻妾投缳 / 428
家庭之累 / 428
子孙 / 429
无子 / 431
附异林记二则 / 433

卷之二十二

放生序铭 / 435
谢太傅赞 / 435
无庵赞颂 / 436
蚝山连房 / 437
宋祖凌歊 / 437
杀妓百诗 / 438
丘道源诗 / 438
桂下十二子诗 / 440
刘后村诗 / 441
项庙诗 / 441
白樱桃诗 / 442
双头兰诗 / 442
竹生室中 / 443
伯言应制 / 444
赋诗言志 / 445
诗句 / 446
遇李全诗 / 447
中兴诗 / 447
俚诗有本 / 448
诗谶 / 448
集杜诗 / 449
处士和韵 / 449

妒后化龙 / 426
蘸衣 / 427
姜祸 / 428
善处侄仇 / 429
多子 / 431
乞养子 / 432
并产 / 433

赞词有本 / 435
笠屐图赞 / 435
恒岳图赞 / 436
河畔雪 / 437
十幅红绡 / 437
慰童仆 / 438
王梅溪诗 / 439
象棋诗 / 440
谢方石悼诗注云：甲寅亡去诗一册，追念不已，因成四韵。/ 441
香入云诗 / 442
瑞榴诗 / 443
石碑诗 / 443
诡谲秀才 / 444
野叟诗 / 445
祝融口号 / 446
大明易览 / 447
走马灯诗 / 447
赠内一联 / 448
华空尘 / 448
夏忠靖诗 / 449
国贤诗 / 449

作诗送券 / 450
鸡伏雌 / 450
小国引道神 / 451
石东梦思 / 451
谑诗 / 452
丐诗 / 453
诞妄 / 454
游客酬缣 / 454
曼卿大书 / 455
伪赵 / 455
扇上山水 / 456
村梅 / 456
元章来去 / 456
常国宝 / 457
似王韦 / 457
鹰马 / 458
好谭 / 459

王翰土 / 450
猛虎行 / 450
季方小西湖 / 451
四喜添字 / 452
秋蟾诗 / 453
怪诗 / 453
赋 / 454
书家之祖 / 455
草书第一 / 455
书法论 / 455
幸蜀图 / 456
毛理浅深 / 456
墨梅 / 457
逸致 / 457
宝谟 / 458
梅蛇 / 459

卷之二十三

元定推演 / 460
太乙数 / 460
龙驹 / 461
宝山 / 461
腜庵 / 462
祷兆 / 462
书院燕巢 / 463
谣乩 / 463
赠砚钱 / 464
蹇太师父子 / 465
际昌时 / 466
高沈徐先兆 / 466

兴复旧窝 / 460
石蟹 / 461
蛙鸣 / 461
巨儒之象 / 462
甲乙之料 / 462
肄器修祀 / 463
阁额 / 463
拆字 / 464
堂上金紫人 / 465
木龟 / 465
神人纸署 / 466
李姬 / 466

五曲异人 / 467
纪梦 / 467
判土地 / 469
索命 / 469
访故址 / 470
登龙门 / 471
神人送诗 / 471
星铁 / 472
鹰禽入窗 / 472
江夏来 / 473
五老人 / 473
衡山君 / 474
大司马前驱 / 475
梦墨 / 475
铁桦 / 476
薛公剑 / 476
梦之真幻 / 477
梦报 / 477
位不副梦 / 478
施药 / 479
瞽术 / 480

卷之二十四

百寿 / 481
母寿 / 481
大臣寿考 / 482
前身 / 483
严阇黎 / 484
张明经 / 485
薛满八 / 486
樵阳子 / 487

行通神明 / 467
梦泉 / 468
梦真 / 469
梦韩 / 470
傅佛 / 470
梦剖腹 / 471
弹击汪铉 / 471
梦桃 / 472
虎迹龙风 / 473
梦兆相同 / 473
祸淫 / 474
馆宾爵位 / 474
大士题绢 / 475
还环 / 475
十八尚书 / 476
触舟沉香 / 477
吕翁梦 / 477
神对 / 478
道人携手 / 478
农占 / 479

宰相具庆 / 481
三世高寿 / 482
寿而死难 / 483
仙侠 / 484
丁友鹤 / 484
侵邻居 / 485
供养报德 / 486
三生照水 / 488

白李 / 488　　　　　夙慧 / 489
升座词辨 / 489　　　遂初老人 / 489
神童诗 / 489　　　　鸡声诗 / 490
莲池黄花 / 490　　　韩五泉 / 490
士荣议论 / 490　　　染巢鹊 / 491
捷对 / 491　　　　　公车有名 / 492
袁氏神童 / 493　　　识难字 / 493
书大字 / 493　　　　异林记 / 494
大年 / 496

卷之二十五

御药医 / 499　　　　性药名言 / 499
太医用药 / 499　　　禁狱 / 501
医民 / 501　　　　　用时文 / 502
书蝇 / 502　　　　　本草 / 502
灰性 / 503　　　　　医不治老 / 503
寒疾免祸 / 503　　　热疾得宝 / 503
奴婢痊 / 503　　　　掐瘤 / 504
脾字 / 504　　　　　指纹 / 504
性病 / 504　　　　　二国公 / 505
二主事 / 505　　　　二御史 / 506
四中书行人 / 507　　病举人 / 508
星相堪舆 / 508　　　无生日无相 / 508
庚甲相同 / 509　　　鹤雏 / 509
李口许头 / 509　　　官太师 / 510
高低眼 / 510　　　　识张罗峰 / 510
侍郎鼻 / 510　　　　形似 / 511
神术 / 511　　　　　长人 / 511
资表不足恃 / 512　　尼山龙虎山 / 512
檄维樟锁 / 512　　　照天烛 / 513
狸眠 / 513　　　　　天马山 / 513

虾子 / 514
墓水祸福 / 515
礼部井 / 516
八卦献地 / 516
不可求 / 517

预卜佳地 / 515
崇明三沙 / 515
土龙 / 516
抔土善祥 / 517

卷之二十六
山 / 518
泗源 / 519
济源 / 520
河 / 521
江上滩险 / 524
祭海香云 / 525
海舟 / 526
海沙 / 527
海钱 / 528
琼海 / 529
珠池 / 530
普陀 / 530

漏陂 / 519
汶源 / 519
泉源 / 520
江 / 523
渎 / 524
风报 / 525
海塘 / 527
海井 / 527
浮提异人 / 528
杭潮 / 529
渡海 / 530

卷之二十七
胜游佳境 / 537
占年 / 537
花 / 538
松柏圣迹 / 541
神楝 / 541
柿石 / 542
绿衣乞命 / 542
草 / 544
甘露 / 545
状似 / 546
鹤兔 / 546

梅丈人 / 537
月中桂子 / 537
木 / 540
仙果树 / 541
水檀 / 542
射树 / 542
竹 / 543
杂品 / 544
嘉禾 / 545
云雨 / 546
獭祠 / 546

犬逐通判 / 547　　　　　　三巨人 / 547
物异 / 547　　　　　　　　色异 / 548
水旱 / 548　　　　　　　　地震 / 549
山崩 / 551　　　　　　　　血涌 / 551
都城大水 / 551

卷之二十八

蒋山佛会记《宋潜溪集》/ 552　　跋《蒋山法会记》后 / 554
又云 / 554　　　　　　　　又 / 555
传衣《郭青螺集》/ 555　　　　袈裟 / 556
五铢衣 / 556　　　　　　　三教 / 557
小佛像 / 557　　　　　　　大士涌出 / 558
佛牙 / 558　　　　　　　　布袋 / 558
遗蜕 / 558　　　　　　　　长耳和尚 / 558
愿得地 / 559　　　　　　　舍宅之始 / 559
两京诸寺 / 559　　　　　　女中天子 / 560
石佛 / 561　　　　　　　　寺门风水 / 561
戒坛兴废 / 561　　　　　　翔鹤 / 561
造塔 / 561　　　　　　　　水墨罗汉 / 562
群飞蘸油 / 563　　　　　　百尺弥勒 / 563
马房灯光 / 564　　　　　　誌公砖塔 / 564
刮金 / 565　　　　　　　　罗汉化米 / 565
麻衣书字 / 565　　　　　　狮岩 / 565
龙湫 / 566　　　　　　　　体玄僧帽 / 566
僧姓 / 568　　　　　　　　住持 / 568
募缘问子 / 568　　　　　　水火二相 / 568
殿左施帐 / 569　　　　　　入棺趺坐 / 569
我非真我 / 569　　　　　　佛奴母胁 / 569
金氏青莲 / 570　　　　　　胡御史僧异 / 570
痴和尚 / 570　　　　　　　拳棒僧 / 571
达观始末 / 571　　　　　　枭秃像 / 572

僧假王子 / 572
卷之二十九
玉梁 / 574
发冠仙师 / 574
庐山老人 / 575
泥人生须 / 576
判官精 / 577
独孤吹笛 / 578
白鹤仙 / 580
白衣道人 / 581
卧木 / 582
山子道气 / 584
开瞽 / 585
仙椿 / 586
回首神仙 / 587
土饭 / 587
醒神 / 588
引儒释 / 589
卷之三十
虏众来归 / 592
路河 / 592
壮夫 / 593
虏势日分 / 593
耗雄心 / 594
番族 / 595
烽堠 / 596
西南夷 / 597
兵兆 / 598
属国 / 599
占城 / 601

商丐 / 573
白玉蟾 / 574
石函 / 575
吴翁 / 576
蜕骨 / 576
水仙 / 577
李金儿 / 579
三大事 / 581
逢吕仙 / 581
刘罗陶仙游 / 583
一字散 / 584
仙桐道人 / 586
仙骨 / 586
肉芝 / 587
全真教 / 588
符箓 / 589
老君像 / 591

职官走虏 / 592
抵捐金 / 592
虏款赏恤 / 593
赐经像 / 594
市易 / 594
与虏角射 / 596
报功之弊 / 596
杨安地界 / 598
寨镇 / 598
差往海外 / 600
日本 / 602

王长年 / 603　　　马勇士 / 604
倭官倭岛 / 604　　东涌侦倭 / 605
筹倭 / 606　　　　平倭 / 607

卷之三十一

鹤 / 613　　　　　群鹊招鹳 / 613
燕巢 / 614　　　　鸟之属 / 614
鸟田 / 616　　　　白鹿 / 616
异兽 / 617　　　　狮象 / 617
犬 / 617　　　　　虎 / 619
牛 / 621　　　　　生善道 / 622
两牧犊相卫 / 622　相牛法 / 622
牛禁 / 622　　　　猴 / 623
猫 / 623　　　　　豕 / 623
兽之属 / 623　　　龙 / 625
龙凤名状 / 627　　猪龙 / 628
龟 / 628　　　　　蛇 / 628
毒食 / 629　　　　鱼 / 630
冰井鱼 / 631　　　神鱼 / 631
进鲊 / 631　　　　杂物 / 632
蝌蚪 / 632　　　　物理 / 633

卷之三十二

陈三将军 / 635　　谕贼 / 635
县令讨贼 / 636　　流贼 / 636
振武兵变 / 638　　郧阳兵变 / 639
黄梅盗 / 639　　　哱贼先兆 / 640
盗傲讹传 / 640　　妖人物 / 640
假番物 / 646　　　丐贩 / 646
长至警报 / 647　　方士 / 648
僧道之妖 / 648　　妖党 / 649

除妖 / 650   吴建 / 650
小匡 / 651

跋 / 653

涌幢小品自叙

闲居无事,一切都已弃掷,独不能废书。然家罕藏书,即有存者,纯甚,不善读,又不克竟。至于奇古诡卓之调,闳深奥衍之词,即之如匹马入深山,蚁子缘磨角,恍惚莫知其极与乡也。惟浅近之说,人所忽去,且以为可弄可笑者,入目便记,记辄录出,约略一日内必存数则。而时时默坐,有所窥测,间亦手疏以寄岑寂逍遥之况。因思茂先《博物》崛起《东》、《西京》之后,别开一调,后之作者,纷纷皆有可观,而唯段少卿、岳总领最为古雅。至洪学士容斋札为《随笔》,数至于五,下遍士林,上达主听。我明杨修撰、何侍郎、陆给事、王司寇,扩充振发,别自成书。此皆以绝人之资,投山放海之客,为野蔬涧草之嗜。虽畸杂兼收,若无伦序,而中间根据条理,要自秩然,固非探形影、袭口吻以乱视听者比。其意微,而其致固已远矣。余之无当明甚,然千金之鼎,乌获可举,孺子亦奋臂也;大牢之味,王公能羞,田畯亦垂涎也。执笔自韵,仰视容斋,欣然有窃附之意焉。间示一二馆师与儿子辈资谭谑,题曰《希洪》,昏眊之余,理耶梦耶?澄耶洧耶?皆不自知。蔓花舒笑于名园,蛙部鼓吹于天籁,我用我法,此亦散人之一快。而又念洪亦未易可希,将使人有优孟之诮。会所创涌幢初成,读书其中,潜为之说,遂以名篇。其曰"小品",犹然杂俎遗意。要知古人范围终不可脱,非敢舍洪而希段也。虮庵居士朱国祯题。

涌幢说

　　犹之乎寓也，而性好动，动则东西南北无不之矣。动而迂僻，无所谐，顾好寂，寂则烟霞泉石无不守矣。寂而冥心未透，县解实难，计必有所寄，寄则形影神情无不适矣。抚孤松而结庐，寻云水而泛宅，皆所寄焉，以适其适，是未易言也。惟鸟有巢，山居者亦曰巢，巢斯足矣，何言乎幢？幢与巢，不相蒙也，而偶然象之，因以为号。此非佛氏之说而朱氏之说也。盖求其所谓结与泛者，皆不可得，则姑以意起焉。拆木为亭，亭有角，角之面六，面之窗四，锐之若削，覆之若束，垫之若盘。纳凉则随风，映目则测景，收胜则依山、依水、依竹树，各因其便。可卷，可舒，可高，可下，择便而张，出没隐见，如地斯涌，俄然无迹。或曰幔亭，或曰云峰，或曰海市楼台，惟所命之。而有人焉，匡坐其中，不自量力，整齐一切，并取残胲，缀而补焉。非经史，非禅玄，亦非谐稗，用炙我口。以为异珍也，而卑田所不食；以为残瀋也，而郇厨所未罗，盖亦古者游戏之意焉，而品斯下矣。夫废退者以逃虚为上，忘机次之，晦迹又次之。斯之未能，为怨尤，为夸诞，大方所笑，故寓之乎幢。幢不可著也，则曰涌；涌不可幻也，实之以品。品有大，非吾事也。又有奇，非吾办也。合奇与大，前人为之，非吾敢也。姑舍是，蝉鸣于高秋，菌发于积腐，然乎自然，成其为涌而已矣。己未年八月，题于黄洋墩之品水斋。

卷之一

太 白 神

太祖定鼎金陵,凡十二年,用小明王龙凤年号。小明王既殂,改明年丁未为吴元年。正月,有省局匠对省臣云:见一老人语之曰:"吴王即位三年,当平一天下。"问老人为谁,曰:"我太白神也。"言讫,遂不见。省臣以闻,上曰:"此诞妄不可信也。若太白神果见,当告君子,岂与小人语耶?今后凡事涉怪诞者,勿以闻。"至十一月,上梦人以璧置于项,既而项肉隐起,微痛,疑其疾也,以药傅之,无验,后遂成骨隆然,甚异。

五 色 云

太祖克婺州,下令禁戢军士剽掠。有亲随知印黄某取民财,即斩以徇,民皆按堵。城未破,先一日,有五色云见城西,氤氲如盖,城中望之,以为祥。及城下,乃知为上驻兵之地。由此观之,诸书所载灵异,要必不诬。而上自制《西征记》,尤为照灼。太平阵上之龙,石灰山伏兵之雨,皆应之俄顷间。班彪曰:"神武有征应。"亮矣。

洪 武 昌

洪襄惠之祖,名武昌,居会稽县东门外。社有迎桑神祈赛者,暮寄赤石夫人祠。武昌持杖大诟曰:"疾风暴雨,不入寡妇之门。神虽土偶,可男女混耶?"悉为击碎。社中恶之,相讦,以为名犯年号,达于京师。时高皇初定鼎建号,问知其祥,直武昌,且曰:"是朕兴之兆也。"赐名有恒,赦之归。有恒至钱塘西溪,乐其土风,曰:"吾终不可与乡人处。"遂家焉。再传而生襄惠，今其父祖墓在会稽新通明堰之北山。有言襄惠随父赘杭，误也。襄惠名钟，号两峰，继室魏氏，萧山文靖公之女。公三丧妻，魏其四也。二子，澄、涛，皆其出。澄举人，涛承荫。

明兴偈谶

小史谓志公临殁为偈，大字书版，示吊墓之人，作小篆体。偈曰："若问江南事，江南事有冯。乘鸡登宝位，跨犬出金陵。子建司南位，安仁秉夜灯。东邻家道阙，随虎遇明兴。"一时名士，皆不能解。或曰：应在五百年后李昪亡国。人以鸡犬解酉戌之说，南北为曹潘屯军之应。然第二句云"江南事有冯"，冯者，诸冯也。圣人生，诸即朱，寓其姓也。酉属鸡，"乘鸡"者压鸡之上，为戊申，太祖登极之年也。戌属犬，即以其年幸汴梁。又明年为庚戌，是跨犬也。"司南位"，自南而北，抵于子位也。"秉夜灯"，元主夜遁出建德门以去，建下为安，德为仁也。"东邻"指张士诚，"阙"者，灭也。灭士诚，即取中原也。"随虎"，金陵龙盘虎踞，神龙盘结而虎为之先，若随其后也。"遇明兴"，显然建国大号也。其为我太祖之谶无疑，而岂区区一偏安亡国之主足云哉！志公族姓朱，塔于钟山下，太祖卜其地为孝陵，改塔于东十里，即今之灵谷寺是也。又于鸡鸣山建寺祀之。传有闿刻预谶，意者太祖其志公之再世，了江南一大事因缘，殁示其兆，葬即其地，神矣！

心事记

元顺帝时，张翥在翰林，夜梦诗二句云："羯漠夷疆天暂醉，凤阳君主日初明。"翥惊异，遂谢职，南归广陵，作《心事记》，记此梦。

梦异人

高皇御天桂清香楼午寐，梦异人遗以良药，尝之，味清而苦。其人曰："服之安精神，舒四体，延年命。"卜之曰："当得达人。"果得周是修等。

渡 江 生 子

孝慈皇后以元至顺壬申生，少于太祖四岁，嫔时年已二十一矣。艰难中尚未有子，或有子不育。既渡江，连生懿文皇太子、秦王、晋王、文皇、周王。文皇初生有云龙之祥，后甚异之。后尝梦微时携诸子在旷野间，卒遇寇，至皆红巾，甚恐。适文皇牵一马至，扶后上马，自跃从马，仗剑殿后，寇皆辟易惊遁。而前有幡幢来迎，须臾布满，天乐齐鸣，而太祖马亦至，相与联辔徐行。独文皇从后，顾视太子诸王皆不见。

沐 公 生 本

世传黔宁王英为太祖外妇之子，而王弇州以为非，曰："帝长于英十五年，当英之生，帝方贫窭，安从取外遇？"是则然矣。考英以洪武二十五年卒，年四十八，其年圣寿已六十五，则帝长于英实十七年。真龙年至十七，壮矣，外遇而生，理或有之。弇州起于富贵，却笑贫人决无外遇，要不尽然。至太祖从军，已二十五岁。其年孝慈皇后作配，又三年渡江，方生懿文太子，连五年又生四子，过此方诸妃有子，而孝慈不复生矣。高皇之晚婚，亦自来创业之君所无也。夫高皇诸大功臣未有兼文事者，独中山王颇近诸生，盖感发于高皇之训。而英与曹国李文忠以绝世雄才，又雍容好学如文士，自非高皇龙种与亲姊之子，能然乎？

御 札

太祖赐臣下御札甚多，如中山王、宋学士者，勿论。方驻骅徽州时，御书一札赐汪同云："庚子六月初三日茶源阙歇马，偶遇万宣使至,动问,说称'星原翼,田野辟,黎民乐'。拆开赍到公文,内云修城事理,军民人等,甚是。极得其当重务,出积粮储,从其与便,勿使我多忧。途间亲书不备,寄书人朱。枢密院判汪同阁下。"同子孙宝藏于家。学士程敏政偶得伏读,因题绝句云:"午夜虹光烛斗寒,民间惊得御书看。当时未定君臣礼,想见高皇创业难。"成化甲辰,毁于火。

照 世 杯

撒马儿罕在西边,其国有照世杯,光明洞达,照之可知世事。洪武二十七年,始入贡。

升 赦 忠 裔

太祖于福寿,不但庙祀旌表,且官其子陈龚为德州同知。坐事当戍,以忠臣子,赦之。擢太仆少卿,改两浙运使。坐胡党付狱,赦居云南,敕西平侯善遇之。此心真古帝王所不及也。

视 朝 赐 食

太祖每旦视朝,奏事毕,赐百官食。上御奉天门,或华盖殿、武英殿,公侯一品官侍坐于门内,二品至四品及翰林院等官坐于门外,其余五品以下于丹墀内,文东武西,重行列位。赞礼赞拜叩头,然后就坐。光禄寺进膳案后,以次设馔。食罢,百官仍拜,叩头而退,率以为常。二十八年,礼部言"职事众多,供亿为难,请罢",从之。盖是时元功宿将俱尽,积日所费不赀,思有以裁之矣。

象 鼻 岩

陶凯陪便殿,高皇从容问居地形势,凯以象鼻岩对。且曰:"臣乡人张竹屋题曰:曾入苍舒万斛舟,至今鼻准蘸清流。君王玉辂催行驾,安得身闲伴白鸥。"即令人刻于岩壁。一日,上御五凤楼,工部进吞船之技,群臣侍观,众皆以见吞对。凯见独不然。上问之,凯曰:"臣惟见绕船走耳。"上疑之,以及于死。凯自奇人郭璞之流,遭明主而不免,数之难逃如此。

用谏掷书

《韵府群玉》,阴时夫所集,太祖时时取观之。解缙谏,以为此兔园寒士之笔,所见者陋,非帝王所宜观。遂掷其书不复顾,而御制《心经》等书皆成,缙之受知深矣。

揣隐微

太祖神圣,凡进见者,于容貌词气间,多能揣其隐微。有杜安道者,持镊刀,随侍二十二年,凡征伐朝宴,未尝暂违。性慎密不泄,动有法度,遇要官、势人,如不相识,一揖之余,未尝启口。上甚信爱之,曰:"如安道,吾知其心。"

小山泉

大将军蓝玉等帅师二十万北征,由大宁进至庆州,闻虏主在捕鱼海儿,兼程而进,次游魂南。道无水泉,军士渴甚,其地有小山,在鞑官观童营内。忽闻声如炮,玉使人视之,则四泉涌出,士马就饮,得不困乏。余流溢出如溪,众咸欢呼曰:"此朝廷之福,天之助也。"上尝梦殿西北隅有小山,流泉直下御足所履而止,至是小山泉涌,适与梦符。

好杀必杀

有轻天下人而好杀者,周世宗是也;有重天下人而必杀者,我太祖是也。世宗折服冯道,谓天下人皆可轻;太祖少经离乱,奸盗害人,谓天下人皆可重,此所以分也。

不　经　之　语

　　姚恭靖以名僧从文皇,天意也。《鸿猷录》谓恭靖先知文皇必登大位,有奉白帽子成"皇"字之说,遂请于太祖得之。太祖威严,即父子间,谁敢说一字,请一人。又典故中谓太祖御西楼决事,马皇后从后,常潜听之,如闻上震怒,候回宫,必询今日处何事,怒何人,因泣谏:"正可积德,不可纵怒杀人。"太祖从之。此村家怕老婆之言。太祖何等气象,马皇后何等贞静,茹素救一宋学士不能得,而敢尾太祖退言得失耶?又《剪胜纪闻》言,太祖御膳,必马皇后亲进。一日进羹,上怒掷其瓯,中后颈,微有伤,后色不动,收之更进。此荡子打老婆之言。太祖何等敬慎,马皇后何等庄重,而狠渎不伦至此耶?

　　又《剪胜纪闻》云,徐太傅追元顺帝,将及之,忽传令颁师,常遇春不知所出,大怒驰归,告帝曰:"达反矣!追兵及顺帝而已之,其谋不可逆也。"太傅度遇春归必有变,乃留兵镇北平,而自引兵归,驻舟江浦,仗剑入谒。帝时方震怒,宿戒阍吏曰:"达入,慎毋纵之。"达既入,未见帝,自疑有变,乃拔剑斩阍吏,夺关而出。帝因使人释其罪,令内谒。达不允,于是帝不得已,枉视于舟中。达因进曰:"达有异图,不在今日。虽曰晚矣,然吾临江鞠旅,亦能抚有江淮,顾弗为尔?且吾之不擒元帝,亦筹之熟矣。彼虽微也,亦尝南御中国,我执以归,将曷治焉?天命在尔,已知之矣。顾达何人,敢以自外?"帝重感悟,结誓而去,遂修好如初。

　　徐太傅与常平章以洪武元年闰七月二十七日兵入通州,其夕,元主即开建德门北遁。又五日,太傅至燕,填堑入城,报捷,留镇经理未下州郡。逻骑至古北口,寻与平章下山西。既克太原,太傅出陕西,平章出蓟州,追元主。平章克开平,还至柳河川卒,李文忠代将。太傅在陕西,张良臣降而复叛,围之数月始下。王保保睥睨兵强,太祖委太傅独当之。间以久劳召归,寻佩将印以出。而李文忠克应昌,元主已殂。太傅一败王保保,再出师败归。终王保保世,太傅未尝离陕西。比保保死，太傅稍宽，从燕王北平，从容练兵，不复出塞。由此观之，太傅终身未尝一当元主，且及少主也。太祖威严，太傅敬慎，一出入，一号令，必且咨禀，平章敢驰归，太傅敢擅还军，甚至突入禁门，斩阍吏，夺关而出，坐龙江舟，胁圣驾自临耶？齐东之语，莫此为甚！

建 文 军 令

小说中谓文皇靖难，建文有令，毋使朕负杀叔父名，故文皇阵中诸将皆不敢加害。然初用兵时，固已削属籍矣。其后建文或有此令，以示亲亲之情，而军中恐未必然。安平持槊垂及，有龙申爪拿其臂，马蹶而止，叹曰："真命天子。"后文皇问曰："马不蹶，如何？"对曰："欲生致院长耳。"又所乘八骏，战于郑村坝诸处，皆中箭，为左右所拔。可见矢石交下，天命所在，特不着玉体，亦岂南朝之令，射马不射人，而诸将及军士拣择而射，不敢一矢加遗耶？况文皇是时杂诸将中，震荡出入，百死一生，谒陵痛哭，危险可知。而朝廷易视，中间不无坐失机会。要之，皆天意也。

凯 旋 之 盛

永乐廿一年北征，也先土干来降，赐名金忠，封忠勇王，随入京。十一月戊寅朔，驾次怀来，在京诸司遣官迎见。辛巳，驾入居庸关，边军、京军，左抵宣府黄花镇，右抵涿州，凡三百里，布满极目。是日天气清明，上服衮龙金绣袍，乘玉花龙马，五掖五哨军四十万，疏队左右夹护。时上已年六十四岁矣，按辔徐行，威容如神。金鼓旌旄，喧阗焜耀，连亘百十里。中外文武群臣皆盛服，暨缁黄耆耋，四夷朝贡使，骈踬道左。驾至，欢呼万岁，声震天地。忠勇王在后，于马上遥望，顾谓所亲曰："今日真从天上行也。"次龙虎台，赐文武大臣及忠勇王宴。明日入京，群臣毕贺。以前莫如唐太宗为秦王时，破擒窦建德、王世充，自披黄金甲，齐王元吉、李世勣二十五将随其后，铁骑万匹，甲士四万，前后部鼓吹，以俘入城。此亦自古帝王英雄之快也。

朱 衣 人

文皇夜梦二朱衣人侍墀下,自云太守,一真一假。次日,果有二通判,曰陈真、陈假,引奏。上喜符梦,俱擢知府。真,福建将乐人,有循吏声。

召 治 水

汪宗孝,歙人,有义概。受廪,独好拳捷之戏,缘壁行如平地,跃而骑屋瓦,无声,已更自檐下屹立,不加于色。偃二丈竹水上,驱童子过之,皆股战,则身先往数十过,已复驱童子从之。诸鼓舞、木熙、跳丸、飞剑之属,见之赧然自废也。万历丁未入京师,至芜城,痁作,梦文皇遣缇骑召使治水,引见殿上。文皇貌甚伟,长髯垂膝,左右以奏牍进。文皇推案震怒曰:"复坏我东南百万民命,奈何!"宗孝顿首言:"臣书生,不任官守,且父老不忍离子舍。"文皇色不怿。有皂衣人长跪固请,乃已。宗孝还,其年淫雨,三楚三吴,沉灶产蛙,人相唉食,恻然心伤之,病革不可为矣。

械 僧 报 效

宣德中,有僧因旱言于官,积薪欲自焚请雨,举火而走,获之,发龙门充军。久之,脱归,得一铜印以献,辄沿街大呼,谓所献乃紫金印,复有金锁甲在泰山之巅。逻者获之,法司坐妖律当斩,时为正统二年。上览曰:"此妄男子,何足罪械。"复原伍,后遁入虏,蓄发辫结,居伯颜帖木儿帐下。驾陷虏中,伯颜夫妇致敬,僧有力焉。终不自言,上亦不知其故也。

功 德 寺

《四友斋》云,京师功德寺后宫,像设工而丽,僧云正统时张太后尝幸此，三宿乃返。英庙尚幼，从之游，宫殿别寝皆具。太监王振以为后妃游幸佛寺，非盛典也，乃密造此佛成，请英庙进言于太后曰："母后大德，子无以报也。已命装佛一堂，请致功德寺后宫，以酬厚恩。"太后大喜，许之，复命中书舍人写金字藏经置东西房。自是太后以佛及经在，不可就寝，遂不复出幸。当时名臣尚多，而使宦者为此，可叹也！英皇即位，尊祖母张为太皇太后，母孙为皇太后。太皇太后贤明贞肃，仅宣德中，上奉侍谒陵一次。正统中，检饬宫府，优礼大臣，知王振之奸，几欲赐剑，称女中尧舜，宁有幸寺之事？且有幸而三宿之理？况国朝家法至严，除山陵外，从无有后妃出幸者。即朝廷行幸有故事者，亦举朝力争，而况于后妃？此必僧寺张大孟浪，留此不根语，而袭而书之耳。

挞虏征应

英庙原有挞虏之志，神武征应甚多。一夕，梦也先稽首请罪，故己巳之役，实有所恃而行。王振窥知其素，赞成之。后陷虏，不被一矢，天颜穆如。坐玉台，群虏环视，一虏来犯立仆。也先骑而来，堕马者三，慑伏。有一马噬人，不可近，试以进，蹲伏，英皇坐之，夭矫如龙。虏大惊，益敬礼。也先叩头称臣，以至送归，果符梦中之兆。

奉侍虏中

广南卫军夏福徙辽东广宁卫，正统五年，为北虏所获。福解诵佛经，虏酋以女妻之。英庙北狩，福随侍虏庭，升千户，历升指挥佥事。后入贡，往来不绝。天顺元年，英庙召至，赏赉极厚，升南京锦衣卫指挥同知。福奏愿留京师，未几挈家来奔，复改广南卫。至是年老，乞以孙昊代。兵部言福不由军功，例不当袭。上以福有奉侍劳，特与之。盖是时袁彬等随侍最效劳，而福则先为虏所获，用事输忠，且能归正，尤可嘉也。

宫 妃

去吴江可二十里,地名八尺,余询之县人,问名起之义,皆不可得。后考之,则宪庙选妃江南,嘉禾以姚氏女应。女发素种种,不盈尺,过平望二十里,一夕,发委地,可长八尺。入宫拜安妃,因以名。妃生寿王,貤恩父母,皆物故。其弟福,负贩菜市中,即授锦衣卫指挥同知。

山陵彩云

成化乙未冬十一月,册立孝宗为皇太子。颁诏至南京,方迎入,忽见孝陵山顶拥起彩云,至开读后方散。时钱文通溥掌南院,作《祯应颂》以上,纂入史馆。

祀庙石函

孝宗即位,左都马文升等言,岳镇济渎等祠庙,皆有前太监陈喜及奸人邓常恩所造石函,函周遭有符篆,中贮泥金书道经一卷,又金银钱数枚,诸色宝石十数颗,五谷各一升,似为魇镇之术者。每祠庙,又有先帝遣陈喜致祭祝文。其文不知何人所撰,皆刻之于石。窃观本朝故事,凡改元之初及水旱灾伤,则致祭岳镇海渎之神,例命翰林院撰文,各分遣廷臣以往,未闻用外官撰文,内臣往祭者。况石函魇镇,世无此理。今常恩等已正宪典,其石函石碑尚存,于先帝圣德,恐不能无损。乞令所在有司毁之。凡函中所贮者,各遣人验实进缴,以灭其迹,抑以杜将来之渐。从之。

御膳进素

弘治十五年,先有旨,自正月初一日至十二月二十七日,但遇御膳进素日期,俱令光禄寺禁屠。户科给事徐昂等因言:今一岁之中,禁屠断宰者，凡一百一十一日，此旨惟光禄寺知之，在京诸司，尚未有知者。乞申谕各衙门，今后凡遇禁屠日期，自御膳以至宴赐之类，俱依斋戒事例，悉用素食。礼部议谓，光禄寺各项供应，上有两宫之奉养，下有四夷之宴赐，今凡遇禁屠日期，一切以素食从事，揆诸事体，殊为未便。且进素在祖宗朝无故事，惟皇上好生之德，出自天性，故爱惜物命，至于如此。但其间又有不容已者。迩复闻有旨，令进素之日，所用膳内猪、羊、鸡、鹅时价银数，各封寄藏库。臣等未敢仰窥圣意所在，伏愿明诏光禄寺，凡寄库银两，就以补助缺乏，今后一切供应，俱令随事撙节，则仁心益广，而圣德益崇矣。上纳之。

武　皇　圣　明

武宗南巡，姚镆为山东布政。朝见，上奇其状貌，独中官不喜。御驾黑龙舟被触，上惊问为谁，对曰"姚布政"。上笑曰："是美髯者耶？"释不问。是日，镆驻驿中，实不知。次日，有以告者，始拜谢。上曰："偶触何伤，去，去。"武宗明圣如此。

王　女　儿

武城中卫军余郑旺有女名王女儿者，幼鬻之高通政家，因以进内。弘治末，旺阴结内使刘山求自进，山为言：今名郑金莲者，即若女也。在周太后宫，为东驾所自出。语浸上闻，孝庙怒，磔山于市，旺亦论死。寻赦免，至是又为浮言，如前所云。居人王玺凯与其厚利，因潜入东安门，宣言国母郑居幽若干年，欲面奏上。东厂执以闻，下刑部鞫治，拟妖言律。两人不承服，大理寺驳谳者再。乃具狱以请，诏如山例，皆置极刑。

继　统　祥　瑞

世庙在藩邸，不独诞年河清三日而已，显陵龙冈旧断，土脉坟起，仗下小儿，暴长数尺。既登极，南山有凤凰之声，华村产麒麟之种。

黄衣陛辞

己丑四月，世宗梦黄衣者数人陛辞南行，其势甚速。次日，语阁学杨一清，对曰："黄者，蝗也。南方其有蝗乎？"是秋，蝗果大至，在在皆满。数日为大风雨飘入海，尽死。是时上方励精图治，故见梦，且能消弭云。

庙池浮物

河南怀庆府济源县道士宋本澄，进红线彩被二，花银瓶一，云济渎庙池内浮出，赐钞六十锭劳之。其池时浮出银币借人，如期而还则得利，不则祝之不复出，且至亏折矣。

时　玉

世宗因正月雪降甚喜，有"天赐时玉"之谕，尚书夏言等作赋以献。当时若雨雪之类，皆因祷而应，故张皇乃尔。后有秉笔修国史者，削去可也。

芝　草

世宗有诏采芝，宛平县民得五本以上，御医李果以玄岳鲜芝四十本进。三十六年九月，礼部类进千余本。明年春，鄠县民聚芝百八十一本，为山以献，内有径一尺八寸者数本，号曰仙应万年芝山。四川巡抚黄光升进芝四十九本。十月，礼部类进一千八百六十四本。四十三年，御医黄金进万寿香山四座，聚芝三百六十本为之。

宋政和五年，蕲州产芝草遍境，计黄芝一万一千六百枝，内一枝色紫，九干，尤奇。

桃　　降

嘉靖乙卯，上夜坐庭中，御幄后忽获一桃，左右视，或见桃从空中堕，上喜曰："天赐也。"修迎恩大典五日。明日，复有一桃降，其夜，白兔生二子，上益喜，谕礼部谢玄告庙。未几，寿鹿亦生二子。于是群臣上表贺，上以奇祥荐锡，天眷非常，各手诏答之。

祥　　云

嘉靖十八年，册立皇太子，日下有五色云见，径二丈，形如龙凤，然卒有己酉之事。洪武十八年，黄子澄进士第一改第三，唱名时，五色云见，与韩魏公同符，然卒有壬午之事。人言卿云未必祥，是大不然。十八年分封，裕邸竟为天子，开隆万万年太平，瑞在此不在彼。文丞相生，父梦乘紫云来，故名曰天祥，字曰宋瑞。天祥就义，收宋三百年养士之效，宋之瑞也。子澄云见，死节不辱。高皇帝知人之明，我明之瑞也。忠臣义士，国之麟凤，岂羡富贵福泽哉！

西苑农坛

世宗立农坛于西苑，耕熟地五顷七十亩有奇。岁用农夫五十人，管农老人四人，骡夫八人，日食口粮三升，太仓开给，仍复其身。耕畜一十六头，御马监仓给以草料。其农具俱出之内官监，五谷种子，顺天府送用。仓厫、农舍、牛房，工部盖造。每岁户部侍郎一人，郎中一人，提督之。所获纳之恒裕仓，以备郊庙之粢盛。拨太仓军斗三十人守之，岁终，户部奏报其出入之数。

驸马封侯

世宗以迎立功，封驸马崔元为京山侯，礼部以本朝无故事为言。

上曰:"永乐初年,驸马王宁以翊戴功封永春侯,何言无故事?"岂世庙之深谙故实,抑崔及左右密进而见之诏旨耶? 然永乐中,驸马封侯者,尚有宋瑛等数人,不止于王宁。礼部以无故事为言,非欺妄即疏漏。当时尚书为毛澄,其不触怒抵罪,幸矣。

中 宫 废 立

世宗笃于伦常,嘉靖元年,立皇后陈氏,八年崩,谥悼灵。立顺妃张氏为皇后。十三年正月癸卯废。越十日,立德妃方氏为皇后,张后以十五年薨,用废后吴氏礼葬之。中宫之废,非小事也,中间缘故,史官不著一字,野史亦无有及者。岂宫禁事秘,非外人所得与知耶? 余童子时,一老儒为言,张后之废,实由张延龄兄弟。世宗方以昭圣初年裁抑章圣愤甚,而延龄故多怨家,为人所讦下狱。昭圣急,因上生子,谕来见致贺。上辞之,再谕再辞之。益皇急,托张后为言。后方有盛宠,乘夜宴,述太后意。而太后亦先遣人传上云延龄事将就罢。上已怒,谕阁臣,谓太后云云,然尚未有以发。及闻后言,大怒,即褫冠服与杖,明日下令废黜,延龄竟坐死。考之史录,日月正相值。老儒之言真耶? 其亦齐东野人之类耶? 世宗以母后不顾燕婉之好,诚刚诚孝,而张后之不幸已甚。昭圣此时,其又何以为情? 夫昭圣在孝庙时,专宠骄妒,致孝庙终身无他嫔御,养成二张之恶。武宗立,母族甚见疏外。昭圣默默,已不能得之于子,胎祸极于世宗,所存者一虚名耳。孝宗在天之灵,将何以慰耶?

讹 言 惊 走

嘉靖己酉春虏警,抚宁侯朱岳、英国公张溶、西宁侯蒋傅、惠安伯张镧、锦衣指挥同知郑玺、佥事孙堪,偕给事中杨允绳,于阅武场比试应袭官舍。玺忽报讹言云:"虏入寇至沙河。"岳等皆惧而走。允绳以闻,诏责玺讹言惊众,褫职,岳、溶怯懦损威,革坐营管事,傅等不能规正,各夺俸二月。

康懿被召

林康懿公廷㭿为工部尚书，世庙御便殿召公，顾视，奇其状。明日，公疏节财用，省营建，上曰："朕方期若，若乃言我，得非林俊子耶？"左右或对，其父亦尚书，非俊子也。上颜乃霁。然则上于见素公终有不释然者矣。

对上雅语

世宗偶以暇，使侍臣各道其邑里人物。及丰城，大宗伯李玑应声对曰："乡有长安、长乐，里有凤舞、鸾歌，人有张华、雷焕，物有龙渊、太阿。"上嘉其敏括。

王沂公曾，青州人，宋真宗问云："卿乡里谚云：'井深槐树粗，街阔人义疏。'何也？"沂公对曰："井深槐树粗，土厚水深也；街阔人义疏，家给人足也。"真宗善其对。

海榴罂

世庙初年，勋辅诸臣同游，赐画扇，有木刻海榴罂坠子，可寸许，穴其腹，藏象刻物件凡一百件，亦天下绝巧也。

购香

嘉靖四十年，宫中龙涎香悉毁于火，上恚甚，命再购。户部尚书高燿进八两，上喜，命给价七百六十两，加燿太子少保。实火时中人密窃以出，上索之急，燿重贿购得，因圣节建醮日上之，大称旨，加赏。盖内外之相为欺蔽如此。未几，广东进龙涎香至五十七斤。

买 珠

世宗以大小珠一函及甘黄玉刀铗一具示燿,令求珠玉如式。凡两月,上意迟之,复谕燿曰:"金玉珠宝,古今常有。王侯制度,非不经之用,尔职当思自尽,无徒远嫉怨为避害计。祖宗时内藏之积,至弘治年尽矣。然非孝宗自用,今无一二。其多方搜觅,并买黄金四千两进用。金价于钦取银两内给之。"燿惧,乃以先觅得大小珠四等,共一千五百余粒,用价二万二千五百余两,贸之以进。上以未足原旨所取之数,且无甘黄玉,疑司帑吝费,不以时值给,故民间鲜有售者。仍命燿亟如数购进,毋缓。会宴驾乃止。

戎服出郊

穆庙立,值南郊,以戎服出,盖上喜习武服,此自便,非登郊坛者。群臣具谏,徐文贞止之,进密揭,上笑曰:"此服原非见上帝者,何虑之过!"

大 阅

国朝圣驾大阅,惟隆庆三年一举,其说发于张太岳,计费不下二百万。海内因传欲复河套,其实穆庙欲驰骋自快,非修故事,亦非幸边功。神考九年如之,亦太岳之意。然此举尽可已,毕竟是抚按将帅事。惟五月禁中射柳,聚诸彻侯若大将角试,较其优劣,如先朝故事可也。

御笔题诗

《玄兔图》,宣皇帝御笔也。图以淡墨微围其旁,似碧空满月,上有丹桂花子垂垂,下有瑞草作紫白色,兔居中间,毳比纤烟,意态安闲，真是神物。盖宣皇，帝王中文武全才，游戏丹青，并臻妙境，远在唐太宗之上。万历九年，上御文华殿，宣召入直史臣王家屏、沈懋孝、张元忭、刘元震、邓以赞入见，取图示之，令赋诗。复命曰："辅臣以下皆可赋。"亲书于轴，并得自用图记。越三日诗成，自大学士张居正而下三十有五人进御，上览之甚喜。常熟赵固图其副，勒之石，真熙朝之盛事也。

御笔改字

申文定公为史官时，有袪倦鬼文，神庙即位之二年，御笔改魔字。考其文作于丙辰岁，已十九年矣，上方十二岁，何由见之？间以问文定公，公云："此内史持入，上览而喜，遂洒笔。"而公亦以此受眷，且大拜矣。

御 号

相传神庙宫中自号禹斋，故己卯科南京以《舜亦以命禹》试士。主试者高启愚，四川人；罗万化，浙江人。至壬午，张江陵死，有疾高者，妄传江陵堂中挂《舜禹授受图》，高以此媚之。南台抨击，谓江陵有逆谋，而高为之用，高遂落职。嗟乎！张有此心，乃挂图取疑，而高显然藉此媒进，何呆乃尔！读书人宜有分晓，乃好入人过，谋反叛逆，亦坐之不恤，非人祸即天殃矣。

药 王 庙

鄚州土城无门扉相对如阙，中有药王庙，王即扁鹊，州人也，封神应王。神庙玉体违和，慈圣皇太后祷之，立奏康宁。为新庙，建三皇殿于中，以历代之能医者附焉。

献　俘

　　神庙二十七年己亥四月廿四日,献倭俘礼成。大司寇萧岳峰大亨,领左右侍郎出班奏事,长身伟貌,烨烨有威。时上御午楼,朝暾正耀,萧跪御道,两侍郎夹之,首仅及肘。致词先述官衔、名姓及左右侍郎,并请犯人某某等磔斩,末云合赴市曹行刑,请旨,凡数百言,字字响喨舒徐,宣毕俯伏。上亲传"拿去"二字,廷臣尚未闻声,左右勋戚接者,二递为四,乃有声,又为八,为十六,渐震,为三十二,最下则大汉将军三百六十人,齐声应如轰雷矣。此等境界,可谓熙朝极盛事。是日天气清和,余以廿七日持节出国门,封荣世子,躬逢其盛,良自不偶。次年庚子冬十二月,献播俘礼亦如之。而寒甚,百官噤栗,馆友庄冲虚面最白,侵而成红,余面赭,几变而黑。或嘲曰:云长作翼德脸也。宣毕,因大呼称枉,每囚一镣,肘外覆以朱衣朱巾,名曰罩甲。一官押之,十人又而扶且推之。出西长安门,夹道观者,无虑百万。车拥毂积,大司寇督至西市仅二十里,日晡方达。比行刑,近昏黑矣。

东 宫 门 卫

　　光庙正位东宫,内官往往托疾引去。万历四十三年五月初四日,棍徒张差持梃入第一门,只两内官守之,一年七十余,一年六十余。第二门寂然无人。差搭一人仆,至殿檐,超级而上,韩本用等群呼齐集,亦不过七八人而已。皇太子亲奏送部,招出同谋,云:"见一人打一人,小爷洪福大了。"语多支吾,坐以风颠而止。

出　阁

　　万历二十二年,光庙以皇长子出阁讲学。故事,讲必巳刻,遇寒暑传免,至是定以寅刻,亦不传免。二十八年十一月,大风寒,诸讲官立殿门外。时暖耳尚未赐,炉火亦未举,光庙方出,噤甚。郭明龙充讲官最科深且长，既入，大言："天寒如此，勿论皇长子宗庙神人之主，玉体当万分珍重；即如我辈，辛苦读书，得此一官，忝清华，列禁近，亦是天上人，若中寒得病，岂不屑越太甚。"喝班役速取火御寒气。时中官各围炉密室，特无人倡率，不敢明用。闻郭言，尽抬出，奉皇长子。环向，始觉暖适，怡颜完讲。事上闻，亦不罪也。郭因此受眷东朝。妖书事发，传语厂监陈矩曰："饶得我，饶郭先生罢。"其真切如此。而诸讲官方叩头时，密视光庙袍内止一寻常狐裘，讲案高仅二尺余，盖初出时所御，历七八年不敢奏易。

光庙出讲，年仅十三岁，岐嶷不凡。每讲，阁臣一人入直看讲。御案前有双铜鹤，故事，叩头毕，从铜鹤下转而东，西面立。一阁臣误出其上，光庙瞩内侍曰："移铜鹤，可近前些。"虽不明言，意已默寓，众皆叹服。一日，讲"巧言乱德"一节，讲章解曰："以是为非，以非为是。"余友刘幼安当直，既敷衍毕，从容进曰："请问殿下，何以谓之乱德？"朗然答曰："颠倒是非。"盖化词臣之句而櫽括之，更觉明切。退相语，以为真天纵不可及也。

进讲既毕，必奉玉音赐酒饭，所赐比常宴最为精腆，非时横赐，又不与焉，此儒者际遇之极荣也。后讲官从便，自携食榼，光禄寺折送，其数不少。乃二十二年之讲，裁减不及钱许。幼安常笑曰："我辈初做秀才时，馆谷每岁束修不下五六十金，又受人非常供养。今为皇帝家馆师，岁刚得三十金，自食其食。每五鼓起身，步行数里，黎明讲书，备极劳苦。果然老秀才不及小秀才也。"又言："大暑，侵晨天气凉，出入犹便；大寒，冲风几于裂肤。至先朝银币、笔墨、节钱之赐绝响，端午节不见一扇。圣上教子，可谓极严极俭者。"

圣　　谕

万历三十一年十二月，妖书事发，神皇怒甚，上下危疑，恐动摇国本，则祸不独中于臣子，且移之社稷。幸神皇主意素定。方严捕时，召皇太子，大声谕曰："哥儿，汝莫恐，不干汝事，汝但去读书写字，晏些开门，早些关门。"仍遣司礼监田义口传圣谕内阁："我今日亲朝圣母回宫。"就宣皇太子在启祥宫,赐皇太子慰言,及戒谕皇太子云:"我的慈爱教训,天性之心,你是知道。你是纯诚孝友好善的,我平日尽知。近有逆恶捏造奸书,离间我父子兄弟,天性亲亲,动摇天下,已有严旨缉拿,以正国法。我思念你必有惊惧动心,我着阁臣拟写慰旨,安慰教训你。"又有戒谕内外执事人等旨意:"今日宣你来,面赐与你,我还有许多言语,因此忿怒动火,难以尽言。我亲笔写的面谕一本赐你,细加看诵,则知我之心也。到宫安心调养用心云云,毋听小人引诱。"传时泪下,皇太子亦含泪叩头请去。送至殿檐,随赐膳品四合,手合四付,酒四瓶,"传与先生知道"。夫禁中严密,一启闭间,何劳天语叮咛如此。就中机械,神皇灼见,不待张差之梃,已得之十二年前矣。

卷之二

庙　　号

太祖庙号与汉祖同，故今尊称曰太祖，曰高皇帝，则得矣。近见刻国朝一书，曰我高祖皇帝，其于汉祖，亦曰汉高祖。不知原是太祖，非高祖也，亦当有辨。

国　　号

国号上加大字，始于胡元，我朝因之。盖返左衽之旧，自合如此，且以别于小明王也。其言大汉、大唐、大宋者，乃臣子及外夷尊称之词。近见新安刻《历祚考》一书，于汉、唐、宋及司马晋，皆加大字，失其初矣。

年　　号

国朝年号永乐，乃张重华、王则伪建，天顺乃元出帝旧号。前则兵后匆匆，后则事起仓卒，不暇详考。正德则西夏李遵顼所建，是时刘文靖、谢文正当国，故吏书马钧阳至出题讥诮，遂为口实。隆庆之号，虽不犯重，然改隆庆州为延庆卫，亦如之。承天有隆庆殿，改为庆源殿。因新君年号，而改祖宗旧名。时当国者为徐文贞，一时亦偶未之思也。今上天启，不知何如，自当与嘉靖、万历并美并永矣。

侍　　朝

自来天子升殿，汉以羽林期门，唐以三卫，皆执扇登殿。唐玄宗时，阁则先奏：以三卫皆趫悍武夫，不宜升陛迩御座，请以宦者代。遂为故事，至今用之。然国朝以勋戚、大臣、阁臣、词臣、尚宝、中书、科道夹侍，而道引升陛，则词臣、中书、科道各四人，其制最当。至女官随侍，女乐引道，必起于吕武临朝，而唐玄宗袭为故事。亦至我太祖革去，尤足洗千古之陋。

讲　　读

太祖最好学，海内宿儒，征聘殆尽。临朝，侍左右，每事咨访，退即与之讲解，甚至互为辨难。又设大本堂教皇太子，其诸王、诸王孙，皆亲加督课，且日与诸儒相上下。故太宗、仁宗皆优于文事，而建文尤为赡敏。太宗又推此意教皇太孙，命姚广孝等讲读华盖殿。故宣宗诗文妙绝今古，而绘事尤精。虽圣神天纵，要之预教之功，不可少也。英宗即位之元年，少傅杨士奇等请开经筵，时年方十岁，行礼甚肃，历代因之。定以初二、十二、廿二，而尤勤于日讲。至武宗时，始不免作辍。世宗励精于先，倦勤于后。神宗初立，张太岳亦尽抖擞从事，后御朝日稀，不复举行。虽日讲进稿不废，要之，皆成故事故纸矣。

经　　筵　词 陆俨山著

经筵开自祖宗朝，按月逢旬第二朝。今上春秋偏好学，三千年后见神尧。

<small>国初经筵无定日，至英庙初朝，始著为仪。今用每月初二、十二、二十二日，寒暑及有故，奉旨暂免。多以春二月、秋八月举行。今岁实以七月二十二日，上之勤学也。</small>

编排御览效精诚，白本高头手写成。句读分明圈点罢，隔宵预进讲官名。

<small>凡进讲，先从内阁点题，票示讲官，分撰讲章，送阁下详定。敕房官用高头白手本写成二通，讲官预进东阁，用象管朱印成句读科发，隔日进呈。其一在御座展览，其一在讲案供讲。</small>

丝鞭声肃退朝官，名在经筵略整冠。一字班行先出队，中臣扶辇下金銮。

　　凡经筵，例用勋臣一人知经筵事。内阁或知，或同知经筵事。九卿之长及学士、祭酒等官侍班。詹翰坊局及国子祭酒，每二员为讲官，詹事府詹事等官，各部侍郎出由翰林者，仍为讲官。翰林春坊，每三员为展书官，给事中、御史各二员侍仪。鸿胪寺、锦衣卫堂上官，各一员供事。鸣赞一员赞礼，序班四员举案，侯伯一人领将军入直。制敕房官，书写讲章，通谓之经筵官，皆得入衔。每当鸣鞭退朝，上将赴经筵，则各从本班略整衣冠，以俟先出分队作一字行，随驾而南。

金水河头白玉桥，上公宝带侍中貂。逡巡小立瞻龙气，左顺门高御幄飘。

　　驾过金水中桥，迤逦转东，各官俱候桥北，南面小立。望驾升至左顺中门进入，然后度桥循行。每望见御幄迎风映日，或时见小伞盖擎蔽朝阳。

文华殿启奉天东，滴翠浮青映碧空。谭艺讲经频设仗，太平天子坐当中。

　　文华殿在今奉天门之东，比诸殿制稍减而特精雅。用绿色琉璃瓦，左右为两春坊，上之便殿，所常御者也。今用为经筵之所，中设御座，龙屏南向，又设御案于御座之东。稍南，设讲案于御案之南；稍东，入殿中门。当槛下，白石一方，纯洁，可丈许。抬讲案官置案，当其北二三尺地，始赞讲官拜起也。

百官朝下殿门前，仗马双牵七宝鞭。黄道正中移步辇，侍臣班从赴经筵。

　　上御奉天门朝罢，百官皆北面拱立。中使齐牵仗马过东，上兴，下御座，乘板轿，由丹陛南下，赴文华，经筵官、执事官皆从。

龙池凤掖蔼朝暾，板轿初回转角门。听唱官人来进入，讲章默默又重温。

　　各执事官于左顺门之南门西，以次相向序立定。时上已御文华，阖中门，各官东行下坡，则板轿已回出向西，循河过小桥北，入角门矣。适启又华中门，内侍唱官人每进来，外门传唱毕，各官始北行，徐由两门以入。是时轮讲官各默诵所讲之章，敬慎之至也。

殿陛森排剑戟重，金貂玉蟒护真龙。司仪起案双双过，御榻前头取次供。

　　今驸马都尉游泰带刀入直，立东近壁，诸将军以次侍立，各执金瓜，西亦如之。诸内侍稍北，东西两雁翅以次，亦执瓜侍立。诸司礼太监分东西班，近御案。鸿胪赞曰：起案。序班二员举御案置御前。二员举讲案置御案之南，正中讲案衣裙用纯黄绮。

横经几子赭罗裙，小对团龙簇绣云。抬向御前安稳定，黄金镇子两边分。

御案面衣,青绿团花锦;围裙,赭黄金龙,小团花。序班举案将至御前,司礼二太监自东西来接,举至御前近座。上有金尺二条,用以镇压讲章。

第三厅协两坊官,长跪拈书沤手摊。幸对天颜刚咫尺,礼严不敢举头看。

第三厅,史官厅也,又曰槐厅,即今翰林院正厅之西偏,史官所居是也。两坊,左右春坊也。展书官悉从内阁题定,兼用坊院。近时多以修撰、编修、检讨为之。今廖中允道南、张赞善治,仍供展书,新迁故也。每讲《四书》,展书官从东班出;每讲经史,展书官从西班出,进诣御案前跪,出手展讲章。二太监接手摊书,以金尺镇定,然后起,至此则天颜真咫尺矣。屏息以从事,盖人臣荣幸之极,而敬慎亦于此极矣。沤手,香名,太医院每岁制此香以分馈各官。

行出班东面照西,胪声高扬叩头齐。参差进讲并平肩立,轮著《周书》、《孟子》题。

鸿胪赞进讲毕,讲官一员从东班出,一员从西班出,俱诣讲案前稍南北向并立。鸿胪赞鞠躬叩头毕,展书官进诣展书。毕,起立,则东讲官一员进至讲案前,立奏讲某书。毕,稍退,展书官复诣展书。毕,则西讲官一员进至讲案前,立奏讲某经史。毕,稍退,仍并立。鸿胪赞鞠躬叩头毕。故进讲须有参差,而拜起必用比并。故事,先《四书》而后经史,《四书》东而经史西也。

两行冠珮列金绯,供奉诸臣尽绣衣。步入殿门同磬折,谏官端拱靠南扉。

经筵官分东西侍立,各以执事服大红袍。讲官虽品级不齐,亦皆服之。展书而下官各服青绿锦绣,惟给事中、御史与两侍仪官旁南楹作一行,东西各三人,俱北面立,备观察也。

师保公孤尽上行,元勋立近衮龙旁。红云不动炉烟细,听讲《虞书》第几章。

时武定侯郭勋以太保知经筵事,立东班首。西班则内阁一人首立,最近御座。余序次立,再立一行,居后。

金鹤飘香瑞霭浓,宝炉笼火拥蟠龙。未曾暂免经传旨,不怕严寒报仲冬。

殿中金鹤一双,东西相向立盘中,下有跌架,饰以金朱,以口衔香。香,黑色,如细烛状,外国所贡也。其下则以三山小铜屏风障金铜炭炉,两展书官各立其下。每冬则设,是岁十月置闰,节届仲冬,尚未传免。上之好学,可谓无间寒暑,真圣德也。

绿琉璃殿洞重门,黼扆中陈拥至尊。传与太官供酒饭,两班文武尽承恩。

　　鸿胪出班中跪，赞礼毕，两班官俱转身北向，拱伺玉音。官人每吃酒饭，各皆跪承旨。

白玉阑干与案齐，一行淆核尽朝西。珍羞良酝俱名品，指点开囊嘱小奚。

　　光禄寺设宴于左顺门之北，盖奉天门之东庑也。依品级序坐，盖一行俱面西。珍羞、良酝，二署名。赐宴，惟经筵最精腆。例得带从官、堂吏及家僮辈携囊椟，以收馂余。

姿容沾醉总仙桃，黄阁三公共六曹。步出顺门俱北面，瞻天拜舞不辞劳。

　　宴毕，出至顺门之南，分班北向叩头谢恩而退。

隔宿熏衣问夜阑，斋心转觉副心难。不知言语功多少，到得君身保治安。

　　凡进讲，衣冠带履俱熏香，退即以别箧贮之，示不敢亵也。必斋戒，必沐浴，演习讲章，以祈感动一念之诚，殆未易以言语尽也。

斋辰服次圣躬劳，浅澹垂衣宝座高。昨日御批传帖下，龙纹重整赭黄袍。

　　上好学弥笃，每当忌服辍朝之日，即以变服御经筵，诸执事官俱乌纱澹服以从。惟带或用角，或照品，临期取旨。今闰月廿又一日，悼灵皇后发引，传帖经筵官，照旧服大红，其余青绿锦绣皆如制。是日始睹上赭黄袍矣。

朱衣司礼下东班，风细传言缥缈间。暂倚木天西面望，圣皇亲飨两宫还。

　　是日将下奉天门，忽司礼一人下东班，向内阁，若有宣示者。始知上将西朝两宫矣。各执事官俱暂入史馆，候驾东还行礼。

经　筵　忌　辰

　　嘉靖元年四月戊戌，上御经筵，修撰吕柟讲《尚书》"夙夜惟寅"章，是日仁祖淳皇后忌辰，柟以书义相关，口奏乞存忌辰，光圣孝。奏未竟，上曰："已知。"因俯伏不及承旨，上疏请罪，宥之。五月丁巳经筵，仁宗忌辰，给事中安磬奏是日当绯衣赐宴，避而辍讲则废学，如仪则忘孝，请移经筵前一日。事下礼部，覆言经筵礼期，累朝未之有改。祭议曰：君子有终身之丧，忌日之谓也。似专指父母而言，祖以上，礼经未载。孝皇在位，遇宪宗忌辰，仍御经筵，衣青绿花袍赐宴，宜仿此行。上特令暂免，遂以为例。久之，罢不复举。大约读书讲书是好事，自非上圣，亦有时而厌怠。人家小学生子尚然，况帝王乎？议者争此区区，因废大典，若孝皇者，真万世之圣主也。

讲书职分

武宗时，李文敏公廷相方进讲，上忽退，游于西苑，公竦立至晚，退坐内臣板房，不敢睡。次日五鼓，始御经筵，众以其久候立倦，或不逮往日。及开讲，声音洪亮，理致详明。上倚听，大喜，即欲传敕取入内阁办事，都督朱宁、朱安等，各有贺礼及门。公以讲书乃职分之事，虽颇称旨，非他有积劳，岂可以常事而当盛宠，因数言而取相位耶？辞之甚恳。未允，不得已，从权借左右貂珰之力，始得俞音。乃后门人，如张罗峰、翟石门、严介溪，而夏桂洲则又门人之门人也，皆为内阁大臣，公竟不与焉。所亲有尤之者曰："恒言谓百年到手是功名，当时如不固辞，虽如五日京兆，亦可也。"公笑而不应。公父荣禄公瓒，原中一甲第三名，以让会元陈澜，改二甲第一。荣禄为侍郎时，家人梦有报者曰："户部正堂爷坐后，小相公当继。"后弘治壬戌，公果探花，补前之失。而荣禄公南京，廷相北京，皆户部尚书。

讲官互易

光庙以皇长子出阁讲学，讲官互有更易。一人多吴音，且举止烦急，光庙对内侍嘻曰："片语不晓。"一人体胖，讲毕，倚柱而喘，目之，大不怿，此皆不择之故。先朝讲官必举有德器者充之，不挨资次，良有深意。

不避讳

宋时胡安定侍讲，读乾、元、亨、利、贞，_{贞，宋真宗庙讳也。}上与左右皆失色。徐曰："临文不讳。"上意遂解。毕竟讳之为是。明言帝讳，求讲别卦，上谕之讲方讲，才妥贴。不然亦须说明而后讲。临文者，文章也，非口讲。一作赵师尹。

请 教 讲 官

宋孝宗时，张子韶在讲筵。上尝问曰："何以见教？"张曰："臣安敢当'见教'之语？抑不知陛下临朝对群臣时，如何存心？"上曰："以至诚。"又曰："入而对宦官、嫔御，如何？"曰："亦至诚。"又曰："无所接对静处时，如何？"上迟疑未应。子韶曰："只这迟疑，已自不可。"上极喜，握其手曰："卿问得极好！"

实 录

臣祯于友人处借得各朝实录，恭颂至"高皇帝初克集庆路"，即改为"应天府"矣。以后宜书"京师"，或曰"都下"。不则，当称"应天"，乃每每著"建康"字面，似是文章家改字用古法。又"日珥生晕"，或背气一道，多书曰"日上"。夫日下、日中、日左右，自是可见、可书，日之上，人何得着眼？想因钦天监原奏录之，不加订改。

实录成，择日进呈，焚稿于芭蕉园。园在太液池东，崇台复殿，古木珍石参错其间。又有小山曲水，则焚之处也。

实录之名起于唐，国朝平元都，即辇十三朝实录至京，修之至再。《太祖实录》，修于建文，又再修于永乐，并历朝所修者，藏之金柜石室，最为秘密。申文定当国，命诸学士校雠，始于馆中誊出，携归私第，转相抄录，遍及台省。若部属之有力者，盖不啻家藏户守矣。闻新安有余侍郎懋学、范太常晞阳，节略自为一家。太常不知何如，尝见余侍郎世、穆两庙，甚有体裁。然于吾学宪章诸书及家乘别集，尚未暇及，王弇州似得兼而提摘碎散，览者可喜可愕，总又望洋。陈文端请修正史，分各志二十八，务于详备，一志多至四五十万余言。未几，文端薨，各志草草了事。丁酉拟修列传，会三殿灾，奏停，盖六月十九日也。时余入史馆方三日,又十日,病发,凡三月,仅得不死,而馆中无复有谈及者。盖余之无缘如此,有愧其名甚矣!

大　　诰

《诰》凡三篇,其书有初颁,有续颁,皆太祖就事用重典、警戒臣民之语,如郭桓盗粮一节,见之屡屡。而更有直书一事,尤出常情之外。盖小说中谓太祖恨陈友谅,纳其妻,不数月生子,封潭王,王既长,就国,知状,发兵反,上遣兵讨之,王绕城骂曰:"宁见阎王,不见贼王!"与妃自焚死。余读而深恶之,谓大圣人安有此等举动?今考《大诰》篇末,明述其事,甚有追悔之言。可见大圣人亦有过,过生于忿,到老亦觉得自家有不是处,光明洞达,其心益虚,而其德益进矣。惟第六子生于甲辰之二月,去友谅死凡七月,友谅围洪都,尽载家属以行,则妻之获,当在此时。而太祖于此际极见得分晓,决不久留其妻于宫中,以七月之孩为己子,乱天潢,产祸种。且是胡光妃所生,封楚王,名桢,非潭王,潭王名梓,生于乙巳,自焚于洪武二十三年庚午。后人见有此事,遂不免附益耳。

永 乐 大 典

此书乃文皇命儒臣解缙等粹秘阁书分韵类载,以便检考,赐名《文献大成》。复以未备,命姚广孝等再修,供事编辑者凡三千余人,二万二千九百三十七卷,一万一千九十本,目录九百本,贮之文楼。世庙甚爱之,凡有疑,按韵索览。三殿灾,命左右趣登文楼出之,夜中传谕三四次,遂得不毁。又明年,重录一部,贮他所。

大 明 会 典

是书创于弘治十五年,续修于正德四年。司礼监刻印颁赐,再修于嘉靖二十八年,进呈未刊。万历四年题准重修,十五年进呈,礼部刊行。其条例大约出洛阳、余姚之手，以六部都通大为主，联以小九卿五府，而以宗人府冠于文职衙门之首。据鄙见，衙门职官原有勋、戚、文、武四号，下至乐字号而止。宗人府掌王府之事，在勋臣之上，盖太祖重天潢，非臣下所敢拟者。若题出宗人府在前，述分封、命名、设官、玉牒、掌印之概，此后以勋、戚、文、武为叙，特详文职衙门，载一切兴革本末。而纳乐字号于礼部，庶有次第。若指宗人府为文职衙门，则义有所未安。想当时不过以府有经历一员，不可不收，又以宗人府体面，不得不冠之首，则五府独无经历等官，而五府列六部之上，祖制亦岂得独违耶？

仪制莫重于登极，当以为首，乃居朝仪之后。宴莫大于庆成，宜详，止书大略。至封爵，是国家重典，并未一及。

朝贺仪以主上冠于太皇太后之前，是矣。中宫虽配帝之尊，而正外、正内，原自有别，亦冠于太皇太后之前。均内也，以妇先姑，可乎？丧礼以皇太后居先，是矣。然列孝慈皇后于章圣皇太后之后，不已太甚乎！开天圣后乃不得居第七代藩国尊崇之后之前，虽仪注非实事，宁不触目动心？据臣臆见，凡关帝、后、宫禁者，宜以朝代为先后，各衙门，则以类纂入可也。

两京山陵石像十八对，首言石狮子一对，坐卧各一，次云石兽一对。兽乃百兽之总名，当何所指？或曰：自来称虎为兽。考《晋书》成于唐魏徵等，唐太宗称制临之，以太祖名虎，改称曰猛兽。然亦双文，非单举也。况虎乃武官六品服色，文臣即五品皆同，用于墓道，原不入帝王门队，当是天鹿，而临文者求其状与说不可得，则姑曰兽云耳。

典　　礼

今上初生，神庙喜得元孙，谕礼部，尊皇太子生母恭妃王氏为皇贵妃，皇太子正妻封妃，余皆才人，俱《皇明典礼》一书所载。内阁揭称，阁部俱无此书，当令搜览，得旨各降一部为定式。

承天大志

世宗既定大礼,升安陆州为承天府,命巡抚顾璘修志,征诸名士王梦泽、颜子乔等纂辑进呈,不称旨,报罢。给事中丘岳请重修,敕阁臣为之,嘉靖四十五年告成,赐名《承天大志》,擢岳礼部侍郎。臣得恭诵,乃《兴府志》,非《承天志》也。隆庆元年,岳以考察去官。

大 礼

永嘉议礼,佐成圣孝,是也。及修《大礼全书》,身为总裁,上疏曰:"元恶寒心,群奸侧目。"元恶者,指杨石斋父子也。夫大礼只是议论不同,其心亦惟恋恋于孝宗之无后而争之强,叩门伏哭,失于激,为可罪耳。乃曰奸、曰恶,不已过乎?乘时侥幸之人,放泼无忌,致世宗含怒一时,被谴诸臣,终身不复收录,推其余波,忠直之受累者多矣。

方献夫、霍韬又言:"主为人后者,莫甚于宋之司马光,光又沿王莽之说,惑人最盛。请命纂修官考订,以洗群疑。"上从之。由此言之,司马公亦当称元恶矣。

两 渊

嘉靖五年丙戌三月,天台县起复知县潘渊进《嘉靖龙飞颂》,内外六十四围,五百段,一万二千章,效苏蕙织锦回文体。上以其文纵横不可辨识,使开写正文以进。是时,请建世室者,有监生王渊。其事既行,渊从选人得主簿,为上官所答,上书自言,擢上林苑右监丞,进《世庙颂》。京师人为之语曰:"两渊有两口,口阔大如斗。笑杀张罗峰,引出一群狗。"人之献谄如此。当时议大礼者既得逞志,云涌蜂起,为所欲为者,何所不至,真世道一大更革之会也!

丰熙以学士争大礼捍张、桂,诏狱廷杖谪戍,而其子坊请赠献皇庙号,称宗并享。上卒用其言,称睿宗,入太庙。然坊已考察,卒不用,狂而贫,客死。虽有才名,善书,何以见学士于地下?

善逐好

诸臣因大礼骤进,而夏桂洲议郊祀分合,得首揆;汪铖议及民间奢侈,正丧葬服式之制,得冢宰。人之善逐好如此。

大狱

李福达一狱,张、桂为政,仗郭勋报怨,朝士四十余人皆被杖黜,福达父子独得无恙,刻《钦明大狱录》颁天下。后郭勋下狱死,而福达之孙同,踵妖术,行徐沟洛川间,自言为大唐子孙,当出世安民。抚按捕下狱,查刻《大狱录》姓名来历,一一相同。同依律处斩,都御史庞尚鹏题准,同殊死,福达剖棺断尸,其族皆覆。又追论桂萼、张璁之罪,天下快之。

秘书

中秘书在文渊之署,约二万余部,近百万卷,刻本十三,抄本十七。入直者,辰入未出。凡五楹,中一楹当梁拱间竖一金龙柱,宣庙尝幸其地,与阁臣翻咨询问,故置示史臣不得中立设座云。然临幸益稀,至今绝响。其书乃秦汉至宝,屡购所积,不得移出。今不知何如,闻往往有私窃而出者。此系神庙初年沈晴峰太史所记。乃弘治五年大学士丘濬上言:"我太祖高皇帝肇造之初,庶务草创,日不暇给,首求遗书于至正丙午之秋。考是时,犹未登宝位也。既平元都,得其馆阁秘藏,而又广购于民间,没入于罪籍,一时储积,不减前代。然藏蓄数多,不无乱杂;积历年久,不无鼠蠹;经该人众,不无散失。今内阁储书有匮,书目有簿,皆可查考。乞敕内阁大学士等计议,量委学士并讲读以下官数员,督同典籍等官,拨与吏典班匠人等,逐厨开将书目一一比校,或有或无,或全或缺,所欠或多或少,分为经、史、子、集四类,及杂□、类书二类,每类若干部,部若干卷,各类总数共若干,要见实在的数,明白开具奏报。又以木刻考校年月,委官名衔为记,识于每卷之末,立为案卷,永远存照。窃惟天下之物,虽奇珍异宝,既失之皆可复得;惟经籍在天地间,为生人之元气,纪往古而示来今,不可一日无者。无之,则生人贸贸然如在冥途中行已,其所关系,岂小小哉!民庶之家,迁徙不常,好尚不一,既不能有所广储,虽储之,亦不能久。所赖石渠延阁之中,积聚之多,收藏之密,扃钥之固,类聚者有掌故之官,阙略者有缮写之吏,损坏者有修补之工,散失者有购访之令,然后不至于泯澜散失尔。前代藏书之多,有至三十七万卷者。今内阁所藏,不能什一,数十年来,在内者未闻考校,在外者未闻购求,臣恐数十年之后,日渐消耗失。今不为整治,将有后时无及之悔。伏望体圣诏求遗书之心,任万世斯文在兹之责,毋使后世志艺文者,以书籍散失之咎归焉。不胜千万世儒道之幸。"

合二说观之,是何前之少而后之多!多且过三十倍,岂累朝购求所积,抑每部添副几部,与一切类书、文集俱收入充数而然耶?是惟阁大臣能考之。

自古藏书之所,非止一处。汉有东观、兰台、鸿都等处,唐有秘书监、集贤书院等处,宋有崇文馆、秘书省等处。我朝稽古定制,罢前代省、监、馆、阁掌书之官,并其任于翰林院,设典籍二员。凡国家所有古今经籍图书之在文渊阁者,永乐中,遣翰林院修撰陈循往南京起取本阁所贮古今一切书籍,自一部至有百部以上,各取一部北上,余悉封识收贮如故。

南　院　书　籍

南翰林院原有二大书柜,旧册充牣,皆国初儒臣进御之稿。如边防一本,发出拟议,则查某地某朝如何形势,如何处置,今则合当如何料理,仰俟圣裁,有累至三四幅者,末署云臣某进。其他钱谷、刑名等项亦如之。而进退人才,则又密封,稿中皆涂去姓名,防泄漏也。吕巾石先生来掌院,辑为若干卷,将付梓,会转官携归,毁于火,真可惜也。

图 书 之 厄

隋亡，禁内图书湮没，唐兴募访，稍稍复出，藏秘府。张易之奏天下善工潢治，密使摹肖，殆不可辨，窃其真，藏于家。既诛，悉为薛稷取去。稷败，惠文太子范得之，卒为火所焚。

王涯家，书多与秘府侔。前世名书画，必厚货钩致，或私以官，凿垣内之，重复周固，若不可窥者。及败，为人剔取金轴金玉，而弃其书画于道，无敢有拾者。

内 库 银 钱

国朝内库以甲、乙、丙、丁、戊为号，而不及己。戊，茂也，取财物盈满之意。己，已也，止也，从此渐耗，故避不取。然势亦有所必至矣。

北工部用银千以上者题请，南自百以上即题，然亦未尝数数也。

钱一缗计一千，值银一两。唐盐利四十万缗，刘晏为转运使，至大历末，六百余万缗，以绢代钱者，每缗加钱二百，以备将士春服。其曰每贯者，八百五十文为一贯，今《大明律》与之迥异。

桐 漆 园

南京漆园设百户二员，甲军一百余名，棕园百户一员，甲军一百余，俱三年拨人匠采取，不过二百斤。桐园百户二员，甲军二百四十名，每年采取，得油止一百五十斤。圣祖岂虚设为此无益之费，有深意焉，亦寓兵于农之意也。

司 牲 所

养羊三百六十余只，每只黑豆八合，草一斤，牧羊军一百二十名，官吏二名。五年内支过黑豆二千八百余石,每石价四钱二分,该银一千二百余两。草二万四千余束,每束价二分,该银五百余两。米八千八百余石,布花银七百余两。支数如此,费十而用不得一,光禄卿赵锦奏免。

乾明门猫十二只,日支猪肉四斤七两,肝一副。刺猬五个,日支猪肉十两。羊二百四十七只,日支绿豆二石四斗三升,黄豆三升二合。西华门狗五十三只,御马监狗二百一十二只,日共支猪肉并皮骨五十四斤。虎三只,日支羊肉十八斤。狐狸三只,日支羊肉六斤。文豹一只,支羊肉三斤。豹房土豹七只,日支羊肉十四斤。西华门等处鸽子房,日支绿豆、粟、谷等项料食十石。一日所用如此,若以一年计之,共用猪、羊肉并皮骨三万五千九百余斤,肝三百六十副,绿豆、谷、粟等项四千四百八十余石。此弘治初年事,正德中不知增几倍,嘉靖初量减,今又不知如何矣。

西苑豹房蓄文豹一只,役勇士二百四十人,岁廪二千八百余石,又占地十顷,岁租七百金。此皆供内臣侵牟影射之资。又闻内马监蓄马甚多,马料甚丰,其弊尤甚,每至有饿死者。夫御马盖备圣上不时出入之用,考祖训,每门置马一二匹,鞭辔皆备,以供不时出入之用。国初不得不如此。景泰初,出御厩马载炮车,今太平已久,主上深居,不出一步,蓄此何用?此皆可减,而人臣所不敢言者。推此类,国家虚费何极!财安得不匮,而民安得不穷乎?

钞 税

国初止收商税,未有船钞。宣德间,始设钞关,凡七所:河西务、临清、九江、浒墅、淮安、扬州、杭州,内临清、杭州兼榷商税。本色归内库备赏赐,折色归太仓备边储。或本折输收,或有增减,累经酌议。后改钱钞,折银备船料。初用御史,正统间取回,令原设官收受。嘉靖四年设正阳钞关,专备高墙庶人供给,八年革。

免　　税

太祖以应天、镇江、池州、太平、宁国五郡兴王之地，劳民可念，时免粮税。然诏中必云：除刁顽不行，仓完备及多料善民，本户粮长，秋粮不免外，其余云云。嗟乎！今之免者，乃皆刁顽之类，而良民不免，太失初意矣。

盐　　政

蜀盐出于井，井之大仅可如竹，号曰竹井。凿之五六十丈，得淡水，至百丈，始得盐。凿甚艰，入甚深，汲甚苦，有铁钎、漕钎、刮筒、吞筒等制，纤悉俱备，非若池盐、海盐之易煮也。

国朝禁私盐，买官盐，而又赋民盐课钞，想亦谓私盐之不可尽绝也。闻顺天府每岁注皇上课钞一名，盖祖制以天子为百姓榜样，未知果否？京官原有食盐，后颇累及充役支解者。陆五台言于太宰严文靖公革去，惟户部如故。据此，当是嘉靖年间事。然考之弘治年间，始革各衙门食盐，惟十三道如故。而余在京拜一同年官台中者，见有送到官盐一引，则前说似未可据。并存之。

宋姚宽监台州杜渎盐场日，以莲子试卤。择莲子重者用之，卤浮三莲、四莲，味重；五莲，尤重。莲子取其浮而直，若二莲直，或一直一横，即味差薄。若卤更薄，即莲沉于底，而煎盐不成。闽中之法，以鸡子、桃仁试之。卤味重，则正浮在上；咸淡相半，则二物俱沈，与此相类。

杜中立为义武节度使，旧谣，车三千乘，岁挽盐海滨，民苦之。中立置飞雪将数百人，具舟以载，民不劳而军食足。"飞雪"二字，妙，妙！

白　　粮

成化以前，解户上白粮及各物料，户、工二部委官同科道验收，解户不与内臣等见面,故军校不得胁勒,内臣不得多取,小民亦不至亏害。及成化以后,部官避嫌,各款粮料不肯验收,俱令小民运送内府,而害不可胜言矣。

粮长之害,李康惠疏之最详。曰:"家有千金之产,当一年即有乞丐者矣;家有壮丁十余,当一年即为绝户者矣。民避粮长之役,过于谪戍,官府无如之何。有每岁一换之例,有数十家朋当之条,始也破一家,数岁则沿乡无不破家者矣。"读其言,真堪流涕。粮长既革,里长受累。均田,所以救其穷也,若有乘除,而岂一人能与其力?纷纷者可以思矣。

马　　价

太仆寺马价,隆庆年间积一千余万。万历年间,节次兵饷,借去九百五十三万。又大礼、大婚,光禄寺借去三十八万,而零星宴赏之借不与焉。至四十二年,老库仅存八万两,每年岁入九十八万余两,随收随放,支各边年例之用尚不足,且有边功不时之赏。其空虚乃尔,真可寒心。

果　　品

正统年间,凡遇祭祀并筵宴茶饭等项,茶食果品俱系散撮。天顺年间,始用黏砌,加添数倍。成化初年,有旨裁革。弘治中,凡遇奉天殿并先师孔子祭祀,果品俱用二尺盘黏砌,每盘高二尺,用荔枝、圆眼一百十斤以上,枣、柿二百六十斤以上。其余祭祀,虽以次递减,然所费已不赀矣。十七年题准,四方灾伤颇重,宜从减损。凡一应祭祀,除奉天殿并先师孔子用尺四盘,其余以次递减,俱照旧散撮。其大善殿、汉经等厂,大庖厨等处,朔、望、七、九供养用各色果品,每岁通计九万四千九百余斤,亦量减。

籴　販

王大司马见庵象乾为宣府参政，知塞上粟将踊贵，先借帑金二万，籴而息之。凡再三，得息金三万两，羡粟万六千石。此所谓治国如家者，推之九边，皆可行。

黔中贩盐于蜀，贩鱼于楚，每各银万五千金，共得息万五千金，以资军饷。取息，商贾事也，可资军实。此起于抚臣郭青螺，备极苦心，然其法创于刘晏，周文襄公踵行之。本之，则管子之术也。而说者訾郭自行私贩，冤哉！人之昧心如此，缙绅不得辞其责。

开　矿

国初救荒事例，原有开矿一节，泰陵禁止。成化年间，太监秦文又起此端，给事中徐忧和之。至神皇，其说大行，遍天下矣。

和　市

包孝肃为三司使，凡管库供上物，旧皆派之列郡，积以困民。公为置场和市，民得免其扰。

农　蚕

中国耕田必用牛，以铁齿杷土，乃东夷儋罗国之法，今江南皆用之。不知中国原有此法，抑唐以后仿而为之也？

俗有"占米"之称，不晓所本，问之，亦无能言者。盖宋大中祥符间，遣使至占城国取种三万斛，并树艺法传入中国，自是始有占稻。其名曰冬占、五十日占、三十日占等数十种云。

不种而获曰稆。

荒田开时，先种芝麻一年，后种五谷。盖芝麻能败草木之根也。

蜀中稻熟时,蚱蜢群飞田间,如小蝗状,而不害稻,然能啮人。

江南人食钱江以上米及外江籼米,多疾涎结滞,仍取南米食之,即愈。然彼处人自食之则不觉,盖人与地与谷各有配也。

近年农夫日贵,其直增四之一。当由务农者少,可虑,可虑!

琼州田禾三熟,蚕丝八登。

湖地宜蚕,新丝妙天下。每蚕忙时,必有小鸟连叫曰:"澈山看火。"其声清澈可听,蚕毕则止,余地无之。蚕室暖,育者倦极,常有火患。作茧用柴帚,以禾草为之,长尺有咫,大可一握。散布登蚕,其上有至二三重者,名曰上山。

湖丝惟七里者尤佳,较常价每两必多一分。苏人入手即识,用织帽段,紫光可鉴。其地去余镇仅七里,故以名。有即其地载水作丝者,亦只如常,盖地气使然。其初收也,以衣衾覆之,昼夜程其寒暖之节,不使有过,过则有伤,是为护种。其初生也,则以桃叶火炙之,散其上,候其蠕蠕而动,溅溅而食,然后以鹅羽拂之,是为摊乌。其既食也,乃炽炭于筐之下,并其四周,锉桑叶如缕者而谨食之。又上下抽番,昼夜巡视,火不可烈,叶不可缺。火烈而叶缺,则蚕饥而伤火,致病之源也。然又不可太缓,缓则有漫漶不齐之患矣。编经曰蚕荐,用以围火,恐其气之散也。束秸曰叶墩,用以承刀,恶其声之著也,是为看火。食三四日而眠,眠则摘,眠一二日而起,起则馁,是为初眠。自初而之二,自二而之三,其法尽同,而用力益劳,为务益广,是为出火。盖自此蚕离于火,而叶不资于刀矣。又四五日,为大起,大起则薙,薙则分箔。薙早则足伤而丝不光莹,薙迟则气蒸而蚕多湿疾。又六七日,为熟巧,为登簇。巧以叶盖,曰贴巧,验其犹食者也。簇以藁覆,曰冒山,济其不及者也。风雨而寒,则贮火其下,曰炙山,晴暖则否。三日而辟户,曰亮山;五日而去藉,曰除托;七日而采茧,为落山矣。凡蚕之性,喜温和与恶寒热,大寒则闷而加火,太热疏而受风。蚕房宜卑,卑则温,蚕簇宜高,高则爽。又其收种时,须在清明后,谷雨前。大起须在立夏前,过此不宜也。至于桑叶,尤宜干而忌湿。少则布挹之,多则箔晞之。能节其寒暖,时其饥饱,调其气息,常使先不逾时,后不失期,而举得其宜。一时任事诸女仆,又相兴起率励,咸精其能,故所收率倍常数。传者始而惊,中而疑,终而信也。其后益加讲求,为法愈密,所产益良。前后几二十年,岁无败者,时谓得养蚕术焉。

蚕　报

湖之畜蚕者,多自栽桑,不则豫租别姓之桑,俗曰秒叶。凡蚕一斤,用叶百六十斤。秒者,先期约用银四钱,既收而偿者,约用五钱,再加杂费五分。蚕佳者,用二十日辛苦,收丝可售银一两余。为绵为线,矢可粪田,皆资民家切用,此农桑为国根本民之命脉也。我郡在在有之,惟德清尤多。本地叶不足,又贩于桐乡、洞庭,价随时高下,倏忽县绝。谚云:"仙人难断叶价。"故栽与秒最为稳当。不者,谓之看空头蚕,有天幸者,往往趣之。余邻家章姓者,豫占桑价,占贱即畜至百余斤,凡二十年无爽,白手厚获,生计遂饶,鼓乐赛谢以为常。一日赛毕,有妇人矮而肥白,求斋,卧于地不肯去。其家内外醉饱得意甚,厌之,叱曰:"亟去!毋得聒扰。"则应曰:"我与汝曾祖母有连,岁为汝应卜助,生计不啻足矣,一斋何有,而悭至此!"蒲匋将入门,众恚甚,蹴之,忽不见,且骇且疑。其佛堂忽有声,曾祖母牌已裂为二,盖祖母故好善,每见裸蚕,必致暖处护其生,俟生翼翔去乃已。没已数十年矣,矮妇之祥,或在于此。以后卜吉而畜者,其价每每相左。初犹得失半,后失者居多,最后价腾十倍,弃其蚕于水,家亦随耗矣。

蠶　母　传《吴匏庵集》

蠶母者,蜀之鱼凫人也,不知其世次所自出。相传黄帝时,有神自天降,女身马首,人以其状蠶蠶然也,号曰蠶母。母为人柔婉有妇道,以其丑也,嫁久不售。母虽妇人,而有经纶之志,尝曰:"使吾得志,可大庇天下寒士俱欢颜也。"自比管、葛,时人莫之许。会黄帝时,西陵氏位长秋,后宫之属未备,母以布衣进于帝曰:"妾愿以其不才之身充下陈,执筐筥。"帝曰:"汝何有?"对曰:"妾无有也。使一旦得备箕帚,顾愿捐吾躯、刳吾肠以报。方今黑帝起北方,为严刑以肃杀天下。陛下用妾经营之,可不战渐消。三年之后,变隆冬为阳和,如妾之意。且欲为陛下定礼乐,上衣下裳,山龙华虫,宗彝藻采,以黼黻皇猷,使天下睹文明之治,可乎?"帝大悦,遂以属后曰:"是所谓王臣蹇蹇,匪躬之故者也。"母有巧思,而拙于自防,后宠日甚,而后宫皆妒之曰:"是所谓蛾眉不肯让人者耶?"母日侍后,三俯三起,帝悯其劳也,封为长桑君。母尝请于后曰:"妾侍巾栉,食恩多矣,后当吐而还之。"居无何,其种滋殖,后视之如己出,亲为之浴。上赐洗儿钱,既而卜三宫世妇之吉,饲之密室。既成,厥家世妇以见于后,肌肉玉雪,衣裳缟然,后辣然改视,为副袆礼之。既而有谮之者曰:"母小人也,避凉附炎。且其性残虐,豕物多矣。"后怒,请帝加炮烙之刑。帝曰:"吾闻恶不善如探汤,请以试之。"母怡然受之,不变,徐曰:"吾固愿刳吾肠以报,虽就鼎镬,其甘如饴。"后愈怒,于是聚其族,抽其筋以颁赐天下。既而悔曰:"不可使母无嗣。"乃留其子,子遂飞去,自相夫妇,其类益蕃。至周文王时,求其子,得之蜀,封以五亩之宅,使食邑焉。至以其功配后稷,曰:"此二人者,不可一日无者也。"其后历代帝王莫不崇尚,而后与夫人尝礼之,以为天下先。及尹铎为晋阳,欲遵以为治,简子不可,乃止。其后秦用之,卒灭六国。

续 传

母,蜀之蚕丛人,后徙于湖。自洪荒时孕月精而生,生凡二种。其一曰禾公,宅于土,负凥泊泊然。自长自化,人拾而吞者充饥,日三四进,不能舍,至倚为命。后稷氏主之。一宅于树,憼憼然有头目,嘴微黝,多足,而肉身上下浑圆。邻于长桑,因食其叶,号曰憼母。黄帝氏主之。方生时,纤细而裸,数甚繁,亦随人意,听其多寡。性不喜风,坐密室,加暖则滋蕃育。旬日间,三觉三眠。觉则食,缘叶细细,环转至尽,昼夜不少停,薨薨有声,独避其梗。久之,肥白,状如水晶。一日,自请于帝曰:"妾素有经纶之志,比玄冥氏岁岁挟大风示威,妾虽屡,能御之。彼以栗,吾以温;彼以劲,吾以软。差足相胜。况久食大官,乘鄀自效,此其时矣。"帝曰:"相从久,未忍舍汝投荒也。"然母性时急时懒,不自持,邑邑请老。帝曰:"凡养者,必有以用。日来遇汝厚,皇后亲率六宫,保汝长汝,寝不得安,食不得下咽。上林之树尽秃,而遽舍朕辞去,可乎?"曰:"固也。必有以报。然非独辞而已,将丐陛下一枝之稳,自相结聚,以基太平之业。且陛下血战数十年,涿鹿之功最大。及今制黼黻文章,光运中天,而妾亦得与禾公并耀功烈,不亦可乎?"帝曰:"然则何计而可?"因进曰:"陛下柴望之余,尽有余束。愿断之,长尺有咫,置妾于颠,重累可三可四,妾愿尽吐胸中所有,团为雪宫,投之沸汤中,看有细而浮者,引之挂于轴,轴转不休,丽尽则止,惟陛下所用。而妾残躯,或委粪土,或饲鸟兽,皆无所惜。"帝怃然从之,而皇后深念宫中充下陈者甚多,如母静而不喧,婉而不媚,盘旋不噬,且互枕籍,不苦凌压,即好嚼,祇木叶树芽,无腥膻滋味之奉,一旦尽族靡烂,大可怜,乃留十之一置楮上。次日,生子累累,不知其数。又挟二翼,栩栩欲飞。或曰:"此蛾眉也,行且惑人。"后疑之。然见其臃肿,烟粉零落,度非帝所喜,置不复较,而收其子藏之,曰:"此又来岁上林之蠹也。"于是洒扫宫内外,置酒酣宴行赏。而帝一日视朝,取轴示群臣,太史院进奏:"夜来文星见一经、一纬,牵牛、织女,指日渡河。"帝喟然曰:"昔慥母常有此言,恨不留之,听其虞渊以没也。"语未既,轴上发白光贯斗,长经天。殿门外磬然有声,一神人苒苒而下,自称曰孙襄。俯伏,衣皆浑锦无痕,奏状请轴而观,曰:"此臣母家所毓也。以莹洁无颣为体,五色变化为用,被万方,包裹万汇为功业,而又归本于素。素者,质也,天体也,君道也,臣道也。今陛下应昌期,开太素,臣请得受而络之、绪之。勒以杼,贯以梭,提以玉甲,覆以晴云,七日毕工以献。"如期,帝大集廷臣,召入,捧几而上。时西域贡昆吾之剪,东海进冰绡之筋,女娲氏方炼补天之石,即以命之。踌躅随手而成,太阳在左,太阴在右,山龙华虫,各以次列。会南郊,帝斋宿,五鼓起披之,上衣下裳,露冕执大圭肃拜。香气凝霭,洋洋临格。礼成,还宫肆赦,尽发余轴,赐丞相以下各有差。次日,两厢父老进请分余缣,祀为神,世世修职贡。许之。于是与后稷氏大会议,封爵禾公曰谷城君,赐姓米;慥母曰锦城君,赐姓文。秩比上公,禄万石。禾之第,曰黍、麦、豆、稷、粟;慥之第,曰绵、葛、褐、苎、麻。

爵次之,禄五千石。其族散处,四方皆遍,民得依倚出入,通祀于家,曰司仓之神,曰司箧之神。以多为贵,陈陈相因。而不者,一粒、一丝无所著,议者或有不均之叹。乃二人实无趋避意,曰:"我为勤者所得,又其若惰者何?"于是众协然趣之,每岁大丰,而冠带衣履,独江南甲天下。

卷之三

国　　宝

太祖初即位，有贾胡浮海以美玉至，制大明传国之宝，并置玉圭一。二年制一小玉玺，曰奉天执中。四年置玉图记二，一曰广运之宝，赐中宫；一曰厚载之宝。又制六宝，曰天子行宝，天子信宝，天子之宝，曰皇帝行宝，皇帝信宝，皇帝之宝，三白，三青。终太祖世止此，未闻他宝也。文皇于壬午六月十三日乙丑入京师，十七日己巳即位，十九日辛未，制皇帝亲亲之宝；二十五日丁丑，制皇帝奉天之宝、诰命之宝、敕命之宝。终文皇及洪熙以下六朝，未闻增益。至嘉靖十八年，造御宝十一颗：曰奉天承运大明天子宝，曰天子信宝，曰天子行宝，曰皇帝信宝，曰皇帝行宝，曰大明受命之宝，曰巡狩天下之宝，曰垂训之宝，曰命德之宝，曰讨罪安民之宝，曰敕正万民之宝。卫辉行宫火，法物、宝玉多毁，则正统己巳土木之难，正德甲戌乾清宫之灾，所失者必多。有所失必有所补，或随事随时添置，出之内庭，则史亦不得书耳。今查《会典》，御宝二十四颗，旧制十七颗：皇帝奉天之宝，皇帝之宝，皇帝行宝，皇帝信宝，天子之宝，天子行宝，天子信宝，制诰之宝，敕命之宝，广运之宝，御前之宝，皇帝尊亲之宝，皇帝亲亲之宝，敬天勤民之宝，表章经史之宝，钦文之玺，丹符出验四方。嘉靖十八年新制七颗：奉天承运大明天子宝，大明受命之宝，巡狩天下之宝，垂训之宝，命德之宝，讨罪安民之宝，敕正万民之宝。盖丹符用玉篆，在旧制十七颗之内，而新制十一颗，发尚宝者止七颗也。然新旧之间，终与史小异，亦不能深考矣。

洪武四年，制大本堂玉图记，赐皇太子，盘龙纽，方一寸二分，今《会典》有皇太子宝一颗，岂即用此四字为篆文耶？

建文皇帝在储位，梦神人致上帝命，授以重宝。元年，使者还自西方，得青玉于雪山，方逾二尺，质理温栗。二年正月，帝郊祀，宿斋宫，夕梦若有睹，遂惊寤。命玉人琢为大玺成，亲制其文曰：天命名德，表正万方。精一执中，宇宙永昌。命曰凝命神宝，方一尺六寸九分。三年，告天地、祖宗，为文宣示远近。百官称贺，大宴于奉天门颁赏。

中宫厚载之宝，原用玉，而册立则金册金宝，龟纽朱绶，文用篆书，曰皇后之宝。想册立入宫，方用玉宝也。皇贵妃而下，有册无宝。宣德元年，以贵妃孙氏有容德，请于皇太后，制金宝赐之。未几，贵妃有子，旋正位中宫。自是，贵妃授宝，遂为故事。

嘉靖末年，上谕内阁：“皇祖初制六宝，今止存一，其五，正德甲戌火，失之。兹西夷有玉，可示户部，买盈尺之料补制。”户部奉诏，索之贾胡，得及格者三以进。诏：“姑留用，价于官用银内支给。”大学士徐阶谓不中格，乃下部宣谕西夷，携巨材以入，当以高价酬之。未几，又进绿玉盈尺者三，上留用，发价银七千两给之。然终未惬意，仍命购白浆、水碧二色玉以进。又召户部尚书高燿谕重价访购上品。未几，宫车晏驾，穆宗登极，未闻有所制造也。

红　黄　玉

世宗既改郊坛方丘，并朝日夕月坛，所用玉爵，各因其色，诏户部觅红黄玉送御用监制造。户部多方购之，不获，但得红黄码碯、水精等石以进。诏暂充用，仍责求玉。十年，部臣言：“中国所用玉，大段出自西域、于阗、天方诸国，及查节年贡牍，唯有浆水玉、菜玉，并无红黄二色。且诸国俱接陕西边界，宜行彼处抚臣，厚价访购。”诏可。至十五年，陕西抚臣上言：“奉诏求红黄玉，遣人于天方国、土鲁番、撒马儿罕、哈密诸夷中购之，皆无产者。”户部尚书梁材以状闻，上曰：“尔等仍多方访求，并行巡抚诸臣设法悬购，务求必得，以称朕礼神之意。”于是原任回回馆通事撒文秀言：“二玉产在阿丹，去鲁番西南二千里。其地两山对峙，自为雌雄，有时自鸣。请依宣德时下番事例，遣臣赍重货往购之，二玉将必可得。”部以遣官非常例，第责诸抚按督令文秀仍于边地访求，报可。

旧　　玺

　　弘治十三年，陕西都御史熊翀等遣人献玉玺，一云鄠县民毛志学等于赵伦村泥河水滨所得，其文曰："受命于天，既寿永昌。"玉色纯白，微青，背有螭纽，周广一尺四寸，厚二寸。翀等以为此秦玺复出也。事下礼部，尚书傅瀚等覆："自有秦玺以来，历代得丧、存毁、真赝之迹，具载史籍。今所进玺，其篆刻之文，既与《辍耕录》等书模载鱼鸟篆文不同，其螭纽又与史传等书所记文盘五龙，螭缺一角，及旁刻魏隶者不类，且又与宋、元所得之玺色各不同。盖秦之旧玺，更历变故，亡毁已久，今陕西所进，与昔宋、元所得，疑皆后世模仿秦玺而刻之者。窃惟玺之为用，以识文书、防诈伪，非以为宝玩也。自秦始皇得蓝田玉，刻为玺，汉以后传用之，自是转相因袭，巧争力取，意谓得此玺者乃足以受天之命，否则歉然愧耻，以为天命去之。不知受命以德，不以玺为轻重也。故求不得，则私为刻造，务以欺人；一或得之，辄哗然以为秦玺，君臣色喜，交庆遍祀，以夸示天下，贻笑取讥，千载一律。洪惟我太祖高皇帝神谟睿鉴，高出千古，不师前代之刻，制为一代之玺，文必有义，随事而施，真足以为圣子神孙一代受命之符，而垂法万世者矣。列圣相承，率由祖训，百余年来，别无古玺，而受命永昌之福，愈隆愈盛。皇上大德懋昭，天命匪懈，圣躬万福，宗社奠安，正无俟玺而得天之眷。有足征者，今此玺出于陕地，乃遂以为天锡圣符，交献谕悦，盖不自知其非耳。宜姑藏之内府，以备展玩，以彰圣德，以正人心。臣等不胜至愿。"上从之，仍命薄赏志学等白银五两。

诰　　敕

　　国朝文臣诰敕，穷工极变，皆作谀语，大失丝纶之体。高文襄、张文忠有禁，皆不能改。惟勋戚武弁，勒为定式，篇篇一律。即王府至重，然亲王而下，圹志皆用此法，止具本系生卒，进封日月与子女名，铭语寥寥,结曰"并垂不朽"云,此可称不朽乎?有志者间乞文人之笔,稍得发挥,然亦无几矣。夫由前言之,失于滥;由后言之,失于隘。此亦圣朝一偏重事,无可奈何者。

凡写诰敕,成化二十三年,奉旨照奏准年月填写。

总督兵部尚书王鉴川崇古,以金书诰轴用宝,给事中张楚城劾之,改正旧规。惟铁券填金,余皆用墨。

武 定 敕

武定克举之乱,实有司剥削,激之使变。考洪武十六年,高皇帝《武定敕》曰:"朝廷政治,遐迩弗殊,德在安民,宜从旧俗。惟黔中之地,官皆世袭,闻有妇承夫位者,民亦信服焉。前武定府地法叔妻商胜,质虽柔淑,志尚刚贞,万里来归,诚可嘉赏。是用锡之以衣冠,表之以显爵,仍抚其民,以遵声教。特授中顺大夫。武定军民府知府,俾其小心事上,保境安民,以称朕一视同仁之意。尔吏曹如敕施行毋怠。"嗟乎!以今日克举之变观之,高皇帝何神智,真超千古也!

赐 札

唐太宗讨王世充,《赐少林寺札》云:"王世充叨窃非据,敢违天命,法师等并能深悟机变,早识妙因,擒彼凶孽,廓兹净土,闻以欣尚,不可思议。"云云。盖当时寺僧之立功者十三人,惟昙宗授大将军;其不愿者,赐地四十顷。札至今宝之,传为敕。以后则敕赐纷纷,无之非是矣。

批 敕 尾

李藩字叔翰,为给事中,制有不便,就敕尾批却之。吏惊,请联他纸,藩曰:"联纸是牒,岂曰敕耶?"后拜平章事,河东节度使王锷贿权近,求兼宰相,密诏中书曰:锷可兼宰相。藩取笔涂去"宰相"二字,署其左曰"不可"。还奏之，权德舆失色曰："有不可，应别奏，以笔涂诏，将无犯上怒耶？"藩曰："事迫矣，出今日，便不可止。"竟得寝。此唐宪宗时事，藩则贤矣，宪宗能容，亦明主哉！

焚敕

宰相焚敕，已是难事，乃何益为益昌令，焚征茶诏书，尤为奇特。观察使闻而贤之，释不治，亦可为能知人用人者。此唐玄宗时事，惜史臣忽略，观察使轶其名，何轶其地，真缺典也。

内外制

宋朝以翰林学士带知制诰，谓之内制，他官带者为外制。我朝视草者皆词林，则是有内制无外制矣。而其人每自云"典内外制若干"，岂遂以官之内外分耶？

别撰敕书

郑首，字晋信，福清人。少年强记，有俊才，能文，年十九，魁乡荐。朝廷新颁温公《通鉴》，有鬻于门者，首一览，辄能默识。高宗南渡，大赦天下，首以赦书不文，别撰数语，遣弟子二百人驰宣于水南山下，躬效县官跪拜。又以乡人借地架屋，首戏答之曰："近来土地窄狭，无处可借。"遂为人所讦。有诏赐死，临刑之际，天雾酸黑，太史奏：东南文星坠。上有旨赦之，而首已死矣。平生著述，有《六经解》及《榕溪文集》行于世。

颁印

洪熙元年，颁制谕及将军印于边将，云南总兵官佩征南将军印，大同总兵官佩征西前将军印，广西总兵官佩征蛮将军印，辽东总兵官佩征虏前将军印，宣府总兵官佩镇朔将军印，甘肃总兵官佩平羌将军印，交阯佩征夷副将军印，宁夏佩征西将军印。有旧授制谕者，封识缴回。

印惟征虏大将军为最重。洪武中，魏、卫、凉三公佩之，出塞破虏。常、李、冯诸公亦止副将军，左右副将军，即专征不得佩也。永乐七年，丘福败没胪朐河，失之河畔。时时红光一道，起射星斗，又每有风雷甲马之异，虏不敢过，不知福与诸将能为神，抑印之灵光所浮发耶？其败卒没虏中者，文皇出塞，多自拔来归。有一卒知印所在，言于上，掘得之，四周皆成龙纹。上见，且愠且喜，藏内库。洪熙元年，方补铸，然不以颁给也。此外有镇朔大将军印，出口外巡边，阳武侯薛禄等佩之。平虏大将军印，有急听征，保国公朱永等佩之。印皆柳叶文。军行鼓纛，护而前驱。嘉靖二十九年，咸宁侯仇鸾佩平虏印，屡发光怪。一夕，忽作叱咤声；又一日，悬空挂于佛灯前，众骇异，告鸾。入视之，鸾再拜，坠地，声甚厉，砖皆碎。鸾生时，其母梦胡奴入室再拜，忽自斩首裂其尸，及是纵恣不法。未几病，命成国公朱希忠入卧内收其印，鸾悸即死。后四日，陆炳发其反谋，剖棺锉尸如所梦。

毅皇帝自称威武大将军，勒内阁写敕。大学士蒋冕至以死捍，卒别取敕行之。有敕必有印，将所执曰：臣不敢名君。礼部则无词以拒矣。

印者，信也，古公私皆有之。其制金、玉、银、铜，凡四品。天子曰玺，二千石以上曰章，千石以下曰印。朱文入印始于唐，而汉器物铭多作阳识。

矫刻将印

慈溪张公楷，以佥都御史监刘聚军征邓茂七。先用招降檄，檄无聚印信，不听，遂矫刻征南将军印用之，贼稍有降者。事平，劾奏夺职。贼之存亡，不止招降一节，且贼首负固，降者偏裨，亦济甚事。而大将军印，岂可矫用乎？自古权宜行事多矣，此不可训。

古　　印

弘治十六年，河南府大雨，冲坏墙垣，下有砖池，内藏古铜印三百颗。本府官以闻，事下礼部，令铸印局官辨验。有识兴定二年者，至顺、至元、至正年者。因言至顺、至元、至正，俱元文宗以后年号，龙凤、兴定又元末伪主宋年号。盖元政不纲，群雄角逐，或掠得元时有司之印，或僭窃之徒假元年号而私造之，伪相署以号令其党，事败而遁，潜瘗于此者，命悉毁之，以备别用。

许松皋太宰为司寇时，得古铜印一纽板纽有棱，棱下有池，方寸余，而小篆朱文若私印然。于阎伯仁，阎得之邻人辟地者，曰廷美之章，与松皋字正同。因摹其文，图其形，装潢为卷，而夏贵洲题曰"神锡金符"。此事往往有之。闻丙戌科有吴之鲸者，镇江人，未遇时，得一印，正与名同，遂联捷，入中秘。事固有偶然者，亦不可谓非数也。

存　　问

存问大臣是国家盛事，邦家极荣，有司官宜肃恭将事，以侈君宠。近见使者至城外，仅主家周旋，有司漫不经心，亦不出见行宾主礼。比迎诏时，一切仪仗俱备，老臣与使臣盛服控马，趣请所司，偃蹇不至，有经半日者，是何心肠！又辛丑年间，中书存问一南大司马，至驿，恶其不整，捶隶人，所司闻之大怒，擒舟人捶加一倍，使者皇急引避，草草了事而去。真所谓委君命草莽，是谁之过与？莫谓闲散事，以为无伤也。

请　　封

嘉靖初年，吏部右侍郎温仁和以父玺年及八十，陈情乞封，允之。未几，詹事董玘以父复先任云南知府，年八十三，母娄氏，年七十五，比例乞封，亦允之。此皆未及三年，而邀特恩者。云南公，知县、御史、太守致仕,老益康强,灯下能细书。一日晨起,拜家庙,瞑坐而卒。

移　封

大臣移封本生大父母者,国朝仅大学士杨士奇,少保朱衡与太宰张瀚。瀚以兵部左侍郎得之,尤为异数。

移封本生者,京官起于世庙年间修撰诸大绶,外官起于神庙年间长垣县知县刘学曾、刘恂。恂笃雅坚正人,与余善,为佥都御史,抚保定卒。

行人司一署皆进士,除司正副外皆八品。故事,八品,父在可貤封,没者不与。余同年友王吉士为行人,丁父忧,叹曰:"存没一也,朝廷岂有靳焉,特未有明言者耳。"特疏以上,得允。自是,司务、助教等以为请,皆得允。而母亦得借七品,例称孺人,此真锡类之仁也。王姿貌魁伟,有丰裁,而性特慈厚,官至太常少卿。

异涂移封,起于世庙都事欧阳念、鸣赞乔可跻、巡检魏炯。至穆庙为例,万历十五年停。

王官封典

故事,王府官九年秩满,得封赠父母。万历新例,止及存者。为王官已自可怜,又靳其父母恩,抑何酷也。

谕　祭

谕祭,有遣本县主簿者。正德中,王襄敏公轼,其前三祭又皆参政。

优　恤

大臣归家,加舆隶,或四或五,多至于八,惟孙清简需止加三人。

子侄欲请县官补其一，公不可曰："上已赐矣，又烦有司耶？"近见杭州、苏州，即庶僚在家，亦有出入舆隶四人，暇则守门担柴水如家仆。然此不知起于何时，我湖独无。

宋朝褒崇前代名臣，如求郭令公之后，得其裔孙曰元亨者，官永兴助教。余谓此事可法，如宋之岳武穆、文丞相，官其子孙，或于本县增一廪生优之，亦无不可，而惜乎未有言者。虽然，以颍国之元功大烈，绝世且不继，而况议及前朝乎？故国朝法至备而恩至薄。

弘治中，苏州陈副使冷庵以考察被诬归，家贫，鬻书自给，有司援天顺例，诏岁给米五石。

杨照为辽东总兵，与户部郎何东序、巡抚侯汝谅，先后互相讦奏回卫。久之，还镇，感愤战死。无子，有二母，贫不能自给。都御史王之诰闻于朝，月各给米三石，免三丁，终其身。

萧亮，新喻人，以廪生讨华林有功，后战死，都御史陈金遣官祭之。上功，诏赐绢二匹、钞六百贯，录其子长孺为臬司吏。何赏之轻乃尔！萧当赠官，并廪其子可也。

谥

忠、孝二字不并谥，盖许国、养亲不两立，此颜真卿之议也。

宋黄勉夫谓本朝单谥文者，惟杨大年、王荆公二三人；单谥正者无之，然其后有程正公。

韩忠彦卒，请谥，王居正谓公在熙宁时，辟王氏坐讲之说，有功名教，宜谥曰文礼。韩氏子以故事未有以礼为谥，求易不从。

补谥，惟穆庙初最多，录诸忠义致死者。然一概覃及，亦伤于太滥矣。

陈敬宗至嘉靖乙巳，始加赠礼部侍郎，谥文定。诰云：学优而正，行直而坚，经事历五朝，抗权贵而弥劲，司成淹六考，植模范以称尊，诚一代之儒宗，笃行之君子。

郭明龙在礼部，锐然欲夺谥改谥。议不克行，而一时大嚷。有某素亢直，对郭大言曰："宋高宗时，秦桧加尽美之谥，当时何尝夺？今日何尝称？公欲以此定人品，末矣。"郭怒甚，欲言，其人长揖而去，郭悯然曰："不做也罢。"

日记载：陈文卒，议谥。故事，凡入阁者，皆用"文"字，下加一字，如"文正"、"文贞"之类。众论鄙"文"，特改例，谥之曰庄靖。此说非也。谥以易名，陈谥文，是用其名也。王文谥毅愍，林文谥襄敏，亦此意。或谓程文德谥文恭，林文俊谥文修，何居？曰：程、林，二字名，非一字名也。二字名者，重在下一字。

扬州兴化县高阁老谷卒而赐谥，阁本、礼部本及《通纪》诸书，皆书"文义"，《列卿传》作"文毅"。余尝见高文集十二卷，乃宗子相校刻者，甚精好，称《高文懿集》。不独票签为然，叶叶中间细字皆如之，宗与其子若孙必无误，可见诸书皆谬。其文亦简质，所作自诸体外，其《赠章都曲艺卑秩处士文》，绝不见有大富贵人酬应之篇，即此可见其为人矣。

乙酉，礼部题补谥者廿九人，皆从百年上下采公论甚确。浙得六人，我湖独居其二，为大理卿陈公恪，少司马吾师许公孚远，此真盛事。

余年友吴继疏仁度，疏山先生之子也。先生清德重望，法应得谥。继疏毕一生精神命脉皆萃于此，余丁酉至京，即来共谋，怂余单疏题请。时继疏新入吏部，余曰："如此，恐人将以媚吏部二字疑我。且新进词臣，未容草草，必省臣乃可。"遂属之给舍罗龙皋栋，余起草。所引凡十六人，吾郡陈大理公与焉。罗又益以数人，以后十六人皆得谥，此真生平得意事。其年，许师尚无恙。

许师开府闽中，闽士夫多借商税为蠹，师尽革之。兼喜讲学，会江右李见罗谪戍入闽，雅称同志，日夕会讲。从人太多，稍有费用，是以怨谤大兴。李九我阁学非私税者，却循声一口，牢不可破。惟叶台山少师雅所契慕，癸卯师没，叶以南少宰考满入京。余会于京口，以师身后事嘱之。时李为少宗伯，署部事，叶皱眉曰："李公在，无可为者。"余戏曰："他日先生在，事当如何？"叶应曰："不负，不负。"后议谥，李、叶俱在相位，李被弹不能出，叶乃得行其志。亦天之所以相许师也。

登闻监鼓

登闻鼓院,宋颛设官为监。国朝以给事中、锦衣卫各一员直之,而无专职。名而已矣,大约奏者不真,真者又不能奏,甚至有自刎鼓下,而无能穷究其实者,即不设可也。

奏 疏

成化初,御史姜洪陈言时事四,曰辨邪正,推举在位、在野诸臣凡二十三人,皆一时名硕。而指挥许宁谓其廉能骁勇,军民悦服;太监怀恩,忠清公亮,善守成法,俨然与吏书王恕、王竑、李秉并,卓矣,卓矣!

林见素在家,刘瑾荐起抚四川,具本奏弹曰:宜以知己为报,然不忍坐视将乱、将危而不之救。草疏与御史陈茂烈议,无可托写本,又无可托赍进,相对饮泣而止。及赴四川,稍续前稿,令教谕范府誊净奏上,而瑾已擒,复上疏庆幸。忠臣之爱君如此。万历庚子,余典闽试,策问人才,以公为首,督学沈泰垣为创颛祀。

嘉靖初,以抄没钱宁等房屋给皇亲邵茂等,此细事,乃工部议量留,言官余瓒等又以疏争,如何动得圣主。

汪铉亦有好处,在都察院时,有罗增者,南城县人,为族人所诬,其子铁,诣登闻院,七上章,皆格不行。又再诣阙,泣不绝声,汪悯之,为奏闻,释之,事始终,凡三十六年矣,卒得终养。铁之笃孝不必言,而其时当事者皆何如人耶?

萧何转关中粟以给荥阳、成皋之军,是实;乃近日一计臣上疏曰:"萧何转饷,韩、彭因以成功。"韩、彭用兵何地,而萧得以粟济之耶?

攻 上 官

胡梦豸,不知何许人,举人,司教。万历初年,奏为条陈学校急务,遵复祖制,申明卧碑,以正士风事。下部立案,升河南某府推官。江西巡抚潘季驯疏,武宁、万载二县,盗贼之区,并德化、永丰冲烦之地,乞用甲科。胡复奏为庸邪大臣,悖违祖制,蔽塞贤路事。潘自陈,部覆,夺梦豸官。

千户郑一麟奏抚按孙鑛等迟玩,乃万历丙申年事。

攻大臣

一科臣攻大臣云:且今大臣之举动亦可异矣。谢过则重伐其善,言去则厚觊其留。既阳为必去之形,以乞怜主上;又阴为复留之势,以骇制群情。诌泪交流,方摇尾而扫地;雄心未歇,更砺齿以待人。语极呕心,而元气已斫。大臣到此地位,其人、其时可知矣。

参属官

有按臣参一属官云:一目已盲,未盲者兼为阿堵所遮;七窍已迷,未迷者止有孔方一线。不过描写"贪"字耳,何作巧乃尔!

发私书

近年有某官,以事回籍,投书给事中李某。李发其书上闻,其人遂得重谴。书中必多乞哀之言,陋则甚矣,然直置之不答可耳,亦何足渎君父之听。即渎听,亦不过寻常摧枯拉朽举动,非有大关系。而票云:举发私书,忠直可嘉,著与纪录。李后亦以考察去官。

詈人不憾

刘子翼,字小心,在隋为著作郎,峭直有行。尝面折僚友,退无余言。李百药曰:"子翼詈人,人多不憾。"

报恩不受

张弼脱李大亮之死，后大亮贵，求弼不得，时弼为将作丞，匿不见。一日，识诸涂，持弼泣，悉推家财与之，弼拒不受。大亮言于帝曰："臣及事陛下，弼之力也。愿悉臣官爵与之。"帝为迁中郎将，代州都督。弼之行谊，更在丙吉上。盖吉为大臣，且君臣之间，谊不当言；如弼处卑位，有活人之德，其人贵显，相遇而不言，既遇而不任受，圣贤岂有过哉！

文官嫉媚

郭子仪困于程元振、鱼朝恩，犹曰宦官可言也。至李晟困于张延赏，延赏文臣，为宰相，而嫉媚大功臣。殆逢迎德宗猜忌之性，故为此憸计，真可恨、可杀！其子弘靖陷于幽州，天所以报也。晟祀于武成王庙，位在十哲，宋孝宗黜之，则汤师退所为。汤殆延赏之后身，而论者犹谓晟讦奏，失大体。余谓此正大体，不可失也。

韩裴

令狐绹荐裴坦为职方郎中、知制诰，裴休持不可，而不能夺。故事，初诣省视事，丞相送之，施一榻堂上，压甬道而坐。坦重愧谢，休勃然曰："此令狐丞相之举，休何力。"顾左右，索肩舆，亟出。省吏骇愕，以为唐兴无有此辱，人为坦羞之。坦性清俭，子娶杨收女，嫁具多金玉，坦命撤去，曰："乱我家法。"今受辱于休，休好佛，亦非污士，而相厄如此，中必有故。然休固失矣。方悍然出省，坦宜何如自处，力辞之可也。坦后拜相，从子赞，昭宗时亦继其位。帝疑其外风检而昵帷薄，以问学士韩偓，偓曰："赞，咸通中大臣坦从子，内雍友，合疏属以居，故臧获猥众，出入无度，殆此致谤。"帝为释然。偓真长者，遇他人，坦难乎免矣。偓又解陆扆之厄。

王　谢

江左之晋,必称王、谢。王氏辅元帝,号称中兴,在位不闻谢氏一人。谢氏破苻坚,最为上功,在位者亦不闻王氏一人。岂天之生才,随时各聚一族,抑亦有褊心阻抑,不相容邪？如谢安与王愉翁婿成仇,便自可见。

吕霍意见

张永嘉入朝,南九卿约吕仲木往贺,以不识面辞。既卒,约会祭,乃不拒,曰：“今自合从众。”永嘉清而狠,殁后,家中有扰攘事,闻于御史。霍渭厓在南京,约仲木,冀力保其家。吕与书,责其阿私党奸,且望其一变为正人,霍复以书辨,称永嘉十善,吕不应,事遂止。二公议礼原不合,霍之约吕,可谓不智。马西玄为吕作墓志,言永嘉暴横其乡,侵田宅无数,事或有之,宜其后之不振。

渭厓生而重瞳,既病,或言当考命书者,公言：志定即命定。自疑梦兆不佳,两子在远,曰：“死斯已矣,尚惜千百岁耶！”门人约御医王璠候问,王曰：“尚可药,但曾辱吾家,夺吾弟监生,药如不效,谁任其咎？”乃止。既革,张目旁视,口称天地间道理。次日,卒矣。嘉靖庚子顺天试,其子若馆宾,不得与。欲上疏摘录文及卷之疵谬,并中者纳贿事,门人李中麓力止不听。李又复书,言所中卷多可观,诸子进取,不必在一时,安知本省无入格者,遂碎其疏,不果上。而子与瑕中广东第九,已不及见。其性之刻急如此。然则陈循王文又何怪焉。是年,顺天典试者为童承叙、李学诗,吁,亦危矣！

解怨为德

我湖张庄僖公永明掌台篆,为给事中魏时亮所劾,请致仕去。魏新进,未知公之素,而张之亲吴某托公求吏部,不得,怨公而揭之魏者。公既去，众知所自来，吴考察夺官。魏，江右人，居官清整，后副院席庄僖少子天德行取至京，深虑旧隙，魏闻之，引见且谢曰："少年入流言，误弹尊公，终身为恨。今乃得补过。"遂荐入台。盖君子人相处，解怨为德如此。魏长身谔谔，余初第，犹及见之，后官至尚书。

庄僖为芜湖令，拜南给事中；天德亦令芜湖，后父子并祀于县。

忘怨感德

新昌吕光洵之父，豪于乡，县令曹祥抶之，卒为善士。曹祥，太仓州人也。光洵为御史，按太仓谒祥，祥已忘前事，光洵语其故，祥不自得。光洵曰："微翁，吾父安得改行善其后？"盖戴恩十余年如一日也，留竟夕谭乃去，且厚赠之。祥为循吏，不必言矣；若光洵父子，不以为怨以为德，不忘亦不讳，而恳恳致谢，贤于人远矣。光洵官至尚书，有名。

忘怨释罪

金诚，字诚之，籍广州右卫，读书社学。指使麻张，最无赖，系之，诟曰："军余乃敢效儒生耶？"褫其衣，使菢草烈日中，稍缓挞之。诚泣曰："读书冀显扬，今亏体辱亲矣。"张愈怒，逮其父，窘辱之，父子相视不敢言，行贿乃免。永乐丁酉，诚领解首，明年进士，为刑部主事。张坐杀人，逮至，望见诚，一步九顿，诚笑迎之，言于堂官，释其罪。张造诚，诚执礼如平时。张感泣，以女妻其子。诚，敦朴人，以寿终。

仇怨相遇

凡人仇怨，能解为上。其有仇怨在贫贱，而富贵偶然相值者，尤为不幸，当求善处之策。歙汪雅堂公名在前，隆庆戊辰进士，嘉兴司理升刑部主事，罢归，凡二十余年。余辛卯谒吾师许文穆公，师曰："此中惟汪雅堂好客，盍往拜之？"相见恂恂，公筑小园，曲折甚有致，治具精甚,盖明干有用才。问其罢官本末,不答;后访之,则其父原平湖丞,为刘尉所构,太守徐摄之。公方为诸生,蒲伏请罪,徐不为礼,竟逐其父。明年,公乡举联第,司理嘉兴,二人尚在。徐惭,郊迎,刘自缚请罪。公本不较,两人中疑,厚为备。徐入觐败官,疑出于公,讦之,俱罢。岂非冤对不能避者乎?要之,选时亦可避,而官止于此,避亦何益。汪入庚午棘围,收冯具区。先生既没,冯为墓志云:虽耀俗眸,终亏远到。"耀"之一字,亦可思已。

善　　谑

具区与贺伯阖吏部同年,贺长一月,以文字相知。冯既贵,贺尚滞诸生。冯善谑,贺矜庄自律,相会,冯故以谑语挑之,贺大怒,愈怒愈谑,贺无如之何,至拂衣去,且怒且骂。冯只笑谑,致书曰:"果不出吾计中也。"贺无如之何,亦一笑如初。朱生曰:"两公心事真如青天白日,具区先生能游戏三昧,而贺去之远矣。"

具区得寒疾,五日不交睫,忽大鼾卧,寤而汗如沐,曰:"方鼾时,梦出门,见远山蔽天,身入空室中,如纱厨。外错星霞,手拭之,石也。行里许,大海中万山色正如郁蓝金碧相射,涛声雷震。其澄彻处,蛟龙鬼神可数指也。仰视诸山,秀色可餐,忽已在足下。耸身而入,两隶前导,启朱门,中有伟丈夫数十,以旌幢迎。庭中树多异香,风吹作声如丝竹。阶砌峻整,宫宇弘丽,皆有封识。俄然洞开,其中物似光妙所成,又似家所常御。出门返顾,其额曰'宛委之山'云。"梦之九年新春,正啖粥,箸堕地,不能拾,屈一臂以枕,呼之不应,逝矣。或梦之为城隍神,呵殿出门。而郭明龙五岁时,目忽盲,梦神人抉之复明。舟火燎须,有神赤面,自火中引出。归,舍舟登陆,堕水灭顶,若有木践而升。渡江风作,舟侧且覆,亟泊芦洲,露宿终夜,犹吟诗不废。生时三梦为城隍神入庙治事,事历历可指数。没之前二日,梦城隍神约日交代,如期而卒。

具区不甚教子,每叹曰:"人生自性,苦苦督训,多费物力,供师友之奉,真痴人也。"筑精舍于孤山,曰:"得附林处士足矣。"并买舟西湖，二女侍歌舞甚适。不能饮，惟佳茗清香，与衲子为伍，亦逍遥地行仙也。评者曰：抛却富贵易，并忘子孙难。

奉师友

黄鲁直居涪州，有广人林师仲者，往谒之，勉以教子，曰："人家有宾客，动辄费数千，乃不能捐百千奉其师友，非善计也。"师仲兄弟感其言，创义斋以教，遂有登第者，至今振振不替云。

师弟子礼

孙明复居泰山，孔道辅往谒，见石介事明复，执杖履甚恭，鲁人由是始识师弟子之礼。此语却不然，鲁固素多礼义者。

门生天子

张后胤，字嗣宗，昆山人。唐太宗微时，尝从受业，后即位，召燕月池，帝从容曰："今日弟子何如？"对曰："昔孔子门人三千，达者无子男之位；臣翼赞一人，乃王天下。计臣之功，胜于先圣。"帝为之笑，此真所谓"门生天子"也。为睦州刺史，乞骸骨，帝见其强力，问欲何官，因陈谢不敢。帝曰："朕从卿受经，卿从朕求官，何所疑？"后胤顿首，愿得国子祭酒，授之。卒年八十三。考后胤与群臣以《春秋》酬难，则所授之经，必《春秋》也。宰相张镒即其后。

通家

陆务观云：前辈遇通家子弟，初见请纳拜者，既受之，则设席望其家，遥拜其祖父，乃就坐。

巢谷袁炎

巢谷，字元修，徒步省二苏于海上，因得立传垂名。后百六十年有袁炎，炎尝学于吴潜，潜谪循州，往从之，有力阻者，叹曰："岂可使巢谷专美于前哉！"潜亦为立传。

死不忘友

贾𫗧与沈传师善，𫗧拜相，传师前死。常梦云："君可休矣。"𫗧寤，祭诸寝。复梦曰："事已然，叵奈何？"𫗧以李训谋覆族，然实不与训谋也。若传师者，死不忘友，今之翻面弄舌者，可以愧矣。

鹄粮

张司令，元时人，亡其名。富而好礼，慕杨铁崖名，往迎之。铁崖谓其不知书，弗应，司令乃延鲍恂为师，受业焉。后迎铁崖，乃往。席间以妓奉酒，妓名芙蓉，酒名金盘露，铁崖题云："芙蓉掌上金盘露。"妓即应声曰："杨柳头边铁笛风。"盖杨又号铁笛道人故也。铁崖抚掌笑曰："妓能文，其主可知矣。"辞去时，司令出米，满载送之，云是鹄粮。铁崖素爱鹄，不能却。随访顾阿瑛，召阿瑛之邻人贫者，分给之而去。

旧寮执礼

况钟守苏州，与吴江参政平思忠有礼部旧寮之谊。数延见，执礼甚恭。且令二子给侍，曰："非无仆隶，欲使儿辈知公为吾故人耳。"其见敬如此。思忠居贫自守，未尝以事干钟，人尤多之。

子畏真心

唐子畏长于文衡山,自请北面隅坐。其书云:"非面伏,乃心服也。项它七岁为孔子师,子路长孔子十岁。诗与画,寅得与徵仲争衡;至其学行,寅将北面而走矣。寅长于徵仲十阅月,愿例孔子,以徵仲为师,求一俯首,以消熔渣滓之心。非徼徼为异,亦使后生小子钦仰前辈之规矩丰度。徵仲不可辞也。"袁郎中叹曰:"真心真话,谁谓子畏徒狂哉!"

子畏知己

子畏举弘治戊午乡试第一,其年应御史科不见录,太守新蔡曹凤荐之,得隶名末。曹初因文温州见子畏文,奇之曰:"此龙门然犀之鱼,不久将化去。"盖子畏知己第一人也。

子与好客

徐子与先生好客,尤好少年美丽者。一客丑甚,自负能诗,介蔡子木先生荐之子与。蔡作书,盛言客自喜可喜状,以家人将之,恐客之窥书而求易也。子与得之大欢,亟延入,愕然,笑吃吃不止,赠以诗曰:"自信金声能掷地,谁知玉貌不如人。"客犹得意,传示为重。

公瑕设像

吴中周天球,字公瑕,善大书,少为文徵仲奖赏,感之甚,设像中堂,岁时祀如祀先。与王百谷穉登相左,见即避去。万历乙未九月卒,年八十二,无子,子弟之子长康,亦夭,无子,以甥邵姓者为嗣,亦不克终。

扮　　虎

　　湖湘二生，一姓程，一姓郑，同窗友也。程先中甲科，授咸阳令，郑贫甚，贷钱访之。至则大出条约，禁乡人不与相见。郑乃告乞数文，作回路费，亦不与，在途不胜狼狈。后郑中二甲，除差直隶公干。程以事调获鹿县丞，又被告赃，郑前来按郡，程乃远迎叙旧，引"苏章二天"等语，郑笑而不答。至晚，命戏子演戏宴程。郑私唤戏子，具言前事，戏子领命，因扮二虎。一虎先衔一羊自食，旁有饿虎踞地视之，虎怒吼，衔羊而去。他日饿虎得一鹿，前虎尤饿甚，欲分食，乃扮山神出，判之曰："昔日衔羊不采僦，今朝获鹿敢来求。纵然掬尽湘江水，难洗当初一面羞。"程遂解印，步行以归。

卷之四

都　　城

国初有"高筑墙,广聚粮,缓称王"之言,一以为朱升,一以为陈碧峰,其说不一。然太祖初得和阳,即分地甃城,此时谋臣尚未合,隐士尚未搜也。既都金陵旧城,西北控大江,东尽白下门外,距钟山颇阔远。而旧内在城中,因元南台为之宫,稍庳隘。上乃命刘基等卜地,作新宫于钟山之阳,在旧城东白下门之外二里许,增筑新城。东北尽钟山之趾,延亘周回,凡五十余里,规制雄壮,尽据山川之胜焉。既下北平,大将军展筑其城,取径直东西长一千八百九十丈,文皇因受封焉。既即位,定为北京。六年北巡,称行在。方平南交,屡出塞,且营宫殿,未闻有所改作也。

都　　墙

六朝时,建业都城外,仅竹篱。齐高帝时,有盗发白虎樽者,王俭言:"白门三重门,竹篱穿不完。"上感其言,改立都墙。俭又谏止,上曰:"吾欲后世无以加。"所谓外罗城也。我朝改作,凡十三门,周二百余里,包钟山、孝陵其中。北京惟贴城,内外为女墙,高不及三丈。嘉靖末年虏患,作南城,如重城之制而稍庳。要之,都墙不可已也。

罗 城 分 工

南京外罗城,旧俱工部修理。成化九年奏准,自驯象门起八门,属本府修;沧波门起,属工部修。焦猗园云:太祖筑京城,原工部与本府共工,后府筑已竣,尚有余资,建石桥于江东门,曰"赛工桥",盖赛工部也。后人误以沈万三秀媳妇所筑,遂曰"赛公",可笑。然则成化题准分修,倘亦有旧例可据耶?

宫　　殿

　　南京宫殿,作于吴元年,先十二月甲子日兴工,所司进图,悉去雕琢奇丽者。门曰奉天,三殿曰奉天、曰华盖、曰谨身;两宫曰乾清、坤宁;四门曰午门、曰东华、西华、玄武。大略已定,登极前一月御新宫以即位,祭告上帝。十年改作大内午门,添两观,中三门,东西为左、右掖门。奉天门之左右为东、西角门。奉天殿之左右曰中左、中右。两庑之间,左文楼,右武楼。奉天门外两庑,曰左顺、右顺,及文华、武英二殿。至二十五年,改建大内金水桥,又建端门、承天门楼各五间,及长安东、西二门。而西宫则上燕居之所也。

　　太祖集诸地师数万人,卜筑大内,填燕尾湖为之。虽决于刘基,实上内断,基不敢尽言也。二十五年后知其误,乃为文祭光禄寺灶神云:"朕经营天下数十年,事事按古有绪,惟宫城前昂中注,形势不称。本欲迁都,今朕年老,精力已倦。又天下新定,不欲劳民。且废兴有数,只得听天。惟愿鉴朕此心,福其子孙。"云云。此真大圣人心肠,故文皇北都享国长久。

　　文皇初封于燕,以元故宫为府,即今之西苑也。靖难后,就其地亦建奉天诸殿。十五年,改建大内于东,去旧宫可一里,悉如南京之制,而弘敞过之,即今之三殿,正朝大内也。此得地脉尽处,前挹九河,后拱万山,正中表宅,水随龙下,自辛而庚,环注皇城,绕巽而出,又五十里合于潞河。余过西华门,马足恰恰有声,俯视,见石骨黑,南北可数十丈,此真龙过脉处。出西直门高梁桥一带望之,隐隐隆隆可七十里,天造地设。至我明始开天寿山,又足以配帝王万万世之传,宁有极哉!

　　既迁大内东华门之外,逼近民居,喧嚣之声,至彻禁御,未暇经理。又殿成即遇灾,以奉天门为常朝之所,故诸宫阙及各衙门皆未备。至宣德七年,始加恢扩,移东华门于河之东,迁民居于西之隙地。

正统初，木植已积三十万余，他物称是。五年三月兴工，六年九月，三殿、两宫皆成。十一月朔，御殿颁诏大赦，次日复御殿颁历。又次日，文武群臣上表致贺，而两都规制始大备矣。

永乐十八年，三殿工毕，上召漏刻博士胡㽞卜之。布算讫，跪曰："明年某月某日午时当毁。"上大怒，囚之，至期，狱卒报以午过无火，胡服毒死。则午正三刻也，殿果焚，上甚惜之。今查三殿之火，在永乐十九年四月初八庚子日。

嘉靖三十六年四月十三日丙申，奉天等殿门灾。是日申刻，雷雨大作，戌刻火光骤起，由正殿延烧至午门，楼廊俱尽，次日辰刻始息。越十余日，上谕以永乐殿灾，尚有门代，今满区一空，禁地可乎？殿庭无不复之理，当仰承仁爱，毋卖直为忠。于是礼工二部言："正朝重地，亟宜修复。但事体重大，工费浩烦，容臣等会同勘议。"上曰："当先作朝门并午楼为是，殿堂即随次为之。"明年七月，大朝门等工成；四十一年九月，三殿成，时上性严急，诸臣竭力从事，随宜参酌，须弥座缺坏者补之，柱小者束之，短者梁之，始得集事。既成，工部请额，谕曰"朝殿"，太祖名之，成祖因之，今祇仍祖定。惟"天"字当出"奉"字上，敬天作基可也。于是部臣谓当为横匾，天字居中，两旁稍下相对。上复以为不雅，取《洪范》字义，改奉天殿曰皇极殿，门曰皇极门，华盖殿为中极，谨身殿为建极，仍直匾顺书。文楼曰文昭阁，武楼曰武成阁，左顺门曰会极，右顺门曰归极，东角门曰弘政，西角门曰宣治。又改乾清右小阁曰道心，旁左门曰仁荡，右曰义平。

太祖以奉天名殿，此自来所无。其名之正，亦自来所不及。方幸汴梁，即筑奉天台，今在藩司治后，盖太祖心与天合，故念念在兹不敢忘。世宗既改大礼，恚群臣力争，遂改郊改庙，一切变易从新，并改殿名，大臣随声附和，举朝皆震慑不敢言。穆庙立，应诏陈言者，每每有复殿名一款，时亦不从。今劫灰已久，未暇议及，日后工完，圣明深念祖德，仍奉天之旧可也。

两宫之灾，则正德九年与万历二十□年各一次，旋即葺复。而今新宫尤伟，盖工部以殿材移用故也。若在世庙时，亦必易名矣。

南　内

南城在大内东南，英皇自虏归，居之。其中翔凤等殿石栏干，景皇帝方建隆福寺，命内官悉取去为用。又听奸人言，伐四围树木。英皇甚不乐，既复辟，悉下内官陈谨等四十五人于狱，令锁项修补完备，各降其职。寻增置各殿，三年十一月告成。正殿曰龙德，南门曰丹凤。殿后凿石为桥，其后叠石为山，曰秀岩。山顶正中为圆殿，曰乾运。又其后为圆殿，引水环之，左右列以亭馆，杂植奇花异木其中。春暖花开，命中贵陪内阁儒臣宴赏。世庙中复临幸，余备史官。丁酉八月游其中，得悉胜概。石桥通体皆盘云龙，势跃跃欲动。东为离宫者五，大门西向，中门及殿皆南向。每宫殿后一小池，跨以桥。池之前后为石坛者四，植以梧松。最后一殿，供佛甚奇古。左右围廊与后殿相接，其制一律，想仿大内式为之。太祖钦定，所谓"尽去雕镂存朴素"者。

梳　妆　台

大内后苑山石，宣宗《广寒殿记》，详矣。旁有所谓梳妆台者，相传起于辽之萧后。考之《辽史》，望气者言，女直有天子气甚旺，遣使迹所自起，乃一小石山，玲珑奇甚。时女直方臣于辽，辽多所需索，因请此山自行辇取，女直许之。乃大发人夫，凿而载之。凿之夜，山鸟皆悲鸣，即以其石筑台，此台与山之所自起也。其后益以艮岳，当是金完颜亮以前事。宣皇止以艮岳立论，当时阁臣宜密奏补所未足，而竟寂寂，岂畏宣皇英明不敢言，抑原昧其来历故然耶？然辽方凿山，而阿骨打、吴乞买生已久矣，何益哉，何益哉！

演　象　所

嘉靖初废大慈恩寺，从锦衣卫之请，即其地改为射所。上以金鼓声彻于大内,拟改建玄明宫,别以大兴隆地为射所。谕工部及都督陆炳,炳言:"大兴隆地,亦逼禁城,不便,惟安定门外有废官厅隙地,宜将宣武门外民兵教场移此,而移射所于民兵教场,射所旧地改为演象点视差拨之所。"得旨允行。其地在宣武街牌坊之西,至今人双称之,曰射所,或曰演象所,莫知所自来也。

神　　木

　　神木见于永乐间,宋礼所奏,遣官祭之,即因之赐名焉。至嘉靖三十九年,凤阳府五河县杉木一株,围一丈五尺,长六丈六尺,涌出泗水沙中。守臣上言:"中都祖陵所在,大木忽现,谓由河、洛而下,原非所出之区;谓从江、淮而入,又无逆流之理。是盖祖宗启佑,淮、泗效灵,与大工会,不偶然也。昔成祖重修三殿,有巨水出于卢沟,因以神木名厂。二百年来,美谈再续,谨拜手以献。"疏入,上令送至以助营建。

　　永平大雨三日,雨中有列炬,后若千乘万骑从西北至者,东走海去。雨既,有大木三十章,长十丈,大数围,遗永平城下,盖龙王采木来送,阅数十年一遇之。时南昌熊瑞以恤刑至,所亲见者。亦嘉靖年间事。

　　旧传高邮州新开河有运皇木者,适遭冲决,失大木二。岁久,湖中有二物如龙形,每遇风雨,则昂首奋迅,声闻数十里,远近见闻,相传木龙出现。自后湖决,虽风雨不现,疑入海矣。嘉靖元年,州堂岁久将圮,郡守谢欲新之,材木俱集,独少正梁,命工营求不得。忽湖中浮一物,苔衣如毛,长尺许,游动摇荡,人疑不敢近。报州差水工验勘,乃一巨木也,牵拽至岸,工人量之,与州堂间架长短相合,遂祭告。斤削绘彩,以充其用。祀而上之,若神助,无难于力。或以二木之遗其一者。郡人王盘诗:"谢公有意建州廨,神木千年出浪花。"

　　梅湾湖,在姚江之北,有梅龙。旧经云:溪有古梅,吴时作姑苏台,伐以为梁,而存其根。产木成坞,有巨木卧湖心,水涸不露,人緜此神之,曰梅龙,盖梅梁之根云。秋七八月,雷雨交作,有声如鼍吼,闻数里，土人相传梅龙顾子。《十道志》：吴造建邺宫，始取材至明堂溪，见古梅，其材中梁，取以还都，梁已具，无所用之。一夕，梅忽飞还，土人异之，号曰梅君。今在湖中，随水浮沉。一云，会稽禹庙梁即此木。

凡楠木，最巨者商人采之，凿字号，结筏而下。既至芜湖，每年清江主事必来选择，买供运舟之用。南部又来争，商人甚以为苦。剔巨者沉江干，俟其去，没水取之，常失去一二。万历癸酉，一舟飘没，中有老人素持斋，守信义，方拍水，若有人扶之，至一潭口，榜曰木龙府。殿上人冕旒甚伟，面有黑痕，宛然所凿字号也。传呼曰："曾相识否？"老人顿首曰："榜已明矣，惟大王死生之。"又传呼曰："汝善人，数尚可延，速归！"令一人负之而出，俄倾抵岸，则身在大木上，衣服皆不濡。既登岸，一无所见。

海虞王之稷为贵阳通判，运木渡黄河。其最大者二，忽逸陷厥泥中，千人不可出。为文祭之，乃起。复见梦曰："吾三千年为群木领袖，今乃逐逐随其后。终当别去，必欲相烦应天子命，非以巨舟载不可。"如其言，拽而登舟，举缆，一呼如跃，舟行甚疾，绝无沮塞。

永乐中，云南普宁州大风，折一古树。军陈福海解以为版，内具神像，著冠执笏，容貌如画。彼中神而祀之，有祷辄应。正统二年，学正杨茂请加敕封，下礼部覆寝。

瑞　木

洪武元年，临川献瑞木。木中析有文曰：天下平。质白而文玄，当有文处，木理随画顺成，无错迕者。考之前代，往往有之。齐永明九年，秣陵安如寺有古树，伐以为薪，木理自然，有"法天德"三字。唐大历中，成都民郭远伐薪，得一枝，理成字，曰"天下太平"，诏藏秘阁。五代梁开平二年，李思玄攻潞州，营于壶口，伐木为栅。破一大木，中有朱书六字，曰"天十四载石进"，乃表上之。司天监徐鸿曰：丙申之年，有石氏王此地也。后石敬瑭起并州，果在丙申岁。宋太祖建隆五年，合州汉初县上青檬木，中有文，曰"大连宋"三字。太平兴国六年，温州瑞安县民张度解木五片，皆有"天下太平"字。英宗治平元年，杭州南新县民析柿木，中有"上天大国"四字，挺出半指如支节，书法似颜真卿。神宗熙宁十年八月，连州言柚木有文曰"王帝万天下太平"。政和二年十月，安州武义县木根有文，曰"万宋年岁"。绍兴十四年，虔州民毁㲼屋柱，木理有五字，曰"天下太平时"。淳熙十六年七月，晋陵县民析薪，中有四字，曰"绍熙五年"，如是者二。既而明年改元绍熙，果五年而光宗崩。元天历己巳，平江万户府构正衙，解一巨木，中分，有"天下太平之王"六字，其大如斗。元已虏宋矣，真州樵人析一木，中有三字，曰"天下赵"，其木丈二尺围，其字青，半解扬州，半留真州。

圣　　木

始兴郡阳山县有豫章木，本径二丈，名为圣木。秦时伐此木为鼓颡，颡成，忽奔逸，北至桂阳。

香　　木

英州雷震，一山梓树尽枯，而生龙脑，京师龙脑为之骤贱。每一两直钱千四百，味苦而香酷烈。又施州卫有大木，乃先朝所采，百牛拖之不动，时时生蕊，大仅如豆，焚之极香。

运　　木

故事，诸省运木，先于张家湾出水搜运，以次入神木厂。既完，始取批回，动经岁月，间有水溢漂失，坐累死亡者。工部主事王桯奏："即水次设厂，竹木至，验入，即与解官批回，公私便之。"桯，象山人，嘉靖壬辰进士，官至参政，清约，工诗文，负气，有宦声，亦奇士也。

府县城池

太祖与张士诚相持，得常州、长兴，皆杀城之半，以便守御。湖州亦如之，惟江阴城，元初皆毁，后乡民相率为土城，因甓砖石，加女墙守之。

庆阳府土城七里三十步，因高阜斩削而成，东高一十丈三尺，西一十二丈，南门无城。成化初，参政朱英增筑，记曰：城之惟坚，池陴以完，深以如泉，高焉如山。所谓削山为城，因河为池，张良臣所据以叛，易守而难攻者也。

凡城皆有濠在外，惟苏州则内外有濠，而城之形为亞字形，最难攻。以太祖神威，中山王合诸大将，用兵二十余万，围之十月而后下，匪直士诚之善守也。

杭州城拓于张士诚，计九千八百五十三堞。万历四十年间，每堞议用鱼脊石版一片覆之，该银一千七百两有奇，此法尽可通行。

西宁卫城高五丈，厚如之盖，李轨所筑。凉州卫高四丈九尺，洪武中指挥濮英增高三尺，厚六丈。城西二十里有兽文石，其一高五丈，长一丈三尺，周围三丈三尺，上有牛形，二分鹿形，一分虎头。余石有狼形、羊形、鹿形者，凡五。

过无锡县，见其城焕然一新，内白外蓝，皆以石灰涂藻，宛若世家萧墙一般。每丈约费银二两，计城可三四千丈，闻皆取办于甲里者。夫修城，役军不役民，制也，违制而动，又无益事实，其义何居。乃知秦二世欲漆其城，殊不足怪。或以余言为过，晓曰：看两京曾用此否？其人终不以为然。未几，湮颓如故。

城　　门

《舆地志》：句践应门之上有大鼓，名之为雷鼓，以威于龙也。《寰宇记》：吴作蛇门，作蛇象而龙角。《汉书·王尊传》：母持布鼓过雷门。注：雷门，会稽城门也，有大鼓，越击此鼓，声闻洛阳。《湘洲记》：前陵山有大石鼓，云昔神鹤飞入会稽雷门中，鼓因大鸣。《十道志》："雷门上有大鼓，阔二丈八尺，声闻百里。孙恩之乱，军人砍破，有双鹤飞出，后不鸣。"《晋书》亦载之。旧门去城百余步，后改为五云门。

城门之名，自古有之。今天下名城数千，各自立名。然惟苏州阊门及齐、葑、娄、盘、蛇与杭之钱塘最著，即儿童能言之。南则聚宝，北则哈答，任城乃元之旧名，而哈答改名崇文，任城改宣武，今皆称旧不称新，盖业在人口角中，不能易耳。其有非城门而著，曰蓟门、剑门、夔门、荆门、吴门、彭门、雁门。古号而最雅相传者，春明门。

土司皆不许立城。

权奇筑城

绩溪胡大司空松，号承庵，先为嘉兴推官，署印平湖。适倭寇至，议城，公夜入幕府曰："民难与虑始，请缚某居军前御倭，百姓受某恩，必相急，乃可举事。"从之。民大震，各任版筑，不阅月城成。权奇之妙乃尔。然非素得民心，即杀十署事官，民何急焉。同时有滁州胡柏泉，亦名松，官太宰。

楼阁台

楼阁大观，无如南昌之滕王阁，武昌之黄鹤楼，岳州之岳阳楼。三楼皆西向，而岳阳尤伟。

真定府有阳和楼，雨雪不沾洒四面，随风若避，故以名。

楚称三户久矣，乃汉渤海郡亦有三户县，即今之长芦地方也。其地亦有岳阳楼，盖取东岳以名，因地僻，故不著。

四川达州有六相楼，则唐李峤、李适之、韩滉、刘晏、元稹、宋张商英也。或刺史，或司马，或主簿，皆以贬官至。

稻孙楼在庐州太安门上，米芾秋日登楼燕集，见田禾可爱，问诸老农，曰："稻孙也。"稻已获得，雨复抽穗。芾喜，因名其楼。

紫阁，山名，在咸阳御宿州南山中，杜诗"紫阁行云入渼陂"是也。山中有寺，山上多丹青树，其叶红紫，亦曰华盖树，寺有阁。

书云台在曲阜南溪之上，《左传·僖公五年》日南至，公既视朔，遂登台以望而书。亦曰泮宫台。《水经注》曰：灵光殿东南，即泮宫也，在高门直北道西宫中，有台高八十尺，《诗》所谓"思乐泮水"是也。《东游记》云：台有水，自西南而来，深丈余，而无源。

余居后二十丈有范庄池，广十亩，水甚清，大旱不涸。池东南可里许，有陶墩，大水环之。又东十里，有蠡宅，相传范蠡养鱼种竹处。泗水县陶山后为薛河，河中有钓鱼台，高一丈五尺，代经大水，不为损，土人云是范蠡养鱼处。庙基为范蠡宅，其山下河边平泽为范蠡湖。蠡三致千金，迁徙不定，故嘉兴南门亦有范蠡湖，产五色螺，每年易一色。

堂

堂名多矣，惟彰德府有密作堂，最奇。在华林园，堂周围二十四架，以大船浮之于水，为激轮于堂，层层各异。下层刻木为七人，相对列坐，一人弹琵琶，一人击胡鼓，一人弹箜篌，一人挡筝，一人振铜钹，一人拍板，一人弄盘，并衣之以锦绣。其节会进退俯仰，莫不中规。中层作佛堂三间，佛事精丽。又作木僧七人，各长三尺，衣以绘彩。堂西南角一僧手执香奁，东南角一僧手执香炉而立，余五僧绕佛左转行道。每至西南角，则执香奁僧以手拈香授行道僧，僧舒手受香。复行至东南角，则执香炉僧舒手授香于行道僧，僧乃舒手置香于炉中，遂至佛前作礼。礼毕，整衣而行，周而复始，与人无异。上层亦作佛堂，旁立菩萨及侍卫力士。佛坐帐上刻作飞仙，循环右转。又刻画紫云飞腾，相映左转，往来交错，终日不绝。并黄门侍郎博陵崔士顺所制，奇巧机妙，自古未有。

宋刘韐以资政殿学士死金之难，赠太保魏国公，谥忠显。子子羽，以徽猷阁待制拒金人，保全蜀，卒赠太师、鲁国公，谥忠定。孙珙，以同知枢密院事，卒赠太师鲁国公，谥忠肃。韐族叔领亦死金之难，谥忠简。又有纯者,知邵武,御贼见杀,赠太尉,谥义壮,庙额曰忠烈。皆建州人,合祀,曰五忠堂。

任布,字应之,河南人,宋庆历中官枢副。归休居洛,作五知堂:一知恩,二知命,三知足,四知道,五知幸。谥恭惠。

蠡斯则百堂灾,烧杀刘聪子二十一人,盖伪汉所建以居其子,天谴报应者。其堂当在平阳府。近有徽州刻本,分蠡斯与则百为二堂,《应天府志》收入建康南晋之堂,其谬何极!

三槐堂在今东昌府清平县界内。清平,宋贝丘地,属大名府。

韩魏公定州阅古堂,胜于昼锦堂多矣。昼锦堂作于相州郡治,非韩私宅也。

陈僖敏公镒致政家居,辟小园,得蔡君谟所书昼锦堂石碑,复有芝产于堂柱间,真完名全节之征也。

衙宇房屋

自来京朝官必僦居私寓,惟南京三法司,国初官创,太祖谓"大官人须居大房子",名曰样房,极宏壮,盖欲依样遍造各衙门也。近日南京如吏、户、礼、兵、工堂上及列署,自以物力置官房,亦可居。国子两厢,极水竹园亭之美,亦公私辏合而成。李九我自南少宰转北少宗伯,仿南例,买房供堂属居住。外征民租,如治家然,诚非体。然因此议其贪,则失之远矣。

汉时郡国守相置邸长安,唐有进奏院,宋有朝集院,国朝无之,惟私立会馆。然止供乡绅之用,其迁除应朝者,皆不堪居也。

两淮运使署,乃董仲舒相江都时故宅。城东法云寺,乃谢安石故居,天宁寺其别墅云。

苏州巡抚行台,乃魏了翁赐第,宋理宗扁曰鹤山书院。

江西巡抚衙门在永和门内,宁藩变后,改承奉司为都台,织造机房为按台。浙江巡抚衙门在官巷口,胡梅林总制时,改于望仙桥,盖宋重华故宫地,传有郁葱之符。

唐少卿宅在绍兴新河坊,少卿名翊,宋宣和中为鸿胪少卿,连守楚、泗、台三州，未尝家食，前后门虽具，未尝开，守舍者自侧户出入。少卿长子闳，为郑州通判代还。一术士善相宅，至夜登屋脊视云："此宅前开门，则出两府；后开门，则出台谏。而所应者非本宗。"后建炎四年，高宗驻跸于越，凡空第，皆给百官寓止。礼部尚书谢任伯寓此宅，拜参知政事，中使宣召，开前门赴都堂治事。上虞丞娄寅亮与唐为姻家，暂假投检奏封章乞立嗣，中旨，除监察御史，开后门诣台供职。其言皆验。

郑虎臣宅在嘉定鹤舞桥东，居第甚盛，号郑半州，四时饮馔，各有品目。著《集珍日用》一卷，并《元夕闱灯实录》一卷，皆言其奢侈于餍饫也。当宋末，杀贾似道于木绵庵，即其人。气甚豪，不止称富家翁，可敬也。

塾，门外舍也，人臣来朝，至门外就舍，熟详应对。塾言熟也。家庙在东，西堂为塾，故曰西席。

凡屋宇竹树之类，影入窗隙内者皆倒悬，阳燧亦如之，中间有碍故也。

某姓造一船舫，忌者告之监司，谓水中造房，侵占豪霸，为地方害。监司北人，大怒，谓水中可造房，何事不为！绳之急，其人累诉不能白。一儒生为操状曰："南方水乡，家家有个船舫，即如北方旱乡，家家有个马房。"监司悟，狱解。

有以夜航船呼人者，谓其中群坐多人，偶语纷纷，以比浅学之破碎摘裂，足供谈笑耳。

弈

王僚，字廷贵，常州武进人，素善弈，且所酷好。及为南祭酒，辄绝不复事。李九我亦有此好，为南少宰，亦停，二公相类乃尔。

琴

黄献，字仲贤，号梧冈。入内府，年十一，孝皇命之学琴，甚得亲近。年七十余,刻《梧冈琴谱》,礼部尚书陈经为之序。

范文正公酷爱琴,唯弹《履霜》一操,即有事不废,人谓之范履霜。

独孤及嗜琴,有眼疾,不肯治,欲听之专也,其得趣乃尔。

葛天氏始歌。阴康氏始舞。朱襄作瑟。伏羲作琴、埙、箫。女娲作笙、竽。黄帝作钟磬、鼓吹、铙角、鞞钲,制律吕,立乐师。少昊作浮磬。舜作崇牙。禹作籈。桀作澜漫之乐。纣作北里之舞。周有四夷之乐。穆王有木寓歌舞之伎。秦蒙恬作筝。汉田横客作挽歌。汉武帝立乐府,作角觝、鱼龙曼延、吞刀吐火之戏。梁有高絚舞轮之伎。唐高宗置梨园作坊。玄宗置教坊、倡优、杂伎。元人作传奇。

钟 鼎

三代制器,曰钟,曰钲,曰鼎,曰鬲,曰盂,曰鍑,曰甗,曰盦,曰洗,曰䤝,曰盆,曰鉴,曰枒,曰匜,曰壶,曰瓿,曰尊,曰罍,曰彝,曰卣,曰舟,曰瓶,曰罂,曰爵,曰斗,曰卮,曰角,曰杯,曰觚,曰斝,曰敦,曰簠,曰簋,曰豆,曰铺,曰锭,曰錞,曰铎,曰磬,曰铙。钟有特钟、镈钟、编钟,凡三等。钲类钟而庳短;盂类鼎而有味、有攀;鬲类鼎而空足;鍑类釜而大;甗类甑而通中;盦类洗而大,腰有足攀;䤝类洗而小;鉴类䤝而大;瓿类壶而庳;卣类壶而有足攀。簠形方,簋形圆。彝六等,皆有舟。尊六等,皆有罍。罍类壶,容酒一斛。舟类洗,而有耳。

钟,西方之声,其功大者其声大,垂则钟,仰则鼎,一也。佛家谓地狱受诸苦楚,闻钟声则苏,故缓其杵。黄钟生一,一生万物,君子铄金为钟,四时允乳,故钟调则君道得,古军中皆用。今易以铜鼓、锣铙之属,取其便也。

鼎,绝大谓之鼐,圜掩上谓之鼒,丰者为鬲。

大名府有谯钟,相传魏太武时所铸。守清正则钟声洪亮,否则不扬。前守恶之,弃于通衢,钟因半裂。嘉靖中,乐护为守,适岁歉,民竞言神物弃置为咎,请复之。乐曰:"有是哉?"祭而县之,扣之不扬,意甚不悦。忽梦大众宣于钟所,既再叩之,钟果洪亮,其裂处寻亦平满,更拥起一脊,民益异之。

萧县相袭不撞钟，以为撞之则水至。嘉靖间，县尹朱同芳弗听，水果大至，漂没田庐，同芳坚不听，水亦寻涸。及孙重光尹萧，父老恳请，重光遂止之，乃为文以祭钟曰："鼓焉以钟，昏晨之轨。民有讹言，金能利水。为民父母，从此而已。御患无德，随俗可耻。钟兮有灵，尚鉴乎此？"重光去，王荩臣继之，复令撞钟，其家病祸相沿，惧而复止。

成化间，大钟二，荡淮水中，声竑竑，势欲跃起，总兵平江伯陈公锐祭之，一钟遂止。令县于朝宗门楼，声闻百里。其一止泗上。

张华铜山钟鸣之应，人能言之。又其时朝士畜铜澡盘，晨夕恒鸣，如人扣击。华云："此盘与洛钟宫商相应耳。"错之令轻，鸣遂止。

分宜县，昔有渔者钓得一金锁，长数百尺；又得一钟，如铎状，举之声如霹雳，山川震动。渔人恐，沉于水中。或言：此秦始皇帝驱山铎也。

会稽灵嘉寺钟，本于阗国寺钟也，因风雨飞来，有天竺僧过此，识而知之。

广西太平州有一钟，自交趾思琅州飞来，夜常入水与龙斗，天明复旧所。正德己卯，盗断其纽及唇，灵怪遂灭。

胡梅林取各寺观铜钟，制大将军击倭，殆无孑遗。惟桐庐县城东一寺钟，有蟒蛇盘其上，军士惧不敢动，再取再如之，乃止。土人云："其钟声闻五十里。"去余居可十二里，寺曰应天，僻远，四周环以大水，罕有报者，独得免。余每扣之，声清越度，可闻数十里，惜悬深屋中闷闷耳。闻宁波一钟，见梦太守得免，今半没泥中，取之不可动，人皆神之。

铜　　鼓

世传诸葛铜鼓，然不始于诸葛。《马援传》："得骆越铜鼓，铸为马式，还上之。"注引《广州记》："俚僚铸铜为鼓，悬于庭，置酒，招同类，来者以金银为大钗，执以扣，即留遗主人。"《诗》曰："击鼓其镗"，镗从金，则固起于三代时。所谓金声者，殆如此，必非锣也。

诸葛铜鼓皆奇文异状,雕螭刻虬,间缀虾蟆,其数皆四。杨升庵编内称淳于古礼器也。广汉什邡人段祖,以献益州刺史萧鉴,高一尺六寸六分,围三尺三寸,圆如桶,铜色如漆。令去地尺余,以手振之,声如雷,清响良久乃绝。古所以节乐,以诸葛鼓证之,疑即淳于铜铁锅,锅口皆阿大王所制,更奇异。识者曰:非锅,乃鼎类也。其名曰鬵。《诗》曰"溉之釜鬵"是也。

《音乐旨归》云:鬵,大上小下,若甑、铛,无足,和羹用之。或曰:鬴也,亦无足,乃其实足以函牛,两耳峙如山形,蛮尤以为至宝,其重不啻铜鼓。

蛮中诸葛铜鼓有剥蚀而声响者,为上上,易牛千头;次者,七八百头。藏二三面者,即得僭号为寨主矣。

凡破蛮,必称获诸葛铜鼓,有多至数十面者。此必诸葛倡之,后人仿式而造,其精巧反有过之者。

人 皮 鼓

北固山佛院有人皮鼓,盖世庙时,汤都督沂东,名克宽,戮海寇王艮皮鞔之。其声比他鼓稍不扬,盖人皮视牛革理厚,而坚不如故也。

古 铜 镜

嘉州渔人王甲者,世世以捕鱼为业,家于江上,每日与妻子棹小舟往来,网罟所得,仅足给食。他日,见一物,荡漾水底,其形如日,光采赫然射人,漫布网下。取即得之,乃古铜镜一枚,径圆八寸许,亦有雕镂琢刻,固不能识也。持归家,因此生计寖丰,不假经营而钱自至。越两岁,如天运鬼输,盈塞败屋几满。王无所用之,翻以多为患,与妻谋曰:"我家从父祖以来,渔钓为活,极不过日得百钱。自获镜以来,何啻千倍。念本何人,而暴富乃尔,无劳受福,天必殃之。我恶衣恶食,钱多何用。惧此镜不应久留,不如携诣峨嵋山白水禅寺献于圣前,永为佛供。"妻以为然。于是沐浴斋戒,卜日入寺,为长老说因依。

盛具美馔，延堂僧，皆有衬施，而出镜授之。长老言："此天下之至宝也，神明靳之，吾何敢辄预？檀越谨置诸三宝前，作礼而去可也。"王既下山，长老密唤巧匠写仿形模，别铸其一，迨成，与真者无小异，乘夜易取而藏之。王之赀货，自是日削，初无横费，若遭巨盗辇窃而去者。又两岁，贫困如初，夫妇咎于弃镜，复往白水拜主僧，输以情，冀返原物。僧曰："君知向时吾不辄预之意乎？今日之来，理之必至。吾为出家子，视色身非己有，况于外物耶？常忧落奸盗手中，无以藉口，兹得全而归，吾又何惜！"王遂以镜还，不觉其赝也。镜虽存而贫自若，僧之衣钵充牣，买祠部牒，度童奴数溢三百。后渐有闻者，尽证原镜在僧所。提点刑狱使者建台于汉嘉，贪人也，认为奇货，命健吏从僧逼索，不肯与，罗致之狱，用楚掠就死。使者籍其财，空无贮储。盖入狱之初，为亲信行者席卷而隐，知僧已死，穿山谷径路，拟向黎州。到溪头，值神人金甲持戟，长身甚武，叱曰："还我宝镜！"行者不顾疾走，投林未百步，一猛虎张口奋迅来，若将搏噬，始颤惧，探怀掷镜而窜。久乃还寺，为其俦侣言之，后不知所在。隆兴元年，祝东老泛舟嘉陵，逢王渔，自说其事，时年六十余。

铜　　拳

　　山东新城县王氏科第之盛，始于少司徒见峰公，公尝梦仙人授丹诀。自楚抚归，出铜拳铸为器，食顷，冶人失声惊走。公就视，则二拳堕地，牝牡相合成山焉。有岫有岩，有洞壑，有鸾鹤，寿星中踞，群真环列，其巅则金母坐而仙姬侍，后有洞，大士入定其中。所现仙灵皆肖生，虽雕镂不能及也。

铁　　炉

　　遵化铁炉，深一丈二尺，广前二尺五寸，后二尺七寸，左右各一尺六寸。前辟数丈，为出铁之所，俱石砌。以简千石为门，牛头石为心，黑沙为本，石子为佐。时时旋下，用炭火置二鞴扇之，得铁日可四次。

妙在石子产于水门口，色间红白，略似桃花，大者如斛，小者如拳，捣而碎之，以投于火，则化而为水。石心若燥，沙不能下，以此救之，则其沙始销成铁。不然，则心病而不销也。如人心火大盛，用良剂救之，则脾胃和而饮食进，造化之妙如此。

铁冶西去遵化县可八十里，又二十里，则边墙矣。群山连亘不绝，古之松亭关也。生铁之炼，凡三时而成；熟铁由生铁五六炼而成；钢铁由熟铁九炼而成。其炉由微而盛，由盛而衰，最多至九十日，则败矣。炉有神，则元之炉长康侯也。康当炉四十日而无铁，惧罪，欲自经，二女劝止之，因投炉而死。众见其飞腾光焰中，若有龙随而起者。顷之，铁液成。元封其父为崇宁侯，二女遂称金、火二仙姑，至今祀之。其地原有龙潜于炉下，故铁不成。二女投下，龙惊而起，焚其尾，时有秃见焉。

铁一名犁耳，盖最坚且厚者。《晋书》称秦行，唐公洛曰："力制奔牛，射洞犁耳。"

铁　　器

狼山把总徐正得铁矛于江中，形制古朴，不类近时物，其款识数字漫，不知为何等语也。一日，置之舟前，飓风大作，海潮突起，邻舟皆簸扬上下，不能驻足立，独此舟晏然，如履平地。明日，置之他舟，亦然。又明日，置之他舟，无不然者。

李齐物，天宝中为陕州刺史，开砥柱，通漕路，发重石，下得古铁戟若铧然，铭曰"平陆"。上之，诏即以名县。诸葛亮箭袖铠帽二十，五石弩射之不能入，与铸刀三千同。

后主禅造一大剑，长一丈二尺，镇剑口山，往往人见光辉，后人求之不获。

云长采都山铁为二刀，铭曰"万人"。后败，惜刀，投之水，成龙飞去。

陕州铁人

铁人,在陕州门谯楼下,衣冠拱立,世代莫知所始。相传为禹治水置之,以镇水患者,未知是否。或以为秦金人二人之数,按《纲目集览·索隐》云:各重千石,坐高二丈,号曰翁仲。苻坚徙入长安。今陕州铁人不及数尺,恐非旧物。

僧取沉牛

铁牛,在朝邑县东三十里大庆关,东岸四,西岸三,唐开元十二年铸此,以系浮梁。金、元时,牛存而梁废。未几,悉沉于河。大定十年,真定府禅院僧怀炳有巧思,都水使者荐于朝,得旨,令取沉牛。乃辇石驾舟自沉于河,得牛所在,以长绳系,增石转机,已出其三,会有流言乃止。初起役,有善泅者十人佐助,师每画十字于十人之掌,则入深渊如平地,视听亦了然。十人皆剃度为弟子。

铁镬釜

扬州铁镬,府城北门外铁镬六口,南门外四口。各高四尺,厚四寸五分,周围一丈七尺,可容二三十石,不知何代何人所铸。北门外两镬,皆半没入土,露土外者光莹不锈涩,如磨琢然。相传元镇南王府故物,或又谓出隋宫,皆不可考。镇江甘露寺亦有大铁镬,俗传梁武帝铸以饭僧者。苏文忠有"萧公古铁镬"之句,又或以为前代压镇之物,与扬州同,亦未知是否。

梁筑浮山堰,成而复溃。或言蛟龙能乘风雨破堰,其性恶铁,乃运铁器釜、镬之属数千万斤沉之。扬州铁镬岂即此类耶?

铁釜,在北门外苏州造船厂,今移在太仓海宁寺,相传通番船煮簸绫用者。阔六尺三寸,高四尺三寸,围二丈,厚二寸四分。

铁　　棺

兴化县南，法华废寺西，有铁棺焉。长九尺二寸，前广后狭。相传宋建炎间，薛庆常遣其徒撼之，中有物相触，作铿然声。以铁锤击百不损，鼓鞴熔之不液，乃止。

攒 棺 奇 绘

柴墟储文懿公，正德癸酉，以吏部侍郎终于南都，子灏扶柩归海陵之第。丙子涂塈，攒于墓舍。丁丑十月，启而葬诸制域。发视棺上，变生黝墨如铁，成绘画文，具画家鳞皴烘染之法。前则奇石、枯松，旁出二箖，茎叶咸儵。左则梅株夭矫，梢缀数花其杪，右如左而树差短，全无花。古雅萧散，非俗工所能为。后有文隐隐未就。吁！亦异甚矣哉。殆有鬼神为之其间者。家人惊愕，走闻州大夫。驰驾来视，削而究之，深入木理，于是四境喧诧，观者填溢，莫不骇叹，以为神异。灏乃拂楮于上，模其大都，藏于家庙。

挈　　棺

刘太守钰，沔阳人，每行必挈双棺自随。吴江吴尚书山，亦如之。吴以郭勋事，触圣怒，勒归，卒于利国驿，即用以殓。

卷之五

巡　　狩

　　洪武元年四月甲子上幸汴梁，七月丁未回京；八月壬午再幸，十月丁丑回京。初则河南已下，再则元都已平，自往壮声势，且览中原大轴，有迁都之志也。《仪注》虽未可考，要之，卤簿军容，气象自是不同。文皇再幸北京，俱皇太子监国，五出塞，不辞劳苦。宪皇征汉，往返仅二十六日，出喜峰口破虏，往返仅二十七日，止治兵，以亲王监国。而英皇北行，事起仓卒，百凡草草，从官亦不甚多。至于陷没，非臣子所忍言。武皇驱驰，不过游戏。肃皇自藩国入承大统，母后大葬，大议分合，亲幸承天，事情自不可已，往返五千里，仅五十八日，中间驻承天者十二日。当时纷纷谏止，爱君惜费，一动不如一静。臣子之分，自当如此，若以大体论之，从中将顺，未为不可。

拦　　驾

　　嘉靖十八年二月，圣驾将南狩。有军人孙堂由西阙门入，至午门，从御路中桥至奉天门下，登金台坐之，而守门官吏莫有知者。及天明，堂从上呼叫，方觉，捕之。堂言：沿途搭盖席殿，累死军民大半，因此我来拦驾。事闻，下锦衣卫严刑根究。谓"堂实病狂，当以擅入御座者律绞，及诸门役防范不密之罪"，报可，而上终不为动，盖内断已久矣。
　　襄府典吏王文，同民人栗銮，诡列名衔，为奏事。语多触犯，传流道路，冀得闻上。停止，而李文魁、真宣等，复用黄帖抄誊传播，东厂旗校缉获以闻。时乘舆已发，有旨逮讯文魁等，以妖言惑众律，及二十余人，各坐罪有差。

巡 幸 关 系

方南巡时，沿途有司，以供具不办获罪。若副使潘鉴、知府刘汝松、同知李朝阳与州县等官逮行在诏狱，拷讯为民，甚众。及将回銮，谕行在兵部掌都察院事王廷相，令委所在三司知府等官分理夫马粮草，并以躲避官员，责其参治。及入河南境，抵裕州，供具复不给。于是河南参政张思聪、副使胡廷禄、陈迈、南阳知府王维垣，俱逮诏狱为民。严旨责廷相，悉纠诸怠弛者。因移咨各抚按官，指实开具。及是，廷相汇列奏闻，自顺天府尹邵锡、密云副使高金、天津副使张承祚而下七十二员，得旨，各官违误推避，悖慢为甚。在京令法司，在外令抚按逮治，从重拟罪。其平日贪墨及假公科敛者，仍各追赃，完日治罪如例。已，法司拟上罪状，诏锡降二级调外任，金承祚等悉黜为民。而前此卫辉行宫火，该府官止留一人护印，余俱械系都护军门，缚押前行示众。守巡并布按二司掌印者，俱逮镇抚司拷讯。于是卫辉知府王耿、汲县署印知县侯郡，缚行驾前，至承天杖之，发边方为民。又逮督理侍郎张衍庆，及河南巡抚易瓒、巡按汤震、左布政姚文清、按察使庞洽、参政乐护、佥事王格，俱下镇抚司，悉黜为民。其赵州、临洺镇二处，驾发时行殿俱灾，有司官皆治罪，从行人马，死者甚众。至叶县，知县李浦以持牌候各官境上，夺职。丁忧学士廖道南献赋，以绯衣朝见，上怒其居丧从吉，夺官，则又其自取，不必言。万乘一动，干系极大，遐想景象，以神圣孝思，尚且如此，况无事盘游哉！末年，上病，复谕南狩取药，中外汹惧，徐文贞力谏得止。

母 后 奉 迎

世宗即位之四日，迎母妃于安陆。用船四千艘，人夫四十万，江行考递水手数千人。其第一人为御舟舵工，即洑流湍急，舟稳如山。余渡江，其子在江干摆渡，能言之。问其父姓名，曰王金。生时母梦仙妃渡水，踏一鱼，乌金色，落其家，人以为瑞云。后尊为章圣皇太后，患目泪，用海松子有验，命守臣于暹罗频海诸处采进。

皇祖母孝惠皇太后邵氏，知书，有容色，杭州兵家女也。年十四，聘者七人皆死，一指挥聘之，已上马迎矣，坠而死。其父充漕卒，携至京师，成化中，选入掖庭，居别院，未得进。尝赋诗曰："宫漏沈沈滴绛河，绣鞋无奈怯春罗。曾将旧恨题红叶，惹得新愁上翠蛾。雨过玉阶秋气冷，风摇金锁夜声多。几年不见君王面，咫尺蓬莱奈若何。"诗成，微吟，宪宗步月过院，闻而异之，遂召幸焉。生兴王，是为睿宗献皇帝。配蒋妃，实生世宗肃皇帝。世皇既正大统，时以贵妃在宫中，尊为寿安皇太后，元年十一月崩，上谥孝惠。其弟喜封伯，钦赐为其父造坟杭州，极壮丽，费可十余万，所称邵王坟者是也。今子孙贫，货石筑十锦塘，已荡然矣。邵后又生谷王。

皇太后父母

自来皇太后之父母罕有存者。神皇即位，尊皇后为仁圣皇太后，皇贵妃为慈圣皇太后，两宫并重。其父母皆存，真太平盛事。仁圣父陈景行，封固安伯，以壬午年卒，年七十，赠太子太保，谥荣靖，祭十六坛，赐赙二千两。妻张氏，礼部尚书张文质女，癸未年卒，赐祭葬同。慈圣父李伟，封武清伯，已进侯，癸未年卒，年七十四，赠安国公，谥恭简，祭二十坛，先赐营圹银三万两。妻王氏，时入宫，圣母以家人礼上食，王避匿曰："太后至尊，奈何以老妇亵朝廷礼。"赏赐不可胜纪。丁亥卒，祭如前，赙五千两。固安三子：昌言，锦衣指挥佥事；嘉言、名言，锦衣千户。武清亦三子：文全，袭伯；文贵，左都督；文进，御马监太监。盖自宫从慈圣入内者，未知宫中何以相处？两宫并存，则嫡母加二字为别，所重自有在。今已并加，而其父母恩礼殊绝如此，则又起于慈懿之分别也。慈懿皇太后钱氏，英宗皇帝正后也。

慈懿虽加二字为重，然特虚名耳，于外家无所推恩。最初正位中宫，父贵原，金吾右卫指挥使，加都督同知，卒后不闻赠谥。长子钦，仅嗣锦衣指挥使；次子钟，正统十四年，从北狩，俱死于难。既而钟遗腹生雄，遂以后钦，世其官。天顺元年，升都指挥使。成化初，晋后军都督佥事，寻转同知。卒年三十，赐宝楮万缗，谕祭营葬。初，英宗重念后族胤嗣单弱，每欲胙雄茅土，慈懿辄辞谢，故终身不及封拜。雄卒后，宪宗念累朝外戚俱有封爵，乃封雄子承宗为安昌伯。而周太后家封二伯，寻晋侯，恩礼隆厚，百倍于钱。及慈懿崩，厄于周太后，几不得祔。赖宪宗明圣，大臣力争，得祔。盖嫡母虽尊，比易代决不敢敌生母。观慈懿之云，则仁圣得此，已极崇重，而陈氏亦云厚幸矣。

王　　府

国初亲王府基，秦用陕西台治，晋用太原新城，燕用元旧内，楚用武昌灵应寺，齐用青州益都县治，潭用潭州玄妙观，靖江在独秀峰前。以后续封者，自宜详载，而史不必尽书。要之，必取郡地之最广与风气最适中者用之。

亲王府制，王城高二丈九尺，女墙五尺五寸，城河阔十五丈，深三丈。正殿基高六尺五寸，月台五尺九寸，各有定数，而殿之尺寸不著。秦府殿高至九丈九尺，韩府止五丈五尺，大相悬绝。岂秦、晋、燕、周四府乃高皇后亲生，故优之，诸子不得与并耶？余见吉府、荣府城高仅二丈余，城外并无河。想即以本府长沙、常德之城池为据，而内城特作子城，其余可类推矣。

亲王之国，郑、淮、荆、襄、梁五府皆仁宗子，宣宗弟，用船不过二三百艘；德、秀、吉、崇、徽五府，皆英宗子，宪宗弟，用船亦不过七百余艘。除王府及各官应付车辆人夫，其军校人等船，令自备，在途亦自拽送，不起人夫。至吉王始奏乞护送人夫，然每船不过五名。兴、岐二王之国，分外陈乞，至用船九百余，沿途起夫至数万。其后复加撙节，止用船七百。行李车辆，自承奉长史而下，各有等差。吏典军校四人，共车一辆，所过州县驿递，止供柴薪，不支廪给。弘治十一年，寿、泾二府官校恣横，至殴辱宪臣，逼取财物，地方骚动。事闻，承奉长史俱坐罪。正德初，荣王将之国，所司请申明旧例，行所在官司，晓谕约束拽船人夫。亲王并妃船，每船上水八十名，下水五十名，其余装载物件，每船上水二十五名，下水十五名。本府官员船，上、下水俱十五名；军校船，上、下水俱五名。

景王之国，随行官二十七员，校尉六百名，军一千名，背负什物军一百名，马一百匹。其驿递旧制，双马、单马、起船符三道，今照宣德年例，只与单马起船符验。

福王之国，用船一千一百七十三只，比潞王多二百四十八只，随行军一千一百名，沿途以少司马一人总之。潞王则萧岳峰大亨，福王则魏惶吾养蒙。所随旗校内使，皆择中下者以行。即承奉稍黠，亦不能肆。而其余兵卫，独慑兵部，所至不过依常夫马廪给。一夕而行，原不为害，乃好事者，议于经过去处蠲恤，不知惟车驾所过有之，藩王何为者？虽寝不行，而其识见亦可概见矣。

册　　封

封王一差，亲王以勋臣为正使，其余用京堂、科臣、部属、中行等官；翰林、文学侍从，例不差遣。自弘治七年十月，始差侍读江澜；次年，侍讲刘忠；又次年，停遣；十年，侍讲张芮；十八年，编修陈霁。刘瑾乱政，革六科不用，瑾诛，仍旧。正德六年，检讨穆孔晖；七年，编修陆深；八年，编修崔铣。自后增为二人，以后纷纷四出，不可纪矣。

送　亲　王

天顺四年，再迎襄宪王至京，恩礼有加。比返国，上亲送至芦沟桥。车驾后王，王辞曰："以臣先君，大乱之道也。"上曰："王德厚望尊，今日非以君送臣，乃以侄送叔，何乱之有？"王不获已，命舁人倒其肩舆，示不敢背焉。

亲　王　之　冤

辽王国于荆州府，嘉靖中，庶人宪㸅聪明绝世，行多纵泆，当之以叛，劾疏中有"观兵八里山"之说，傅致其狱，过也。被执月余，饮酒赋诗，了不为意。行之日，表辞毛太妃，血泪淋漓，全表皆湿。表既上，如故也。惟语袁太守曰："公知吾好文墨，多致文房四宝去。"见者无不哀之。

郡王之冤

正德九年，东平人西凤竹造吏部主事梁谷，为言乡人袁质、赵岩等，纠众数千，将为逆。梁为本州著姓，盖宋梁灏、梁固之后也。谷居乡凶戾，行多不检，倚恶少为助。既贵，此辈常往来其门，颇厌苦之。又与千户高乾等有怨，闻凤竹言，辄意动，乃遣人访于屈昂。昂亦亡赖，报书愈诳诞。又有刘升者，谷素与往来，询以故，升尝为千户王瓒所辱，诬瓒亦预谋。谷因并以乾及恶少姓名，皆称为从逆者，告变于尚书杨一清，遂闻于上，召兵部议。尚书陆完请亟谕山东镇巡官密捕，穷治党与，仍令总兵官刘晖以辽东军千五百人驻济宁，伺变进兵。会鲁王入，长史马魁潜奏其子归善王当㳒妄言欲反，谷复谓当㳒与质连谋。遣太监温祥、大理寺少卿王纯、锦衣指挥韩端，往执当㳒。复议用兵，命总兵郤永以所部边军及河间达官舍余千五百人驻德州，副总兵桂勇将千人驻大名府，游击将军贾鉴大同军五百人驻徐州。仍敕河南都御史陈珂、淮扬都御史张缙分守要害。京师汹汹，传言宗室有大变，旬日间所在震动。及祥等驰至，合兵围王府，当㳒方饮而卧，与质等皆束手就执，祥等按问无反状。盖质以武断，为乡人所怨，又善射，当㳒爱之，尝赏以钱布。岩以候缺，引礼舍人怀贽谒当㳒，尝留饮。谷诸所指，皆平人也。乃械质等至京，晖及永等兵皆罢。巡按李翰臣因劾谷报怨邀功，且言当㳒之罪，成于马魁，乞置二人于法。诏以翰臣为谋叛者隐匿，逮系锦衣狱。质等既至法司，以告变由谷，请逮谷与质等面证，不从。已而翰臣狱辞复连及谷，乃令置对。法司拟翰臣、谷俱赎杖还职，谷仍俟质等狱成议请。得旨，谷免赎还职，翰臣降一级，调广德州判官。于是御史程启充、周宣等极论谷挟私罔上，鼓煽流言，启小人生事喜功之心，致大臣轻信寡谋之失，虽死不足尽法，顾可纵之令复职乎？且与翰臣不宜异罚，皆不报。谷初以荐得吏部，及因一清上变，权贵入其言，欲徼封拜，如平贲镏故事，其于宗藩民命，固有所不恤矣。或云鲁王之奏当㳚，虽由马魁媒孽之，实为在内力者所迫，惧祸及，不得已而发云。十一月，当㳚降庶人，发凤阳祖陵。当㳚健悍，流贼攻兖州时，尝借护卫盔甲、弓弩，率家众登城射却之，鲁王以闻，降敕褒谕，由是喜弄兵。闻袁质善射，召与角胜，因赏之。时纵酒，多过失。与马魁有隙，尝欲纳校尉李智为家人，属魁启王，魁不应，密嗾王重绳智，谪为乐工，当㳚不能平，欲缚魁辱之，魁避匿，畏王责之，乃乘醉妄言欲反。会谷告质等谋逆，魁遂谮之王，且曰："不先发，祸且及王。"王惧，遂奏之。既被执，当㳚曰："我何罪而系我？"索其兵器，乃前所借弓弩也。魁恐事败，讽所厚陈环及啖术士李秀，使诬证之。复以书及贿抵镇守太监毕真，使逮二人诘问。已而二人者以实对，书贿亦为真所发。于是法司会勋戚府部大臣，以质等及魁赴诸王馆，与当㳚验问，皆知当㳚无反状，无敢为白者，竟以违祖训成狱。军校坐拨置谪戍者五人，质及家属戍肃州，西凤竹、屈昂徙口外，魁以诬妄坐斩。诸连逮瘐死者甚众。王瓒亦死于途。山东镇巡及三司掌印官，以失觉察，夺俸有差。谷首为难端，竟以一清庇，独得免。当㳚之凤阳，有旨令中官护送，犹未知所坐。中官绐曰："谒祖陵耳。"比至，问曰："此何地？"曰："高墙。"乃大恸曰："冤乎！"即日以首触墙而死，闻者伤之。

楚宗行刑

国朝宗室，虽谋反大逆，亦止赐自尽，焚其尸；惟楚世子英耀弑父，充灼勾房，斩首焚尸。二百年再见楚藩之变，踊杀巡抚，拟死不必言，乃斩者三人，又不告太庙，告显陵行刑。夫死者与众弃，未闻弃之伊家墟墓间，使其祖宗魂魄式而见之也。且楚藩乃太祖七世孙，非献皇之后，于义何居？吁！盖难言之矣。

宗案

楚宗事业有定案，非臣子所敢言，要其实不可得而掩也，今且勿

论。偶阅成化年间韩府、晋府二案,录于后:

追降韩府汉阴王徵钅是为庶人;王母平氏、妃周氏及冒封郡王、县主者,皆赐死;妃父周恂磔于市;妻、妾、子皆斩,籍其家。先是,王有疾,恂入问王曰:"王病疾,当不可讳,无后,奈何? 何不取家人子名之,以奉王后。"王以为然。令二宫人假若有娠者,韩王及诸王来问疾,俱以托焉。王薨,恂与王母及妃谋,取其妻之女,及他人男,前后令妾与子抱纳宫中。既长,请于朝,俱受封。而恂之姻家以私忿发其事,下镇守内官暨抚按,会三司按之,得其本末,恂罪当斩,余坐罪有差。刑部尚书林聪等具狱奏,上曰:"恂阴谋主使王母平氏、妃周氏同其妻、妾、子,乞养异姓男女冒封,紊乱宗支,罪恶深重。恂凌迟处死,财产没官;妻、妾、子俱斩;知其事者,内使刘通等五人,各杖一百,充边军;男女及平氏、周氏,俱赐自尽;徵钅是追降为庶人,余悉准拟。其令太监李荣、驸马周景、锦衣卫指挥赵璟往莅其事。仍命自后各王府、将军等处不许闲杂人出入,构引为非,违者及内官外官皆重罪不宥。录狱词,写书各王府知之。"乃致书各王曰:"朕为徵钅是乃韩宪王曾孙,宪王实太祖高皇帝子,高皇帝奄有天下,封建诸王,藩屏国家,为千万世不拔之基。岂意徵钅是只因乏嗣,顾恋房闱私爱,轻信外人邪谋,致使其母暨妃下抱污池之流,上溷天潢之派,其得罪于祖宗,岂小小哉! 身虽沦亡,咎难容贷。已革其封爵,削其谥号,追废为庶人。用彰朝廷大法,用慰祖宗灵明,以为将来警戒。呜呼! 莒人灭鄫,《春秋》所诛。而徵钅是忍心害理,一至于此! 祖宗以来,所未有也。常人闻知,莫不愤怒,况于朕乎,况于宗世乎! 尚恐各宗室亲王未知其详,特命所司抄录情词并书,遍报亲藩,尚其亮之。"

晋府方山王钟铤,有罪革爵,并削故镇国将军钟鏞封号。初,钟鏞无嗣,夫人张氏与其父瑁及母孙氏,谋收弟妇之有娠者入府生子,以为己子。钟鏞亦与其谋,方山王为扶同,奏请赐名奇㵾。已而得封,至是为人发其事,且及王近狎乐妇,杖死无辜,暨纳赇等罪。命太监尚亨及刑部郎中张锦等会官核实,下都察院,具狱以闻。命革钟铤爵,钟鏞已故,削其封号,瑁及孙氏皆斩,张氏、奇㵾赐自尽,余皆坐罪如律。仍下敕切责钟铤曰:"高皇帝封建藩屏,政欲子孙相承,永享富贵。奈何尔身居王位，贪淫酷暴，又甘与异姓为骨肉，得罪祖宗，贻羞宗室。廷议佥谓紊乱宗支，难以轻宥。兹特革尔王爵禄米，尔其怨天乎？尤人乎？噫！尚其悔悟之。"仍录其事，遣书遍示诸王。

今民家往往有此事，大都起于妻、妾，亦有其夫知之者。然后多构讼破家，所抱之子多不肖，又必绝而后止，盖其家祖宗决不受，决不容也。嗟嗟！以秦始皇之强，二世而亡，况其它乎！

宗人入学

近日宗室甚多，禄米日减，自将军而下，有文学者，得应试为秀才，一时趋者颇众。士子为诗嘲曰："愿将纱帽换儒巾，解带丝绦稳称身。老爷博得相公叫，娘娘重结秀才亲。"一王子口占报云："纱帽儒巾气类同，系绦脱带挂玲珑。娘娘原抱老爷睡，喜得天潢有相公。"闻者皆绝倒。

郡主侍养

国朝故事，郡主仪宾，终身不得回籍。南城郡主，淮庄王之女。崇德吕相，为鄱阳簿，有声；子烆，有才貌，王爱而字之。既婚，受封不得归。比相殁，妻凌尚存。主辞禄，乞恩同归。事闻，报可。极尽孝敬，至今人能言之。贤矣，贤矣！

宗人攘夺

武昌卫军余刘贵，初倚楚府声势，骗财害人致富。及楚王薨，惧怨家来索，延其母姨夫永安王府中尉显椐于家守之。楚府宗室崇阳王显休、中尉英烸、永安王长子英燧、奉国将军荣缙，及馀将军中尉英炿、英炕、英烴等，俱利贵所有，纠恶少数十辈，排户而入。显椐不能御，显休等遂竞攫其金帛。时摄国事通城王适过其门，贵大呼白状，遣卒诘捕。英燧、显休等反群击通城王，从者多被伤走，毁通城王冠舆。王讼之巡按御史，事未竟，而显休用事者孙加等复以诈财害人，为通城王收置府狱中。显休、荣缙复劫狱吏夺出之。巡按具上其事，上以显休恣肆违法，夺禄一年；荣缙、英焌、英燨、英𤈇各半年；英烃等俱行通城王，严行戒饬。

二　庶　人

汉、宁二庶人反，其党皆劝疾趋金陵即位，天下自定，盖狃于文皇之事也。后之谭者皆以此为虑。虽然，金陵亦何易趋？文皇力战数年，习知诸将易与，及金陵虚实；又有导者决策直进。二庶人莽甚，初起事，家当重，顾瞻多端，如何便能出门？必如太祖以一旅前进捣虚，自立基本，方可团空而成。况当时守备甚弱，非今比也。或曰：今虽有府部内外守备，七十个倭子，横行不能御。若亲王一临，自可得志。不知用兵专重声势，所谓"人怕虎虎亦怕人"，宁独怕人，黔驴亦不敢犯。李纲云：某等虽书生，然借其位号，以抚将士，此真知兵者。

娄　妃

宁庶人妃娄氏，上饶人，素贤。庶人有禽兽行，其父康王屡欲杀之，以娄能内助，冀其改悔，乃止。既嗣，渐骄蹇淫虐，娄苦谏，至涕泣。庶人为感动，既而狂纵如初。纵伶人入内庭与诸姬乱，独畏避娄，不敢犯以非礼。庶人之杀孙燧、许逵也，娄曰："奈何作此，如异日何？"怒曰："妃居深宫，何自知之？"密捕时在旁内侍十余人，皆斩之，缄送其首于娄。娄发之，大惊，自后亦不敢复言。及兵败，濠泣与诀，娄曰："不用吾言，以至此，尚何道！"投水死。庶人既就执，见王阳明，以葬娄为嘱。居囹圄中，每饭必别具馔祀之。言及，辄叹曰："负此贤妃。"

二　王　孙

宸镐之败也，以其孙矗材托僧大千者，与俱亡，即以家人子，冒名矗材。时年十七，削发，走河南永宁之千山，创庵居焉，更名正奉。未几，大千死，矗材为主僧所凌，复走故县镇，寓三官庙。久之，矗材愤懑不胜，遂自诣官言状，乃送之庆府，王厚遇之，与镇巡官皆以状闻。寻致京师，真镐府中旧人在浣衣局者，已不能辨识。法司会多官审讯，矗材抗言曰："我，高皇帝七代孙也。不辱于齐民，自归君上。"于是，上念矗材虽不宥之例，既束身归命，姑从轻，送凤阳高墙安置。

宸濠世子外不请名，盖有异志，它日欲自赐名，立嗣立国也。故宫中止以行叙，曰"某哥某哥"云。既败，其弟三子尚幼，投于水，得浮木，攀之，为渔家所收。寻流落民间，名曰朱学。嘉靖十五年，自言于霍丘县，送至京师，照矗材例，发高墙。

凶 人 一 律

二凶_{南宋勋、浚。}之恶，今古未有。既被擒，勋曰："可得为劝远徙否？"浚曰："未审犹能得一职自效不？"宸濠被擒，见王阳明，呼曰："王先生，我欲尽削护卫，请降为庶人，可乎？"大约凶人志图富贵，既败，犹望求生，千古一律。

宸濠之反，以李士实为太师，配李韩公也；以刘养正为军师，配刘青田也。与古之自比郑侯、诸葛者酷似。

叛 宗

宗人充灼，代府和川府奉国将军，性淫纵，日与里中诸恶少酣饮呼卢；专为大言，以相炫耀，恶少群而谀之曰："安有雄杰如三将军而贫者耶？"灼行三，故称。时奉国将军俊桐、俊㮶、俊宲、俊㯫，中尉俊振、充燧，充燧亦酗酒，灼皆与之善，有大雷公、二雷公、大六十、小六十、八肥、头道、大稀毛诸号。每群饮于市，使酒刃人，不给，则劫掠民间。当道以其宗人也，启代王戒治之，不悛，以此亦望代王。二十三年，知府刘永以忧归，灼辈御之于门，劫其装，抚按以闻，诏夺禄。由是益横，曰："丈夫举大事，则富贵由己，而以掠数钱为罪耶？"群恶相和。时有罗廷玺者，与汾州民王廷荣相友善，素以左道惑人。而癸巳之变，诸叛兵所遣入虏曰卫奉者，尚漏未诛。或告灼曰："罗廷玺有神术，移天折地，卫奉知虏中要领，有急可使。"于是灼使人召廷玺、卫奉，皆至，与俊桐等歃血盟。罗廷玺见灼，伪大惊，伏谒称臣，喧于众曰："吾夜伺其息，晨望其光，贵不可言。"乃复纠二狂生，造飞语危言，刻天师将军通侯印，相署置。议遣奉使虏曰：分兵三道，一入阳和天城，一入左右卫，令酋长至镇城下，而己开门应之，徐以兵下平阳，自立为帝。既又曰："必燔诸处刍场，使兵马不易集，我举事可万全。"遂遣卫奉赍金帛使虏，里中诸恶少因以火箭燔刍场。于是浑源、山阴、右卫、平虏诸刍场同日火。先是，总督翁万达，以大同素反侧，时时驻节安集之。一日，暮抵应州，有书生叩马曰："愿有谒。"及间曰："大同宗人可虑也。"问其详，不对。督府扬言曰："生狂妄语耳。"既而至镇城，私与巡抚詹荣定计。荣曰："此地易摇，今反侧子甫贴席，一有所问，则呶喧矣。惟静定，以计擒之。"督府曰："吾意也，夫镇兵迩，感国恩，吾辈又日教阅抚循之，可用也。即宗人有草泽谋，易与耳。但当虑其走北。"于是召总兵周尚文，喻之曰："君知虏谋入吾境乎？"曰："知。然则岂无我不逞者入虏乎？天象人事，殊可畏也。今君不以私人密布之境上，而但求捕于案牍叱咤之间，误矣。"乃悬赏曰："得虏牒，或私出塞者，赏百金。"不三日，而诘边之令遍矣。时卫奉辈自虏中返，语灼曰："已见虏酋察罕儿，令制旗往，北兵至城下，揭旗为信。"灼大喜。制旗，又令狂生为表，许以大同为略。且曰："吾有天下，自居平阳。大同以畀北朝，不设兵戍也。"付奉，使与其党刘大济、王儒复往。奉曰："当道何故诘边？"灼曰："六刍场同日火，彼安得不诘边，求奸细耶？"决计遣行，而令罗廷玺至汾州，约王廷荣为内应，使潜为火器诸不轨物，以俟奉等至塞。遇墩军诘，则曰"总兵官遣哨瞭者"，咸不之疑。次日，至镇河墩，诘对如前。遂出塞，抵榆树湾。遇雨，出物暴之，而尚文所遣逻徼周现等至镇河墩，诘墩卒近出塞者，曰："昨有数人，当未还。"现等私谓曰："无遣人而曰遣，岂虏牒耶？"群走追之，至榆树湾，奉等尚未行，即反接之，得其旗表诸物。于是总督万达具论："灼等反形已具，无可矜疑。近时虏患殊异，昔时所以不能大得志者，以无内应耳。充灼约为内应，悖逆不臣。使其谋获售，祸且滔天，将不啻若寘镭之于宁夏，宸濠之在江西也。"诏械系京师，伏诛，仍大申儆备。

历代宗室

管、蔡之叛，谭者引殷之义士为比，又谓周公假此题目除其兄，此书生狂悖之谭，不足论。若西汉，则莫甚于七国之变，由汉高分封太奢，酝酿所致。然实汉高深谋远虑，自奠磐石以定民志也。晋之八王，互相鱼肉，自司马懿反顾之报。唐之永安王，狂竖不足道。宋益靡靡无气力，堪作分外事，甚觉安静。我太祖高皇帝分封诸王，权势隆重，即汉高遗意。叶伯巨、郑士利二传，余有论，著录于后。文皇以来，严为之禁，略无变通，致庶宗饥窘，中间有材力请自效者，一切禁止。悍而不肖，如充灼之类，至于谋叛，文弱者仅仅托词章诗酒自娱。自来当国者，略不留意，计惟张江陵，以时以势，可任此事，亦止申条例一件。申文定庚午以宗藩策士录文，擘画甚佳，余时年已十四五，读而深喜之，谓它日当国，必见施行。比文定谢政，年八十，余往贺，问及，因进曰："吾师之文，至今能颂之。然首揆十余年，未见议及，何耶？"文定失笑曰："子可谓直穷到底者。当日既做阁老，忙忙过日，那复想及、提及。"此是真心话，更见文定踏实处。若他人，必有许多支吾言语，且愠且怒矣。

叶分教

公名伯巨，字居升，宁海人。好读书，年二十余，有名于乡党。入县学，善说礼，凡朋友有昏丧，必礼相之。为人耿介，不能藏人短。见人不善，立折之，不顾其喜怒，人知其无它，终亦不恨也。以年长通经术，进太学。未久，诏诸生分教河北子弟，伯巨得平遥县，待诸生如子，诸生亦爱之如父兄。洪武九年，星变，下诏求言，伯巨曰："今天下有三事最切，其二事易见，而为患小；其一事难见，而为患大。此三者积于吾心久矣,纵不求,吾犹将言之,况有明诏乎?"即为书言三事,曰:"分封太侈也,求治太急也,用刑太烦也。今四方平矣,民庶思治矣,而不务以宽厚御之,视诛杀人如灭蝼蚁,使民不获安息,欲以图治,难矣。夫图治于陵剥之余,犹理丝于棼乱之后。缓之则端绪可得,欲速则胶结而不可穷。今病民之不安,奸邪不止,朝夕异令,赏罚不准,君劳于上,臣困于下,治乌可致乎？此二者,人皆知其不可,然非败之根也。所谓分封太侈者,天子畿内,地止千里,而燕、秦、晋、楚,逾千里之国,以封年少未达事之王,优之以制,假之以兵,无事则易骄佚,有事则易为僭乱,汉、晋之辙,可为明鉴。此人所未知,而臣所谓为患难见者也。"其语皆切直,上大怒曰:"小子乃敢间吾骨肉！我见之且心愤,况使吾儿见之耶？速取来,吾将手射之而啖其肉。"伯巨至,丞相乘上喜,乃敢奏。诏系刑曹,久之,瘐死狱中。

郑 秀 才

公名士利,字好义,宁海人。父邦彦,字国昌,好学强记,能文章。四子:士元、士亨、士利、士贞。士元字好仁,刚直有才学。洪武四年,同知怀庆府。时方役民运盐给军,独革之,令军自运,有挟重臣势来挠者,卒不为动,人至今便之。升湖广佥事,尽出军中所掠妇女,归其家。洪武九年,天下考校钱谷策书,空印事起,凡主印吏及署字有名者,皆逮系御史狱,狱凡数百人。士元以事忤御史台,嗾吏以此陷之,系狱。天子方怒甚,以为欺罔,行省三十余辈守令署印者,皆欲置之死。佐贰以下,榜一百,免死为军远方。丞相大夫皆知空印者无它罪,可恕,莫敢谏。士利方以诸生告于师,侍其兄,独叹曰:"上不知,以为空印大罪,诚得人言之,上圣明,宁有不悟怀？"欲言之,适星变求言,士利曰:"可矣。"既而读诏,假公言私者治罪。久之,士利曰:"吾所欲言者,为天子杀无罪为可痛耳。吾兄非主印者,固当出。需吾兄杖出乃言,言,吾死不恨。"其兄免死出,士利乃为书数千言,言数事,而于空印最详。其意以为:"诚欲深罪空印者,恐奸吏得挟空印纸为文移以虐民耳。臣以为文移必完印乃可,今考校策书,合两缝印,非一印一纸之比,缝得之亦不足用,况不可得乎?且钱谷之数,府必合于省,省必合于户部,其数诚不可悬断预决,必至户部而后定。省府远者,去部六七千里,近者三四千里,待策书既成而后用印,则往来之难,非期年不可至。故必先用印而后书,此权宜之务,所从来远矣,何足深罪。且国家诸法,必明之天下,而后罪犯法者以其不可而故犯之也。自立国以至于今,未尝有空印之律。有司丞相不知其罪,今一旦捕而诛之,则何以使受诛者甘心而无词乎?朝廷求贤士而置之庶位,得之甚难。位至于郡守者,皆数十年所成就,通达廉明之士,非如草菅然,可刈而复生也。陛下奈何以不足罪之罪,而坏足用之才乎?臣窃为陛下痛惜之。"其书既成,欲上者数矣,而未决。每归逆旅,则闭门俯首而泣,泣数下。其兄子侍行者,疑而问之曰:"何所苦乎?"士利曰:"吾自有所苦耳,若何庸知。"已喟然曰:"我以触天子怒,必受祸。然杀我活余人,我更何恨?"遂持书诣丞相府。士利短小,容貌如常人,见丞相礼颇倨。丞相问:"何事?"士利曰:"吾将为天子言之,丞相何问也?"丞相因御史大夫入奏。上览书,大怒,诏丞相御史大夫杂问:"谁教若为?必有主谋者。"士利笑曰:"顾其书可用与否如何耳,且吾业既为国家言事,自分受祸,人谁为我谋乎?"辞卒不屈,然犹输作终身,而竟杀空印者。

朱史氏曰:高皇开创,用法一主于严。胡大海方治兵处州,其子犯酒禁,手刃之,曰:"宁胡大海反,吾号令不可违也。"盖截断如此,而谓尝之者有可幸,触之者有可全乎?粮税空印,虽行之已久,然高皇深恶旧习,事无小大,必经断方与施行。今未尝奉旨,一发势在必诛。于是每岁用御史查刷,其法至精至密,而空印事,亦迄今永革。当日上下相沿之习,非此一怒,必不能撤而去也。至分封之疏,利害明白,诚为正论,然高皇起徒步,成混一,精兵良将满天下,偃之则不可,付之它人之手,必且为变,故分隶诸王,使之习兵,尽其才,以暗詟奸人窥伺之志。即如文皇,天表雄奇,才干超绝,决非人臣之相。一恒人知之,以高皇神圣,父子间周旋且四十年,岂不了了?而付天下于偏顶文弱之太孙,何居?特以伦序为重,气运尚艰,不得不尽人事之正,以候天道之微,故置文皇于元之故都,隐然与南并峙。而祖训中,明开训兵待命、剪除奸臣之语,宛然文皇遗嘱。上参气数,下度人事,而中又卜之子孙。迟回审固,其虑长,而其心则已苦矣。乃居升之言,既不足仰窥圣意,齐、黄之议削,又身在建文驳运中,无可奈何。卒之,北平兵起,一番扫除,天河地轴皆为翻动,而藩王之权以次渐削,承平以至于今日,似皆入高皇计算中。意圣心渊微,上与天通,有不可明言,而独自逆睹,豫有以待者。夫汉高阔略,年不甚永,晚征黥布,伤且困矣,料身后事,尚灼灼不爽;而况高皇度越千古,为社稷苍生计,反奢于制而兆之衅乎?总前后论之,其初太宽,势也;中乃稍密,亦势也。今则锢之一区之中,绝之四民之外。国赋倾廪矣,而庶宗不得宿饱;玉牒充栋矣,而宗子谁是维城?祖制然乎哉,祖制然乎哉!

宗　禁

亲王不许出城,祖制原无此禁。惟国初事体隆重,凡出入必奏请,并迎送先后,亦太祖自定。后仍之,凡迁居省墓,必奉旨方行。当事者不察本末,因之推及郡王、将军、中尉以及庶宗,而条例中又有无故出城之语,牢守不动,此是何说?今其禁已开,有登贤书者,亦其势不得不开也。

卷之六

祖　　陵

洪武初年间，迷失祖陵，未知先骸厝所，遣官于泗洲城西相河坝，岁时望祭。十七年，有朱贵者，先充龙骧卫小旗，泗州盱眙县招贤乡人，年少，回家祭祖，赍捧祖陵家图，亲赴高皇御前。画图贴说，识认宗室相同，因愿守祖宗根本，高皇大喜，除授署令，后改为奉祀。赐贵田宅、钞币等物，令世袭，主奉祭祀。其陵庙尚用黑瓦，至宣德中年，始易以黄。

朱　　巷

高皇系出句容，历世墓皆在朱家巷。既迁江北，熙祖葬泗州，为祖陵；仁祖葬钟离，为皇陵。上都金陵之癸卯，追封，立石句容，上自为文，题曰"朱氏世德之碑"，实宋龙凤九年事。既即大位，刻石于临濠之陵，并祭四代祖考。既得泗州图帖，立为祖陵，则并祭德祖、懿祖，而句容碑墓俱停。至嘉靖十一年，县人都御史王昈上言："其地祖迹，明载天潢玉牒圣祖碑文中，乞加崇封。"遂命南京礼部侍郎崔铣、巡抚都御史夏邦谟、巡按御史刘良卿、提学御史冯天驭勘上，自句容县西门，出行十一里，过二小山，地名通德乡，有一土穴，树根在内，原系栎木，四枝屈曲向上，枝头各有五指，乡人异之，呼为龙爪。今枯朽，惟有穴西田一段，各众称即朱巷故址。量丈尺，得地五亩，见今民杨春为业。自巷基西行一百五丈，斜坡土脊一段，株木一颗，木下一阱，故老相传朱皇帝家坟。量丈尺，得地三亩，遍生荆棘，并无丘垅。石碑西北，古庙一所，壁画神像，并书句容朱安八字样。石香炉上，刻朱乡社二十八户置，凡七十六字。总是一片荒坡，上曰："既无实迹，且罢。"

陵　　像

　　孝陵神道，可十余里，循山而下，稍稍纡曲。石像十八对，皆有台。想孝慈皇后葬时，都已制成。天寿山神道，长亦如之，径直，有上下龙凤桥各一，盖水自塞外南注，折而东，穿过神道，局面宽广完美，真大地也。石像，宣德中始制。世宗时，神道始石砌诸像，并护以石台。盖文皇虽营寿陵，葬仁孝皇后，而其时屡出塞逐虏，重以南征，军兴劳费不可言，又建两宫，改筑三殿，其时物力大匮，无暇及此装饰工程也。

陵　　户

　　祖陵洒扫户，二百九十三，无礼生。皇陵则三千三百四十二户，礼生二十四。亲亲之杀如此。自孝陵而下，各设军卫，则五千五百，然犹未及汉立县之盛也。

九　　陵

　　天寿山九陵，长陵居中，惟景陵居左；献陵、裕陵、茂陵、泰陵、康陵皆在右；永陵又在景陵之左，是左二而右五矣。泰陵临溪水，直流二十里，制又卑隘，伤哉，伤哉，当时大臣不得辞其责。康陵中断，岂尽人事，亦若天人之穷。乃昭陵在各陵之右，寿陵又在其下，未知形势何如。今曰定陵。

陵　　祭

　　太祖得濠州，自往致祭，礼用缌麻，特制粗布白缨衫绖，比缌加重。恐改葬泄灵气，培土加封。文皇入金川门，先谒孝陵。方即位，凡忌辰，上率百官亲祭，至骑行不用法驾。既迁北京，皇太子亲祭。宣德中，留驸马颙职祀事。长陵复土，宣宗自祭，间遣亲王，或改驸马。以后南改魏公，庭臣皆陪。北则兼用勋戚，庭臣分陪。此辟如人家上坟，子孙那得恝然。南京隔远，无如之何。天寿山相近，天子岁一亲行可也。

宣宗奉皇太后谒二陵，归见耕者，亲下马问之，亲举耒者三，因录其语，示蹇夏诸大臣。其文曰："庚戌春暮，谒二陵归，道昌平之东郊。见道旁耕者，俯而耕，不仰以视，不辍而休，召而问焉。曰：'何若是之勤哉？'跽曰：'勤我职也。'曰：'亦有时而逸乎？'曰：'农之于田，春则耕，夏则耘，秋而熟则获，三者皆用勤也。有一弗勤，农弗成功，而寒馁及之，奈何敢怠？'曰：'冬其遂逸乎？'曰：'冬，然后执力役于县官，亦我之职，不敢怠也。'曰：'民有四焉，若是终岁之劳也，曷不易尔业为士、为工、为贾，庶几乎少逸哉？'曰：'我祖、父皆业农，以及于我，我不能易也。且我之里无业士与工者，故我不能知。然有业贾者矣，亦莫或不勤，率常走负贩，不出二三百里，远或一月，近十日，而返。其获利厚者十二三，薄者十一。亦有尽丧其利者，则阖室失意，戚戚而忧。计其终岁，家居之日，十不一二焉。我业是农，苟无水旱之虞，而能勤焉，岁入厚者，可以给二岁温饱；薄者，一岁可不忧。且旦暮不失父母、妻子之聚，我是以不愿易业也。'朕闻其言，嘉赐之食。既又问曰：'若平居所睹，惟知贾之勤乎？抑尚有他知乎？'曰：'我鄙人，不能远知。尝躬力役于县，窃观县之官长二人，其一人寅出酉入，尽心民事不少懈，惟恐民之失其所也。而升迁去久矣，盖至于今，民思慕之弗忘。其一人率昼出坐厅事，日昃而入，民休戚不一问，竟坐是谪去。后尝一来，民亦视之如涂人。此我所目睹，其他不能知也。'朕闻其言，叹息，思此小人，其言质而有理也。盖周公所陈《无逸》之意也，厚遣之，而遂记其语。"

国朝谒陵亲祭，自英宗正统后，五朝不复举，盖百二十年矣。至世宗，乃克亲行。穆宗一行，神宗亦如之。又以寿工，亲往者三。

寿　　陵

嘉靖五年，世宗既奉章圣皇太后谒庙，礼成。十五年三月议兴寿工，三月丙子，又奉皇太后率皇后谒陵。发京师，次玄福宫。上戴龙威冠，绛纱袍，躬被櫜鞬，乘龙马，鞁鞯护行，晡次沙河。次日，驾发，入红门，至行宫，召谕大臣曰："此处一带，居民鲜少，田地荒落，七陵在此，如何守护？"对以量移富民，上不可。再对添设一总兵，南卫京师，北卫陵寝，允之。已谒长陵、献陵、景陵，从致仕官骆用卿之言，定寿域于十八道岭，易名曰阳翠。庚辰，遍谒诸陵，壬午至沙河，敕谕昌平官生父老，免今年粮税三分之二。年六十者，布帛二匹，酒十斤；七十以上倍。生徒给灯油八十斤。遂幸西山。既夕，至玉泉亭。癸未，由青龙桥奉皇太后登舟游西湖，至高梁桥，入阜城门。四月十九日，上复诣七陵，告兴工，往返凡十日。

神皇寿宫在大峪山下，先择廷臣中明堪舆者，大宗伯徐学谟，举南尚书陈道基、通政参议梁子琦、听补佥事胡宥以往。子琦择献七处，皆以山厓不当上意，后命再卜。陈、胡已去，而礼部恶梁躁竞不用，改卜大峪。梁愤宗伯及阁臣，上弹文，二三御史和之，卒不胜而止。然世庙曾欲葬章圣太后于此，而曰大峪空凄，不如纯山完美，其出自世宗圣明自断耶？抑有术者指之耶？圣寿万年，地必上吉，纷纷者何为。

又寿宫皆种栝子松，或曰：申文定阿上意，遣其姻工部郎徐泰时往取。考之阳翠岭兴工，亦采此松。蒙遣者，皇甫百泉，亦苏州人也。

把　　滑

《水东日记》云：太宗皇帝初营天寿山，命皇太子偕汉、赵二王暨皇太孙往视之。过沙河，冻，王请却步辇就行。仁庙素苦足疾，中官翼之，犹或时失足。汉顾赵曰："前人失脚，后人把滑。"宣庙即应声曰："更有后人把滑哩。"汉回顾，怒目者久之。此则虽由一时，而后来武定州事已兆于此矣。

永乐五年，皇后崩，未卜陵地。六年，如北京，皇太子在应天监国。次年，相黄土山最吉，定名天寿。十一年，上已南还，命汉王奉皇后梓宫渡江安葬，号曰长陵。久之，汉王固请还京，有异谋。十三年，太宗刺知状，徙王安乐。寻北狩，数出塞，仍太子监国，太孙从行，监北京，从出塞者一。久之，太孙亦还京。至十八年，三殿、两宫成，决意定都，始召太子、太孙并会北京，受朝。由是观之，六年定天寿山之后，十八年大会之前，仁宗未尝一日在顺天也。沙河把滑之语，考其时，仁宗、太孙与汉王，了不相及。

少　昊　陵

在曲阜县东北八里，陵前有石坛、石像，有石碑四。高广各二十余尺，龟趺亦长二十尺，其上无字，盖宋时所造。碑成未镌，金兵至，遂寝，亦奇踪也。《史记》：少昊葬云阳。颜师古注云：云阳，山名，在曲阜。今陵在平地，无山形。陵前又有大石，方广丈许，旧为土壅。嘉靖末，水泛始出。其文云：奉敕修，仙源县景灵宫太极观于大中祥符五年三月一日奉安圣祖，遂为大帝立石。圣像，盖宋真宗时所建，老氏之宫也。

尧　　陵

在曹州东北五十里，旧雷泽城西。陵高四丈五尺，广二十余丈，陵上有庙，俗谓之尧王寺是也。《皇览》云：尧冢在济阴城阳。《吕氏春秋》云：尧葬谷林。皇甫谧云：谷林，即城阳也。《水经注云》：城阳城西二里有尧陵，陵南一里有尧母庆都陵，皆立庙。四周有水，潭而不流，水泽通泉，泉不耗竭，大饶鱼笋，不敢采捕。前列数碑，枯柏数株，檀桧成林。二陵南北列，驰道径通，皆以砖砌之。尧陵东城西五十余步，有中山夫人祠，尧妃也。石壁阶墀仍旧。长栎联荫，扶苏里余。自汉迄晋，二千石及丞尉，多刊石述序云。宋神宗熙宁元年七月，知濮州韩铎上状，请敕本州春秋致祭，置守陵户，免其租税，俾奉洒扫。诏给守陵五户。弘治五年，曹州学正濮琰又以为言，且云：元至正间，为水所没，水去，又辟为僧寺。成化初，撤寺为祀，寻废，无以昭祀典，下所司知之。礼部尚书耿裕移文，欲改正祀典，已而不果。欧阳修集载济阴尧祠碑云：帝尧者，盖昔之圣主也。又曰：圣汉龙兴，纂尧之绪，祠以上牲，至于王莽绝汉之业而坛场夷替，屏慑无位。大抵文字磨灭，字虽可见，而不复成文。其后有云：李树连理，生于尧冢。太守河南张宠，到官始初，出钱二千，敬致礼祠。其余不能读。碑后有年月，盖熹平四年所建，又载尧祠祈雨碑云云。

古　陵　庙

　　帝王陵寝，自神农而上不可考，其余皆有异同。黄帝之葬，《皇览》云：在上郡阳周之桥山。《括地志》云：黄帝陵在宁州罗川县东八十里子午山。《蓟州志》云：平谷县渔子山，上有大冢，旧传为轩辕黄帝陵，上有黄帝庙。《封禅书》有黄帝采首山铜，铸鼎于荆山下，鼎成龙髯之说。魏《地形志》：赵兴郡阳周县桥山有黄帝冢，襄乐郡肤施县有黄帝祠。少昊陵已见前说。而《遁甲开山图》云：云阳，今长沙茶陵露水乡攸县界是也。其地葬处，生铁成坟，颛顼葬顿丘，在濮阳城门外广阳里。崔鸿《前秦录》云：颛帝葬广阳，下不及泉。《九域志》云：顺安高阳县有颛顼陵，县故隶瀛而临河，濮阳地相出入，故临河。东九里有颛帝庙，帝喾亦葬顿丘。《皇览》云：帝喾冢，在东郡濮阳顿丘城南台阴野中。《山海经》云：帝喾葬狄山之阴，帝尧葬其阳。郭景纯注云：圣人久于其位，仁化广及，殂亡之后，四海若丧考妣，各自起土为冢，祭酹哭泣，是以所在有墓。《元和志》云：顿丘北三十五里，有秋山县，北三十里，有帝喾墓。《世记》云：喾葬濮阳顿丘广阳里。尧葬见前。帝舜之葬，《孟子》云：舜生于诸冯，迁于负夏，卒于鸣条。《竹书》云：陟于鸣条。《尚书》书陟方乃死。《墨子》云：舜西放乎七戎，道死南纪之市，衣衾三领，谷木之棺，葛以缄之。已葬，而市人乘之。《吕览》云：舜葬纪市，不变其肆。《路史》云：诸冯，即春秋之诸浮，冀州地也。鸣条在河中府安邑，在舜墓，有纪市，鸣条陌去纪市才两舍。苍梧之葬，汉儒所传，非其实也。《礼·檀弓》曰：舜葬苍梧之野。《史记》云：舜践帝位三十九年，南巡狩，崩于苍梧之野，葬于江南九疑，是为零陵。《皇览》云：舜冢在零陵营浦县，其山九溪皆相似。王孙谋坤曰：象封有鼻，实在苍梧、九疑之间，亦尝借称虞帝，故始兴有鼻天子墓，后世讹为虞舜所葬，故有苍梧之说。《孟子》鸣条一言，足为破的。

汉、唐之陵，多在陕西，易考，大约多西南向。前宋在河南府，后宋在会稽，取玄空五行，天水纳音，皆北向，湖有赵王坟，盖沂王、济王之类。六朝五代，俱在秣陵。孝陵一建，皆统入围中矣。

拜　　陵

臣下拜陵，始于晋王导。自以元帝眷同布衣，匪惟君臣而已，每一崇进，皆就拜，不胜哀感，由是下诏群臣遵行。

伐　墓　柏

唐肃宗时，韦陟为吏部尚书。宗人伐墓柏，坐不教下迁，不知借事去之乎？抑唐有此律令也？今大族墓木，每被不肖子孙砍伐贩卖，族中显贵者不敢呵止。则添设此例，未为不可。

舅　家　移　茔

近时重阴阳堪舆家，凡图墓多从旧茔睥睨，余深不以为然，多避去。暇中阅唐《李义琰传》，改葬其先，使舅家移茔而兆其所。高宗闻，怒曰："是人不可使秉政。"高宗懦主，乃能如是，想亦心慈，有不忍也。然义琰颇清俭鲠切，而亦为此，何与？

土　窑

梁豫之郊，多帝王陵及卿相冢。冢小者，犹延里许。俗善伐冢，有败者，划其门，洞而居，即称窑。其穴山壁栖者，亦如之。

彭祖举枢

商彭祖卒于夏六月三日，其举枢日，社儿等六十人，皆冻死，就葬于西山下。其六十墓，至今犹在，号曰社儿墩。又墓前有薤林，春不种而生，秋不收而枯。或人妄加耕锄墓旁，则雷雨大作。

古　墓

延安府甘泉县西六十里，有薄姬冢。高丈余，老松古柏，蓊郁相映，人不敢犯。

越王赵佗墓山在南海，南自鸡笼冈，北至天井，连冈接岭。佗葬，輴车四出，棺埥无定处。吴黄武中，交州从事吴瑜访佗墓，莫能得。独得王婴齐墓，珠襦玉匣，玉玺金印三十六，铜剑三，烂若龙文，悉螭玉押金饰。后瑜携剑经赣上，飞入江水。

汉太史司马迁墓，在韩城县南芝川镇，前有祠，见存。司马迁世家龙门，芝川去龙门，只隔黄河。

荆轲墓在邻阳县东数十里，临川伍福题诗曰："荒村古庙祀荆轲，立马斜阳感慨多。可惜壮心为国许，堪嗟匕首奈秦何。九泉已负燕丹死，千载空悲《易水歌》。落叶满庭香火冷，颓垣寂寞翳烟萝。"

四明倪公冻，为南兵郎，过景州，舆中假寐，见万队云屯，前一金甲将军，若相迎状。询为谁？曰："周亚夫也。"既出北门，骤雨，停一败庙中，即亚夫庙也。舆中拈一旧帙，复得《亚夫传》，心异之。复少寐，则见梦，且揖曰："吾室苦为牧竖所秽，得一扫除，可乎？"夜次献县，为邑令赵完璧言之。明日，询之，有古冢地，则周墓在焉。因新其庙，立主悬扁，禁樵采，此万历戊子年事。赵后为太常寺少卿，倪淮安太守。

李克斋遂，为衢州太守，厅有丛冢，相传为郭璞墓，发之不利于守。公曰："出政之地，岂丘垅可栖？且景纯不殁于此。"竟发之，得石笋二，乃唐刺史李邸所树者，讹传云。

南宋刘锜之墓，在皋亭山北小岭下，东向，石兽、石桥，伟壮俱存。土称刘太师坟，旁有庵，当是守墓者。土人云："掘下二尺，皆砖，甚坚，可用。"墓已穿掘，前后皆穴，巨石露角，余言于县令塞之。锜之忠勇，在韩、岳下。秦桧之党，欲斩锜以谢金。晚年用兵，不得志，呕血以死，可怜也。

宋张十五者，园中有古墓，张因贫，发取其物。夜闻语云："有少物，几被劫去。"张次日又毕取铜镜诸物，遂病瘅毒，日号呼曰"杀人"，竟以死。万历乙未，乌镇夏司寇建宅，旁有旧墓，发而弃之，子女殒者七人。余镇人迁一墓，有蜂飞出，螫其臂，溃为疮，大仅如豆，中有人声，若呼名而詈者，竟死。

夏英公好术数，于洛中得善地。迨其葬时，其子龙图安期已贵显，当开营域，不自督促，委之干者。其地乃古一侍中葬穴也，故椁碑刻具在，讳不以白，取棺于旁近埋之。葬未几，而龙图死，其妇挈赀财数万改适，次弟又得罪，废焉。

谯周墓

四川南充县署有谯周墓，自晋以来，无敢动者。嘉靖中，太守袁光翰徙之，尔后，县中频见绯衣贵人出入，县尹至者辄不利，往往迁他所避之。隆庆戊辰，南城吴鉴以进士任县令，独不避。下车之日，妻张暴卒；未几，母张又为侄所杀，疑是其子，笞而毙之，遂被劾去。

骆宾王冢祀

正德九年，曹某者凿靛池于海门城东黄泥口，忽得古冢，题石曰

"骆宾王之墓"。启棺，见一人衣冠如新，少顷即灭。曹惊讶，随封以土，取其石而归，籍籍闻诸人，有欲觉之者。曹惧，乃碎其石。尝考宾王本传，大明中与李敬业共谋，起义兵于广陵，不捷而遁。通近广陵而且僻，此岂其证欤？然世所传，谓其落发，遍游诸名山，今章服俨然，何也？岂嗣圣物革后，宥而弗罪，复逃于释耶？抑人怜其才，故厚其葬而然耶？

万历丙戌，祀骆宾王于金华之乡贤祠。盖吾师苏紫溪先生以督学批行，而胡元瑞请之也。元瑞尝谓："史第知狄梁公、宋广平，而不知宾王，故力以请。"又欲祀刘孝标，不果。

墓 记 铭

文正书院祀希文而下，世遴一人统司之，曰主奉。第十三世孙从规，易建石表，又以文正、忠宣而下，累世宅兆在洛者，久缺封扫，请于官，求自往省，至万安山尹樊里，省奠封扫如仪。自魏公祔葬诸冢，遗封故存，独忠宣之兆越五里。至则无所见，问知为屯戍所平久矣。因望祭悲号，削蓁蔓，披砂砾，肆搜不得，乃祷于空，跽泣连数日。天忽大雨三日夜，雨止，涤土去，深三尺余，露断碣数尺，题曰"宋丞相范忠宣公之墓"。大惊喜，亟白于守御分阃官，始按图谱加封树，作埔屋，辨址界，正神道，植望兽以表之，勒石记事。

宋时熊博为建州刺史，寓治建阳。尝乘舟江上，见山岸崩啮处，有棺将坠，博使人往视之，则有铭焉。其辞曰："筮卦吉，龟卦凶。三十年后洪水冲。欲陷不陷被藤缚，欲落不落被沙阁。五百年后遇熊博。"博感叹，为移葬他里。博后仕至工部尚书。

景定四年，王益为蕲州按抚使。元兵至，迁城于麟山，得古墓，中石铭云："本有千年地，姑借五百年。感谢王刺史，移我过西园。"

太 保 墓 石

刘太保秉忠，祖康懿公、弟秉恕墓，俱在邢台县治西南先贤村。

嘉靖年间，为盗所发，内有石刻云："为盗者李淮。"事闻于府，捕得治罪。刘兄弟精数学，故前知如此。

掩　　墓

周济，洛阳人。母丧，躬自营葬域，见艮方多砖，公曰："此必古者不封之墓。"即掩之，因增土数尺。是夜梦一老人，衣冠甚伟，揖谢曰："感公修吾宅。"问其名，乖崖也。既觉，悟曰："乖崖乃张咏之号。"已而考之，实葬其地。济以御史巡西蜀，威州土官董敏、王允仇杀累年，敕济率方镇兵数千，至其境，曰："抚之不服，加兵未晚。"令人赍榜往。允沉吟，书"囮"字于榜尾，令持还。众不解其意，济曰："此非无见，囮者，诱禽鸟之媒也，意谓诱而杀之耳。"复释此意，示以诚信，允大惊曰："非凡御史也。"即投服，以马数十，令子弟入贡赎罪，敏亦愧服，一方遂安。

圹　　对

吴明卿自作生穴，旁为祠，题其柱曰："陶元亮属自祭之文，知生知死；刘伯伦荷随行之锸，且醉且醒。"明年登七十四，方贺者履不绝于户时，语二子，事小定。且自为志，无何遂卒。

耻　志　文

张嘉孚，渭南人，嘉靖丁未进士，历官副使，有清名。将卒，谓子孙曰："世人生但识几字，死即有一部遗文；生但余几钱，死即有一片志文，吾耻之。否德不足辱明公笔，自题姓名、官位、家世、岁月纪诸石尔，盖先达有行之者。子孙必遵吾言，不则为不孝。"所著述率焚，草草任散佚，戒勿收，故无得而称焉。致仕家居，终日不去书。晚好《易》，事多先觉，秘不语人。常曰："不须名位，不用身后之誉，袁缓是吾师也。"署其庭曰："四十余年策名，却悔红尘浪度；七旬暮齿学

《易》,几能黄发无愆。"年七十九卒。子衮,举人;孙国缙,进士。

筑墓除妖

张惠,德州人,少以孝义称。祖茔去家五里,洪武初,遭兵燹,被挖暴露。累年惑于术士,未曾修葺。时公尚幼,永乐十二年,中乡举归,即谓族人曰:"祖墓荆榛岁久,为子孙者,安可坐视!"不用术士,不择日期,以一身任其吉凶。冬月跣足披发,如初丧。授都察院司务,至南礼部尚书,每过里,谒宣圣毕,必至祖茔,亲操锄锹,增筑坟垅,日晡方回。亲戚邻里,就茔所一会,不于私家宴乐,每日饮食,皆在坟所,亦无桌凳,就地而食。尝泣而言曰:"吾祖宗在于地下,吾安忍肥甘华美,为己乐哉!"巡按云南,有御史张善,福建人,病于池州,亲往视,留治汤药。日晚散步,门仆曰:"此处有妖蛇,来时如风声。"公曰:"来即报知。"门仆有惧色,责治之。他日,报曰:"来矣。"自挟弓矢,至阶下,望蛇连发数箭,箭尽而蛇不下。令隶取席,于树下焚之,良久,蛇坠树,声如倒墙。公曰:"官得其人,妖不为害。今县有妖蛇,必非良吏也。"召县官笞之。过沅陵,见居民延烧数百家,皆云:"有恶鸟衔火。"即为文檄城隍神,责之,翌日,恶鸟死于江。

祭　墓

谢枋得过辛弃疾墓旁僧舍,有疾声大呼于堂上,若鸣其不平者,自昏暮至三鼓不绝声,近寝室愈悲。一寺人惊以为神,枋得秉烛作文,旦且祭之,文成而声始息。

墓旁神鼎

博大山在番禺东,山有卢循母檀氏墓。东南有卢墥,循浮海与吴隐之战立烽墥处,山下溪有神鼎。唐刘道锡刺广州,遣人系鼎耳出,鼎耳断,鼎没,刘及执缭者耳尽痛。

墓　　盗

鄞有猾盗詹拣尸者，善发古墓，事觉，系狱，以玉碗二、黄金数锭赂邑绅包泽求解。包曰："此为盗物无疑，当不待教而诛者。"亟言于当道，置之法，其祸少息。近日徽州亦有此事，以皮为帐，钻土入墓，骨黄者吉，即易骸而葬，白者凶，黑大凶，后皆伏法。包有刚介声，历宦称"阎罗包老"云。

冥　　婚

曹操爱子苍舒死，聘甄氏死女合葬，冥婚之说所自起。近时叶台山少师女死，女故字林给事梓子，子亦死，迎而合窆。千古事必有对者。

寿　　椁

南唐沈彬有诗名，保大中以尚书郎致仕，寄居高安。尝荷杖郊原，手植一树于平野间，裴徊不能去。戒诸子曰："异日葬吾此地，违之者，非吾子也。"居数年卒，伐树掘土丈余，得一石椁，工用精妙，光洁可鉴，盖上刊八篆字云："天成二年，寿椁一所。"乃举棺就而葬之。

墓之凶吉

蔡端明言地理家说无了期。近世魏元履葬于平坡，地深三丈六尺，梯而下棺，蔡季通所卜也，既而元履之后遂绝。古人所以行营高燥者，高则远人，燥则避风。魏公之葬，无乃太卑湿乎？

李阁学九我，自其祖原兄弟二支，一多子孙，文且贵；一最衰落，疑祖坟有利有不利也。发而改葬，其尸半存半毁，若有界者。未几，阁学亦卒。余友蔡五岳宪副，乃其门生，为泉州太守，所亲见。馆友李碧海亦言其家一支多至百余丁,皆聪明,读书显贵;一仅十余人,呆不识字。

不 会 葬

祠土题主,执事者皆东向,迎东方生气也。泰和曾姓者,请二秀才行礼,一为杨廷策,一郭应凤。行礼归,未旬日,策、凤俱亡,岂未明于东向之礼耶？邵康节不会葬,其亦有见于此与？

方　　相

近年诸大臣出葬,其威仪可谓极盛。然有一欠事,凡方相辟路,自四品以上皆四目,以余所见止二目,盖细事,初不经怀也。

羡 道 刊 志

墓志铭藏于圹内,惟裴子野卒,宋湘东王作铭藏矣,邵陵王又作志,埋于羡道。羡道列志,自此始。

志 墓 无 愧

杨慈湖之父廷显,字时发,少时尝自视无过,视人有过。一日,忽自念曰:"岂其人有过而吾独无过乎？"于是自省,即得一过。旋又得二、三,已而纷然,乃大恐惧,痛惩力改,或至泣下。象山陆九渊为之墓碣,尝曰:志墓非古,而铭多溢辞,惟于公无愧云。

溢　　美

杨惟立作许某志铭,兄镜川守陈书曰:"志铭之言多溢美,吾弟此作,盖眩于志铭之言也。后有览者,尚论其世,难乎免于君子之诛矣。"惟立者,杨公守随也。

大范志铭

大范老子忠献公雍,压于小范老子文正公仲淹。然大范亦何可易及,临殁,索志铭于小范,称曰:"发身如班定远,筹边如马伏波。"又曰:"维侯之德,柔文刚武;攘彼戎寇,御彼灾害。"盖忠献能文,而以武职起家,故云。戎人称知州为"老子"。

楼启墓志

天顺七年,会场之火,大风,士焚死者百有十六人,鄞人楼启者与焉。先期杨晋庵守陈,梦有人求楼志铭者,心异之,后果如梦。

墩

苏州葑门内有土阜对峙水中,虽巨浸弗没,号曰浮墩。相传此地昔有双松参天,建炎狄难,溃兵欲伐之,陨石如雨,乃止。今放生池即其地。

广信府城中东北隅有万松墩,隆基而圆,土膏沃衍。前左介两学间,旧传为周瑜故宅。

新安有篁墩,以多竹名。程氏始祖,赐第庙食处也。黄巢经其地,与己同姓者,俱不杀。民惧其戕害,改为黄公墩。成化间,襄毅公贵,考图牒,询故老,恶其以忠臣故第,辱于逆贼,乃复旧名。子敏政,因自号,遂显于时云。

桥

嘉靖三十二年春,方士陶仲文奏:"济南府齐河县有道士张演升,建大清桥,臣已募银一万三千两助功。近闻浚河得龙骨一,重十斤,又突出石沙一脉,长数丈,若有神助,迄今尚未报完。乞损内帑,以终大工。"上令给银一万四千两。

琉璃河建桥,乃嘉靖二十年事。费各处帑银三十余万两,钦助又九万三千余两。胡良河建桥,并□□□桥,乃神庙二年事。慈宁宫发银一万五千两,钦发又五万两。卢沟桥建于先朝,后时加修筑,比琉璃桥费又且十倍多矣。

蔡忠惠创洛阳桥,横亘江中,撰时揆日,画基所向,锲趾所立,皆豫移檄江神。神得其吉告之。至凿石伐木,激浪以涨舟,悬机以弦绊。每有危险,神则来相。趾石所累,蛎蚅封之,至今泉州人能言。而公自作桥记,直言丈尺,费金钱成数,与年、月、时、日。首尾不及百字。噫!若在今日,不知许多夸张,并及神异梦寐已。

俗本传端明造桥,移檄海神,一卒应募,得"醋"字而还。解曰:酉月廿一日。此事亦奇,然实国朝蔡锡之事。端明既有神助建此桥,后复圮,锡以泉州知府修之。发石,有刻文云:"石头腐烂,蔡公再来。"遂改名万安云。锡字廷予,鄞县人,官大理卿,有清操。两事合为一,前后二蔡,殆其再世乎?

石桥易败,易以木而得久者,我明姜昂之于瀍水也。昂太仓人。木桥易败,易以石而得久者,唐李昭德之于洛阳也。累石为柱,锐其前杀水,涛不为怒,亦昭德也。

吴江长桥,乃庆历三年尉王廷坚所造,钱公辅有记。

赵州石桥,成唐大足间。默啜破定州,南奔石桥,马伏地不进,见桥上青龙,狞撄奋怒,虏恐,遁去。

天桥,在云南府城南三十五里,观音大士凿洞山骨,使洱河水下趋处也。初未凿时,苍洱之间,水据十之七;凿后,水存十之三矣。古人谓之石河。下断上连,绝壑深堑,石梁跨之,凭虚陵空,可度一人,故名天桥。桥边激水溅珠,宛如梅树,人呼曰"不谢梅",亦奇观也。桥之北有沓嶂,又名一线天,水故道也。石有古色,可吹洞箫。

建桥改堤

济宁州济水,会洸、沂、泗之水,皆循大清河故道。旧未有桥,成化中，工部郎毕瑜，贵溪人，创为桥，榜曰济川。落成之日，长子生，遂以名，弘治壬戌进士，翰林编修。又一日，梦绯衣绛帻者，称宋邢魁，曰："公堤大逼吾宫，将为行路，奈何？"亟索堤旁志石，丹书炳然。改筑堤，封其故墓，为文以祭。匝岁，复见梦曰："愿为公后以报。"诘朝生子为济时，正德辛未进士，亦工部郎。孙三才，与余同年，己丑进士，御史少卿，有名。

大　堤

自郧阳而下，尽于黄州，皆为云梦，又曰梦泽，在在有堤，《襄阳大堤曲》所以咏也。余亲行其上，回复如冈如陵，真是伟观。盖因汉水时时泛溢，为此障之，亦如我嘉、湖之有圩、有坵，而浙东万山中尤多。想自神禹治水后，帝王则为地方计，人民则为室家耕作计，悉其财力，不计时，不计劳苦，即愚公之凿山、精卫之填海，亦无以过。虽云人力，亦天意神明所相。黄河之堤，莫壮于开封，余亦亲行。考宋初黄河，尚在滑州，相去三百里，渐决，遂直抵开封城下。国初几欲迁王府，堤之，所以益固也。近日祖其说治运河，有长堤、遥堤、缕堤等名，其费不赀，而冲决如故。看来襄阳、开封二府之堤，纡曲坚壮，制度绝佳。其妙处全在纡曲，因水势既猛，堤若径直，全当其锋，势必不支。惟纡曲，则若迎若避，迎以抵之，避以杀之。今之桥堵，亦用此法，即宋艺祖剪纸圈筑都城之意。乃若运河之堤势，必不能纡曲，又卑薄太甚，如何御水？即坚壮，亦止御得散漫之水，如何御得冲决之水？余行萧县一带，见河水溜处，其身如虹，其头如龙，霍霍望松土钻入，甚迅且劲。拗若乘瑕，俯若奔壑，岸崩顷刻数十丈，霆震电掣，铁石也靡，堤于何有？惟度其势之所至，豫设扫以待，可以徐徐斡转。

堤　利

堤之功，莫利于下乡之田。余家湖边，看来洪荒时，一派都是芦苇之滩。却天地气机节宣，有深有浅，有断有续，中间条理，原自井井。明农者因势利道，大者堤，小者塘，界以埂，分为塍，久之皆成沃壤。今吴江人往往有此法，力耕以致富厚。余目所经见，二十里内，有起白手致万金者两家。此水利筑堤所以当讲也。然尤莫利于上乡之田。辛丑，余南归，经磁州，遍野皆有水沟，深不盈二三寸，阔可径尺，纵横曲折，随地各因其便，舆马可跨而过，禾黍蔚然。异之，问舆夫："水何自来？"遥指西山曰："此泉源也。"又问："泉那得平流？"则先任知州刘徵国从泉下筑堤障之，高丈许，堤高泉与俱高。因地引而下，大约高一尺，可灌十里，一州遂为乐土。又余同门李太华有实，为汉中太守，筑堤亘十里，灌田万顷，黄昭素有记甚详，此兴水利之良法也。匪独阡陌，即漕河之重，若非从白老人筑戴家坝，挽水归之南旺，其得南北通流，济二百余年军国之用乎？徐孺东开水利，不依山寻有源之水，而于京东平洋之地，上靠天时，下靠人力，最下又靠器具，劳而无功，反招怨谤，亦固其所。今闻涿州开水田数万亩，想必用刘、李二公之法。刘，乡科，官至太守；李，升副使，考察致仕，大约以任气失官。要之，汉中之功，当世世尸祝，而昭素之记必传，则李亦可以不朽矣。

卷之七

开　　科

洪武四年乃开科之首，其序文只曰纪录题辞。知贡举官二人，忠勤伯右丞相汪广洋、左丞相胡惟庸，时已尚左，而右居先者，以封伯故也。主文官二人，礼部尚书陶凯、前翰林侍读学士潘廷坚。考试官四人，侍读学士詹同、司业宋濂、吏部员外郎原本、前贡士鲍恂。场中先经后书，书只《孟子疑》一篇。二场论诏诰表各一篇，无判。三场策一篇，录中都无程文。想规制未定，尚尔草草。至十八年，始犁然大备矣。

御　制　策　问

洪武十八年乙丑会试，第一邓奇伟，一曰伟奇。字子才，衡州安仁人。高皇亲制策问中云：有能者或面从志异，有德者或无所建明，中材下士，寡廉鲜耻。此三语，曲尽其妙，谁人到得。殿试，丁显第一，奇伟次之，皆授修撰。二甲，马京为编修，吴文为检讨。三甲，危瓛为纪善，杨靖为吏科庶吉士，塞琋为中书舍人。余观政诸司。琋后改名为义，黄子澄、练子宁皆是科所中。

试　　录

礼部所存《国初会试录》，止洪武四年一本，自十八年至三十年皆缺。想建文诸臣死难者，多系是科以后进士，故尽毁之。文皇震怒为此不必言，三杨无一字之留，何耶？西杨原由征辟，历仁、宣、英三朝，皆为首揆用事，与东南杨讳言逊国一节，故尔阔略。乃当时诸臣与草莽士皆无私录,固是法禁之严,亦见风俗之朴。嗟乎!《侯城录》一线之存,天意也。

试 额

《弇州杂编》云:洪武三年庚戌始开科乡举,士就试者,百二十三人;中式者,七十二人。又云:正德戊辰,大学士王鏊、尚书梁储主会试,相传刘瑾以片纸书五十人姓名,欲登第,因开科额三百五十人。

按,洪武三年应天并各省开科取士,明年正月,令设科连试三年。自后三年一举。洪武四年三月,策贡士俞友仁等一百二十人,赐吴伯宗以下及第。是科试录题辞出宋景濂之手,中云:先是,京闱乡试中式者七十二人,未及贡南宫,上皆采用。有官御史者,及是会试,自河南而下行中书十有一,俊秀咸集。而高句丽之士与焉。则入试者,当亦五六百人矣。此后多至四百七十余人,少则三十人。永乐元年癸未,补壬午乡试。次年甲申会试,上问礼部尚书李至刚洪武取士之额,至刚以实对。命从其多者,取四百七十二人。此后多者三百五十人,少则九十五人。宣宗初即位,即定省直取士之额,会试所取不过百人,南士十六,北十四。至正统七年,始加为一百五十人。景泰二年,二百人;五年,三百五十人。天顺元年复辟,仍三百人。四年,一百五十人;七年,会场火,改于八月,三百人。成化二年,三百五十人;五年,二百五十人;八年,三百五十人;十一年,三百人;十四年,三百五十人;十七年,三百人;二十三年,三百五十人。弘治三年,三百人;十五年,始加为四百人;十八年,三百人。正德三年,三百五十人;六年,如之;九年,四百人;十二年,十五年,又皆三百人。嘉靖二年,隆庆二年,以首科皆四百人。万历二年,张太岳为政,止三百人。_{前辛未四百人,太岳主考。}余则或三百,或三百二十,或三百五十。《杂编》所言,乃正德三年事。此额,先朝行之屡矣。前二科为四百始加之额,要知此乃中制,每间一科,则依此数,皆礼部题请,而首揆主之。其年,李长沙为政,安得归之试官,且王文恪与逆瑾抗,卒辞位去,而肯澜倒一至此乎?传闻之语,原不足信,又不考其时与人而书之,此即祖唐人失嘱单之说,削去可也。不则,后生小子传以为实,文恪亦发笑地下,谓苏人轻信轻写,弇州亦作口业矣。

题石建坊

任亨泰,襄阳人,父杜林,从外家姓。洪武二十一年廷试,太祖高皇帝亲擢第一,官修撰,复命题名于石,建坊于门,宠异之。此建坊之始,要知各进士通行矣。寻请复姓,上以恩自任出,勿听。《殿试录》:赐其妻姓曰朱氏,盖母乃元乌古伦公主,妻亦蒙古人故也。都御史陈镐录其末路大节甚详,官至礼部尚书。子显宗,孙春,皆领乡荐。显宗不乐仕进,后以荐为吏部稽勋主事;春,西安府同知。时余公子俊为知府,同心协力,丁内艰,贫不能归,余为赍发乃得行。服阕,擢知府,卒。

策题

《登科录》:御制策题,在永乐、宣德至正统初年间。用行书,想阁老亲笔进呈,因而发刻者。具见君臣一体,与慎密不泄景象。后皆付之中书官,先一夕传出矣。又如宋朝诰敕亦当制者亲笔,故皆贵重。且因之精于书法,此甚得体,宁口代王言而手反不代哉?国朝自《洪武正韵》一行,遂有同文专职,其制始废不可复见。

殿试改期

旧制殿试在三月初一日,谢恩在初六日。成化八年,以悼恭太子发引,改十五日,至今仍之。然初一日太促,毕竟十五日为妥。此虽人事,亦天意之相合也。

请改试期

三岁开科,八月乡试,明年二月会试,至元仁宗始定,从李孟之请也,入国朝因之。万历戊戌春闱,乔御史璧星监试,举子重裘以进,便于怀挟,请改三月,用单夹衣,则宿弊可清。李九我先生驳之曰:"如此,则四月十五殿试,倪日暖,如何操笔?又其甚者,不暴杀举子耶?"众哄然一笑而止。

张幼于凤翼有《会试移期议》一篇,谓:"会试期,太祖定于二月,盖谓金陵南北之中,地在大江之南,得春为先,故定于二月,取春之中。今建都北京,远三千里,宜移在三月,其利有五:一在觐吏后从舟,可省雇费;二便于云、贵士子;三减衣裘,防闲甚易;四誊录无呵冻之苦;五归家无闸河运舟之阻。"乔璧星之疏,止得其一,而至"金陵取中"云云,犹是臆度之说。

兵科瀛洲真像

廷试事毕,兵科设宴,延执事官看阎立本《十八学士真像》一卷,于志宁赞,沈存中跋,与近时所传全不同,盖真本也。原藏山西蒲州监生魏希古家,嘉靖癸卯、甲辰间,希古携入京,崔都尉以千金购之不得。是时边患棘,希古条边事,并以此卷封入,意图进用。世宗不好书画,所言边事又无当,疏入不省,谩以疏并此卷发兵科。或言成祖得此卷,仁庙与汉王争求之,难两与,遂发该科,可笑。余辛丑供事内庭,草草一阅,盖已摹换,非原本矣。

会 场 支 费

会场支费,旧皆取之顺天府宛、大二县,裁数百金,民已不堪,用亦不给。弘治七年,礼部尚书倪岳议,各省乡试用度,皆有羡余,请限数解部,贮顺天府支用,凡八百金。以后费用日多,正德九年,尚书刘春奏派加旧额三之二,诸用以足。

会 试 搜 检

会试原无搜检官,嘉靖己未,御史建言,欲厉其禁,尚书吴山持不可,曰:"彼已歌《鹿鸣》而来矣。"隆庆二年,复有言者,始设。两京乡试亦如之,然终亦不能尽行其法也。

密探状元

先朝策士,凡鼎甲,圣上多密访而后定。英宗己未科临轩,已拟昆山张和第一,使小黄门密至邸识之,以目眚,置二甲第一,拔施槃第一。盖慎重如此。一科之长,文运所系,可不慎与?至问周旋而误,则天也。

元　会

天顺以后,我浙有六元会、七元会,聚散不常。要之,常六人以上,吕阁老文懿公原、杨侍郎文懿公守陈、杨尚书文公守阯,俱解元;姚太宰文敏公夔,会元;商阁老文毅公,三元;南京吏部侍郎范公理、副使胡公廷瑞,俱解元;谢阁老文正公迁状元;解元;谢修撰丕、兵部主事杨质。其以未第至者,卢楷、黄廷玺,俱解元。内卢楷入太学,救祭酒邢让、陈鉴之枉有名,姚于酒中赠诗云:"卢生傥傥才。"谅矣。

词　谶

李旻以成化庚子解元,癸卯冬将赴春闱,友人锁懋坚者送之,赋《正宫谒金门》词云:"人舣画船,马鞴上锦鞯,催赴琼林宴。塞鸿声里暮秋天,绿酒金杯劝。　留意方深,离情渐远。到京廷中选,今秋是解元,来春是状元,拜舞在金銮殿。"已而,旻果魁天下。

并赐袍带

丰学士熙,弘治己未廷对,初拟第一,已易置第二,以伦文叙为第一,均赐状元袍、带,盖异数也。

伦氏之盛

伦文叙，字伯畴，头颅大二尺许，长身玉立。以儒士，御史收遗才考，遂中式，举会元状元。广西全州舒尚书应龙之子弘志，儒士，中第六。其年试录五策，皆用其稿。次年丙戌，举南宫廷试，上亲拔一甲第三。伦以谕德卒，年四十七；舒不逾年卒，年仅二十余，皆可惜也。伦之子以谅，乡试第一，辛丑进士，官通参；以训，会试第一，廷试第二，官祭酒；以诜，进士，官郎中，父子殆占四元矣。文叙、以训皆不满五十，以谅六十五，以诜年八十，可见高科美官，皆能夺人寿矣。

御笔再改

嘉靖戊戌科，阁臣拟陆师道第一，御笔改二甲第五，取袁炜第一。炜南宫原第一，既复改第三，擢茅瓒为状元。

失中三元

李九我，庚午解元，主考者瑶泉申少师即留为馆宾，转馆于董宗伯家。癸未，李得会元，申正当国，宜以状元与之，续商文毅之盛。乃拔朱养淳国祚第一，而李居第二，有意乎？无意乎？二公皆清品，正未可甲乙也。

易水生

乙未春试前一夕，有举子梦见冕服一人，坐殿上，召之入试，试目一纸，有"晋元帝恭默思道"七字，翻飞不定，与易水生争逐之，为彼先得。及入会场，第一题是《司马牛问仁章》。所谓晋元帝者，晋姓司马；元帝，牛金所生，合为司马牛。"恭默思道"，是讱言。其年会元汤霍林宾尹，则易水生也。

父子解元

史俊号柏庵，涿州人，中成化戊子解元，官至副使。子道，应正德癸酉乡试，以文字呈其父。即封一柬遗道，令开榜后视之，乃对一联云："二三千人中，文章魁首；四五十年来，父子解元。"道果解元，后官至总督兵部尚书。国朝父子解元，我浙谢木斋及其子丕，他省亦往往有之。

二酉解元

吾师苏紫溪先生浚，应癸酉试。分考郭青螺，梦虚斋蔡先生介之入谒先师庙，喜曰："当有佳士如蔡者。"发之，乃先生牍也。县同，言《易》同，酉年选首同，草姓水名又同。先生官宪长卒，质行真修，直可继文清之后。在工部分考会试，拔阁学李九我第一，佥浙江学政，鉴赏诸生，如逆睹差等，人人奇骇。今阁学沈铭缜兄弟拔居第一、二，以余薄劣，亦踵其次。凡二十年后，魁元上选，皆先生点墨之余也。

试　官

永乐丁酉，北京行部乡试，奏请考试官。上命行在侍讲邹缉、侍讲王洪主考，赐宴于本部。越二日，改命侍讲王英，出王洪为礼部主事。洪，杭州人，进士，任行人，升给事中，以文学擢检讨、修撰、侍讲。洪初有操守，恒自负，矜己傲物，醉辄出忿语斥同列。以不得为学士，中怀怏怏。尝密疏诬学士胡广，其父子祺为延平府知府，以罪死，广不当于《实录》隐其罪。上察知子祺实卒于官，遂不直洪。至是请乡试官，上命广等择人，广以缉、洪对，上从之。已受礼币，洪复密疏子祺事，上曰："此小人，岂可以在侍近！"命礼部追所受礼币而改命英。洪既出，失措，乃谄事尚书吕震、方宾，以求荐达。震等屡言于上，不听，洪饮恨，未几病死。

翰林中有以少詹事为会试正考，复以尚书为会试副考者，张惟信潮也，事在嘉靖壬辰、甲辰两科。有两主会考而复主乡试京考者，柯孟时潜也，会试在天顺、庚辰癸未两科，乡试在成化改元乙酉科。

京　　考

嘉靖戊子，用大学士张璁之议，差京官主考，不用词林，皆科部寺及行人为之。其给事中，不独用于浙江、江西，即山东、广东、四川、云南，亦用之，行止两科而止。至万历乙酉、戊子而后，皆差京官。乃用词臣三员或四员，给事中亦同此数，皆于浙江、江西、福建、湖广，而他省则用部寺以下。或曰：弘治甲子，各省亦用京官，如王阳明主试山东是也。旧制：省试考官，皆监临会同提调监试官自聘。其年，山东巡按陆俌，慈溪人，阳明适起服入京，便道聘之，非京差也。

回　　避

嘉靖癸丑会试，礼部三堂皆有子入试，不显言回避，而托二王婚礼辞入院，盖亦事之相值也。时左侍郎已往承天祭告，乃允右侍郎之请，而以吏部侍郎程文德代。尚书欧阳德、左侍郎孙升、右侍郎闵如霖，陛之子铤中式。

制　科　盛　际

永嘉、江陵两相公最得君，最强悍，其可恨处不少，却有一件最得意处。永嘉典嘉靖己丑试，会元唐荆州顺之、状元罗念庵洪先；江陵典隆庆辛未试，会元邓定宇以赞、状元张阳和元汴，四人者，何处得来，且同道同心事座主，不阿附，亦不抗忤，最为得体。若天生此人，以应二相之求，而二相之目力，亦加人数等矣。成化丙戌，会元章枫山懋、状元罗一峰伦，人品最高，冠绝前后。其爵位之崇，名实之相称，莫如成化乙未，会元为王文恪鏊、状元谢文正迁，可谓盛矣！然比其柄用,厄于奸臣,不久而去。文正又多晚年一出,后则嘉靖之壬戌,为会元王文肃锡爵、状元申文定时行,相继为首揆,更胜于前。而因循否隔,不得尽行其志,文肃至以哭子并命。自来全盛之事,似亦若造化所忌也。

小 座 主

弘治乙丑,杨石斋主考礼闱,子升庵与俱。时崔仲凫铣试卷,分刑部主事刘武臣,疑其深刻未录。升庵见而奇之,以呈石斋,遂擢诗魁。崔以小座主称焉,时年十八。子随父入场,且得搜卷分考官舍中,今可行否?

考 试 得 人

吾郡吴霁寰惟岳,嘉靖丁未分考阅《礼经》,得十人:为张太岳居正,官太师;殷棠川士儋,官少保;陆五台光祖,官太宰;汪伯玉道昆,官左司马;胡石门正蒙,以会元、太常寺卿掌国子监事,余亦皆登台省监司。其督学山东,拔于谷峰太保于垂髫中,其他萧岳峰太保而下,凡东省显人,俱经奖拔。奇,奇!霁寰官至都御史。

池州毕松坡锵,嘉靖癸丑分考阅《春秋》,得十四人:殁裪马乾庵自强,官少保;肥乡张心斋学颜,官大司马;丹阳姜凤阿宝,官大宗伯;仙居吴悟斋时来,官左都御史;昆山顾观海章志,官少司马,松坡官至户部尚书。

王尚书一夔、罗文毅伦两状元,皆尹直分考所取,尹官尚书学士。

伦谕德文叙、董文简玘两会元,皆徐穆分考所取,伦仍状元,徐官止侍读。

王文恪鏊、罗文简玘两会元,皆傅文穆珪所取。王分考,罗乡试解元。

赵浚谷时春、唐荆川顺之两会元,皆廖鸣和分考所取,廖官左庶子。

储柴墟巏、陈□□澜两会元,皆编修张柏崖所取,张官礼部尚书。

袁文荣炜、瞿文懿景淳两会元，我郡闵午塘所取，袁分考，瞿乡试第七，闵官礼部尚书。

顾会元起元、赵状元秉忠，皆方中涵所取，方官至少师。是科戊戌，余与方联房同阅《诗经》，乃两元皆入其手。顾卷，方初拟在第五、六间，主考沈阁学蛟门独拔，亦只眼也。

传胪之谬

嘉靖十一年，上御殿，传胪，诸进士皆集阙门。一序班谬传，令儒服以进。首名林大钦及诸进士，巾袍者百余人。次名孔天胤，以更服止掖门外。诏问状，鸿胪卿王道中以为礼部失于晓谕，上切责部臣，夺司官俸一月。礼部言：已尝先期揭示，实以序班妄传，遂致错误。道中乃欲曲庇属官，厚诬本部，非朝廷设官相临之体。诏道中对状，切责而宥之。序班孙士约等下法司逮问，大钦、天胤等俱免究。

进士回籍

国初新进士日侍左右，后放归就学，近日都允回省觐甚便。然嘉靖丙戌科办事进士应槚等九十余人，自以铨次尚远，乞如旧例放归。疏三四上，有诏切责，槚等发身科甲，不思以勤自厉，练习政体，乃屡欲乞回，自便己私。大学士费宏代请，终不允。大哉，王言可以深省。

忠愍名次

杨忠愍公乡试第二十一名，乃嘉靖庚子科。解元谢一麟，主考童内方，而《楚志》以为丁酉。其殁也，年仅四十，而《志》以为四十二。

辽阳试士

辽阳原附山东科举，嘉靖十三年因溺死多，改附顺天，以德州卫左所，与辽之十七卫学相兑，应试者四百人。是年甲午中九人，次科八人，又次科五人，以后渐减至一、二人。万历三十七年，题准增额五人，以夹字编号待辽士。其寄户中式者，不许图便迁徙，违者黜革问罪。

减补坊银

嘉靖中，倭患炽，盛言军兴。吏书吴鹏、都御史鄢懋卿，乞减举人坊银及驿递、铺陈船只、马骡头匹、银两之议。后于举人银两，或许嘱说入学童生，或加增长夫、水手，以补所减之数，而士风民财所损多矣。

京尹黜卷

昆山张和往试南京，时少保邝忠愍公为京尹。有投书恶张于公者，大怒，召诸应举士历验之。张故有目疾，与书所云合。公乃言曰："吾已得为奸利者，然将置之法邪？将械送于乡，使终身不得举耶？"苏人有滕垲者，直前谓公曰："公尹京，廉平有为，人孰敢为奸利事？顾毁人者多捏借，公不究竟而即治之，不亦中彼人秘计乎？"公曰："尔言亦是。但吾不可以中止，且试之。"悉出诸应举士，留和与所指增广生数十人，命题以试。和文先成，公读之，良久曰："文体略似西江，汝当是冒籍者。"和曰："吾祖以来家昆山，不闻冒籍，尝从西江人学耳。"西江人者，谓翰林尹凤岐也。又读良久，乃曰："姑去，吾知所以处子矣。"既入场，其舅湖广参政沈余庆，时为水部郎中。俟出，即与俱过虞衡主事吉水艾凤翔，诵所为文。虞衡曰："其文郁畅而详整，当在首选。"既而榜出，不得与，其弟穆举前列。余庆复与过虞衡，虞衡曰："吾诵其文甚习，请举之。"遂为诵初终场文，不遗一字，曰："以此而下第，吾不知也。"盖邝公虽悟恶人构陷不足信，然竟黜其卷。和退言："儒者之学，先治身心，名非所急。且吾尝自谓聪敏，书过目颇成诵，若虞衡，一过耳不忘，吾何敢望哉？"遂去入山中，多读书。永丰彭勖督学南京，训导张承翰首以为言，复应举，和以邝公为辞。彭曰："邝已拜兵部侍郎矣。"及试，而分考萧聪以和所判禁止师巫邪术，有执左道以惑人语，谓无所据，落其卷。主考学士吉水钱公习礼、侍读云间陈公恂覆阅，诘问聪："左道原自有本。"聪无以对，因使于所落卷朱勾以志之。盖与和相同得举者五人，时正统三年戊午，年二十七矣。明年，与弟穆同试礼部，穆举第二人，和廷试对策称旨，将赐状元，以目疾，擢第二甲第一。钱学士与诸老入朝尝遇之，指谓邝公曰："此目疾者，张和也。"邝曰："吾昔为京尹，知尽吾职耳，何有私哉！"少傅胡忠安濙为礼部尚书，欲迎和训其子，言于吏部尚书郭琎。郭催往，佯应曰"诺"，而实不往。萧山魏文靖骥为吏部侍郎，私问故，曰："宗伯为礼部首，欲训其子，而使和自往耶？"魏告胡公，胡择日诣所居，成礼，始往。未几，移疾还苏，以道义自高。有参将者，礼致聂先生大年学为诗，与之来苏。和慕聂先生名，过其寓，参将置和上座，而处聂先生下。和曰："吾为聂先生来，非为参将来。参将学诗于聂先生，则先生为师。而处之下，此何为者？"参将方设供具，拂衣去，不省。又尝与参议赵会于故少保陈僖敏公家，赵多议人得失，和正色曰："人当于有过中求无过，不可于无过中求有过。"一坐耸然。

名先状元卷

张黼，上海人，未第时，尝梦人语之曰："汝名先状元。"觉而思曰："吾其殆乎？第岂有登状元先者？"及成化丁未会试，榜出，名在二十，而铅山费宏二十一。是年宏廷试第一，其幼也，尝梦神示府丞字，莫测，比致仕，果有府丞之命。

闽中鼎甲

闽之鼎甲死于非命者，自陈状元谨而外，又有龚锜。锜字台鼎，建安人，宣德庚戌科进士及第第二，已授翰林院编修，坐累去官。沙尤盗起，为大军乡道，至高阳里，遇贼见杀。锜博学善诗，字体遒劲，所著有《蒙斋十集》。此亦死难乡官,与钱镈同,而不闻赠谥,何耶?又杨瑛,亦建安人,字希玉,景泰丙子解元,天顺庚辰进士。庶吉士曹钦之变,入朝遇害,赠编修。其父陬原,浙之江山人,为建安丞,遂家焉。

闱中定命

范春,会稽人,有文学。嘉靖己卯场中,誊真已毕,手试卷自校,得意甚,谓可取解元。忽飚风骤攫去凌空,莫知所之,投笔墨叹息而出,曰:"命也。"后得长汀主簿,郡守陆某征文寿当道,无当意者,试以属春,诘朝具草,大叹赏,用之。宿驿楼次壁间韵,一廉访见而称善,知为春,恨相知晚。署上杭县,一恂恂少年,称督府使者,索饷千金,从者皆狞汉,疑而诘之,闭馆中,申督抚以状闻,果大盗也。

万历己卯南试,题为《舜亦以命禹》,华亭生员高承禅中式。主司嫌其取义与题合,欲弃去,赖京兆内江阴武卿,乃主司同乡,争之得免,然犹即席改为承祚。后壬辰中南宫,乙未廷试庶吉士检讨,与余同官,魁梧奇伟人也。未几,使归,卒,众皆惜之。因思戊戌科,余在会场中取中一卷策,有"国桢"二字,与余名同,弃去。陈如冈太史房中亦取一卷策,有"如冈、如陵"字,亦弃去。成忠宇太史,丙辰分试取一卷,有"基命宥密"字,同其名,弃亦如之。用诗书成句,偶同主司名号,夫宁有意,而巧值见厄,岂非命乎?

李于鳞子驹,为诸生,王元美属司理魏允孚,因秋闱之便拔之,曰:"虽私,亦公也。"魏许之。入场录七破为记,后检之,绝不可得。既定榜,则李生卷委于柜下尘土中,相叹息,人各有命,不可强也。驹未几亦殁,无子。

拟题决文

黄学士葵阳洪宪,未试前,拟科场题,十中七八,不知何灵至此?冯宗伯琢吾琦看时艺最精,壬辰会试,门下士持卷来谒者,决其中否,皆验，并名次亦不甚远，人以为神。又三年乙未，来谒者亦如之，所决无一验。一人耳，时又不远，何复异至此？岂看文亦时有利有不利耶？

传　　题

《春秋》出传题，不知何始。天顺年间，浙江场中摘一十六股配作一题，头绪茫然。及刻程文，简略殊甚，名虽搭题，实则射覆。学者认题，一时与考官相左，即被黜落。永嘉教谕雍懋上书言之，命礼部议行。至霍渭涯主会试，止出单题，余习此经，甚以为苦。尝馆某家，见一老生，施姓，名臣道者，每至必挟新题一二索谢，则俗所谓"换比者"是也。如旧为宰咺，则易宰周公。一时骇为奇。老生寻以贡入京，馆于某给事中所。给事故《春秋》名家，甚称之。其时复差京考，竟向给事乞题，即以老生所换者与之。至有通场不记，所司聊且备数者。王给事士昌言之，乃得少止，贡士不久亦死。

覆　试　得　释

天顺壬午，东平梁御史觐按河南，试祥符，得杜明卷，称赏。是岁乡试，梁实监临，杜在高等。刘佥事瑄与梁有隙，因指杜及同榜袁江、唐昭为梁所私，以奏，并逮至京，覆考。其试卷入格，乃得释。明年癸未，会试河南乡试，通一榜获第者，止袁一人。唐以乙未，杜以戊戌，皆进士。杜后授礼科给事中。成化丙午，宪庙为皇太子纳征，有旨取礼科库贮宝钞装盒，公偕诸给事开取之，库无一贯，众愕然失色曰："钞非吾侪所收，必须挨究已往升调去任者。"公曰："挨究前僚，法之正也。有误大婚，伊谁之责？"乃奏曰："本科库贮宝钞，年久浥烂，不堪装盒，请下户部行宝钞局，选取直挺新钞，送库备用。"上允之，于是大婚礼成，而前僚得免。

场后口语

万历中，科场被谕，前为戊子，继为庚子，后为壬子，或以关节，或以文体。嘉靖冒籍之搜为甲子，景泰陈王之奏为丙子，岂子年果有不利乎？丁酉北场亦被论，然意不在科场，借以倾焦弱侯者，弱侯一降便息。

代　笔

代考之弊，不直生童。正统二年，考试明经儒士，兵科给事中金昭伯，擅入午门，欲代所亲为文。事觉，拟赎杖还职。上以近侍官所行如此，岂可任职？遂黜为民。未几，给事中吴绘又犯此禁，枷示长安门三月，戍边。近日有举人代考者，正无足怪也。

断么绝六

乙卯年，南场中有鱼见于圊。鱼，水族也，水，至洁也，而污秽至此。又见于场中，此文明失位之象。次年，丙辰会试，沈同和以代笔中第一名，代笔者赵鸣阳，中第六名，俱吴江人。事发按问，并罪除名。吴为水国，遂应其占，亦一厄运也。苏州人为之语曰："丙辰会录，断么绝六。"盖名次适应其数云。赵最有才情，特以馆谷落其度中。余见代笔者数人，皆无他异，所谓有幸有不幸也，似宜末减。

自制义盛行，凡大家，必延名士为师友教子弟。即圣人复起，亦不可废。居常谭文课艺，一遇考试，同坐商量，职也，亦情也，势也。余少年馆谷糊口，有某大家邀致甚力，将赴之，先君子独否，曰："一入其中，即以文字受役，不可推，不可拔矣。"固辞之，触怒，赖有解者，且以明年为期，乃得免。其年戊子中式，由今追思，先君子其殆圣乎？凡贫士有文章名者，宜于此际深思赵之覆辙，可鉴亦可怜也。

嚼笔

二秀才俱《春秋》有名，相善。秋试前夕，同榻，一生俟睡熟，密取彼生誊真之笔，悉嚼去其颖，明日抽用已尽秃，大惊，取起草者姑代，则湿滥如寻。乞诸邻，又皆坚拒，恸哭欲弃卷出，倦而假寐。有神拊其背曰："起，起！写，写！"既起，视笔依然完好，执之，且疑且写，既毕，仍秃笔也。交卷至二门，一生在焉，迎问曰："试文称意否？"谢曰："无之，但得完卷耳。"其人面发赤，趣出宿于别所。明日，其名粘出，不得终试，秃笔生魁选联第。

常服入试

安福刘师泉先生邦采，以诸生外艰不出。嘉靖七年，督学赵渊檄之入棘，强起应命。及门，遥望赵尚未下席，却步不进，赵亟起延之。先生以棘闱故事，令诸生脱巾露体，非待士体，不愿应。于是御史储良才令十三郡诸生并以常服入，免其检察。是秋先生中式，后官郡丞，以理学名。卒时若有所遇，奇秘不言。嗟乎！当时士风如此，待士如此，今不可再见矣。

各省监临

乡试监临非制也，自御史颛差，乃任其事，立其名。余庚子典闽试，偶缺御史，二司问云："无其人亦当存衔。"余曰："祖制只藩司提调，臬司监试；两京则京兆提调，御史监试。监临之名，御史在各省科场，重事自当作主。今既无其人，有诸公在，何藉此为？且对君上，讵宜填空衔？"二司唯唯，以后缺御史，皆从此例。至乙卯，贵州偶缺，则都御史张凤皋鸣鹤，入闱代监临事。

余以戊子中式，其年萧翰撰良有、胡都谏汝宁典试。将至，御史以八月初二日忧去，巡盐章中岛邦翰代监临事，驻松江，迎之。尚未至,二公泊驿前,藩臬往迎,辞不肯上;都御史滕少松伯轮自至,乃上,皆一时权宜之计也。

文　武　宴

恩荣宴,命武大臣主席,与阁老部院二品正堂皆上坐。嘉靖丙辰,郭勋莅事礼部,分左右列,勋上疏争之,得旨如旧规行。比坐,仍左右列。勋再疏,上切责礼部改正。夫礼部,其有意抑勋乎?抑旧无此规,而勋以意争也?主席者执爵,递鼎甲三人酒,礼部尚书为主,下坐。

武举宴,以大学士主席,武大臣让尚书坐其下,郭勋引团营例以争,上竟从之。

陆武惠掌锦衣,世庙丙辰年,求与进士宴,命序二品文臣之末。是时陆已加太保,富贵极矣,而有此请。宴席在上者,勋臣压首,武臣尾之,陆亦何荣之有!

试　　院

京师试院,改旧礼部为之,乃正统年间事。南京试院,乃锦衣卫指挥纪纲没官旧房,地下时有甲马声。景泰五年,府尹马谅奏请改立,以前皆于武学借用,搭盖苫舍耳。然试院虽改,其中搭盖如故。万历五年,御史陈王道始易以木。

浙江试场,原与杭州府学相连。天顺间,以守臣奏,士子累有作弊,改于城东废仓隙地也,宽敞雄伟甲天下。旧用木舍,万历壬子,御史李邦华改易以砖,永绝火患。

恩　　贡

穆庙登极,各省开贡取士,提学为政,浙中出论题云《唐始策贡士于洛成殿》。众谓此题合时,极佳,然乃武曌事。遂为廷试之始。以拟太平有道天子，甚不伦，而又用之省试，可乎？是年居首者山阴朱应，乃金庭相国之兄，后登进士，官主事卒。

武　　试

长安二年初设武举，其制有长垛、马射、步射、平射、不同射、马枪、翘关、负重、身材之选，此武科之始，亦武瞾事。然今之武科，初场马射，二场步射，三场试策论。步射中二箭，马射中四箭，即入格。嘉靖初年，兵部侍郎杨廷仪所定，廷仪乃石斋之弟。尚书彭泽因而奏请，允之。其制大简，谓宜于马枪、翘关之外，广其目，如刀剑、干盾之类，皆取可也。

进 士 中 制

进士科起于唐，其数至少。沿于宋至多，亦无定期。唐则许荐，《韩昌黎文集》可考。未几，有禁。国朝酌其数，最得中制，而其禁甚厉。盖祖制之失多矣，独此尚存公道，可屑越乎！

焚　私　书

唐钱徽拜礼部侍郎，宰相段文昌以所善杨浑之、学士李绅以周汉宾并诿徽，求致第籍。浑之者，凭子也，多纳古帖、秘画于文昌，皆世所宝。徽不能如二人请，自取杨殷士、苏巢。巢者，李宗闵婿；殷士者，汝士之弟，皆与徽善。文昌怒，方帅剑南西川，入辞，即奏徽取士以私。绅及元稹知状，时稹与宗闵有隙，因是共挤其非。有诏王起、白居易覆试，而黜者过半，遂贬徽江州刺史。汝士等劝徽出文昌、绅私书自直，徽曰："苟无愧于心，安事辨证耶？"敕子弟焚书而行。

路岩亲吏边咸用事，富与岩敌。有郭筹者，相善，其议事以书相示，则焚之，今写书曰"乞火之"，盖祖此。近时有乡士大夫某，与郡太守契，密还往，书尾云"乞掷还"，盖以火之犹未可信，必还而后可。其书误投于余,复封固,返之。夫秘密设策,而曰"掷还",则渠二人不能自信,而况他人,为之一慨。

王老陈少

陈通方,闽县人,贞元十年,第四人及第。少年气锐,与相国王播同榜。时播年五十余,通方戏拊之曰:"王老,王老,奉赠一第。"言日暮涂远,同赠官也。播谕其意,答曰:"陈少,陈少,切莫发恶。"诮其为恶少也。播后入相,通方因之仕宦不达,以困踬终,而播亦竟罕树立云。

宋制科

宋制科分五等,上二等皆虚,惟以下三等取人,能中选者,皆第四等。惟吴正肃奎尝入第三等,后未有继者。至嘉祐中,二苏皆入三等,已而子由以太直考官胡武平驳送,降第四等。

冯京

宋三元冯京,字当世,产于广西宣平之龙水天门拜相山,祖墓在焉。幼流寓入藤,有读书故址。后贯籍武昌,发解。庆历间与群士计偕,礼部赋"无逸为元龟",廷试赋"盖轸象天地",皆第一。历知枢密院,载我《明一统志》中。好事者高其名行,转相传致,私以为邦邑重,遂紊其世焉。或曰藤人,或曰江夏人,或曰鄂人。

陈氏兄弟

陈宜中,以宋朝状元宰相,国亡,逃于占城。而其弟自中,守分水关,战败不屈死。何不令此人及第,而归其兄耶?然逃亦胜于降矣。自中有子萍,兼文武,官大司徒,天亦有以报之矣。孙达,司经正字,辞官，复召为翰林学士，不起。国初被荐，亦不应。及得病，却药弗御而卒。

蔡傅进士

福建仙游县，有蔡、傅二姓。宋时各中进士二十五人。蔡以忠惠显，传至蔡京父子，煽恶凶终；惟傅氏自如，后多闻人。

进士书榜首

元时及第第二者，亦称状元。盖其时第一必蒙古人，以中国人居第二，故中国自以状元称之。其余进士系中国人者，亦曰某人榜进士，皆第二也。诸公多致疑，或曰从俗所称，或曰讹，殆未之究耳。如李黼榜进士，黼亦第二也。

唐、宋人无有书状元于己官衔之上者，逮元犹然。独会稽杨维祯廉夫，当元季书李黼榜进士，至刻之印章。盖黼死节之臣，廉夫书之者，欲自附于忠节之后，其意固有在。且与黼相知，不忍忘也。后之人，乃有效廉夫故事，书朱文公为王佐榜进士，谓佐足为文公重乎？惟志书宜用此法。盖一榜之首，存之足以征信也。

雁塔

塔乃咸阳慈恩寺西浮图院也，沙门玄奘先起五层，永徽中，武后与王公舍钱重加营造，至七层。四周有缠腰，唐新进士同榜，题名于塔上，有行次之列。唐韦、杜、裴、柳之家，兄弟同登，亦有雁行之列，故名雁塔。唐自禄山兵后，龙池水涸，庚子辛丑岁，始引龙首渠水灌池，许人占修亭榭。至壬寅，池水泓澄，四无映带，唯见雁塔影倒蘸于池中，游观者无数。我明因之，中乡试者，仍题名于上。

卷之八

召问命官

国初，四明人王桓与二儒者同赴召，见太祖于便殿。上问二儒者："在家何业？"一对曰："臣业农。"上曰："卿业农，亦知禾麦之节有不同乎？"对曰："知之。禾三节，而麦四节，是不同也。"上曰："禾、麦，类耳，节之不同，何也？"对曰："禾播种于春，至秋而获，几历三时，故三节；麦则历四时始成，故四节。"上曰："是能知稼穑之艰难者。"即擢某州知州。其一儒对曰："臣业医。"上曰："卿为医，亦知蜜有苦而胆有甜者乎？"对曰："蜂酿黄连花，则蜜苦；猿猴食果多，则胆甜。"上曰："是能格物者。"擢为太医院使。次问及桓，桓对曰："臣所业训蒙。"上曰："卿亦有好恶乎？"对曰："人之善者好之，其不善者恶之。"上曰："是能明理者。"擢国子助教。盖自洪武十三年诛胡惟庸，革丞相，升六部尚书正二品，各司所事。上自御奉天门选官，其慎重如此。

官数

洪武四年正月，中书省上天下府州县凡一千二百三十九，官五千四百八十八员。是年平蜀，十四年后平云南，以渐增置，内外官共二万四千六百八十三人，京师一千四百一十六人，南京五百五十八，在外二万二千七百九人。

设官

周官三百六十，举六官成数言也。然一官之下，如医师、中下士，凡廿八人，计天官正数项下。凡大夫、上中下士，共二百九十二人，而府史、奄、女史、御史不与焉。地官更烦,是周家王畿千里之地,设官大小固已不下二千余人,而官官皆得自辟,其途甚广,所以野无遗贤。

汉设官七千五百余,唐一万八千余,宋三万四千余。国朝成化五年武职八万余,文职如洪武之数。此外又有中书带俸、译字生、通事、乐舞生、厨役、勇士、匠人、写字人,不可胜纪。

判　　府

祥符东封,王钦若、赵安仁并判兖州,二公皆见任执政也。庆历初,西鄙用兵,夏竦判永兴,陈执中、范雍知永兴,一州一判二守,判者,大臣押文书之虚衔也。陈执中乃实授,范雍乃领使带州者,其实不同。

增　设　知　县

嘉靖倭患,光禄卿章焕请每县多设知县几员,及转巡抚,又请移襄阳分巡于樊城。夫县令讵可增,而樊城隔襄阳府仅一水,地虽浩繁,不过附襄一聚落,宁可以大吏处之?故部覆设一通判。要之,通判亦赘员,如杭州唐栖亦有此官,何尝见通判到衙门资弹压耶?

停　荫

万历二年,主事龚锡爵为其子方升补五代祖龚弘之荫,张太岳票旨曰:"罢。以后年远亲尽的,皆不准补。"此公节制,亦自可喜。其后远者,定以五十年为期。

世　荫　不　同

吕常以荫为中书舍人,中乡试,官至南太常卿。陶鲁以军功至右布政,世锦衣千户。黄绾以议礼至尚书,虽以荫起家,要不可以常格论。至孙许之荫以锦衣,官二品三品。忠臣之后,又当别论。弇州公皆收入任子官位大于所由一则,然则然矣,不可不辨。然至近日荫锦衣,阶一品,加至三孤,往往有之。孙许之后,不足言矣。

永乐而后,用人虽渐重科目,然以才学自致公卿者甚多。任子如朱长史复之子浚,官尚书。仪侍郎智之子铭,尚书、太子太保。其余有荫编修、给事中、御史者,因其人品原不限以官。今优者自府部五品,升远方太守,次乃得为运同。以瞿洞观之贤,远在黄尚书之上,止于运使,加太仆少卿致仕。此岂最初用人本旨耶?

大 选 诗《许松皋集》

每年双月大选,其日上视朝,吏部堂上官,先于门下面奏,请旨选官。上是之,承旨退,待各衙门奏事毕,同吏科都给事中候于御道上,一拜三叩头,谢恩出,赴东阙支待房。光禄寺署官供酒饭毕,各官又赴午门外叩头,候于直房。移时,上览本毕,传出印子本于左顺门,部官接出,照本填榜,张挂于吏科之上,西向,除官看榜。选事毕,各官出朝。嘉靖二十一年八月二十八日大选,候旨之暇,次第其事,作诗十首,以纪岁月云耳。

面 奏

天曹钦拟授官资,九品分题列等差。奏罢阶前仍候旨,重瞻龙表彻封词。

上 门

峻登玉级面金台,御旨亲宣吏部来。直到御前方跪奏,四承天语听俞哉。

说 选

国家利器在人贤,抡选从公本奉天。圣主面前承诏令,真如造物举生全。

引　官

雁行鱼贯蔼如林，俱向龙楼肃整襟。赞罢叩头瞻日表，人人无任感恩心。

赐　酒　饭

恩赐从天降玉音，大官承旨礼惟钦。御河南畔开新宴，浥浥恩波似水深。

叩　谢

近午大官供馔毕，风清日朗酒容温。整衣肃向天门拜，一食无忘圣主恩。

用　印　子

朱函象印出宸居，色色官衔纪奏书。从此品阶山一定，朝除应直是天除。

上　本

印罢奏书还捧上，中官传进九重宫。重瞳阅过方传出，虞舜官人本至公。

填　榜

印子官衔即御书，移时传本付尚书。天官捧下方填榜，欢动除官意气舒。

张　榜

看榜除官数百人，欢呼万岁祝龙宸。今朝幸免遵行过，禄厚才疏愧此身。

选　　法

霍渭厓以兵部主事养病家居，起升少詹事兼侍读学士，疏辞，且言："迩年流弊，官翰林院者不迁外任，官吏部者不改别曹，升京堂者必由吏部。人辄以二官为清要，以至翰林不畏陛下而畏内阁，中外臣工不畏陛下而畏吏部，百官以吏部、以内阁为腹心。请自今翰林入阁，必五品以上，循至三品，即迁外省参政及各部侍郎。凡六部尚书、侍郎，或留兼师傅等官，改除参政、布政。翰林六品以下，俱调外任，练达政体，仍转翰林。六部郎中、员外、给事中、御史，俱补郡守。佥事、参议、监司、守令，政绩卓异，即擢卿丞。有文学者，擢翰林，而举人岁贡，亦得以擢翰林升部院，不宜以资格限。"上趣韬速之任，所奏内外官迁转资格，令廷臣集议以闻。

吏部尚书廖纪等奏言："韬以翰林吏部不迁外任，臣以为翰林设官之意，本与常调不同。在史局，则国典攸存；在经筵，则君德所系。或以备顾问，或以代王言。故累朝优异之典，视他官为重，所以崇奖儒臣而责效亦自别也。况九年考满，方升二级，间遇编纂，乃一转官。今欲与常调比而同之，非祖宗建制之初意矣。其谓编修、讲读六品以下俱调外任，练达政体，然后迁转翰林。臣观讲读诸臣俱及第人员，或考选庶吉士，凡储养数年，方进斯秩。六品外任，则如府通判、州同知之属。二甲进士，例得为主事知州，翰苑储材，乃欲无罪而废，使居州郡下僚，反不得如常调，是岂人情也哉？吏部铨衡之任，亦非他曹可比。官之贤否黜陟，俱欲廉访其实，故必公正而练达者方称任。使若资望既深，量处京职，亦不为过。然亦间多外补，岂谓官吏部者不改别曹，升京堂者必由吏部耶？若内阁之地，尤政本所关，故近日所用，皆先朝辅导旧臣。韬欲以翰林入阁，五品以上，循至三品，即迁外省参政及各部侍郎，是岂累朝优礼老臣、隆重师保之意也。又谓六部尚书、侍郎，或留兼师傅等职，是矣。又谓或改除参政，是为有罪者言欤？有功者言欤？臣所未知也。盖国初法制未定，人材未出，故圣祖鼓舞作兴，使人乐于效用，故不以常格拘之。今列圣相承，因时损益，随材器使，为官择人，勒为成规，至精大备，信万世所宜遵承。如韬欲以国初未定之制为法，别议资格，以为定守，则太祖以后，宸谋睿算，永可垂宪者，其将若何？愿陛下详察焉。"上曰："朕以人君深居宫禁，不知外事，必赖左右大臣协力赞佐。若为大臣而不能实察民情，何益治道？翰林官有才堪布政、参政及提学副使者，量加升擢用，正欲其实历政事以资闻见，以备他日重用。吏部及诸曹年深者，亦宜察其才识，内外兼用，岂可循资轻授耶？我太祖初年，法制草创者，固难比拟。以后定制及列圣成宪，不可不遵。但用人图治，亦当因时制宜，岂能一一拘定常格？况予夺皆出朝廷，自今内外官出入迁转，所司随时斟酌以闻。"

尚书不轻授

马文升为兵部右侍郎，三品，满九载，仅予二品俸。久之，进左侍郎，以散赤哈事，汪直、陈钺陷之，谪戍。又数年，起左副都，晋右都，为兵部尚书。盖尚书之不轻授如此。

本　兵

洪武中，更本兵二十三人，惟茹少保瑺九年。嘉靖中，更二十六人，惟杨少保博十年。自永乐迄正德一百二十年，更四十四人。方临安钝、于少保谦、白南宫圭、马钧阳文升，或七年、十年、十二年。此外大抵再岁不一岁，隆、万两朝，亦未有及七年者。

大 小 九 卿

六部不相统摄，小九卿体杀各部，而事与之关。如光禄则关礼部，先年光禄卿崔志端、陈俊，南光禄卿牛凤，以厨役事屡与礼部争，言本寺非礼部之属，文移往来，不应自大，封还札付，下部详议，至参奏受屈。由此观之，要见小九卿如太仆则属兵部，国子监、鸿胪、尚宝俱属礼部,京兆无所不属矣。近年郭明龙为南祭酒,李九我为南少宗伯,署事,郭还其札付,俱用咨文。二公同年,而郭强甚,李不能抗,亦一变也。余署南翰院,院之体貌原与大九卿并。叶台山署宗伯事,移札付,撰《皇太孙贺表》,叶以书先之,谓旧规如此,亦惧余之抗也。夫居官各有体,岂以此争强弱哉?

九卿以大小分,文移间宜有低昂。且一切总于大听,其提拨有事,则知会可耳。若谓之属,则与各司官何异?

南 兵 参 赞

南京兵部参赞,于成化二十三年,班在吏部尚书之上,又多以南吏书转参赞,高下名实,皆不相应,此制之最舛者。又南中守备参赞下操,勒操江衙门旁坐,故操江都御史每于次日阅操避之。至万枫潭为南御史,上疏改正。夫吏、户、礼、兵、刑、工,自周公来,天造地设,可容参差乎?

摄　篆

南中九卿篆,大不摄小,小亦如之。李九我为南少宰,偶缺大司成,众议归李,李固执不从,人谓得体。偶阅王襄简公有《和侍郎杨惟立摄祭酒》二诗,亦少宰也。又罗圭峰亦以南少宰再摄国学,皆故事,特未之考耳。近年南大僚缺,以太仆卿摄户部事,所属讲相见仪节,不知作何状。王讳轼,公安人,官太子太保;惟立,杨晋斋守随也。尾注云:惟立,双生子。圭峰名玘,南城人。

南京科道,不避部堂,台臣犹压于堂官,至科臣则直与大九卿公会矣。考之,起于成化初年给事中王让。让,上饶人,天顺八年进士,为南吏科给事中。屡有陈奏,刚愎自用,大臣中有少忤之者,必捃摭其过,立见论列。或受人嘱,而阴为之报复,朝廷以言官,优容之。让益肆,每会议必与六卿并坐。遇大臣于道,不为礼,或两人肩舆行,让必策马从中,左右顾而过之。缙绅侧目,无敢与抗者。三年考满,吏部侍郎章纶填考有"大体宜知"之语。让又尝劾祭酒刘俊，俊不能平。刺得让为出继之子，《登科录》既书其所后父母为父母，又书其本生白氏为生母，而不及其父。俊因扬言，让以母为所后父之妾，当具言于朝。让乃惭屈，诡疾去官。后数年复补考察，黜之。霍渭厓在南与科道交章，然不能尽改也。

总督总兵

文臣称总督，武臣称总兵，皆是虚衔。总兵之名，见于元末，国初因之。中山王伐吴檄曰："总兵官准中书省咨"云云。至正统年始有定名曰总兵，曰副总兵。总督见于宣德中，巡抚总督粮税。至麓川之后，王靖远用之军务，侯班继之，靖远转南兵部，亦曰总督机务。乙巳之变，于少保以本兵称总督。未几，用之两广，又用之两广、湖贵，用之两广、川贵，用之陕西，用之宣大。世庙时，又用之蓟辽、保定，用之浙直、江福，并用之漕河。正德末年，武宗自称"总督军务威武大将军"，于是改总督为总制。嘉靖三十年，世宗以制字非人臣得称，仍改总督。胡梅林总督浙直、江福，是嘉靖三十八九年事，而民间至今称曰"胡总制"云。张经至总南直隶、浙江、山东、福建、两广。

文官至总督，方称军门，巡抚、操江不与焉。抚、操经过所督地方要谒见，至大门外下轿，由中门入后堂相见。军门上坐，抚、操列坐。其送迎，军门俱至大门外看轿。各总兵照抚、操事例，移文俱用印信。呈文相见，介胄行跪，勋臣亦由旁门庭参，其隆重如此。然总兵行跪，勋臣庭参，亦太甚矣。至近日，操、抚皆称军门。御史揓参将，陵僭又将何极！

两广总兵，旧皆以勋臣充之。嘉靖四十五年，都给事中欧阳一敬题请革去，以流官都督代镇，覆允为例。

韩襄毅公初至广时，三司官以地方残破，皆待罪行事。故初见行跪礼，后因之。嘉靖壬子，都御史遂昌应槚谕令改正。

先朝巡抚不许携家，亦如巡按之制。景泰初，给事中李实等奏言："镇守、巡抚等官，动经三五七年，或一二十年，室家悬隔，一切疾病婚嫁，不能相通，甚有无子可矜者。乞敕各官携妻子完住。"许之。由是巡抚始得携家。

门　旗

抚台衙门前立竿，以黄布帖"军门"二大字，久矣。在外兵道亦用此例，帖"饬兵"二字。按臣从来无之。一日，登慈感寺阁，望见二大黄旗，如抚台坐处。异而问之，则盐臣也。因问上帖何等字，僧曰："贞肃。"不知起于何时，悬此有何意趣。假如坐八人轿，抚臣以示威重，犹可；其他乘之，岂不羞死。

部属凌压

六部属官，礼部以清秩，与吏部相近，压居户部之前，每每争执，可笑。闻近日兵部亦压户部，工部又欲压刑部，益可骇。

官　名

国朝官制，稽古为式，惟大理左右寺丞为堂官，而左右寺正则属官。仓务、税库，皆称大使，而按察则称副使。府县学掌印曰教授、教谕，而州曰学正。

驸马教习

凡驸马教习，宣德中有本家学录，正统中，俱令赴国子监习礼读书，祭酒依学规教之。成化中，令驸马二十五以下者送监读书。弘治中，令习兵书。嘉靖六年，令吏部会同礼部查照勋戚事例。于国子监博士、助教等官，或在部及附近教官内，推一人教习，遂以礼部主事一员司其事。

调吏部

由礼曹郎调吏部者，前朝往往有之。近时则陆太宰光祖、王光禄守素及朱左通政敬循三人。朱，余所及见，乃吾师阁学金庭太保之子，魁梧有气韵。戊戌，以仪制郎入会场，填副榜、副考若都给事中，强之皆不从。及太保在位，君以本官入京，至嘉禾病作，亟抵家而卒，未及中寿，可惜！太保因之惊悸，又为人言所困，刚一年而没，此天人交穷之会。要之，太保清约忠慎，终始不渝，逢时不辰，未展所抱，天乎何尤。

调官

嘉靖庚戌，虏薄都城，一时被掠州县官悉调用。有昌平知州肃礼者最贤，尝为五河知县凡十年，清节爱民，方升此官。至未二月，甚有守御功，亦被调为嵩明知州。此最无谓，大虏突入，与民牧何与？而受罚乃尔。惟壬午浙中兵变，二司普代，是时顾冲庵养谦代为杭严兵备，大能镇服。其年秋闱，余入试，方纳卷，一卒盗烛，执而挞之，狃故态不服。有一长官亲莅严喝，乃默默受杖而去。问之，则顾公也。大约人情蠢动必起于微，而赏罚操纵必谨于细，达权变，审时势，惟知者能之。

藩臬久任

先朝二司官久任，各自本司加升。如佥事则九年，少亦六年，径升副使。副使升按察使、藩司亦然。太守九年为参政，又九年为布政。有副使李隆，仅三年升参政，见邸报，泣曰："我何负于职，而升此官乎？"遂致仕去。正德间图速化，藩臬互相迁转，而祖宗之法坏，官亦渐轻矣。盖二司体最重，以两衙门出者，必由大臣所荐，即太守亦然。今以外转为劣，盖由当事者轻其官，怀有不肖心，故人亦轻之也。

世道一至于此，可叹，可叹！

监司上坐

屠竹墟大山开府楚中，孟公淮为监司。公设燕，置孟公上坐，孟亦不让。

考选台谏

祖宗旧制：凡给事御史缺，止于进士内年二十以上者选补，或径入吏部。弘治间，始及中行评博，正德始及推官、知县。正德末年，尽废进士考选之例。嘉靖初，悉复旧制，间尝一行，旋废。格以夏言疏，再及进士王崇等十八人，次年复停。至神宗初，停评事不与，其六馆之停，又嘉靖间事也。

盐运官

近日苏州太守石昆玉以卓异升运使，时谓申、王二相国恶其强直，故重此官，因以与石，实抑之也。后见章元礼通政问之，则实出吏部本意题准，重其事权，崇其体貌，与巡盐道相抗，庶几得清利源。比石将至，御史副使驳其移文，遂弃官归。由此言之，并圣旨亦不作准矣，何况其他？然考之永乐平凉太守何士英亦以廉吏第一升两淮运使，则前朝诚有故事，而今不可行矣。

唐、宋之转运使，利权无所不握，并兼刑名，故声势甚重。国朝一一分析，银解藩司，米归漕储，而运使独主盐政。其居官最著者，无如耿清惠九畴。杨东里以首揆过维扬，止馈鸡一只。东里厚加接引，荐之朝，得升侍郎。当日京官、外官相与如此，即谓之三代以上气象，可也。清惠升后，盐政颇弛。乃命以侍郎再出整理，后乃差都御史。且分南北增为二，又增为四，中间惟鄢懋卿最为骄汰可恨。庞惺庵欲振刷，即便见阻，至穆庙初停遣，颛任巡盐御史与盐法道，而运使益轻。

吏部欲复旧制加优异，是矣。然不深惟极重之势，别有调剂，而仅于体貌间争上下，其能有济乎？谓宜择其优者加兼副使，著令盐法道抗衡，得同见抚按，毋班于太守之列，盐法道缺即用填补，以次推择为布政开府，则官重人亦重，庶几其弊可革。而所重在彼不在此，卒亦无如之何也。

奖县佐

王阳明以礼币奖兴国主簿于旺，又送官马一匹、带鞍一副，今有此否？

经历清廉

嘉靖十一年考天下清廉官，以浙江都司经历章献中为第七。献中，广东钦州人，岁贡，仅升判大理府。

进阶

进阶只从本品，此旧制也。品中之阶有二，有三，亦须以渐而进。后乃渝品，文臣自相为重耳。末流之弊，遂不可返。吾乡有为太守再进阶而建坊，于右曰二品坊，左曰五马第，则失之远矣。子孙妄作，祖宗亦何自知之。

少仙

宋人称县尉为少府，甚无谓。且少府自是汉官名，不可移。又称曰少仙，盖因梅福尝为尉以仙去，故以称之。然仙人为官者甚众，假如稚川为勾漏令，则县正官便可称大仙矣。等而上，何官无仙？余欲举以称南京司业甚佳，盖南司业，优游体尊无一事，私署极水竹园亭之胜，真可当此名也。或曰："祭酒何如？"曰："有印在手，便不得称仙矣。"又曰："南翰林掌院亦有印而无一事，体又尊，独不得称仙耶？"对曰："仙则仙矣，食无果，居无室，行无徒，此苦行道人耳。"闻者皆失笑。

坐部考察

朝觐，旧有坐部之制，今皆踵行，然亦习套虚数耳。嘉靖二十年，给事中刘天直请于大兴隆废寺画为十五区，区为舍数楹，以处各官，日轮吏部主事一员稽出入。夫省直入觐官，约可二千员，首领官如之，从者十之。不知一寺地几何，可以尽容否？又其间有公会、私会，可尽稽查否？如此条陈，徒烦纸笔，可笑也。

朝觐自藩、臬下至苑马寺、上林苑监各署及各处土官衙门，官吏各一员名，各赍须知文册，进京奏缴。惟市舶提举司例免。

两京兆府官在六年京察例而复与觐察，嘉靖中，治中庞嵩上疏请止之，得旨，著为令。庞字振卿，南海人，由乡举授官，后官知府，有特祠云。

废旧规

考察时，吏部一司属往请大中丞宿部行事，此旧例也。己亥年次当主事某往，吏白故，某大怒骂曰："若岂请客者？"冢卿李对泉戴不得已以务厅往，中丞温一斋纯知状，亦不得已来赴，后遂为例。余谓旧规不可废，有如此司属便当参处，身往迎中丞，中丞非司属至，亦决不当赴。虽细事，岂可使属官得遂强梁之性！

凡朝觐官，递降京官一班序立，此天顺中所定。若祖制，则布政原班于侍郎、副都之上。

骤　黜

黄一道，字唯夫，嘉靖乙未进士。兴化府太守，有善政。仅八阅月，南拾遗去，舆论愤愤不平，曰："唯夫黜骤也。"霍渭厓，其同乡人，问闽布政使徐乾曰："唯夫为郡如何？"徐曰："闽省第一守也。"问闽按察使屠侨，亦曰："唯夫者，闽第一守也。"乃竟黜也。先是，林方斋文俊为会试考官，唯夫，方斋取士也，甚厚，唯夫守兴化，实方斋荐。既而方斋族弟杀人，坐罪死，祈恩，唯夫曰："曲人命之狱，媚事举主，吾不能。"由是牾，坐黜，科道反其词曰："唯夫受林金巨千，脱死囚狱。"然林狱实不脱。或曰：方斋不诋唯夫，方斋族弟荷校在狱，祈脱死不得。曰："黄守复任，吾死已。"乃以金行反间，贿闽吏黠者办事南都，腾流言曰"黄守赃、黄守赃"云，且以林狱诬曰亦受林金云。言官当考劾年，例耳流言求官员短长，得片语，即忻忻动色，曰"是实迹、是实迹"。告之僚，僚亦忻忻曰"得实迹、得实迹"。遂载劾牍。人曰："科道交劾，公也。"已不知猾胥翕张，弄官喉舌。

门　　户

京官六年，外官三年，考察皆据在任事件、实迹严核为准。前朝太宰如盐山、三原题奏，历历可据，而又禁私揭、杜中伤，不余遗力。以后节节申明，务在慁慎。而人情滋伪，百弊丛生，犹曰出于无心，可以理恕，至张太岳用以逞忿。辛巳一案，诸名贤皆不得免，而先年高中玄借闽考黜科道数人，不厌人心，便有昭雪，有至尚书侍郎者。此则阁臣权重，罪亦重，而张为甚，当与夺情两子中鼎甲同论。乃近年以门户分别，求之官评，不可得；则借乡评处之，又不可得，胡卢以莫须有三字处之。夫皆好皆恶，原不足据，布流言与有意搜求者，尤不可据，即确确是实黜之矣。不知是祖宗旧制否？若创为新法，不知是公心否？善善长，恶恶短，今不可望。乃当事者以善为恶，用于门外嫉之，其长竟天；以恶为善，用于门内庇之，其短无迹。跑哮颠倒，亘古所无。且所谓门户者，谁定？是天门，人门，鬼门，禽门也？世变至此，可慨！而又有未履任永锢者，更可怪。

两左伯

葛端肃以秦左伯入觐,有小吏,注:老疾当罢。公为请留。尚书曰:"计簿出自藩伯,何自忘也?"公曰:"边吏去省远,徒取文书登簿,今见其人,方知误注。过在布政,何可致小吏受枉?"尚书惊服曰:"谁能于吏部堂上自实过误?即此可谓贤能第一矣。"

己未年,闽左伯黄琮,马平人,为一主簿力争得免,当事者甚不喜,曰:"以二品大吏为一小官苦口,此其人伎俩可知。"注调。黄有清操,质实为人所称,命蹇不如葛公远甚,故不免耳。

增年待劾

贾俊,束鹿人,为山东副使,年才五十有六,须鬓皤然,不事淄饰。清戎御史恶其肮脏,因考满,将劾之。一日,正色问曰:"贾宪副高寿几何?"对曰:"犬马之年,八十有二矣。"御史默然。既退,同僚问曰:"何故不以实对?"俊曰:"渠以我老,将劾我,虚认几岁,以成袖中弹文之美,不亦可乎?"冢宰尹旻素知其贤,得寝。后官至工部尚书。

白岩知人

叶公天球,婺源人,为东昌太守。善总条纲,立团甲法,准定繇役,尤笃意人材风俗。忤总漕、御史,总漕入内台风御史,奏移登州。乔白岩为太宰,知之,曰:"东人殊宜叶。"格不行。

品　服

唐制:三品服紫,四品、五品朱,六品、七品绿,八品、九品青。今皆以青,而辨以补。

武臣品级

太祖以武定天下，故纪元洪武。武官自勋臣外，左右都督，正一品；同知，从一品；都督佥事，正二品。即在外指挥千百户，递至从六品而止。原无七、八品，惟土官有从七品，亦不支俸。盖制之隆重如此。今武臣体貌，陵夷已极，遂成偏重。一旦有事，文臣不得复贵倨以面孔向此曹，可虑，可虑！

参游佐击

左右参将之名，起于洪武二十年。即左右副将军也。游击之名，见于武则天，以傅游艺为之，用以罗织者。佐击起嘉靖年间。

龙虎将军

于文定公《笔麈》谓"虏求加封兵部拟柱国"云云，上批：加龙虎将军。谓此官中国所无，而虏所甚羡。考之，龙虎将军乃武职二品加授之散官也。

皇亲封伯

国家于皇太后、皇后之父兄或子侄，皆封伯，而诰命则曰推诚宣力武臣。夫亲臣也，而曰武，名实相违殊甚。如张轸、张锐以外戚兼军功，用之则可，余则不可。但当封伯而停其号，量加保傅阶级，则得其情矣。

土司衔

凡土司官有武衔者，宣慰使同知、安抚司正长官、副长官、土千户、百户之类是也。有文衔者，土府同知、通判、推官、土州同、土县丞、主簿、巡检之类是也。长官司有属宣慰司者，有属府州县者，有属卫者。武衔，土官与属宣慰长官专用目把、汉把，夷而夷者也。文衔，土官与属府州长官事统于郡守、州守、县令，夷而汉者也。属卫长官与卫官世姻，而势难钳制，不夷不汉者也。

衙门体统

衙门体统，一失不可复振。章元礼职符玺御史，奉敕用宝章，争旧规，班其上，遂为两衙门所恶，终摈之归。考之弘治十年，南通政夏崇文被拾旧规，六科行移通政司，俱用呈文。通政徐说畏其弹劾不能执，始有手本。崇文继之，欲复旧，于是南科嚣然劾之，北亦为助，终不能申也。

会　议

朝庭会议皆成故套，先一日，应该衙门于各该与议官通以手本画知，至期，集于东阙。该衙门印官首发一言，或班行中一二人以片语微言略为答问，遂轮书题稿，再揖而退。既出阙门，尚不知今日所议为何事，或明知其事不言，出门啧啧道其状，以告人者。

随朝米

大小官员俱有随朝米十二石，即于品俸内除去。其翰林而上，支白粲者，每石值一两四五钱，犹曰从优。若各衙门，止支糙米，每石贱时不过五钱，视正俸支本色折八钱者，又减于数之内矣。

李临川先生，戊辰进士，观政礼部，随朝米一石白粲加三斗。后癸酉，先生官礼科给事中，云："米不及前五倍。"意者江陵克削为之。今四衙门一体，科道尤为雄峻。其复旧例，不言可知。若各衙门，决不可复矣。

选　官　图

今之《选官图》，唐人谓之骰子选格。房千里有序云："安知数刻之乐，不如数年之荣耶？"千里，字鹄举，河南人。

换　职

常衮为宰相，劾侍郎崔祐甫，贬河南少尹。郭子仪入言："祐甫不宜贬。"德宗怒衮罔上，即两换职，衮为少尹，而祐甫平章事。快哉，快哉！

谬　姓

唐薛志远知选事，有王忠者被放，吏谬书其姓为士，欲拟讫增成之。志远曰："调者三万无士姓，此必王忠。"吏叩头服罪。

启　事

甄拔人物，各为题目，此所谓山公启事也，想即今注考语之类。当时州有大中正，能上下人品目，则不独吏部为然，而其原又起于月旦评。盖雌黄之口，其来久矣。唐、虞时即曰知人官人，至周尤详。巨源每一官缺，辄启拟数人，俟诏旨所向，然后显奏。明明是观望，盖恬静之人不乐居职，又不欲拂人意也。以此得久安其位，而当日用人行政，大约可见。自后杂乱，至有闹于堂上，大呼有鬼者。历唐及宋，与时高下。国初重会举，冢卿不得尽颛，盐山能举其职，而稍嫌于愎。卢氏为后进所詈，三原最佳，困于内阁。屠、倪、马、许，极为盛际。依稀三代，不可复见矣。

二　大

天下无事,所重只一大冢宰;有事,只一大司马。盖吏治常清,兵何由动?兵动矣,吏治尤为吃紧。提衡者元辅,振叠者台长。窃谓吏如温剂,养脾胃者;兵如凉剂,疏肠胃者。人身以脾胃为主,吏不可一日不清,兵乃不得已而用之。国朝兼长者,前惟马钧阳,后惟杨蒲州,今则李长垣。李若作冢宰,必有可观,惜乎其不待也!

卷之九

使　　相

宰相领使最多者，唐杨国忠，领四十余使。元燕帖木儿，领五十余使。又元人曰："我官衔半板写不尽。"其滥如此。国朝已革此弊，文臣最贵最多者，曰特进光禄大夫、上柱国、少师、兼太子太师、吏部尚书、中极殿大学士、知经筵制诰实录总裁事。然经筵以下非官衔，而前十六字并勋阶，皆在其中。武臣除受封，与命将不同，而勋阶亦如之。乃官至尚书矣，并以前历官悉载之。三品、四品以下皆然，最烦冗可厌。且如一庶吉士耳，未受馆职者，即甚贵，亦必列之，岂以翰林为重，沾一字亦光荣也耶？

唐　宰　相

唐之宰相，最重世系，裴氏、崔氏、张氏最著。裴氏五房，宰相十七人；崔氏十房，十七人；张氏十七人；韦氏九房，十四人；刘氏七房，十二人；萧氏二房，十人；窦氏二房，六人；杨氏、杜氏，皆十一人；王氏三房，十三人；郑氏二房，九人；魏氏六人；卢氏八人；高氏、韩氏、赵氏、郭氏各四人；陆氏六人；武氏、苏氏五人。其三人而下者不与焉。

李氏最繁，陇西四房，宰相十一人；赵郡六房，十七人。唐高祖系出兴圣皇帝暠，暠子歆，歆子重耳，凡四传，为高祖昞，世祖虎，以至高祖，三十七房，宰相十一人。此外有柳城二李氏，一契丹酋长，徙京兆万年；一本奚族，高丽李氏、鸡田李氏。河曲部落稽阿跌之族，代北李氏、沙陀部落，皆赐姓。范阳李氏，自云常山愍王之后，三公七人，三师二人。

李赞皇贬崖州，卒，虽得归葬，而子孙遂有留其地者，至今蕃衍，蛮人极知敬重，不敢讲钧礼。氏李者至多，北陷于虏，南没蛮中，而皆雄盛，此他姓所无者。

郑綮有"歇后"之称，盖自度力，不任宰相也。然初为庐州刺史，移檄黄巢无犯州境，巢笑，为敛兵去。赢钱十万缗，藏州库，他盗至，终不犯郑使君钱。及杨行密擅淮南，都送还綮。由此观之，綮之才，必有大过人者。因末季，托诽谐自晦；又知时不可为，宣麻后，亟引疾耳。士孙偓，字龙光，唐末宰相。性通简，尝曰："士有行，必不以己长形彼短，已清彰彼浊。"同时朱朴有经济才，亦入相，惜末造，与韩偓皆不尽用，可惜！

真宗问相

王旦疾甚，真宗问可为相者，独荐寇准，得之矣。又问张咏，不应，似不可解。看来张之才略毕竟在寇之上，乃其刚则相似，非真宗不能容也。

内　阁

洪武十三年革丞相学士及大学士等官，皆儒臣备顾问者。至永乐，始有入阁之名。三杨历年既久，名位益崇，然止称曰"阁臣"，曰"阁老"，不敢著"辅相"字面。世宗御笔有"元辅"之称，后遂因之，亦有称"相"者。若阁中规制，至景泰中陈方洲始备。并奏定常朝与锦衣卫官对立，经筵立尚书都御史之上，午朝翰林院先奏事。

文敏子弟

文敏年十七，染疫已棘，医者皆谢去，父母具棺服待之。夜半索水饮，遂苏。永乐十九年，仲弟义、仲子让来省，与嘉兴通判陈原祐同舟。行次山东，天暑舟狭，适同乡翁良兴以黔阳县丞考满入京，舟稍宽，邀与共载。是夜盗杀原祐，尽掠舟中财物，义与让独得免，人咸谓公厚德所致。夫公之福德不必言，然当时阁臣子弟，至附舟潜行，通判舟狭，县丞舟虽大，亦得几何？盖国初规制如此，即大臣不敢过分，何况子弟。余入京，见阁臣子弟驾驿舟极宏丽，气势烜赫，所司趋奉不暇，乡里亲戚，皆缘为市。其风大约起于严氏父子，后遂不能禁，且尤而效之也。

焦严终始

王怙云中丞集有《祀焦少师乡贤文》。焦，泌阳人。刘六入泌阳，焦遁去，跪其衣冠斩之，曰："吾为百姓泄此愤。"过钧州，以马少师家在城，去之。二人之贤不肖，草贼尚自分明。焦之入祀，必居乡果有善状，人不能忘耳。分宜之恶，谭者以为古今罕俪。乃江右人尚有余思，袁人尤甚。余过袁，问而亲得之。可见舆论乡评，亦自有不同处。二公不作少师，其令终何疑。

分宜大宗伯以前极有声，不但诗文之佳，其品格亦自铮铮。钤山隐居九年，谁人做得南大司成分馔？士子至今称之。

分宜读书钤山之下，凡九年，遂以名堂。堂与学宫相邻，面山历历，秀而且整。王文恪公作铭，有"作求惟德，世蕃以昌"之句，遂以名其子，字德求。此佳铭也，不善用，以亡。

分宜之高祖，号本庵，中永乐辛卯举人，官四川右布政，卒官。吾乡顾箬溪尚书抚滇中，严之同年也，得小录以寄严，严宝藏之。后严败，其册复流入于顾，顾不省，落埃中。余偶过其家，得见，惜非好古董也。

夏贵溪

贵溪为都给事，上言："言官之选，当取其风裁，不当取其德量；当取其戆直，不当取其流通；当取其珪璋廊庙之度，不当取其簿书米盐之能。"斯言可喜，而就中探讨，却自有说。舍德量而取风裁，则猖狂者得以自售；有风裁而无德量，则驰骤者终于泛驾。且廊庙珪璋，其德量何如？自相矛盾，全然不觉，其趁笔之过耶？

　　贵溪为礼部尚书，于嘉靖十五年十月奏："臣自十二年以太子太保给授诰命，又历少保、少傅并太子太傅、太子太师四阶，乞赐三代诰命。又据封妻事例，凡继室，只许一人。臣为给事中时，继室徐氏，封孺人，无何夭殁。又娶苏氏，今已二十年，未沾封典。每与两宫庆贺、中宫亲蚕诸大礼，皆不得与。其于臣妾之分，亦有未得尽者。惟上幸许。"上以其久司邦礼，多效劳绩，允之。可见苏本是妾，擘而立为继室，当时骄横，众无敢驳。礼臣舞礼，其不克终，宜矣。苏，广陵人，其父曰纲。少女适曾石塘铣，与贵溪为联衿。纲出入两家，传石塘复套之说，夏大喜，主其策。纲益自负，与巡仓御史艾朴通贿作奸，为众所嫉。分宜一一刺其阴事，伏毒深，夏不悟，妄度河套指日可复，得意甚，作《渔家傲》一阕。适黄泰泉至，掀须示之，索和，黄有"千金不买陈平计"之句，盖讽之也。夏大诟骂，嗾言者逐之去，去三日而祸作。苏家女能误贵人，岂非所谓祸水？曾立功为封侯地，自无怪；乃少师骄生嬻，嬻生呆，入人罗网中，不谓之自取不可也。

　　壬寅、丁未、丙寅、壬辰，此桂州八字也。江西星士王玉章，于少年时预批命书云："如今还是一书生，位至三公决不轻。莫道老来无好处，君王还赠一车斤。"

　　贵溪死时，监刑者主事俞乾，惊而仆地，移时乃苏，具疏乞归。众怜其贫，赆之，不受。同僚以诗送云："直道难容惟有去，孤忠自许欲无生。"抵家，五月卒。俞，平湖人，嘉靖甲辰进士。

　　相传贵溪临刑，世宗在禁中，数起看三台星，皆灿灿，无他异。遂下朱笔，传旨行刑，拥衾而卧。旨方出，阴云四合，大雨如注，西市水至三尺云。京师人为之语曰："可怜夏桂州，晴干不肯走，直待雨淋头。"既死，严氏日盛，京师人又为之语曰："可笑严介溪，金银如山积，刀锯信手施。尝将冷眼观螃蟹，看你横行得几时！"

　　贵溪方为诸生时，教谕陈镃奇而厚遇焉。贵溪骤贵，镃之子子文，登进士，令麻城，升户部主事，知长沙府，湖广副使。贵溪招之，许以美官，固辞避，曰："先博士遗命也。"陈，闽县人。

郎官不屈

方献夫为南刑部主事,与同舍郎刘宪相善。方以议礼骤贵,宪尚为郎,盖居忧请告,积十四年矣,犹以原官补秩。方佐吏部,一揖而退。方衔之,移檄核稽违,待报逾年,盖阻之也。宪终不为屈,后官光禄寺丞卒。方之忮乃尔,固议礼诸臣本色,无足怪也。宪,闽之长乐人,字有度。

大臣开边

大臣富贵已极,又自恃得君,志意盈满,必欲立盖世功名自固。如王安石之于西北,蔡京燕云,韩侂胄中原。国朝则夏文愍西虏,张文忠三卫。事有举有不举,皆徒费心思,不独无功,或至害民杀身,而大者遂亡其国。故杨文贞等寝安南之议,真名臣也。

华亭归田

徐华亭在事既久,家产又多,子弟奴仆,难道无得罪上官卿里处?又与高中玄隙末,归田之后,蔡春台备兵苏松,性素强直,一番扰攘,自然不免。其归过于高、于蔡,又或归之海忠介。考海抚吴日月,徐事已渐解矣。皆揣摩之谈,不足信也。

相传蔡春台守苏时,徐公子有所请,不听,亦不加礼,又因他事杖其家人。蔡以职事走松江,谒兵道还,徐合男妇数百人,皆倮形,逐其舟,大骂,蔡只得隐忍去。果有此,则蔡转臬司而治徐非过,即谓之爱徐可也。

华亭受谤,无所不至,近日有定论矣。而屠长卿深诋之,谓奸过曹操,其言曰:"瞒盗大利,受奸雄名;徐盗大利,受贤相名。"复借汪伯玉拍手称快为助,其然岂其然乎?长卿所坐华亭者,谓徐燕监司,必毁先帝赐金银器治具,而又故令之知,以示贫者。夫徐之富,岂可瞒过？相公虽呆，必不至此。人亦何肯信此，真儿童说话。又谓客至，延入卧内，萧然若僧庐。或者其生平素尚如此，决非矫，亦决矫不得。以此二端，实其大奸，人之不怨如此。

阁臣相构

王大臣一事，高中玄谓张太岳欲借此陷害灭族，太岳又自鸣其救解之功。看来张欲杀高甚的，张不如是之痴，或中有小人，窥而欲做，则不可知。一曰冯保之意，庶几得之。_{大臣原名章龙。}

沈蛟门恼郭明龙，不必言矣，难道便要杀他？妖书事发，沈在阁中，闻有中书茅姓者进言云："外边谓是郭侍郎。"沉默不应，遂传出乱做，郭几不免，此案遂为毒药。当中书言时，沈宜厉声力折，只因心中恼他，置若罔闻。推其微意，谓便做也得，遂揣摩迎合，甚至连及归德诸名士。岂"默"之一字，真是相体，流祸无穷，千古炯戒。

妖书发，四明在阁中太息，谓："妖人作此事，必逸于外，须行文各府各省严拿。"此漫语也，归德信为实然，强争谓："一行文，必有报怨株连种种大弊，天下必乱，乱则谁任其咎？"四明故不听，作愁苦分忧状，归德力争不置。小内使络绎报入禁中，圣上闻之，谓"四明爱我"，愈恼归德，归德亦终不悟。后对余道之娓娓，余直视，胡卢而已。沈用心如此，亦大巧。然归德亦十分老实，不能悉此情状，可以群韩、范、富、欧，不可御吕夷简者。

中玄定论

高中玄粗直无修饰，王思质总督，其辛丑同年也。王失事被逮，弇州兄弟往叩，高自知无可用力，且侍裕邸，人皆以长史目之，又与严氏父子无交。而思质贵盛时，相待甚薄，比及有事，意下殊少缱绻，弇州固已衔之矣。比鼎革，上疏求申雪，高在阁中异议，力持其疏不下，弇州怨甚，徐文贞因收之为功，故《首辅传》极口诋毁。要之，高自有佳处不可及，此书非实录也。

张　太　岳

江陵为童子,顾东桥为楚抚,奖拔殊等,解带以赠。且曰:"此带见志,君所服不止此也。"仍出其少子峻为托。东桥为司空殁,江陵当国,峻来见,念旧恩,欲以当得荫子移之,谋于太宰杨虞坡。杨曰:"东桥有显陵功,当录。"乃荫一国子生。其二兄之子,争于南台。江陵移书南中丞赵麟阳锦曰:"此乃翁见托之言,仆知己之报。"遂以与峻,谁得而争。夫知己之报,移荫可也,显陵之功,东桥本有,自当长孙承之,乃以与峻,而又禁之争。徇私情而忘天伦大义,国家大典,桀骜如此。麟阳既不敢执正,而当日礼官与台谏亦不敢争,可笑也。

江陵归葬,所司承奉太过,不必言矣。既殁,杨御史追劾,有曰:"五步一井,以清行尘;十步一庐,以备茶灶。"那得有许多井、许多灶,可笑!又山阴朱相国,善人也,有嫉者劾以十二罪,翻来覆去,百般摹拟,悉入鬼魅变幻中。读其疏,其人之人品、心术了了,所谓自供托出面目也。

人言太岳夺情,恨廷臣攻之,每骂罗伦小子,余初以为疑。太岳天分尽高,何放肆便至于此?近见一新进,骂前辈,呼名指斥,甚曰"小畜生、小奴才",乃知人志意既满,又有愤激,不自尤而尤人,决裂安所底止。

江陵谈武弁,有曰:夫夫也,解为三兽,不解读书。胶军膏,则虎而翼;鸷当路,则狐而媚;至于逢大敌,则鼠而窜耳。《金版》、《六弢》,是其本业,率不能句,况于屈首受书而练于当世之务乎?余谓此三者,当文武共之,而文臣尤甚。武弁流而为三者,皆文臣先之、贻之也。

江陵夺情辞俸,光禄寺每日送酒饭一桌,各衙门每月送米十石、香油二百斤、茶叶三十斤、盐一百斤、黄白蜡烛一百枝、柴三十扛、炭三十包,其余横赐,不可胜纪。

神庙刚值大婚,江陵丁忧夺情,吉服供事,纷纷惹出许多事来。这封君,死得不凑巧。自古好事都难成就,亦日月盈昃,必然之势也。

夺情，是万历五年丁丑七月间事。十月朔，彗星见，长竟天，大内火。十八日，编修吴中行疏上；十九日，检讨赵用贤疏上；二十日，刑部员外艾穆、主事沈思孝合疏上，江陵大怒。时大宗伯马公自强曲为解，江陵跪而以一手拈须曰："公饶我，公饶我。"掌院王学士锡爵径造丧次，为之求解。江陵曰："圣怒不可测。"学士曰："即圣怒，亦为老先生而怒。"语未讫，江陵屈膝于地，举手索刃，作刎颈状，曰："你杀我，你杀我！"学士大惊，趋出。二十一日乙卯，受杖，即日驱出国门，同官不敢候视。许文穆公方以庶子充日讲，镌玉杯一，曰："班班者何卞生泪，英英者何兰生气，追之琢之永成器。"以赠中行。镌犀杯一，曰："文羊一角，其理沉黝。不惜剖心，宁辞碎首。黄流在中，为君子寿。"以赠用贤。穆、思孝杖毕加镣锁，且禁狱，迟三日始金解发戍。更辛楚云：方杖时，邹南皋元标观政刑部，愤甚，上疏，中贵人持之，诒曰："我是告假本。"又危激厚贻之，乃得入。廿三日丁巳，杖百，谪戍贵州都匀卫。时申文定已为掌詹侍郎，调护甚至，邹感之。文定殁，邹为立传，而罗给事大纮，故论文定夺职，与邹同乡相厚，年又长，闻之大怒，几欲出揭，为停其传不行，乃止。夫人各有主意，各有交情，那得以我律人，以此律彼。近日正坐此弊，所以增是非，分门户。人之生也直，谓各自树立，使万物皆遂其性耳。一切畦町必削去之，乃称君子，乃成世界。

训　　士

许文穆公典己丑试，余得登榜，约日聚射所，戒厉之。既至，拜谒，余切欲亲承其教，从诸魁元后，挨近前列倾听。文穆大言曰："中后索赏赐者必多，分毫皆不可与。即如我轿上、门上，一切拒之。从我言者为好门生，不从者反是。我密切体访，定人品高下。"闻者谓平平无奇。由今思之，即是宋举主问生事之说。生事足，则取与明，进退轻，赏赐节，则一切饮食、衣服皆可类推。文穆独挈出，俟人领悟。当是时，余等安然，不闻有座主一役一钱之费。其虑长，其忧切，不下带而道存矣。

被谤得白

余初归，太仓相公省母给假归，入谤言，余再候，不交片语，一茶即别。复有后言，谓余豪富，田连阡亩，居第干云者。余心知来历，然无以自明。同镇董宗伯，先生座主也，宗伯殁，先生来吊，余迎之。先生率其子㟭山，肩舆来访，所见破瓦旧椽，愕然曰："还有厅事否？"余曰："有之，敢不延坐？止后有书舍三间耳。"先生厉声曰："此件那个不有？"徐顾㟭山曰："翰林先生，庭户不剪。"啧啧久之，起去。野次复舣舟，召田父问状。田父指余舍，对如余言，且曰："兄弟三人共之。"意遂大解。余复登舟送别，先生执手再四曰："人言岂足信。"余曰："先生何出此言？"复厉声曰："我眼是肥皂核，去，去！不必言。"以后过先生，必留饭深谭。越十余年，复问家计若何，对曰："如初，无才故至此。"先生大笑曰："办此何必大才！"这段意思，衔感如何能忘，今老矣，益觉恋恋。

先生与吴县相公，同年、同大魁、同大拜，吴县逍遥，先生愁苦。一友问："异处安在？"余曰："不见罗汉坐中，有坦腹哆口者，有攒眉泪欲堕者。各有相法，各有禀受，各有趋向，不得论异同也。"

先生自谓文行冠绝今古。丙戌取士，并会录，稍破常格。时归德为大宗伯，颂言坏文体自此始。太仓怒甚，然会录果不甚佳，墨卷大雅者殊少。而太仓之文行，又不可以此贬价也。

是时议从祀诸臣，有大珰，广东人，主白沙先生，阁中因益以王文成、薛文清两先生。归德谓三先生诚当从祀，事发内珰，固不肯覆，卒取中旨行，与阁中遂如水火矣。

三王并封之议，原某少宰进于太仓者。太仓称善，一时大哄而止。太仓身被攻击，绝口不言其故，得大臣体。谓少宰非有心作弄，吾不信也。其旧隙且勿论，实欲挤代之耳。

阁衔

国朝阁臣，大约初入为东阁，进文渊，又进武英，以及谨身、_{今为建}

极。华盖。今为中极。惟文华则二百余年来,在永乐间,权谨以孝行举,拜文华殿大学士。至万历三十五年,加山阴朱文懿公赓,亦一奇也。又殿阁递进不相兼,而高文懿谷以谨身兼东阁,王毅愍文兼谨身东阁,又一奇也。

朱文懿公奏疏云:儿童走卒,无非怨诅臣等之言;流离琐尾,无非感悟臣等之状。乃者,赍捧官来,即说矿税。各处书来,未开械,而知其说矿税。令臣等如何抵对?如何搪塞?抵对、搪塞,已非一朝;巧言如簧,不过增谎。皇上于章疏可以留中,而臣等之书揭,不可无答语。时时户外,罗无对业之冤家;日日街前,列不欠钱之债主。按剑相视,谇语横加云云。近日辅相,真是苦海!

亲戚门生免受牵累

阁臣当国,勿论贤不肖,归时必牵累同乡亲友若门生辈。华亭以癸未及第,又十九年,而陆平泉先生会元入馆,凡二十七年。穆庙登极,华亭当国,已十余年矣,先生仅以太常卿掌国子祭酒事。盖家居当十之九,又为南司业,恬退如此,其又谁得牵累哉!此后则邓定宇之于江陵,近日顾邻初之于四明,皆门生,卓然免于风尘拟议之外。陆,辛丑;邓,辛未;顾,戊戌,并以会元居之,更奇。

阁臣勋臣

万历中叶,文渊阁失印复铸,而阁权始日轻。南中魏公赐第,毁而复造,失太祖御笔甚多,而勋戚日就窘迫,至有投河死者。两事关系,独在阁臣、勋臣已乎?

世　将

世言:为将三世,必凶。乃薛仁贵既以寿考终,子讷,为朔方行军大总管,卒年七十二,谥曰昭定。弟楚玉,为范阳节度使。楚玉子嵩,为相卫洺邢节度使、检校尚书右仆射、平阳郡王,卒赠太保。嵩弟萼,为留后,被逐奔洺州,入朝见原。嵩子平,河中节度使、检校司徒、韩国公,卒年八十,赠太傅。子从,左领军卫上将军,赠工部尚书。凡五世无凶者。

鄂蕲学道

尉迟鄂公、韩蕲王,不但忠勇,兼有谋略。晚年俱谢客学道,保其身名。韩复能作小词,自号清凉居士。此其人似皆得道而去,真《西游记》所谓"战斗佛"也。

韩都督应变

都督韩公观,提督两广。初入境,生员来迎,观素不识生员,见其巾衫异常,缚斩之。左右曰:"此生员也。"观不听,曰:"生员亦贼耳。"朝廷闻之,喜曰:"韩观善应变。使其闻生员而止,则军令出而不行矣,岂不损威。"韩杀人甚多,御史欲劾之。一日,观召御史饮,以人皮为坐褥,耳、目、口、鼻显然,发散垂褥,首披椅后。肴上,设一人首,观以箸取二目食之,曰:"他禽兽目皆不可食,惟人目甚美。"观前席坐,每拿人至,命斩之,不回首视。已而,血流满庭,观曰:"此辈与禽兽不异,斩之如杀虎豹耳。"御史战栗失措曰:"公,神人也。"竟不能劾。

武而能文

岳蒙泉谪甘州,郭定襄以诗送之,吴匏庵置之《集古录》中。定襄武而能文,又敬重正人君子,宜其显名,为勋臣之冠也。

秋崖文武

朱秋崖中丞纨,吴人,少负文名,兼长谋略,勘定绵戎,甚著声绩。

会海上告警，视师浙闽，性严鸷。鄞令徐易，永丰人，号丰溪，论事不相中，命卒捽庭下，加诟辱。徐舒然不少动，徐曰："明公怒既定，可使下吏有言乎？"因历引辨如是如是，朱无以难。后中丞被抑死，徐曰："其才兼文武，且直前忠敢，世鲜比也。"徐后为刑科给事中。

秋厓之父昂，号圭庵，为景宁教谕。先娶马氏，生子衣、冠、绶；后娶施氏，生纨。衣不孝，与外家猾吏钮让合计以螫陷人命事，圭庵本懦儒，大惧逃去。县收施及纨，置于狱。纨才生数日，剪败絮裹之。衣又百计绝其食，且中毒几毙，凡五月。赖同乡陈宪副冷庵训戒不孝子，力言于史太守。白状，母子俱出狱，圭庵亦就理得释。后衣、冠、钮让俱败绝，绶以从父独存。纨清强为名臣。冷庵字粹之，罗一峰有《冷庵记》。

俟　命　辞秋厓听勘作

万劫群凶，独立孤踪。八疏军功，十疏迂忠。一官早辞，一命莫容。浙闽之机械则巧，宵旰之缓急谁庸。盖以海为利之家，布列显要；故以是为非之口，充塞鸿蒙。披腹经年，正惧多谗之险；乞骸请老，敢干不韪之公。日月在天，云霾在地。便宜敕旨，遂成文具；旗牌军令，遂成儿戏。世眯谁开，党同伐异。知责人以常法，不念呼吸之兵机；知论事以常情，不念顺逆之名义。知一时贼命之当惜，不念累年赤子之倒悬；知一时威柄之当收，不念累年冠履之倒置。知坐计以旬月，不念先奏福宁，得报云云，相去漳州千里；知遥制以文墨，不念先奏先人，夺人云云，实为天阍万里。变虞仓卒，孰非督阵之时；事系机宜，未奉班师之旨。九十六执讯之丑，若云可矜，若云可疑；数百千航海之家，何据而作，何据而止。兹幸指挥粗定，大开报复之门；向使反侧四起，必树激变之帜。报复尚尔公行，激变固当文致。不然，开府职掌参劾，何奸宄悉见弥缝；极口条陈利害，何上下曲为壅蔽。屠府朝贡夷国，谓非叛臣；谋杀宁波巡抚，谓非怙势。郑世威未奉复职之旨，布置升迁；张德熹显犯通贼之私，颐指营卫。惟功惟忠，为仇为厉。作福作威，孰大孰细。且内外录囚应死，尚多撝拾之词。今荐绅为贼前驱,孰无迎合之弊。会议如此支吾,主者得无牵制。尽删原奏之要,全为佑贼之计。既非贼,曷虑不靖;既行勘,曷烦告示。既虑变,曷不体念当事之人;既佑贼,曷不早寝开府之议。军门未撤,占风之月无波;勘使未来,伪府之船已炽。开刀至于开胸,岂法所许;杀人至于杀官,何词可诿。将官人之命,轻于叛贼;抑天子之法,轻于势利。前此一年,臣奏九重。固曰:不死盗贼之手,必死笔舌之锋。斯言既验,俟命为恭。乱曰:纠邪定乱,不负天子。功成身退,不负君子。吉凶祸福,命而已矣。命如之何,丹心青史。一家非之,一国非之。人孰无死,惟成吾是。

梅林手疏

胡梅林为总督,先后上疏,皆手书如一。后被劾,为上所怜,盖不独有御倭之功,其一段敬谨心,亦自难及,孰谓公仅粗豪人物哉?凡古人上疏,必手书,宋时犹然,想至胡元始停耳。

梅林被逮,歿,歙太守何东序窥时局,欲罗织,没其家,发兵围守。嘉禾郁阳川兰,为绩溪令,知胡公家贫,且捍海功不可泯,力覆护之,愿上印绶去,乃得免。

田水月

徐文长渭,自称曰"田水月",客胡总督,野服,具宾主礼,非时出入。一日,饮酒楼,有数健卒饮其下,不肯留钱,徐密以数行驰胡公。公立命缚至,斩之,一军股栗。

四少保

梅林被逮,自谓宋以来少保当厄者三人:一岳武穆,一于忠肃,一自谓也。然胡虽有劳,要非二公匹。而汪南明以戚南塘四之。戚本良将,以江陵波及,自蓟门调广西,不贬爵,与胡之被逮者又异,那可并举。

伯玉志戚将军,言其以《燕志》托郭山人,身后,郭私其千金去,志竟不成。考之郭山人,名造卿,号建初,福清人,交诸名公,徐天目、顾冲吾、叶龙潭皆重之。最后叶少师台山为之传,则其人品可知。且《燕史》、《蓟略》皆有成书,何汪之不伦乃尔,岂故有怨,遂曲笔耶?

戚将军镇蓟,所驻三屯署库隘,稍拓之,并及文武庙、梵宫道观。南山有碧霞、景忠诸坛,望之缥缈,若在云端。有香钱簿,取佐军费,公不入一钱,皆以饬材具。有东湖,因濠为险,导以资灌溉,护以柳堤,有鱼虾菱芡之利,荷亭采鹚,可供游赏,忌者蜚语上曰"赛西湖"。章下抚按会勘,上言:"诸所征缮,士不告劳,为太平雅观,即贡夷亦徘徊啧啧,可以示远。"事乃得释。嗟乎!为大帅修边,成功暇逸,不得动一木一土,至形论列,亦大苛矣。戚未几亦调广西,坐党张江陵,无有录其功者,没凡二十余年。至乙卯,乃得膺恤典。天启元年,辽事大败,叶少师题请赐谥以励边将,得谥。

名将必好文,名臣必备武。好文,故有所附丽而益彰;备武,故有所挥霍而益远。名臣不必言矣。名将则近时戚将军,得交汪南明、王元美弟兄,沈紫江希仪,交唐荆川,故其战功始著。若周尚文、刘显父子,人能言之,罕能举之,尝欲为之查补未能。而刘颇喜文事,余与其少子国樟会于招宝山,语及戚,大不满,谓多假手,未知其果否也。

陈同甫谈兵

辛幼安流寓江南,而豪侠之气未除也。一日,陈同甫来访。及门将近,有小桥,同甫引马三跃而马三却,同甫怒,拔剑斩马首,徒步而行。幼安适倚楼见之,大惊异,即遣人询访,而陈已及门,遂与定交。后十数年,幼安帅淮,同甫尚落落,贫甚,乃访幼安于治所,相与谈天下事。幼安酒酣,因言南北利害云:南之可以并北者如此,北可以并南者如此。钱塘非帝王居,断牛头山,天下无援兵,决西湖水,满城皆鱼鳖。饮罢,宿同甫斋中。同甫夜思:"幼安沈重寡言,因酒误发,若醒而悟,必杀我灭口。"遂中夜盗其骏马而逃,幼安大惊。后同甫致书,微露其意,为假十万缗以济乏,幼安如数与之。后同甫上书孝宗,谓:"钱塘一隅之地,不足以容万乘,山川之气,发泄无遗。谷粟桑麻丝枲之利,禽兽鱼鳖之生,日减一日。请移都建业,建行都于武昌,以制中原。"上韪其议,以问宰臣王淮。淮素与同甫不合,对上曰:"秀才话耳。"遂不复召见。

同甫祀本府乡贤,有议其喜谈兵事、不修小节斥之者,何柏斋瑭为督学,檄曰:"圣门施教,尚分四科;君子取人,岂拘一律?子路好谈军旅,游、夏齐驱;宰我立论短丧,闵、曾同祀。若依浅狭之见,均在罢斥之科。先生才高志忠,文雄节峻,原送入祀,庶修缺典。"嗟嗟!同甫命薄,生前之坎壈,死后之推敲,不遇贤者,难乎免矣!

絷 献 千 户

钱琼,太仓州人,字孟玉,倜傥强毅。洪武间,有勾军千户舞威虐民,无敢抗。琼直前絷之,面太祖,应对称旨。千户伏诛,琼赐衣钞还。

罗 汤 侠 气

罗仲渊,吉水人,多读古书,性倜傥,好施。国初,挟赀游巴蜀、秦陇、江汉间,致数千金。客淮扬,结交皆奇杰士,纵酒自放,喜为侠日甚。季父闻之,亟往索分其赀,仲渊尽出橐中金,恣叔取其半还。复以所留,悉分诸弟。走闽广,复致数千金。久之,洪武戊辰,应诏实京师,占籍江宁,守令皆礼为宾。市里争讼,走求平者盈门。永乐初,上书言便宜十事,文皇甚嘉之。仁庙监国,江宁令王凯、上元令魏鉴,造战车不如法,系御史狱。仲渊怜凯、鉴廉,倡两县父老白其枉状。后父老悔惧鼠散,仲渊独诣东宫,陈二县令之贤。御史折之曰:"两县父老不至,若以一人,白两县长吏,公邪?私邪?"对曰:"公私不在人之少多。诚公,一人可也。"仁庙召与语曰:"县官诚贤,战车重事而误之,如何?"顿首曰:"人安能每事尽善?"仁庙喜曰:"长者之言。"即释两县官。亡何,应天府丞张执中系狱,使人诱仲渊如两县官救我。仲渊不可,曰:"两县官误公事,故得公言;今府丞私罪,敢面谩,且与丞俱族矣!"执中衔之。竟因盗官钱被籍,犹不足偿,乃诬寄钞十五万仲渊所,逮狱。长子三锡,皇恐倾赀,晨夜携千五百金偿所诬钞,得释。仲渊虽以直受诬,然其自负益甚。诸学士如解、胡、金、杨辈,皆忘势与交。既老,乞归故里卒。孙通,右都御史、太子少保。

汤胤绩在江阴县,其知县弗利于民,将受代,胤绩率少年数人,直入县厅,反缚之,状其罪,送之上官。上官大骇,并收下狱,凡数岁。会赦,乃得释。夏郎中时正尝语侵胤绩,怒,就坐上捽之下,拳之、蹴之,众客为之股栗。又尝过友人家,见道士在坐,与语不合,骂捶之几死。与人言,出入经史子籍,纵横辟阖,随意所如,无所不快。别自有传。

谕 贼 卜 珓

林公武,不知何许人。建州土贼叶颙作乱,挺身持帛书往谕。贼怒,将杀之,以珓卜于神曰:"阴阳胜兆,皆死。必立,乃免。"珓倒地,倚案而立。公武初无喜惧色,盗不敢害。

博 鸡 者

博鸡者,袁人,素无赖,不事产业,日抱鸡,呼少年博市中。任气好斗,诸为里侠者,皆下之。元至正间,袁有守,多惠政,民甚爱之。部使者臧新贵,将按郡至袁,守自负年德,易之。闻其至,笑曰:"臧氏之子也。"或以告臧,臧怒,欲中守法。会袁有豪民,尝受守杖,知使者意嗛守,即诬守纳己赇,使者遂逮守,胁服,夺其官。袁人大愤,然未有以报也。一日,博鸡者遨于市,众知有为,因让之曰:"若素名勇徒,能籍贫孱者尔。彼豪民恃其赀,诬去袁使君,袁人失父母。若诚丈夫,不能为使君一奋臂邪?"博鸡者曰:"诺。"即入闾左,呼子弟素健者,得数十人,遮豪民于道。豪民方华衣乘马,从群奴而驰,博鸡者直前捽下，提殴之，奴惊，各亡去。乃褫豪民衣自衣，复自策其马，麾众拥豪民马前，反接徇诸市。使自呼曰："为民诬太守者视此。"一步一呼，则杖其背尽创。豪民子闻难，鸠宗族僮仆百许人，欲要篡以归。博鸡者逆谓曰："若欲死而父，即前斗；否则阖门善俟。吾行市毕，即归若父，无恙也。"豪民子惧不敢动，稍敛众以去。袁人相聚纵观，欢动一城。郡录事骇之，驰白府，府佐快其所为，阴纵之不问。日暮，至豪民第门，捽使跪，数之曰："若为民不自谨，冒使君杖汝，法也。敢用是为怨望，又投间蔑污使君，使罢，汝罪宜死，今姑贷汝。后不善自改，且复妄言，我当焚汝庐，戕汝家矣。"豪民气尽，以额叩地，谢不敢，乃释之。博鸡者因告众曰："是足以报使君者未邪？"众曰："若所为诚快；然使君冤未白，犹无益也。"博鸡者曰："然。"即连楮为巨幅，广二丈，大书一"屈"字，以两竿夹揭之，走诉行御史台。台臣弗为之理，乃与其徒日张"屈"字游金陵市中。台臣惭，追受其牒，为复守官，而黜臧使者。方是时，博鸡者以义闻东南。

吴刘心计

吴叟，吉安人，忘其名。里中有大猾，家徒数百，暴行为患，人皆畏而苦之。然不敢上状于有司，即上，有司亦怵怵恐致变，不敢问。会流贼逼里中，叟遂间诣其庐，说曰："公之行事，上下之所知也。即有司惧不敢问，假令部使者督千人捕公，公能终拒之乎？"曰："不能。"叟曰："吾固知公之不能也。公既不能，何不因事自解？亡论自解，且令里人德公。"其人欣然曰："唯长者命之。"叟因执其手曰："方今流贼四劫，诚危急存亡之秋。而公雄杰，所部皆堪战力士。贼气骄，剪此何有？公当此时，诚能率其子弟击贼，贼必溃，则里中莫不欢公，公得以长豪里中无惧矣。"其人遂掀髯而起曰："公无言，吾当为公击贼！"于是勒其子弟最强者百人，人持梃急驰之。而叟骑一驴，从二苍头往赞。一遇贼，辄奋斗，自巳至未，凡数战，杀数十人。猾者稍倦矣，辄命左右取水，而叟心计："贼既已杀数十人，无可虑贼矣。独念此猾暴里中无已时也，不若因其机灭之。"遂从旁大呼："我兵且退！"贼遂乘胜追之,悉杀猾之父子兄弟。

刘滋,濮阳人。少为庠士,家贫,田不二十亩,又值水旱,无以自活。乃尽鬻其田,逐什一之利,十余年致数万金。为人慷慨,重然诺,取舍不苟,尤善心计。家藏白镪,皆铸大锭,锭四十斤,覆楼板下。有剧盗韩氏者,使其党五十余,越城劫之,得刘。刘曰:"若辈利吾财乎?"曰:"然。"指板下示之曰:"唯若所取。"贼见大镪,喜甚,尽力携之,人不过二锭。既去,刘告家人,亟远匿,贼且复至。贼既登城,复命于韩。韩见金,良久,曰:"不杀此人,吾辈且无噍类,亟复往迹之。"无所得,韩曰:"败矣。"携数锭远遁去。既明,乡人唁刘,刘笑曰:"财固在也。"告官捕之,不数十里,贼尽获,金皆如故,独失韩所携耳。

王葛仗义

王朝佐,清源人,负贩为生。万历己亥,中常侍马堂榷清源,横甚。诸亡命无赖,从者数百人,白昼手银铛通衢,睨良家子富有力者,籍其业之半。佣夫里妇负斗粟尺布往贸易者,直扼而夺之。少谁何,辄以违禁论,髡为城旦,没入田僮。有能告者,以十之三畀之。于是中家以上大率破,远近萧然罢市矣。朝佐,佣者也,不胜愤。凌晨,杖马箠挞中使门,请见。州民欢呼,荷担随以万数。堂惧不敢出,则令戟士乘堞发强弩,伤数人。众益沸,朝佐攘臂大呼,破户而入,纵火焚其署。堂有心腹王旸者,时为守备,负而趋以免,毙其党三十七人。检视之,皆郡国诸偷,臂上黥墨犹新也。御史某,惧失中使欢,隐其情,以格斗闻。上怒王旸以救不蚤逮系,下朝佐御史治。时议欲尽录诸胁从者,朝佐曰:"死,吾分耳。吾实为首,奈何株及他姓?"时郡守李士登争之力,欲曲赦,而郡人副使傅光宅疏于朝,力攻御史,皆不能得。狱具弃市。临刑崛强,挺颈待刃,时七月二十有六日也。天地昼晦,观者数千人,无不叹息泣下。朝佐无子,有母及妻,郡大夫厚恤之。清源诸大贾,心德朝佐,岁时馈遗不绝。而中使焰顿戢,故州民益思朝佐不置,立祠祀之。同时苏有葛贤者,逐杀收税人。税使孙隆故以织造至,颇老成,敬礼士大夫,兼摄不无扰动。贤既为倡,从者数万,隆亟走杭州,得免。有童某者,故役申文定府中,为州判,起赀数万,居于湖,慕而从之,收刘河税,变起,泗河奔避,中寒毙。贤原名成,为当道所改。后得赦出,有馈皆不受,至今尚存。

虎枕不杀

许谷,字本善,歙人,文穆公国之从侄也。豪健,善击剑,挽强命中。尝被酒卧岭北,有虎枕其颈,醒而视之,鼻息甚酣。盖虎先食犬,口吐沫,一如醉人状。许熟视曰:"彼无忮心,乘醉杀之不武。"遂舍之。先在嘉靖中上三策,请立县城,不果。后倭突至,太守陶公承学召与议事,令守东门,饬武备,倭不敢入,绕出宛陵。遂议城,以谷为督,授冠带行事,却之,徐为措置,立办。后辞去,商于嘉禾之皂林,以酒暴卒,祀为神。陶太守深伤,为文以祭。太守时已为显官,即泗桥先生也。

巨贾居间

刑部尚书赵公锦,为南御史,清军云南。上疏忤分宜,被逮,械行万里。途中坠车再,偶入坎窨,轮过得不死。既至,下锦衣狱。有巨贾某,亦在狱,视公而泣曰:"公即拷讯,宜为双足。诚得行六十金,可全矣。"曰:"吾不能保首领,焉保吾足?"明日,刑至足。有青衣数校在旁,若阴护者,则贾已代为居间矣。狱上,分宜票旨杖百。公自分决死,肃皇抹去之,削籍归。后起抚贵州,过江右,见分宜藁厝道旁,恻然,言于监司,加守护焉。忤江陵再归,及江陵籍没,公召入刑部,又力请宽恤,乃得少解。盖其厚德如此。跻极品,享高寿,完名全节,非偶然已。

佐军兴

弇州从兄世德,字求美,能驭恶啮马,驰回中道。以嫡孙故,司马移荫为詹府主簿。会倭大入,再上书,极诋用事者养寇状,众以为迁。与礼部沈郎者煮黄金不就,弃官去。所受腴田二千亩,悉籍官,佐军兴费。田宅庭沼,俱不省治。斥绮丽,其食面饼、麦饭,冷淘至斗许,取足而已。

不喜神怪

路贵,字秉彝,顺天人。粗涉经籍,少为童子师。性伉直,不匿人过。母丧发引,仿家礼,去幡幢鼓乐,用人为方相,市儿争哗笑之。尤不喜神怪。尝有降鸾者,人各献香楮,贵脱所跂双鞋置案上曰:"吾无他物,聊以供神。"观者缩颈,贵大笑而去。后以寿终。

杨範,字九畴,号栖芸,鄞县人,有学行。里中有巫,称曰龙神道人,谈祸福如响,家趋户迎,官不能禁。公作文,令人读以谕之,弗止。躬往见巫,捽其首,痛殴之。巫蒲伏,惟叩头求解。时拥巫者千百人,惊怪散去。公,杨晋斋守陈之祖也。

豕　　首

东吴有张氏者,业儒不就,辄掷笔谢去。论兵说剑,走马猎狐兔为侠,往来三吴中。归则鸣琴在堂,坐客常满,而亦慷慨周人之急,名隐隐起。一夕,有客卒至,体服甚伟,锋颖横出,髯发直指,腰剑手囊,血淋淋下。入问曰:"此非张侠士居耶?"曰:"然。"张揖客甚谨。坐定,客喜动颜色曰:"夙耻已雪。"张问故,指其囊曰:"某之首也。"且曰:"此去有一义士,欲报之,闻公高义,可假十万缗,得谐所图,吾事毕矣。"张立应之。客曰:"快哉!无所恨也。"乃留囊首去,告以返期。及期不至,时已五鼓。张虑以日出而囊首见,遣家人出而埋之,乃豕首也。

卷之十

讲读学士免考

弘治十年,考察京官五品以下,掌院侍读学士杨守阯疏言:"臣与掌詹侍读学士王鏊,俱在听考之数。但臣等俱掌印信,俱有属官。进而与吏部会考所属,则将坐于堂上;退而听考于吏部,则当候于阶下。一人之身,顷刻异状,观视不雅。况我朝列圣,于学士之官,特加优异。如庆成侍宴,坐于四品官之上,视学与三品以上官,坐彝伦堂内。今四品官不属考察,而学士与属官一概听考,其于事体,亦甚不便。且学士所职,乃讲读撰述之事,非有钱谷、刑狱、簿书之责,其称职与否,圣鉴昭然。若非其人,自甘赐黜,又有不待于考察者。伏望断自宸衷,循用旧例,特假优礼,示崇重儒臣之意。"从之。

弘治十七年,翰林学士刘机奏:"臣虽叨任学士,掌印职衔,不过五品,亦在考察数内。乞敕部院,先将臣履历逐一考核,应否罢斥,奏请圣裁。果不系应斥之数,方令臣会同各衙门从公考察。"允行。于是学士江澜等又奏:"学士所职,乃讲读撰述之事,非钱谷、簿书,必待稽考而后见。况臣等历事先朝,供奉皇上,前后已二十七年。其称职与否,圣明洞鉴久矣。若有不称,惟陛下显赐罢黜,有不待于考察者。伏望念累朝之典,及往年免考之例,特赐宽假,以示荣遇。"从之。

合二事观之,由前则讲读学士掌印之故也,由后则学士掌印,与学士自叙荣遇,申明前说也。此免考之始,而近日所刊词林典故,止述免考,不推本来历。又止称学士,不及讲读学士,殊欠详备。今并其官,皆为尚书、侍郎、詹事、少詹所兼,而本院废不复设。间或设于南京,掌院止侍读学士。岂难其人,抑靳其官而惜之耶?皆不可晓。

学士开棍，盖国初学士，原正三品，后虽改为正五品，而体貌崇重如故，观杨公之疏可见。五品以下，过部考察，始于弘治年间。持疏陈免，亦是申祖宗旧制，非因免考，始开棍也。故讲读学士不得开棍。

又"五品不逊"一句，乃各衙门所以嘲词林者，亦收入为佳话，独邓定宇先生见而哂之。

东 宫 官

东宫官如庶子而下，国初俱大臣兼领。修撰黎淳等，九年考满，值《英宗实录》进呈，以纂修俱升庶子谕德等官。淳上言："旧制无专领者，乞以大臣兼之，臣等仍翰林之职。"不许。

院 中 老 柳

杨晋庵守随，掌翰林院。称院之后堂，有巨柳数章，参天蔽日，民之输廪米者，欲暴于庭，患柳阴之翳之也，请伐其最巨者。公不许，作《伐老柳赋》示意。今院后柳，不知何如，亦不闻贮廪米，想米归户部，而柳皆非其故矣。

瀛 洲 亭

院后堂东南角有瀛洲亭，环以池，池去玉河可百余丈。掌院学士曾植斋朝节欲沟河水注之，畚锸已具。时余在史馆科深，谬称为长。已注籍求省母，学士亟来迓，不得已乘肩舆往。学士迎笑曰："老史官当为主，乃尔推托耶？"时督工者为余同年主事应云溟朝卿，学士门生也。与诸公相顾未及言，余曰："得注水甚妙，然须测地势高下如何。"测之，池高于河数丈，学士召匠诘问曰："汝言河高于池，可凿，今何悖也？"匠不能应。余曰："彼只欲从事，支钱粮耳，安惜其他？故非亲验不能决。"学士大笑而止，乃别为沟，汲井水以灌。

二 大 节

童承叙,字大章,号内方,官左庶子。有高才,好谑浪,喜说相,谭死生之理。自谓体太魁硕,当不寿,以志属其同年王思斋傀。果先二十年卒,王不及志。后王召为户部侍郎,因它文字及之,感慨,且述公二大节云:不附石亨求官,挽之终不去。一朝士辱石氏党,既力为解。后上怒索其人,终不妄指逭己罪。当时称羡,而世无传焉。嗟乎!士君子隐德美行,自尽于瞑瞑中者多矣。

希 鬓 中 允

陆文裕公以詹事推少宗伯,同郡孙文简公以少詹事副之。世庙独用文简,尝称文简稀鬓中允,盖属意久矣。文裕竟卒于位,赠少宗伯。文简以太子少保、大宗伯致仕,赠太子太保。公少颖敏,有人以红烛令作破,应声曰:"色如朝霞,光同夜月。"在词林,沉默敦笃,即张、桂气焰不忍倾。居乡存厚道,不忘故旧。子克弘,号雪居,以乃祖为延平知府,号雪岑,所以志也。有高行,善大书及画,人皆宝惜之,可谓能世美矣。

谈 兵 荐 起

秦鸣夏,字子亨,号白厓,嘉靖壬辰进士。癸卯,以右中允主北试,中翟阁老二子,众议藉藉。次年,二子登第,乃稍安。寻事发削籍,并及乡试事,逮秦下狱,闲住。会倭寇,所建白中肯綮,当道荐起为兵部主事。至徐州,疽发背卒,年仅五十。秦魁伟,长髯,隆准,白晳,望之若神,而止于此命也。

留馆职

万历丁丑,会元冯具区梦祯,以庶吉士告归。既满入京,时浙中庶常凡四人,沈自邠、陆可教、杨德政,皆已留馆。故事,一省未有尽留者,冯当补别署,其座师蒲州张阁学凤磐忧之。盖张方恣睢,其子居二甲,冯遇之,初无加礼。张怒,言于父曰:"彼恃会元,决留馆故尔。"因尽留三人,将以抑冯,并示诸词臣意指也。蒲州计无所出,命冯且驻郊外,俟江陵有家庆,过拜,恭甚,而微作邑邑状。江陵欢问故,且曰:"有心事所不足耶?"蒲州蹙额曰:"为冯子馆事。"江陵怜之曰:"是会元,还它编修。"蒲州悦,饮尽欢方出。次日,入朝补馆职。此与于文定公《笔麈》所述陆平泉先生留馆,亦藉座主张龙湖之力,颇相似。要之,分宜虽贪,江陵虽愎,决不令会元既入馆,复为它官。彼视一编修,只是本等官,世蕃索松绫之说,亦未必真。渠眼孔尽大,罕希穷措大一丝。龙湖具银币之说,尤赘。林既留,安用此?且不用于先,而今乃作谢仪耶?

馆长

庶吉士推一人年长者为馆长,总挈诸务,人多匿年避之。世庙时,癸丑,马乾庵自强,年在数人下,独不避,遂领长约,后卒拜相。

馆选取二十八人,相传谓上应列宿。然成祖取有定数,而周文襄以年少,愿入馆读书,成祖许之,则其说似不足据。盖宋端拱初,已有此举,以慎滥取,亦二十八人。今以选数符合,遂附会之耳。端拱中,第十九名为古成之,字亚奭,广之增城人。广举进士,自古始,梁灏及第之年,次即成之。有张贺、刘师道者,嫉广南人右己,夜召饮,置暗药焉。比胪传,成之不能应,太宗怒,扶出。再举登第,与选,上闻前事,欲置二人于法。成之申救,谢无有,上甚重之。张咏深奇其才,辟知绵州。长于文章政事,雅意丘壑。后遇异人韩泳,邀以仙术,谢曰:"方为亲仕,非所愿也。"卒于官,或曰终以仙去。

改　翰　林

大臣子弟为科道者，例应回避，得改翰林。嘉靖中，御史胡效臣以父琏任都御史，当改，御批曰："改授翰林。"乃近年阴厚私弊，准别衙门用着。

南　翰　林

南院在东长安门外，列宗人府上，太祖右文之意可见。岁久塌坏，右为衙舍，木石俱尽。己亥年，余以使事过南中，密往观之，荒地亩许而已。刘云居曰宁起掌篆，请于工部，得百金，又节公费佐之，修葺略备。乙巳，余以司业至，刘换祭酒矣。旧规，本院缺官印，必属司业。院中月剩银四两一钱入橐，余受署十八月，悉以了余工。并换大门、梁柱，栽廷中松柏，置柜买书，检斋中书籍重复者实之。云居亦助足《二十一史》，皆注公簿，列二大屏，明刻数目于上，无得私移私借。又诫后来，凡司业署事都照此例，别衙门来署则否。朱密所以光禄少卿至，见而怒曰："偏司业能，别官不能。"亦辞之。复发考亭诸刻充其中。此真同心，而院役桑松老矣。每叹息曰：才成衙门，余既被废。追思景象，深犯喜事二字之戒，今不知何如。梦寐及之，觉而失笑，且自嘲也。

名　帖

词林写名帖，用大字，各衙门尤而效之，几与亚卿等。余乙卯年三月过故鄣姚氏，乃大京兆画溪公之孙，出公座主王槐野先生单名帖，称友生字，仅蝇头细书。是年甲辰，会元瞿文懿，画溪同年也，亦有单帖，称年侍生，字与王先生等。次年借书于里中董遐周，一旧帙中有阮瓦峰名单帖，字亦如之，而画较细。阮是时不知何官，称曰年侍生，名下有一等字，上写早临二字，居中，速字在右，想同门之邀帖也。盖凡事之朴而谨如此。今滔滔不可复返，稍损之，且以为失礼矣。

大　名

御史与主事平行，文移谓之手本，御史署名颇大。王伟时为职方郎中，口占贻之云："诸葛大名垂宇宙，今人名大欲如何。虽于事体无妨碍，只恐文房费墨多。"有士子代答云："诸葛大名垂宇宙，我今名大亦从先。百凡事体皆如此，费墨文房不用钱。"伟寻升兵部侍郎，客往贺曰："大名属公矣。"伟又占曰："诸葛大名非用墨，清高二字肃千秋。于今一纸糊涂帐，满面松烟不识羞。"众相传为笑，其习稍改。

坊局严重

词林官至坊局，体严重，稍暇即发单帖邀馆中新进者。或以地，或以科，多至十余人聚集，设榻深谈。因得其人之学问才情短长处，合则称知己，日后连翩为公辅。最高者不难屈己下之，劣者亦阴识别以渐改用。故新进史官，多策励，不敢放荡，虑其卒然来邀也。至今词林中有前辈请后辈，后辈不请前辈之说。以后此风渐微，便涣散，极于相倾相贼而后止。

或曰："必若此言，其互相党比而后可乎？"曰："非也。张文僖固已行之矣。有大不可，乃上疏直言，与天下共之，有何不可。"

词林初授官，有七科以上，旁坐避马之说。如余己丑科，遇辛未前辈，则执此礼。后丁酉年补官，又有避讲读学士之说。余懵懵皆遵行。后官南中，闻同年焦弱侯前过家，邓定宇先生为司成，先生辛未科，焦执旧礼，先生固辞曰："即如俗礼所云，曰七科以上，盖八科也，奈何仍讹至此？"遂得改正。后阅《陆文简传》，文简辛丑庶吉士，徐文贞癸未及第，已正位宗伯，仍讲钧礼。则不但七科不论，并官品原不拘拘，盖先辈之从雅道如此。

翰林前辈

翰林最重前辈，张太岳丁未进士，陆平泉第辛丑，盖前两科矣。太岳柄国，位少师，起平泉大宗伯，从人望也，而欲其速去。设宴数数，令人刷鬓发，又数更新衣，若曰修汝皮毛，行当换改云尔。后虚传有旨，令礼卿捧接，平泉即趋入，无有，乃亟请归，善始善终矣。

升 转

旧制：编修九年升侍讲，检讨九年升修撰。既升侍讲、修撰矣，与状元径授修撰者又皆九年方升中允。盖原五品衙门，重之，不轻授也。成化二年，童缘以修撰升谕德，因同官王献以将秩满，谋于大学士李贤，欲为己地，故有是命，后遂为例。至弘治中改正，必二十六七年，方升五品。杨文襄召对录可考。隆庆中，申文定修撰满九年止升中允，又一年晋谕德。未几，穆庙登极，讲官皆叙升，有十七年大拜者。因丙辰、己未、壬戌三科，不馆选，缺人，且值龙飞之会也。

凡升迁，龙头僭前科之半，外转让后科之半。自隆庆戊辰后，局稍稍变，然龙头犹如故，而外转流落益多。如戊辰李翼轩，才名冠世，历藩、臬几四十年，仅转南太仆卿，而言官攻之。又词林考察谪官，见后考察，即与补官，牵复仍入坊局。焦弱侯补后，一推南司业，未奉旨，即被人言，弱侯岂便不堪此官耶？至王损之列考察凡十三年方补官，再迁又止，升参议。旧规，外者不谪，谪者不外，以一人兼之，吾党之穷，乃一至于此！

己 丑 馆 选

是科三鼎甲外选者二十二人，中间才士甚多。留者十二人，惟余最薄劣。俯仰三十年间，初十年聚京师，济济皆有公辅之望，自己亥年一散，便分陵谷。刘云居曰宁得少宰，已不及见。蒋恬庵孟育殁于南少宰；庄冲虚天合、黄慎轩辉得少詹；傅商盘新德得太常卿，署国子监；周砺斋如祗得祭酒；冯源明有经得庶子；区海目大相以中允改南；王损之肯堂检讨考察。今皆作古人。董思白其昌外转，浮沉闽楚藩臬，余与林兼宇尧俞，皆祭酒被废，三人仅得不死。授科道者，惟包大瀛见捷至少宰，冯少墟从吾、顾海阳际明，家居无恙。而鼎甲焦弱侯竑一摈不复收。陶石篑望龄，亦止祭酒。吴曙谷道南虽大拜，有所厄，旋以忧去。从来馆中之否，未有甚于此者。而先一科为丙戌，合鼎甲无大拜，有五亚卿，皆在事久，又皆典会试，差以此胜。

焦弱侯率直认真。元子初出阁，定讲官六人：癸未则郭明龙，丙戌唐抑所、袁玉蟠、萧玄圃、全玄洲，己丑则弱侯。太仓相公迎谓曰："此重任，我辈先年少著精神，故到今扞格乃尔。诸公看元子资向如何？择其近而易晓者，勒一书进览方佳。"无何，相公去国，诸公不复措意。惟弱侯三上、三多、三不惑，纂《养正图说》一册。郭闻之不平，曰："当众为之，奈何独出一手？真谓我辈不学耶？且此书进后，傥发讲，将遂与古书并讲，抑出汝之手，令我辈代讲，谁则甘之？"其说甚正，弱侯亦寝不复理。后其子携归，刻于南中，送之寓所。正在案，而珰陈矩适至，取去数部，达御览。诸老大恚，谓由它涂进，图大拜，事不可解矣。

吕新吾司寇廉察山西，纂《闺范》一书，弱侯以使事至，吕索序刊行。弱侯亦取数部入京，皇贵妃郑之侄曰国泰者，见之，乞取添入后妃一门，而贵妃与焉。众大哗，谓郑氏著书，弱侯交结为序，将有它志。疑忌者又借此下手，至今其说尚盛。不独败官，将欲啖肉。文之不可轻如此。

弱侯以此谪官，绝无几微怨色，对客亦不复谭及。惟与余善，细问之，乃述此。且戒余曰："惟认真故及，切无然。"余曰："不认真，乃认假耶？"然《养正图》，一人独纂，不商之众，毕竟自家有不是处。

黄慎轩心口爽快。其同省范凝宇醇敬，先二科入馆，而年差减。且其弟乡试同年也，黄以"小范"呼之，用文正故事示重，亦以为戏。范大不怿，遂有违言。黄好佛，茹斋持颂若老僧，当道颇不谓然，因别事票旨，有"薰修当入深山"之语。又因推祭酒，嚇言官劾之，黄遂注籍。俄一日，僧万余人来造，自宣武门至寓所，可三里，肩顶相接，皆曰黄公所招，黄实不知也。久之，始散。黄知所自来，亟归不出。而达和尚之狱起，意欲因达连黄，而达故黄所不喜也，遂得免。

王损之，强直自遂。诸生时，文名藉甚，且鼎族，与申、王两相国世为通家。两家子弟严事之，一语不合，便悻悻出门去，两相国每每优容。素善医，时延入，不免绸缪，而绝不与事，谈人短长。饶豫章主事疏上，与杖，众喧传王相国盛怒。损之在旁从臾重处，忌者又加粉饰，牢不可破。壬癸间，申公归田，王公复出，将抵国门，恐其为援，遂罗入考功法。余在南中，问损之当日事情，怅然曰："戊子十一月至京，见王氏父子一次，夜酌谈文。寻入西山习静，至明年二月初五，抵宿试院。前科场纷纭，何人上本，何人得罪，毕试后始得其详。而饶疏在正月，并不知其影响也。"

余去国十八年，去南京亦十一年，收入《拾遗》中，所列事款，梦想不及。救出陈座师之长子，心血几枯；力辨陈太守之不贪，神明可鉴。皆粉饰作为罪案，坦然甘之。更因此得脱丙丁之厄，见《普陀》一则。实为大幸。老闲无事，偶有所得，稍述于后。

朱修仲舍人，有"五计"之说，余亦作五计配之。十岁为儿童，依依父母，嬉嬉饱暖，无虑无营，忘得忘失，其名曰仙计。二十以还，坚强自用，舞蹈欲前，视青紫如拾芥，骛声名若逐膻，其名曰贾计。三十至四十，利欲薰心，趋避著念，官欲高，门欲大，子孙欲多，奴仆欲众，其名曰丐计。五十之年，嗜好渐减，经变已多，仆起于争斗之场，亨塞于嵚崎之境，得意尚有强阳，失意遂成枯木，其名曰囚计。过此以往，聪明既衰，齿发非故，子弟为卿，方有后手，期颐未艾，愿为婴儿，其名曰尸计。嗟乎！如舍人之言，肯作老计、死计，贤于人远矣。余今已六十，前二计自所不免，后三计颇觉夷然。今后日损，毋以老子作行尸也。

渊材生平所恨者五事：一恨鲥鱼多骨，二恨金橘多酸，三恨莼菜性冷，四恨海棠无香，五恨曾子固不能作诗。余亦有五恨：一恨河豚有毒，二恨建兰难栽，三恨樱桃性热，四恨末利香浓，五恨三谢、李、杜诸公多不能文。

有程姓者，善数学，持某师、某友书至。余曰："莫谈，且吃饭去。"其人愕然。余曰："我拙人也。秀才时，并不灼龟起课，何则？得佳兆未必佳，得凶兆未必凶。且穷儒何处著力？又如本佳而得凶兆，豫先愁这几日；本凶而得佳兆，日后失望烦恼更甚。所以一味听命。"其人默然。临别，求书为荐。余曰："生平寡交，只此一师一友，书已先到。"默然而去。

惟以退为乐，乃能进退两忘；惟以死为安，故乃能死生一致。尹师鲁、郑夷甫之事，未可轻议也。

人有恩于我，自当铭心，传之世世，不可忘报。一切仇怨，不但自家当忘，亦不可示子孙、留笔札，何则？子孙不肖，方且流落，自救不暇，如其贤也，亦不报仇，一怀报心，便动杀机。是种之祸而贻之毒，齐桓公之覆辙也。至笔札刊行，尤可笑。有何佳事，而使后人据为话柄，或悼或愠，甚以为耻。即其事果实，先输三分矣。

讲闲话可以远口舌，读闲书可以文寂寥。此老废人上上补药，少年学此则败矣。

夜坐久之，忽见灯尖散为二，奇之。是夕，烹茶甚清，又不欲寐。夜过半，灯尖忽散而三，度是时且三鼓矣。久之，忽散而四，鸡鸣，遂废寝待之。久久忽散而五，鸡三号矣。其时为三月十七日，岂是应五更之数耶？非耶？

择祸莫若轻，古今人能言之，未有能行者。余下一转语曰：择福莫若轻。夫福之为祸根也明矣，可不兢兢审所择乎？

生平好游，有三快事：己亥重九，太和登绝顶，风净无纤云，下视汉江，如一银线。庚子三月，上太山看日出，早起，见山顶之东，红光四射，意谓已出，亟赴之，尚未也。亦风净无纤云，但见光发处如金丝一抹，中晃两角，稍微，围天之半。丝下有青黑晕数丈，晕之下则纯黑不可辨。此数丈者，乃海水，纯黑者，土也。坐移时，日露一点，如豆色，胜熔金。渐勾，渐半，渐圆。圆时，日观顶阑，有影正相对，山尖尚黑。渐升，尖白，其下尚黑。僧云："山趾鸡三号矣。"或言：看有许多奇怪，疑是眼花非实。辛丑中秋，石梁赏月，山与树俱作白玉色，泉飞如白玉屑。其声如雷，月垂落而朝霞动。白玉忽作黄金色，群鹤蔽空旋绕，钟声四合，万山皆应。一鹿自桥左突过，众皆惊走。余奋起逐之，将及，鹿跃上峻壁，回顾作声，沿涧而去，则天明矣。

太和山仰看星辰亦如常，登太山较大一倍。论山势，太和更高，不止一倍，地势亦如之，何星之大小迥异乃尔？《征北记》言：大军四十万，分五哨出塞，文皇至某岭，指侍臣曰："到此，北斗反在南矣。"而陈侃《使琉球记》谓仰视星辰，亦如在中国一般。大约文皇出塞北，不过三四千里，而琉球东南海面不啻数十万里，何星远近乃尔。有自日本来者，言在彼中看，亦只如中国一般。日本在琉球东南又不啻几万里。此皆事之不可解者。

近来士夫称善游者，莫如临海王公士性。公字恒叔，万历甲戌进士。五岳俱遍皆有记，瑰丽可诵。性既好游，而天又助之，宦迹半天下，云、贵、广西、四川皆遍。此四省，非五岳所丽，而山水尤奇。不亲履不卽，不宦游，亦不能履也。公以行人给事中至藩、臬，后老，炼丹，家贫，盖敬所先生之侄也。

天下本无事，庸人自扰之。此句妙绝，妙绝！然庸人扰之，犹可；才智者扰之，祸不可言。虽总归于庸，而祸之大小，必有别矣。

有谭理之书，有纪事之书，有方内外洸洋之书。今人纂述多出事门，而诸书并采，且又刊行，失其肯綮矣。

巧言令色足恭，佞人也；匿怨而友其人，险人也。佞必险，险必佞，实一人也。

自己杜门，嫌人出路；自己绝滴，怪人添杯；自己吃素，恼人用荤；自己谢事，恶人居间；自己清廉，骂人贪浊，只是胸中欠大。

人必一钱不入方是清，立锥无所方是贫。我辈有屋、有田，每每受人书帕，岂可言清、言贫？只是不饶裕，不齪齪而已。若侈然自命，而曰我云云，彼云云，宜其招怨而翘祸也。

古人只说三不惑，不及气字。何居？要见此字难去，去了又做不得英雄，直养之则为浩然之气。

我怨人，人未有不知者。若彼不怨，则彼厚我薄矣。我算人，人未有不知者。若彼不算，则彼逸我劳矣。曰怨，心便不快；曰算，心便不闲。将一点灵台，扰扰役役，反出人下，噫！拙不已甚乎。

君子道其常，此论理耳。若论时势，当道其变。如忠孝，常也，变而为篡杀；清宁，常也，变而为毁裂。皆当想到，不及焉则浅，过焉则悫，恰好则妙人。

或曰：圣人能尽鬼神之情状。看今来人情，又有出于鬼魅之上，即圣人如何识得？余曰：易之鬼神，造化之体段也；今之鬼魅，乃造化中一点乖气也。甚浅，甚拙，本色人看之，如爝火，如死菌，不足道，何况圣人。

收佛之实以文儒，倒儒之体以佐佛，此皆高明人作用。

一友云，某书，某书，都是说谎。余曰："天地间，奇奇怪怪事，何所不有？随人说谎，未足写其万一。姑听之，不必论有无也。"

未有爱人而不自爱者，此人心也；未有害人而不自害者，此天理也。

柳批谓文学德行为根株，正直刚毅为柯叶。有根无叶，或可俟时；有叶无根，雨露所不能活也。其言是矣。然无根而有叶，此色厉内荏之小人，其得称正直刚毅乎？至谓孝慈友弟，忠信笃行，乃食之醯酱，不可一日无，则真根本矣。

今人行善事都要望报，甚至有千善报千、万善报万之说，颛为村婆野老而设。读书人要晓得，只去做自家事，行善乃本等，非以责报。救蚁还带，此两人直是陡见，突发此心。如《孟子》所云赤子入井之云。两人若起报心，神明不报之矣。

余自甲申至己丑，五年，因挖耳生底，遂聋，置不复治。时方联第，对尊长同侪，唯唯而已，人皆笑之。其秋忽大开如故，不治之效如此。

人到气力竭尽时，即贲、育只得放下。未尽放下者为豪杰，未起而消熔者为圣贤。

自来士大夫中，有居乡贪暴而居官反铮铮自励者，盖立名进取之心胜，所欲有甚于此故也。亦有居官贪暴而居乡又循循相安者，盖保家远祸之心胜，所恶有甚于此故也。二种人甚多，然不犹愈于出处作恶，为世间一大蠹者乎？

小人失势，而其力犹能鼓党动众，攻害君子，使君子不敢开口，此亡国之小人。而失势者，天也；国之不即亡，亦天也。君子得时，而其力不能拔茅连茹，慑伏小人，使小人反得生心，此误国之君子。而得势者，幸也；国之终于误，非不幸也。

凡事，君子能放下，小人则否。大小人亦能放下，小小人则否。

"韩魏公只是有福"，此句最妙。故曰：无福之人，不可与共功名。

韩侂胄亦有好处，弛道学之禁，崇鄂王之封。其当国，初诚失策，后亦凶终，然终不失为魏公之后。

章元礼谓："宋朝讲明道学，国朝受用。"此语极有见解。却得太祖尊崇，固是天纵圣人。当日宋、刘诸君子之功不少。

攻讲学者莫甚于宋季，至有窜逐流离者。然止科以"伪"之一字，犹可言也。近乃訾以牟利。利之涂甚多，以学牟之，无乃大拙。若谓可兼，则廉隅龌龊，势不同涂，如何说得上。不过心度、心想，谓当然，人之愈趋愈下如此。

圣人语录是行的，说的，门人记的；贤人则悟得的，命词的，门人修饰的；下此则摹仿的，安排的，门人附丽的。又有一等人，绝不知学，窥文苑之半斑，染三教之余唾，亦哓哓为此，是尚口的，改头换面的，其徒赞颂夸张的。古有僭经，此则僭语，盍亦自反而思之。

"读书不求甚解"，此语如何？曰：静中看书，大意了然。惟有一等人，穿凿求解，反致背戾，可笑。故曰：解是不解，不解是解。

"疾之已甚，乱也。"难道是容他，作养他，小小怪他。此处理会，不可说尽。

有必不传之书，何劳辟他；有必传之书，又何苦辟他。

翻刻古书甚害事，刻一番，错一番。以后者为是，则必以前者为非。

我辈居林下，不是至人，莫作悬空齐得丧语，直是向闭门扫轨中寻出许多滋味。看世上人纷纷叠叠，到老不休，真是可怜，心下便干干净净。

做官只有两件，为国家干事，为自己营私。二者俱做不得，真极痴极蠢人。反而思之，自是明白，不要说着"造化"二字。

"时无英雄,使竖子成名。"此是何等语,又是何等意思?人却引以自命,袭此口吻,长了浮薄,岂当日立言之意?

以石激水,水更清;以雪压山,山愈净;以火炼金,金益精。寻常体帖于激处、压处、炼处,不要胡乱讨个镇心丸药。如达子、倭子杀来,力与之抗,中国人定狠于夷狄,方寸灵明定胜于外感也。

不道人短,便不说己长;若说己长,必道人短。

宋朝人物,充李若水之才,可以为张乖崖;充张乖崖之才,可以为管、葛、韩、范、富、欧。只到得这地位,其分量然也。

吕申公用韩、富、范,可谓曲当其才。议者谓其挟仇用间,何居?

虎豹、鳄鱼,擒而杀之,易耳;为文驱得去,方难。

人都愿儿孙聪明,读书取科第富贵。予谓:如许儿孙诚佳,但富贵行其恶,斫伐元气,根必立枯。即做好人,行善事,亦发泄秀气。今年花茂,来年无花。不若平平一顶头巾,为乡党自好之士,乃可久,上策也。

世谓竹有节而啬华,梅有花而啬叶,松有叶而啬香,惟兰兼之。其说未尽。竹无华,故中虚而挺,不然,是君子乃插鬓画眉也。梅无叶,故枝疏而老,不然,是野叟乃锦衣博带也。松啬香,故干霄而苍,不然,是伟丈夫乃薰肌膏发也。兰草本无支干,与三友另论。

余丁酉,病几死。病中常觉此身立万峰顶上,两下俱深壑。或卧危堤上,两下俱大海。要见生死关头,只在此处。

病中必有悔悟处,病起莫教忘了。

与一友谭五福六极,戏言:今之君子,特不恶耳,每犯六极之五;小人所欠,特攸好德一件耳,多备五福之四。友人云:居四之中,又须改考终命为做仙人,方快。此是一说。然君子独无是心乎?要知考终即是仙,但不必去求。故老年人只以保啬为主,沉沉过日,即不必富,而四福可以稳取,决非小人所能及。

近日一名公,学问只有三件:曰贫可使富,贱可使贵,夭可使寿。甚以为疑。一日悟云:贫可富,烧炼也;贱可贵,钻刺也;夭可寿,采战也。此语太峻,却可障邪。

妙　语

吕仲木曰:"行藏犹饥饱,吾自知之,吾自策之。如以吾腹而度它人之心,是既饱而强饭。"此语最妙。然自身上事推之,件件皆然,不独行藏大段而已。

范伯达被召,问于藉溪,藉溪久不应。再三扣之,藉溪云:"凡学者治继述,商量义理,可以问人。至出处二字,不可与人商量也。"

滇人马腾海,名云龙,以子文卿贵,封御史。尝曰:"枯体变为荣体,荣体即是枯体。缕体变为丝体,丝体故是缕体。"有味,有味。

方扬,歙县人,隆庆辛未进士。志行端方,尝语人曰:"善,阳也;而为善宜阴。此人身上真水也。"

齐武帝评杜僧明云:"矜其功,不收其拙。"收字最妙。凡拙者收得好,尽自可观,且有滋味。不收则害,乃痴拙也。

良　法

悬钱屋梁,日用一块,此贾耘老、韩忠献之法,东坡效之。此后张无垢诸君子为之甚多,真良法也。

《韩非子》言:"为土木人,耳鼻欲大,口目欲小。"盖耳鼻大,可裁削;口目小,可开凿。此可为建置处事者之法。

好事难干

义田本是好事,宜兴徐文靖行之,至请于朝,垂永久,而其后不免于争,见《震泽长语》。常熟严文靖亦有此举,争又如之。其子中翰治计户,以田价偿之,乃得息。世间事皆如此,为善者实难。余少年慨然慕立义举,今老废,不能干尺寸。要之,干亦终归画饼,口实而已。

言不可行

繄闾先生贺钦,辽东人,清操绝俗。讲学宗陈白沙,师事之甚确,乃国朝有数人物。陈言时务疏,欲革东岳玄武行宫,教坊司除娼优杂戏,恐亦难行,但为之节制可也。先生子士诰,性通敏,博极群书,陈白沙一见,称之曰:"老眼识凤雏。"弘治壬子乡举,抱道自娱,不赴春选。都御史张文锦荐召,首陈十二事,不报,辞疾归。先生可谓有后矣。

张文定献《十策》,其三封建,岂不迂阔。断分财,以甲家入乙舍,乙家入甲舍,于今也行不得。

寇莱公欲斩李继迁之母,真是没学问。

卷帘审视

吕端锁王继恩抗李后,立真宗,大事真不胡涂。真宗既立,垂帘引见群臣,端平立不拜,卷帘审视,然后降阶,率群臣拜贺。此时帝座上若非真宗将如何,必死之矣。

人心异

文潞公荐唐子方为盛德,在今日则为套子;张乖崖消寇莱公为良规,在今日则为恶口;王沂公除丁晋公为妙手,在今日则为憸计;韩魏公瞒富郑公为独断,在今日则为擅权。匪独时异,亦其人、其心异也。

卷之十一

韵　　均

五帝之学曰成均，古无"韵"字，韵即均也。周人立太学，兼五帝二代之名，东学为东序，西学为瞽宗，北学为上庠，南学为成均。《鹖冠子》：五音不同均，可喜一也。

太学、国学，汉晋时名也。隋大业中，更名国子监，入国朝因之。

雍　　政

郭明龙为南祭酒，条陈雍政一款，真可叹息。疏云："两京国子监，则辟雍也，此陛下之学也。今天下府、州、县学，其大者，生徒至一二千人，而小者至七八百人。至若二三百人而下，则下县穷乡矣。臣自受事以来，在监诸生，数仅六百，一时缙绅夸以为多，则往岁之寂寥可知也。夫人才盛衰，实关于国运隆替。臣不意陛下之学，乃不得比于府、州、县之学。臣谨按往牒，洪武四年，诏选府、州、县诸生俊秀者入国子学，得陈如奎等二千七百八十二人。二十六年，监生悦慈等八千一百二十四人。永乐十九年，监生方瑛等九千八百八十四人。宣德四年，监生程宪等四千八百九十三人。正统十四年，监生金聪等四千四百二十六人。景泰五年，监生黄梦麒等五千一百七十九人。天顺八年，监生徐福等五千八百三十三人。成化二年，监生任兰等六千二十人。正德三年，监生洪濡等一千三百二十六人。嘉靖十九年，监生徐甸等二千一百五十一人。及至今日，寥寥如此，非所以风四方，示后世也。臣请下礼官，广立科条，大兴学校。夫纳粟纳马，非祖制也。今未敢议减，万不敢议增也。臣初试士，众人仅五七人，其文理优长，考在前列者，尽选贡耳。向非选贡一途，太学几无文字矣。臣窃叹天下府、州、县学之士尽皆属文，而太学之士乃半居写仿。又府、州、县学之士，不无以文理被黜而来，不无以行谊被黜而来，与夫商贾之挟重糈者，游士之猎厚藏者，皆得入焉。是古之太学，诸侯进其选士，造士，最优最上者，贡之天子。而今之太学，郡邑以其被谤，被黜，无文无行者，纳之辟雍，良可叹也！"郭去，刘幼安代之，余为司业。刘每叹曰：成甚国学！朝廷设此骗局，骗人几两银子，我为长，兄为副，亦可羞也。

邓刘相似

幼安少豪爽，登第后收敛，一以邓定宇先生以赞为法。定宇官南司成，奉母龚以养，后转北少宰，母惮跋涉，先生不出。龚殁未几，先生卒，赠大宗伯，谥文洁。幼安有母罗，官守次第并赠谥，与其学问大略相同。岂天之并生奇人，抑志至而天亦从之耶？良不偶然矣。

定宇先生为南司成，苏士乞一乡绅书为先。所用礼币中有一诗扇，受之，则皆细剖名人真笔合粘而成者。有某公至，授使观之，嗟叹不已。先生笑曰："宝剑赠与烈士。"即以与之。其人喜过望，而苏士甚惋惜，谓为暗投不见赏也。

丁祭演礼

两雍丁祭，北因特遣，肄于本监彝伦堂；南肄于神乐观，皆道流执事。

太学生分教

国初重太学。北方初平，选太学生为府、州、县教官。所至伺候，若贵戚重臣。其被选者多骄横，奴视吏民，不为礼。后征还京师，郡邑恐其入奏发己罪，多赂以金钱，至数百缗。盖上之所重，必有偏胜处。虽神圣当天，亦无如之何。后事闻，多坐死者，焰亦少息。

好秀才

郭士渊,台州人,在国子诸生中以文名。为祭酒甘所忌,潜杀之。太祖览其文,恨恨曰:"好秀才都坏了。"追戮甘,极惨。

历事

监生历事,起于天顺时兵部尚书马昂所题。谓曹务机要,上下疏牍关系,不宜专委胥吏,当择监生文行明慎,综达时务,俾专司缮录。因课功,高其入铨常资。诏下所司通行,著为令。

民生

近日民生纳粟一途,人轻之,在庠士下远甚。考之罗圭峰七试,有司不录,入赀北雍,中解元、会元。人顾自立,岂在小试利不利。而俗人眼孔浅,以此分别,可笑。

余同年生吴彻如,讳正志,宜兴人,天才绝世。尊公安节先生丁丑进士,为江西丰城令,携之任。虑考试往复奔走,过金陵,入赀以去,后中己丑进士。同年秦湛,字尚明,有气概,来为令,痛抑民生,每形词色,凡编役不得免尺寸。吴方建言归,颇不平。一日,笑曰:"请自隗始。"为道本末。秦骇然,起谢过,遂待民生加等。

秦屠出入

屠枰石羲英,宁国人。督学浙中,持法严,竿牍俱绝。先任为秦鸿洲梁,无锡人,以太仆少卿调补,最宽,青衿居间,可以券取。时有秦晋屠出之谣,屠升南太常少卿。万历初,张江陵为政,绳下急,改为祭酒,治如督学时。而周儆庵子义为司业,周亦无锡人,和厚得士心。时又有屠毒周旋之谣,至形奏疏,屠寻转太常卿。

屠以乙丑年考我湖，先君子与焉。祯方九岁，从入郡中。考之先夕，盗发署前，正先君子寓所。次日出题，乃"譬之小人"二句。先君因战悸不能书，书亦难辨。屠阅草稿，批曰："此有学识，而书法乃尔。必警于盗者，置二等。"屠先生其殆圣乎！外严而中实，婉转能体人情。

先生按湖时，群小望风，搜诸生过失。一生宿娼家，保甲昧爽两擒抵署门，无敢解者。门开，携以入，保甲大呼言状，先生佯为不见闻者，理文书自如。保甲膝行渐前，离两累可数丈。先生瞬门役，判其臂曰："放秀才去。"门役潜趋下，引出，保甲不知也。既出，先生昂首曰："秀才安在？"保甲回顾失之，大惊不能言，与大杖三十荷校，并娼逐出。保甲仓皇语人曰："向殆执鬼。"诸生咸唾之，而感先生曲全一酒色士也。士亦自惩，卒以贡，为教官。

沙汰罢官

赵鹤字叔明，江都人。督山东学政，郡邑士汰其十六，又杖死训导，为诸生所讼。勘明，调霸州兵备。教官而至于杖，又至于死，岂偶然耶？抑酷刑耶？可见前代教法之严如此。至沙汰生员，又不始于张江陵矣。赵诗文刻厉，言言自作，奇人，奇人！

精　鉴

正统元年，两京设提学御史，各省设佥事。彭勖，永丰人，往南直隶松江府应试。取十五人，华亭七人。或以为少，请益之，不许，曰："吾所取皆决，科若是足矣。"及秋榜出，钱溥第一，徐观第三，张恭第五，所遗者，华亭二人耳。其精鉴如此。此后南畿督学最著者，毋若衡水杨宜与我浙江山之赵镗。杨拔瞿昆湖，赵拔申、许、王三相国。镗以金都卒于家，三相方在朝，分作墓志、传、表，亦盛事也。杨至总督侍郎。

天　人

　　李献吉督学江西，试士袁州毕，严介溪来见。时严方读书钤山堂，有盛名，献吉亦雅重之。谈次，严偶及某生文字，曰："此尽佳，何不置上等？"献吉曰："固也。"为举其词，自首至尾，不遗一字。且诵且问曰："如此可得上人否？"严骇服曰："公天人也！"不敢复谈文字长短矣。性高简，独待士甚厚，令勿谒上司行跪礼。故事，五日一上察院，聚揖，至是亦废。遂与御史江万实忤，互讦奏，万实谢病去。而左布政郑岳、参政吴廷举与献吉素有隙，吉安知府刘乔尤甚。皆以侵官奏，廷举至弃职去，献吉亦累疏劾辩。事下总制陈金，金以军前多事，不暇，请以各奏词并付巡抚任汉，及纪功给事中黎奭等勘理。汉等顾虑不能决，于是给事中王𬬺言："江西群盗纵横之时，各官不能协济时艰，逞其私忿，自相搏噬，有伤风化。乞特遣官究治。"乃命大理卿燕忠往，会奭按之。忠等奏："岳、乔赃有实迹，梦阳欺凌僚属，挟制抚按，皆宜罢黜。廷举论事过当，擅离职任，罪次之。又劾金临事托避，汉中立不决，万实奏词半诬，布政使黄瓒、按察使王秩、佥事李淳等，承勘迁延，亦俱宜罪。"都察院议覆，诏黜岳、乔为民，梦阳冠带闲住，夺廷举俸一年，瓒、秩、淳各半年，金等俱宥之，万实后以考察去官。而献吉在事，宁王阳礼重之，请得《阳春书院记》。后宁王败，遂以此陷献吉，林见素救之得免。凡恣睢险薄之名，加者无所不至。至天启元年，始赐谥景文，公论乃定。

持　旧　制

　　孙世芳，华容人，以职方郎出督云南学政。为宽科条，凡试士，既命题，度不尽记者，示以所由。曰："禀质由人，撰词由质。苟不及此，即宿构何为？"御史某欲合试诸应举者，持之，曰："非制。"约士以八月五日始集。会城御史卒，不得试。其僚由左布政迁为都御史，抚滇。迁之日，敕诸司不得乘舆传呼，公曰："制，内三品始得舆。外三司舆，非制也。然都御史为布政时,业已先之。且都御史舆,四人耳,今用八,而以禁人不舆,是五十步笑百步走也。"其人为敛容谢。

停 告 考

各省巡按于科试年,大放告考,自昔有之。正德中,陈公凤梧督湖广,山西学政上疏力争,乃得止。其巡按以民生送入学者拒之,真一大快。陈后至副都御史,泰和人。神宗初年,我浙中亦有告考。丙子年,吴御史从宪,收至千五百人,中试者几三十人。近年始题革,而督学自以干请批送者甚多。吾友陈赤石大绶至尽黜之,又一大快。陈,浮梁人。

免 追 廪

旧制,廪膳生员黜退者,追食过廪米,甚以为苦。成化九年,北提学御史阎禹锡引考察黜官为比,免追,从之。

督 学 发 策

席元山书,为剡城令,多善政。后唐渔石龙至时,召父老咨而行之,元山服其义,遂相知重。及元山以议大礼位宗伯,与宰衡异同。时龙督学陕西,因乡试发策论朋党,陈列大义以讽。元山阅录,曰:"是策专箴大僚,非唐提学不能作。"亟呼秦吏语曰:"为我谢唐君,谨受教矣。"元山丰裁甚峻,此段屈己受善,亦自难及。然未知真能受教否。寻病,命入阁,卒不起,则改之亦何及矣。人生少壮时,不克己从人,消熔气质,老而悔之,真是可惜。

亲 行 冠 礼

叶良材,昆山文庄公之曾孙也。督学御史张鳌山以名臣之后,亲至学，行冠礼，而字之曰世德。文庄之泽远矣，鳌山亦君子哉！

嘉靖甲子，安福邹颍泉督山东学，得邢知吾侗，曰："异日当文名天下。"时邢年方十四，召读书省之司衡堂，亲行冠礼，东方传为盛事。

重 教 职

国初最重教职，所司不许差遣，教生员必有登科合式者，方叙升，或辞职，得去官。广东博罗人林厚，字万重，以举人历四学职，凡三十六年，方允归，今勒为定法。积三四年一转，惟有气力夤缘者上进。又进士得告改大郡，副榜举人得大州县，其擢尤易尤速。而贡途老死不自振，益懈于教矣。

不 上 名

陈贤，参政观之弟。永乐初，征入馆修《大典》，先后八年，为诸儒所重。尝献《平安南颂》、《嘉禾颂》、《孝感赋》，上奇其才。朝廷建普度大斋，诏百官欲追荐其先者，各上名礼部，贤独不上。曰："吾平生不佞释子，今敢以徇君耶？"论者劾其违诏不忠，忘亲不孝，众为危之。贤曰："吾以此得罪，复何恨！"有旨置不问。历清淮、湖口、南康教职。方客京邸，有邑子暴病，往视之，已暗不能言，第数瞬其橐。已属贤，贤检视橐中装具百金，慰之曰："得无念此乎？锱铢弗致而家者，吾责也。"竟全归之。在南康，常出江浒，见一人病挛，为同舟者所弃，舁归学舍，予饮食，戒家人谨视。问其家，知在岭南，移书久不报，死敛而瘗之。

奏 弹 靖 远

正统十四年，四川卫儒家训导詹英言："靖远伯王骥、都督宫聚等，奉命征思机发，不体上心，惟纵己欲。行李二三百扛，动役五六百人，挟带彩币等物，密散都司官，以邀厚利。却敢故违祖训，擅用阉割之刑，以进御为名，实留以用。及至行师，全无纪律。大军一十五万，俱从一日起程,蹂践伤残,略不悯惜。其运粮又不设法,每军运米六斗,搬负艰辛,何以养锐?以致有自缢而死者。又指驮粮为名,派马一千余匹,不知此马何施?又临贼境金沙江边,攻围不克,被盗杀死都指挥等官。却将渔户解作生擒,遂尔班师。将地方分与木邦孟甸,以败为功,欺天觊赏。昔唐南诏有警,侍御史李宓将兵七万击之,兵败,杨国忠更以捷闻。范祖禹引《管子》之言曰:君门远于万里。言壅蔽之害深也。皇上深居九重,岂知此弊?乞将骥、聚执付法司,明正其罪。先遣廉干官沿途盘校各官行李,以谢天人之怒,以快士卒之心。"疏下兵部会同三法司议,遣御史一员,沿途直抵云南,同彼处巡按御史从公实勘,明确具闻。上以专任骥等征剿苗寇,特原之。先是,骥等奏捷,赐敕奖谕,令还京,寻留骥剿贵州蛮寇。虽以土木之变,得免刑书,而加禄进封之典,赖以寝矣。

忤 督 学

戴冠,长洲人,为诸生高朗,下视曹耦,人多忌而非毁之,然卒莫有过者,试必居首。督学御史,绍兴人,以文章自负。或潛曰:"戴秀才唾宗师文。"御史怒,将黜之,会罢官得止。后以久次,贡为绍兴训导,与御史邂逅有言,不相下。他日,御史死,其家谬云:为戴教官激怒,以气疾殁。遂归。雅有志尚,小时即上书有司,请查里中淫祠去之。及壮,益究心时事。三原王公以都御史抚江南,特爱重,每召见,辄款语移时,听其论议,未尝不伟叹,知非经生也。及贡至,王公已为吏部尚书,见之,惊曰:"尔尚举子耶?"因问当今切务,条上数事。大要以用贤为国家首务,又劝公不弃迩言,不恃己见,勿以尝挫夺志。其言謇谔,皆有所讽切。在绍兴时,浙中海塘为患,有韩参议者,从访水利得失,条上,皆行之。

不 负 心

俞绘,滑州人。少负意气,为父兄服里正役,输粮入海。时有闽寇，充民兵，有斩艾功，不自叙。为诸生举于乡，赴京过沛，沛令冯，乡人也，贷十金。既下第，谒得歙县训导，冯已死矣。遗金还其子珏，珏以无券弗受，绘曰："贷金无券，信我也。若遂弗偿，非负汝父，负心也。汝父复生，其谓我何！"为文告其墓，固与，珏乃受。广西尝聘典乡试，有以金赂取者，赋诗慰遣之，其人愧谢去。任惠州，过赣，按察金事陈公壮以卒送之。道经南康，卒谓尹曰："过宾，乃陈姻家也。"尹信之，厚致贶。辞曰："吾非陈姻，卒给君矣。"宪庙时，罗伦、章懋以言被谪，方在歙，抗疏请以已官赎伦等罪，天下壮之。

书 香 窝

刘昂字孟頫，祥符人。性狷介，与众寡谐。家贫，绩学勤苦。成化间，江浦张瑄巡抚河南，聘为子师。公曰："礼闻来学，不闻往教。"辞之。提学副使天台陈公选闻而嘉重，馈《鲁斋遗书》，命生徒有器资者从之游。以身为教，讲究义理，务使学者体而行之。经指授者，多为名士。贡礼部，授内丘训导，教士不倦。内艰起，补枣强。郡太守知其贤，委摄邑符。政令清简，百姓安之。日读书堂上，事至又能立办。弘治庚戌，满九载，入京，上《崇守令》、《重儒道》二疏，为当道所沮，遂归。歌曰："职冷官微言语轻，不如归去结鸥盟。林间睡起三竿日，且与儿孙乐太平。"致仕归，筑室，扁曰书香窝，日吟哦其中。正德丁卯卒，年七十二。

教 职 入 台

邵清，字士廉，江宁人。弘治壬子乡举，为江西德化教谕。典试咸自主断，交荐考上上，选御史。教职擢台臣，自清始。清在台，逢逆瑾之祸，廷杖罚米，瑾败复官，备兵左江。赍表事竣，叹曰："可以归矣。"居家萧然寒士，霍文敏深重之。夫前朝教职尚入西台，今并国学各堂俱寝不行。阘茸日多，人才愈下，非一日矣。可慨，可慨！

执盖护行

刘文靖之父名亮,以贡为滨州澄城教官。性严毅,士皆畏而服之。在滨病暑,夜坐雨中,诸生更执盖立侍。去澄城,道梗,诸生共推勇有力者护之。与盗角,不能近。此虽公之教法,而一时士风之厚,亦可见矣。

御倭

唐钦尧,嘉定人,为诸生有名。好讲论世务,慷慨有大节。贡入京,倭奴犯境,亟归,言于大吏,权假邬庐兵为援。贼薄城下,亲仗剑登陴,冒矢石。一夕,贼绕城三面鼓噪,惟西南隅寂然。疑之,即跃马往。见贼方自林麓中迤逦出,将济河。命连弩射之,贼惶骇走,竟解围去。先是,城中无储,君以县边海上,贼必首犯,请易漕粮以银,奏留十万粟。以是城久围而民以无恐。时狼款兵被调,城守出私财,厚抚其豪长,人人得其欢心,以备仓卒可指麾也。

材略

黄暎,莆田人,仙游训导。知县王彝以二百金寄之,虽所爱妾莫知也。彝病死,先生呼其子来,授之。改丽水时,浙寇张甚。众推其材略,奉以捍贼。即加部署,谕以忠义。众感激效死,鼓之而进,贼奔北,境土以平。升广元教谕,与金事董应轸同时济江。董船覆,呼近岸诸小舟,莫肯前,曰:"是欲得财耳。"乃自取囊中金分授之,众乃乱流而渡,董获免。众义之,刻石书其事。

赠文

贺钧,庐陵人。家尝失火,亟取累世神主奔出,他一无所问。为丽水令,见官不能俯仰。张罗峰方赴召,驰传络绎,独不一见。改应天教授,日与诸生讲学,必依于孝弟忠信。贽仪悉却,有强之受者,则曰:"吾闻诸生中某贫,某病,某不能婚葬。若能助给之,即惠我也。"他日,诸生受助者来谢,则大喜,以为古道友谊,今乃复见。南宗伯渭崖霍公加敬礼,赠以文,称其"词不饰以屏伪,礼不缛以崇质,言不谐以自立,仪不炫以衷孚,诚求自得,而无外羡"云。一日出城,误传舆蹶落水,士子倾城来迓,则方坐池亭吟诗,相与奉之而入。

执 正 存 厚

陈芹,应天府上元县人,为崇仁教谕。其令峻刑并征,众大哗。有二生员素有私憾,遂揭于诸司,诬以倡率鼓众。听者不察,牒下节提,芹执不发,奏记曰:"今奉朝命,不能禁民无越志。而谓倡自二生,此理势必无。台持三尺法,概以加之,若拉朽耳。芹司教事,而坐视诬陷,是不得其职,则当去也。若二生自以别情取戾,则宪约自有三等簿在,岂肯轻纵?"当道是之,二生得免。其一官教授,一恩例冠带,皆善士也,此弘治间事。先朝重儒官,所用得人,故敢与令抗,当道亦雅信重。今则唯唯,曰可杀便杀之矣。又有一教谕曰李登,与芹同县,亦得崇仁。有肆侮贫士者,众为白于令。令有所私不惩,遂积疑移怒于登,揭于上官。时令亦被它揭,属直指使者密委它官访令事,正登之亲故也,因为详解得不罪。人以问登,登曰:"吾自分已矣。令方热中仕版,吾安忍重伤其意?"人咸多之。

课 士

王士和,字希节,侯官县人,正德丁卯举人,甲戌署钱塘教谕。县自弘治丙辰王献登科,未有进士几二十年。公萃诸生试之,日课文一通,亲为改定,尽月辄第而警策。家故饶,丰酒馔,与诸士饮食,如亲子弟。或贷与钱物不校,诸生感奋。凡二十年,成进士者十五人。连考乡试,晋繁昌令、高邮知州,调海州以优之。弃官归,卒年六十。

天遣故人

廖轻,字钟範,崇仁县人,幼刻苦力学。正德八年乡荐,署海盐学事。与同寅陈玱相友善,玱,莆人也,敦行谊,善诗文,二人爱慕,皆出肝膈。公历任广楚,常修候于玱。及谢事家居,玱年已七十余,忽携仆来访,相见对泣,旋复忻慰。居岁余,玱遘疾弗起,公挥泪曰:"兄毋虑,天遣故人终于吾手。丧具当勉力图之。"玱顾仆,点颔而逝。公为捐赀厚殓,立主于家,服朋友服为丧主,率子侄朝夕哭临。七日讣报玱子,至则厚遣,归其柩。

直责主司

李凤,祈州人,嘉靖三年为象山司训。古貌古心,博学能书。内子双瞽,爱礼有加。其子得金于市,麾使还其主。坐斋舍中,日肃诸生,多所发明。会主司恣睢任意,士子少有忤者,辱以非道,出丑诋语。凤整冠掀髯直前,厉声曰:"大人为斯文宗主,士子观法,何躁妄如此!"因言"不可者"三,同列皆股栗,主司气夺。从容步出,闭门求归,留之,终不可得。

救难生子

嘉靖十三年甲午,陕西鄠县王邦相者,携其幼子六儿,往投巴县刘主簿。主簿,王姊夫也。至则不礼。会刘亦失官归,王不得已,乞与同舟。又且病,主簿恚之。至潜江,欲下诸水,屡不得死。乃推而弃诸路旁,逸去。父子匍伏行乞市中。居无何,父困,子独行乞。间乞于学谕任良幹所,且告之故。任哀之,曰:"嗟乎!吾不为计,将父子同死,谁为还乡知若者。"遂躬诣困处,致医药馆谷备至。王病且死,泣数行下。公亦泣曰:"若无忧,吾为若治后事,归若子。"乃买地葬,立石焉。收六儿于家,与弟同卧起。令学书,报书于王之族兄,为顺天府通判者。无几，通判亦卒。书未达鄂，而王氏以主簿独归，意见杀，讼起成狱。则通判之父为王翰林九思，得遗书箧中，六儿手模在焉。或疑书诈，其母刘思子垂死，见之，泣曰："吾儿其指缺，此当是也。"使次子持金至潜江取子。当是时，任已行取赴京。行时诫家人："王氏来取子，无留一钱。"至则家尽却其金而厚遣之，母子得全，主簿狱亦解。任后官申阳知州，祖母尚无恙，父母具存。五十后生子，人以为有天道云。

肥　　香

王良臣，钱塘人，名轩，受业姚文敏公之门，经术精专。以贡为松溪教谕，时年五十，无子，弃去不赴，阳明先生为赋《当年》一诗。家本饶，中落，晚年艺菊后圃，号曰肥香道人。后有子曰元，世其家学，为休宁训导，家复完。年八十三卒，肥香之名亦佳。

正德中，歙方肯堂司训我湖。门人吴御史巡按浙中，行部谒庙毕，诣司训斋，执弟子礼，如受业时，方平受不辞。豪家行重贿，脱重罪，司训怒斥去。若两公者，真可以风矣。

辞　　贡

许西溪岳，安吉人。嘉靖丙辰当贡入京，以疾辞。或问其故，曰："吾少壮，不克致身于明时。今老矣，无能为也。吾尝劝友人某以恬退，不吾听，卒赍恨以殁。幽明之际，吾何忍负。且自言而自背，人谓我何？"督学阮亖峰高其志，署牒云：此生殆痼疾烟霞，足愧世之沉湎荣宠，兢进不止者。饬有司具冠带礼币，旌之。

两　欧　阳

欧阳阅，字崇勋，泰和人，文庄公之族兄也。从王文成游，宸濠有异志，进曰："以时事论，将有汉七国之变，计将安出？"三问，文成不应,而密诏之曰:"书生何容易谭天下事?可读《易》'洗心'一句。"沉思有悟,兼长诗赋。童庶子重之,语人曰:"欧阳生,理学之由、赐,词赋之左、宋也。"久资为林邑训,凡五岁滁州学正,与其乡先生胡庄肃公深相结,滁人号曰欧阳家又一醉翁矣。久之,拂衣归。子况,字曰方,博极群书,为文敏而赡,尤工四六。亦以明经贡如京师,例入太学。同舍某病,调护尽力,没则棺敛。某子以谒选称贷,畀之数百金,无何,卒于官,驰往伏哭。其子谓收责也,色弥蹙,公收泪言曰:"长者为行,不使人疑之。吾乡者过于一哀而出涕,岂有恨耶?"急取券付之,曰:"事有不可知,若父方仕而忽然,吾奈何能长有此也!"远近传诵其义。

海　　征

程文恭,休宁人,为邑诸生。介然特立,有所不可,义形于色。邑令李遘难,郡大夫嫁祸于余孝廉琏。侍御史行县,问诸生,皆不敢对。独前,盛言柱状,辞气俱奋,事遂解。学使稍更张,不厌众心,具言其不可,得止。为西安训导,擢辽东海州卫教授。少梦渡海,作《破海》诗曰:"日月乾坤镜,波涛鱼鳖家。揽观穷宇宙,指顾判夷华。"辽负海,此岂其征也。寻告归,年九十卒。

奇　　中

杨松,字孟岳,建宁人。正德中贡士,授广州府训导。母丧归,贫甚,莫自存也。乃时时自谓:"宇宙道义场中,不会饥饿倒人。"服阕,复授广之香山。香山僻在海隅,士习乐游衍,耽身利,松谓之曰:"陈公甫非汝邻邑伟儒乎?彼其一孝廉,倡道白沙,崛起南服,至今江门烟水白龙池之风月,揭揭如在。同时握鼎鼐、持衡枢者,今安在也?而况如诸生者乐游衍、耽身利哉!"学士黄佐为诸生时,贫甚,松却其贽,重遗赠之。佐父善星历,多奇中,而松谓之曰:"子占人多中,余以文占汝子,亦奇中如子矣。"佐果以其年魁多士。

胎　　色

蔡黄卷,晋江人,字于省,故名黄圈。生时胎衣色黄,故父以命之,后学使为改曰黄卷。精《易》学,嘉靖中贡授睢州训导。督学置优、劣二籍,卷持不署,曰:"所名劣士,非劣也,贫也。某不愿吾党有此名。抑平原独无,何害?"转汝阳教谕,识赵贤、孔惟德于诸生中。其后,贤至南京吏部尚书,而惟德来为郡太守,卷不往贺,惟德率同官来拜,乃出见。其后率以朔望率同官省候,至则二破竹胡床而已。守请卷各用其一侍坐,而丞判推官,并列坐破小竹凳。惟德或时密问曰:"吾师有以示之。"盖望其为邑子请者。卷曰:"愿公爱民如子,于愿足矣,不知其它。"盗陷永宁城,指挥某当连坐重辟,惟德来问,卷曰:"法不可贷也,而情则亟。政弛久矣,事起仓卒,一庸弁其安能支?"指挥竟得生。后闻其故,赍百金为寿,怫然辞却,曰:"吾何与,吾何与!"仕终唐府教授,睢、汝两地并祀之学宫。

浚　泮　池

翁兴贤,尚书正春之父也。以贡历金山卫学职,升两淮运判,不赴。在金山,武弁虑文盛轧己,为木将军,关弓射文庙,甚者毁弃圣像,为厌术。翁素究青乌家言,捐俸,浚泮池,得木将军圣像于污泥中。未几,诸生张翼轸、李凌云、徐光启相次登第,光启中解元,有名。

世　俗　溺　人

刘志,字景仁,顺天人。通经史,为近体诗有警句。性谨朴,言若不能出口。每论礼,必以朱子家礼为的。为某国公府教书,训导欲迁其嫡母之墓,而以生母配葬,请具奏草,志力折之。某公强焉,志曰:"以若所为,非独礼悖,且不免于法。"某公乃赂他训导钱暄者草疏以进，英庙震怒，责某公所为谋者，枷暄于市，人皆服志之有识。又尝劝某公毁铜佛以铸器，某公不肯，强之乃从。后志年未五十，得奇疡被面以死，人指以为毁佛之报。嗟乎！志所存，一也。幸而免于祸，则服以为是；不幸而得疾以死，则指以为非。世俗之溺人如此哉！今异端之说，愈久益炽，殆无以易。天下如志者，尚可得哉！

掾令修志

郭南，字世南，鄞人。以邑掾起家，初为吴江典史，筑长桥有功，迁常熟簿，寻擢令，时推能吏。虞山出软栗，甚肥美，民摘以献，南食而甘之。乃令悉伐其树，并绝其种，曰："后必有以是进奉病吾民者。"南自负博雅，修邑志，人颇訾之。满九载归。

擒 盗

张汝骈，陕西泾阳县人。以掾吏为眉州判官，署嘉定州。大盗入劫库，自呼壮卒、健仆，格斗甚力，盗引去。至明，侦其窜伏蛮洞，深入擒之，皆尽。先在司农办事，庚戌虏警，在事者计无所出，以问。掾应对如流，倚以集事。嗟乎！世间人才厄异途、沉下僚者，岂少哉！掾虽不显，而寿八十一。子问达，官尚书，天固有以优之矣。

三 不 宝

郭文通，庆都人。嘉靖末，以掾为碣石卫经历。时征贼伍端，诸将皆败，独文通大开城门，使卒环侍，持满以待动。贼熟视不敢动，寻遁去，居民赖之。后屡讨贼有功，擢至肇庆府同知。尝语人曰："吾有三不宝：官也，钱也，命也。"嗟乎！不宝官，高士也，不宝钱，清士也；至不宝命，则忠孝大节皆从此出。此圣贤豪杰，讵易及哉！

公庭诗思

吴孟谦,莆田人,为府小吏。性峻洁,容止端严。弘治三年,为顺德丞。民供折薪钱,叹曰:"丞何功受此。"番禺后山之役,转饷久,多浥损,自以俸偿。卒于官。邹立斋时谪吏目,诔之曰:"君裳萧疏,君貌峨儡。公庭如寺,诗思如水。"

天下第一

邬尚达,福清人。少刚介,就掾,执役藩司。以洁廉无害,除得任丘尉,执法不挠。邑人大学士李文康,尝语诸部使曰:"吾邑尉,贤者,凛有司直风,惜位卑耳。"忧归,除补零都,复为王文成所赏识,有天下第一之誉。转大冶主簿,故苦地,长吏多不乐往。代行令事,多方抚恤,尽却例金,锱铢无所取,至饔餐不给。部民有馈白粲者,严却之,民苦请:"非敢溷公,不忍公贫耳。"公曰:"我贫尚有禄,尔毋虑也。"岁荒,邑多逋赋,坐夺俸。民闻,更相责让曰:"吾簿无俸,不馁死耶?"为日夜输纳课,更以最。任久不调,力告归,邑人追送数百里,号泣载道,为祠祀之。郡守吴希贤赠以诗曰:"十年作簿贫如洗,不改生平一寸丹。"抵家,贫甚,所居灾,短褐敝缊俱尽。族人有为河源尉者,积金钱巨万,以衣一袭遗之,不受,卒饥寒寄寓以死。临没,谓二子曰:"吾作官二十年,无分寸遗子孙,慎毋假贷治丧累汝。"其族以掾史兴者甚众,独公最清白,人谓有陶靖节风。台山先生,其姻也,感慨书一联赠云:"滨海村落许多,此处见衣冠家文物;吾乡缙绅无数,惟君是清白吏子孙。"

自称名

黄清,上饶人。起吏员,清勤。积官嘉兴同知,加四品服俸。筑海塘有功,后以运同治高宝河堤,积劳,死于宝应之宁国寺。盖上官忌而挤之水以没也。至不能敛，以病卒闻，赠恤有加。黄伉直，与人言必自称名，至今嘉兴人犹能言之。

　　清在宝应，筑土石二堤，支河工银四万余两，锱铢磨算，上下皆不得欺冒，嫉之甚。时已积劳，得呕血病。水次谒所司，令人密促其板坠下，救起，死矣。寻复苏，掖入城，凡二日气绝，盖万历七年六月初二日也。年仅五十八。奏闻，有"良工苦心，难以名言"之语。管理海塘，采石我湖。先祖月溪府君亲受役，见清徒步出入，慰劳夫匠，备极勤苦。运石甲首自厄酒劳之，无丝毫它费，人人感激。府君部下一人逸为盗，事发逮捕，独移文昭雪，得免，即家立碑祀之。后闻变，致祭哭三日。初亦不知何许人，《嘉兴题名记》亦不载，盖恶而削去之也。后江右一士子谈及，始知为上饶人。今其子孙不知何如。清官之后多不振，刘司空元瑞，其一也。天道信不可知，然吾亦未见贪者厚积，世世受用。总只各据所见，各就得意处行去，不必相笑相訾议也。

批　　内　　官

　　萧景腆，晋江人，以椽授定远尉。定远经大盗残踩之后，百姓流离，景腆与令，吊死问孤，修城凿池，身先畚锸。以忧去，服除，补长洲。时织造太监张志聪，恣睢横索，长洲令郭波持法挫之，志聪忿甚，诬令挠御造龙衣，执而倒曳之车后。景腆闻，领所部弓兵夺追。直前，手批志聪，落其帽。市民从旁观者，尽为景腆张气，梯屋飞瓦，群掷志聪。志聪阻折去，竟夺令归。志聪还，诉世庙，有旨械下诏狱。时令已先擢入为工部主事，亦与景腆并下镇抚司拷讯。廷臣壮其义，会疏救之。令落五级，而景腆仍调尉永从。吴廷举巡抚吴中，为景腆立仗义英风之碑，碑于长洲之县门。孙，腾凤，举进士，官运使。

罚　　水

　　田濡，尤溪人。正德间，以椽授处州卫经历，刚毅持重。武庙南巡，逆彬檄诸卫以辽、金二书进，卫无以应，拟醵金军士，以货使者。

濡独不肯，且上记言："书籍宜问诸学宫，卫所不过军器若文册而已，无从取办。"彬怒，将逮捕。太监张永呵曰："安用此？板在国子监，乃索诸海滨耶？"众大欢笑助之，声彻御幄。武皇讯得其故，亦笑曰："江平虏此箭射不着，当罚水二碗。"诸内侍以水灌之，江淋漓免冠，携之走出，自此丧气。濡后遭继母丧，徒步归，胫肿血流，葬庐墓侧，以哀瘠终。

代　　罚

王蕖，宁夏人，吏员，为保定府知事。武皇南巡过之，巡抚伍符设宴。符素洪于饮，上闻，召与拈阄赌大觥。偶不胜，甚愧，连罚符数觥，潦倒匍匐阶前。上大笑，蕖直前奏曰："符老不任罚，臣蕖请代。"上睨而问曰："汝小官，能胜几许？"对曰："不敌天子，远过抚臣。"上拍手笑，手大觥赐者三。执壶者将复注，上曰："止，不要采它，这蛮子会赚我酒吃。"着扶巡抚去。符出谢曰："今日微君几殆。"欲荐之，曰："是荐酒也，观听不雅，人且议我。"后卒辞之。

发　　橐

陈景粥，莆田人。弘治间省祭，先后上疏十余，皆切时政。后授潮州卫知事，署海阳、饶平二县。爱惜民财，不为势屈。有给事中以使事过里，蘸货以厌，率卫卒发其橐，送其赃物于府库，时论壮之。

袖　　金

曾仍，兴化人，为藩臬从事，以待次铨曹。时郡守林慈、邑令张朝、博士黄暹相继客死于京，悉为之经纪。博士病且革，囊三十余金，置仍袖中，曰："奴辈非所托，幸藏诸。"时无复与闻者，仍虞外泄，告归，授其子，曹："此先人属纩时寄也。"物论高之。乡人林学士文语同列曰："掾行乃尔，吾儒庸有弗及者。"遂与定交。后官小鹿巡检，竟弃去。

禁　入　试

太祖开科取士，以吏员心术已坏，不许入试。然在建文时，张祖之识力义气，即士人中不可多得，见后。此独非洪武中人才耶？何绝之太甚如此！盖当元末法度废弛，土豪奸僧，相比为恶，皆此辈为之耳目左右，故恨甚，且用重典惩其不法者，一意兴学校教士，其俗顿改。并吏与其子弟之纳名者，颇恂恂自爱。先朝名臣，就中择而教之，有取科第以去，而其余入仕者，尽有可观，如《十二掾吏传》，亦可矫矫挺拔类中也。窃恐太祖在今日，亦当开禁。而惟书算一涂，最为弊薮。各县户房窟穴不可问，或增派，或侵匿，或那移，国课民膏暗损，靡有纪极。甚者把持官长，代送苞苴，吏不过拱手听其指挥。饮馀滴即万幸，顿首满期出门。而此辈积数十年，互相首尾，互相授受，根株牵连，吏、礼、兵三部尤甚。太祖见此，不知又设何法以治。余谓县官能治此，即称卓异；部官治此，即忠良，当大用矣。

实　　效

张祖，惠安人。建文时以宪史入部考，入格，留为吏部吏。其时建文君方与方孝孺辈讲求治古经济之事，多变章奏，太祖旧章下吏部旁午。祖为尚书张纮所信爱，密言于纮曰："高皇帝起布衣，有天下，立法创制，规模远矣。纷然更改，未必胜前，徒滋人口，愿我公重之。夫为治亦顾实效何如耳。"纮深然之，而夺于群议。是时添设京卫知事一员，佐经历理刑名，诏吏部选可者。纮曰："无逾祖矣。"授留守知事。文皇即位，除罢建文所置官，出祖为湖州安吉丞。居九年，有治绩。方纮被谴自经，舁尸归，属吏无敢往视。祖日经理其殡，殡毕，哭奠去。

三 司 狱 传《董见龙集》

吾闽盖有三司狱云。其一为孙一谦。一谦者,温麻人也。万历戊子、己丑间,为南都官司狱,能不以狱为利,于囚甚有恩。故事,重囚米,日一升,率为狱卒盗去,饭以不给。又散时强弱不均,至有不得食者。即颂系囚,初入狱,狱卒驱之湿秽地,索钱,不得钱不与燥地,不通饮食,而官因以为市。一谦知之,一切严禁。手创一秤,秤米计饭。日以卯、巳时持秤按籍,以次分给,食甚均。又时时视囚衣,弊,为浣濯补葺,令完善。视轻系之尤饿者,予囚饭之半,囚得不死。狱卒无敢名一钱者。每曹郎视狱,问囚:"有苦欲言者乎?"皆对曰:"幸甚,孙君衣食我。"是时,少司马王公用汲闻其事,以告郎中蔡献臣。久之,大司寇就李陆公光祖、少司寇琅琊王公世贞,皆加叹异,欲为之地。而一谦满三载,考转灵山吏目去矣。王司寇赠以诗曰:"青衫白马帝城西,祖道无人日欲低。犹有若卢方亩地,赭衣能作数行啼。"盖纪实也。蔡献臣亦以一谦廉而才,而迁转非其道,作文慰勉之,一谦竟不之官,径归。归至番湖,舟中恍然,见有请为某地主者,与之应答。妻子骇之,不数日遂卒。

其后十余年,有同邑陈继源。继源为大胜关大使,关上人皆爱大使不费我钱。及迁温州司狱,穷老矣,亦却例金。太守蒋光彦,闽人也,令兼摄外狱。外狱者,诸县轻系,待谳于府者也。继源固辞,请属之仓,守曰:"此非司狱职乎?"继源应曰:"某未任时,此狱属之仓,安得尽司狱职乎?"蒋守笑而罢之。及满归,至不能供饘粥,依老仆以居。予深怜敬之。又闻其为小吏上计都门时,同邑有孙胥者,从事京兆府中为主库,日盗金钱。事觉,见继源,泣曰:"吾命在旦夕,若能救我乎?"指其舍壁曰:"此中皆金钱,以此救我。"未几,入诏狱,继源尽其金以救。孙胥得问遣出狱,不死矣。而继源贫甚,不自为德也。继源与孙一谦同里,相去二十年,并以掾吏著名。继源今尚镶铄无恙。

又有闽县苏梦旸,以岁之丙午来司南都官狱,谒予,予以一谦事告之,梦旸心动。至狱,问一谦所为,一老卒曰:"孙君则善矣,然官竟何如？"梦旸曰："善则善矣，何官之云。"于是尽举一谦所为踵行之，而益戢狱卒，不使患苦诸囚。又恐其夜虐之而莫之知也，则监置一锣，令曰："有虐囚者，同监鸣此。不鸣者与同罪。"于是狱中肃然。其他践更稽察，抚恤病苦，法甚备。郎中沈玩尝指狱户语曰："此故生地狱也，苏司狱去，吾不敢系人矣。"旧时囚有死而无为收葬者，率置窦中，群犬恣食之，梦旸恻然。适料囚米有余，即白视狱诸曹郎，请为椟以待死者，诸曹郎大是之，相率白中丞丁公宾。丁公时视秋官篆，闻之喜，益发衣絮诸物，令梦旸给施诸囚。未几，转粤东守御吏目，丁公太息曰："吾署司寇，惟有王郎中绍先及苏司狱耳。惜也绍先死而司狱又远迁。"于是特奖梦旸，资遗之甚厚。予语梦旸曰："幸矣，子之迁也。王郎中何如人？是万历十九年所举天下清苦以风百僚者，即吾莫敢望，今丁公以子并称，不其荣乎？"梦旸曰："某则何敢当？虽然，某闻念经作佛者不为福田，吏目何病，某行矣。"于是跳身之粤。梦旸年三十余，未有子，以司狱俸簿不携家，其为吏目亦然，盖有志者也。

卷之十二

兵　　制

神农以石为兵。黄帝以木为兵。蚩尤以铜、铁为兵，挥于作弓，夷牟作矢。汤筑五库藏五兵。秦孝公以战获首功多寡授爵。秦二世发闾左民戍边。汉惠帝令戍卒岁更。武帝置八校尉、五属国。宣帝募佽飞射士，初置屯卫、屯田。后魏作府兵。后周置十二卫兵。隋置军器监，始募民为骁果。唐玄宗募兵宿卫，募丁壮实边。昭宣帝文民面为军。五代晋籍乡兵。国初立大都督府，洪武十三年，分中、左、右、前、后五都督府。而卫所则立于元年，有京卫、外卫之分，亲军十二卫，不在京卫之列。中都河南、山东、大宁，有入卫班军。文皇就中摘出北征，分为五军，归则团操，号曰京营。大率五千六百人为一卫，一千一百二十人为一千户所，一百二十人为一百户所。其官增设无定员，召募始于正统己巳，踵于嘉靖庚戌。征倭处州兵、河南毛葫芦、山东抢手，皆募兵也。两广用土兵，洪武初已然。后四川、云贵亦如之。在制驭何如，大征居其十八。

京　　营

徐文贞谓：京营兵，世世有月粮。暇时又营生事，不调从征。平时郊祭上陵，拱卫车驾，军容甚盛。当开操时，如法训练，万一如庚戌有警，登陴自不乏人，正不必责之临阵。此如大家世族多义孙，一旦呼之，可壮颜色。若边陲，如戚将军练蓟兵，胜略固自有在。此言切中京营肯綮。若欲练以从戎捍敌，是以小儿夜半格大盗，其安能抗？人家御盗不别寻壮丁，而责豢仆，与二三童子日讨而训之何益。

清　军

余年十四五，为隆庆庚午、辛未间，见清军御史至，搜剔操切，民间骚然。每图甲有充军一名，里长解去，给一帖为据，赴县挂号。御史至，据号征帖。先考心斋府君藏其二，先祖月溪府君忘之久矣，诸甲长都忘失无存者。比御史至，莫不皇惧，先府君以帖上，乃得免，先祖喜若更生。其余死捶楚者无算。后见杨襄毅公集，以边患需防，一御史主此说，行之二年无所得，遂罢。后读杨文贞公传，条陈清军一件，谓南北不相习，以极北往极南，极南往极北，是驱之死。因引祖制，除逃军仍旧，其余军丁，各就近卫服役。因会议今后清出山东、山西、河南、陕西、北直隶军丁，皆发甘肃、宁夏、延安、大同、宣府、辽东诸处。云贵、两广、四川、湖广、江福、浙江、南直隶，皆发附近省分及边海卫。待补足其缺，填腹里之缺。允之。天下称便。余谓：今之犯罪遣戍者，亦只发之本府县相近卫所，使武弁拘管屯田，则恶人束手受制，流官军职皆得治之，又免佥解缠累之苦。尝见佥解，有民壮，有里长，号曰长解，又买军妻费可百金，而猾者勾吏书，经年不行，在在索诈，弊不可言。且原有妻者索直另买，到彼处挂号食粮，逃归则粮系彼处冒支，公私皆受损，可惜，可惜！

家　丁

唐刘约自天平徙宣武，暴死，家僮五百无所仰衣食，思乱。卢钧抚之，乃定。此家僮，即家丁也。隋张须陀有罗士信，王君廓有李左车，善战，乃家丁所自始。

民　壮

民壮之设，介在军民间，最为得用。国朝盛于王阳明，在宋谓之白芳子。

弘治间,令州县选民壮。先是,天顺初,令召募民壮,鞍马器械,悉从官给。本户有粮,与免五石。仍免户丁二丁,以资供给。如有事故,不许勾丁。至是令州县选取年二十以上、五十以下精壮之人。州县七八百里者,每里佥二名;五百里者,每里佥三名;三百里者,每里四名;一百里以上者,每里五名。春、夏、秋,每月操二次;至冬,操二歇三。遇警调集,官给行粮。

土　　兵

其法起于宋,所谓陕西义勇刺为兵者是也。然唐藩镇与汉郡国所用,独非此类乎？国初,胡深在缙云,当元末盗起,慨然谓其友人曰:"军旅钱粮,皆民出也。而今日之民,其困已甚。"遂请于上,令有田者,米十石,出一人为兵,而就食之。以一郡计之,米二十万石,当得精兵二万人。军无远戍之劳,官无养兵之费,而二十万之粮固在也。行之数年,使所在兵强而财阜,此制最善。然胡元法度宽纵,又当扰攘时,故可行。且不独深有此言,章溢父子兄弟,固已亲行之矣。成化二年,用陕西抚臣卢祥之言,选民丁之壮者,编成什伍,号为土兵。原佥民壮,亦入其中,量加优恤。凡得二万人。时毛里孩方强盛,窥边,惮之,不敢深入。世宗庚戌以后,建议欲练蓟卒,而不及土兵,终无成功。王思质以此受祸,唐荆川以此受谤。今边方有事,处处摇动,未知此制可行否？

调　　兵

调之说凡二:一调边兵,一调土司兵。边兵起于正德六年,流贼猖獗,允兵部尚书何鉴之奏,调宣府、延绥奇游兵五千五百至涿州,听总督官调遣。寻益以辽东、大同二枝,数数追贼,败之。事渐平,提督仇钺言:"边军久劳,风土不宜,人马俱病,请量留三之一。"部覆从之。延绥军取道径还辽东,宣大军过京犒劳。后至京,上方好武事,遂留不遣,并保定兵,亦召入。寻命京军、边军,互调出入,大臣争之,不听。然京军终不出，而四镇土马团操大内，号外四家，其军冯依威宠，人皆畏而避之。至上晏驾，乃始散归。世宗时，虏傲各边互调，而调守蓟州者尤多。神宗二十年前，边上安堵免调；比征宁夏、征播、征倭，悉借边兵，东西万里，骚然烦动矣。

土司惟川湖、云贵、两广有之，然止用于本省，若邻省未尝上中原一步也。亦流贼时征入，用之有功。嘉靖间，南倭北虏，无不资之，且倚为重。如湖广土兵，永顺为上，彭翼南。保靖次之，彭荩臣。其兵甚强。近尝调三千人，后调六千，此在官之数也，实私加一倍，共一万二千人。其阵法，每司立二十四旗头，每旗一人居前；其次，三人横列为第二重；又其次，五人横列为三重；又其次，七人横列为第四重；又其次，七人横列为五重。其余皆置后，欢呼助阵。如在前者败绩，则第二重居中者进补，两翼亦然。胜负以五重为限，若五重而皆败，则余无望矣。每旗一十六人，二十四旗，共三百八十四人，皆精选之兵也。其调法，初檄所属，照丁拣选，宣慰吁天，祭以白牛，牛首置几上，银副之。下令曰："多士中有敢死冲锋者，收此银，啖此牛。"勇者报名，汇而收之，更盟誓而食之，即各旗头标下十六人是也。节制甚严，止许击刺，不许割首，违者与退缩者皆斩。故所战有功。但沿途苦剽掠，因调来者非止一枝，有过得相推委故也。其他若安、若岑、若奢，大约相同。余琐琐不足道。

土司兵近年官数亦调至万矣，其实强者亦不甚多。乃官则增之以张声势，而彼亦愿增以徼粮饷，赏赐本司，不足则借之他司。又或收集地棍为助，而中国亡命与不得志流落者，投之如鹜。渐多、渐黠、渐横、渐不可制，而我军实又益虚，此西南之大患也。且如号物之数曰万，女直兵满万不可敌，盖言精也。匪独女直，即南方号称佹弱，兵满万而精，其可敌乎？更下一转语，女直精兵满万，而将非阿骨打等，其可胜乎？谭者袭口吻而不究实际，往往如此。

背　水　阵

兵法曰：置之死地而后生。人人能言之，又必引韩信背水阵以实之。是矣,却其中有紧要六字,读者全然不讲,可笑!六字者何?曰:"殊死战不可败"是也。此最用兵得力处。所谓人之命根,屋之栋柱。而太史公文章妙处,亦在于此。若舍此不去著实讲究,而徒曰我欲云云,即十万、二十万,置之死地,围而屠之,如羊、豕、犬然,岂不可怜,其又何益!再有进焉,水上军不可败,亦全赖间道赤帜二千人,得此一著,方才收功。不然,水上军抵定,亦济得甚事!此绝世神谋闷计,出九天、潜九渊者所为,而人乃引以资口角,可乎?

多多益善

此四字惟韩淮阴自道是实话,其曰"陛下不过将十万",犹是君臣间体面话头,奉承几分。而下亟足之曰"天授非人力",大意可见。盖帝王与臣下不同,自当别论。此后在唐惟李靖,至我明惟中山王可以当此。靖知幾,能事唐太宗;中山闻道,能事我太祖。然为靖易,为中山难。其气象自然有别,而靖之气象,又胜于淮阴。所以然者,淮阴自是天人,然当秦末焚书之后,流落奔走衣食,决无学问工夫,观其自请假王可见。靖读书晓礼义,识得真主,确有欛柄。而中山王则亘古圣贤豪杰,不可得而拟议赞叹也。夷狄则粘罕、伯颜,亦可语此。

词林谭兵

兵家自有一种天才,不分文武。至词林谭兵者,前则吴中徐元玉有贞,精悍多力,工天文,每言将星在吴,深自负,不知韩襄毅雍已出世矣。谓紫微垣星皆动,力主迁都,以此蒙诟。要之,土木之陷,业已应之。此际所谓毫厘千里,固未易辨也。然元玉自奇才,若委以军旅之任,必能破虏立功。惜相左,仅一见于治河,且有金齿之厄,则命限之也。嘉靖中,王允宁维桢,谭之班班,时无能用者。读文集,想其气象,要自不凡。他如王恂以修撰改大理丞抚贵州,杨鼎以编修兼御史,同元玉募兵,其方略必自可观。嘉靖庚戌,赵文肃贞吉以谕德兼御史,赍五万金劳行营督战,既还,杖谪,词林皆夺气,争附丽,工青词,求入直,无敢言兵者。惟近日或练兵,或本兵崛起,詹翰中为众所仗,大足吐气矣。

塘　报

今军情紧急走报者,国初有刻期百户所,后改曰塘报。塘报之取义,未解所谓,其说亦不著。阅《马塍艺花记》云:"凡花之蚤放者曰堂花。"堂,一曰塘,其取之此与?

三　军

三军者,壮男为一军,壮女为一军,男女之老弱者为一军。壮男待战,壮女负垒,发梁辍屋,给从使客,无得以助攻备,老弱牧牛马供爨,此商鞅之论。乃若春秋之三军,殆不如此。盖皆堪战,而以大臣互出入分将者。

士　戏

楚成得臣与晋文公遇,曰:"请与君之士戏。"戏者,兵也。三军之号,所云"戏下"是也。若曰以兵相见云耳。林尧叟谓得臣轻用民命,便解作"戏弄"之"戏",学者习而不察,以为实然。夫得臣亦英雄,岂有此失?真千古不白之冤。更令左丘明扼腕,无以谢得臣。杜征南独不下一字,已得其解矣。

败将弛法

自古败军之将,必服上刑。辽、金稍弛其法,即国随之矣。我朝丘国公败死革爵,徙其家于岭外,自后遣将多以文臣督之,即边镇以赞理为名,而事皆归其掌握。故大将亦不敢力战深入,即败亦有分责,不独得坐一人矣。

射礼三不入

射礼，败军之将、亡国之大夫与为人后者，不得入。败亡之耻莫甚焉，不入固宜；为人后者亦如之何？故冯文所云，贱夫妄为者也，然则宜为后者当入矣。盖射本观德，德以孝为先。既为人后，则本生父母不得执三年丧，人子之心何安，而敢上观德之场乎？先王盖以教孝也。由是观之，为人后者，当列不幸之科矣。冯又曰：非大宗、非贤、非德而后之，皆曰妄。弃其亲而亲人为利，几于夷虏禽兽。吁！何至若是甚乎？其不妄者，岂无十之四五乎？或者冯公有感之言，不可为据。

兵　　器

旗有五等：曰高招，曰角旗，曰门旗，曰督战麾旗，曰队旗。
纛有二等：曰牙纛，曰望纛。
盔有二等：曰明盔，曰衬盔。
牌有四等：曰挨牌，曰圆牌，曰藤牌，曰皮牌。
斧有四等：曰钺斧，曰凿斧，曰铁鞭，曰铁简。
刀有五等：曰腰刀，曰斩马刀，曰捍刀，曰眉刀，曰钩刀。
枪有十等：曰长枪，曰线枪，曰叉枪，曰看枪，曰蛇枪，曰神枪，曰飞枪，曰火枪，曰戟枪，曰拒马枪。
锤有五等：曰重，曰卧，曰蒜头，曰骨朵，曰□□。
棍有五等：曰双头，曰闷棍，曰脚棍，曰操钩，曰狼头棒。
弓有二等：曰马，曰步。
弩有三等：曰斗子，曰诸葛，曰俚弩。
石有二等：曰飞，曰蔺。
炮虽名十一等，近益增多矣。
武艺十八事：一弓，二弩，三枪，四刃，五剑，六矛，七盾，八斧，九钺，十戟，十一鞭，十二简，十三挝，十四殳，十五叉，十六爬头，十七绵绳套索，十八白打。

　　白打即手搏之戏，唐庄宗用之赌郡，张敬儿仗以立功，俗谓之打拳，苏州人曰打手。能拉人骨至死，死之速迟，全在手法。可以日月计，兼亦用棍。棍徒之说，殆取诸此。

　　左都督马芳，少为继母所虐，走出，遇虏掠去，从俺答饲马。虽小，辄能腾跃控御，无敢跽喑。又挽弱木为弓矢，每发命中。后亡归，隶周太傅尚文幕下，充骑队。虏至通州，以三百人横贯其阵，分为二，虏大惊引去。累立功至极品，盖嘉靖末一名将也。黄酋尝请与公约曰手搏，许之。为坛塞上，方广五百步，各携虎士百人，去弓箭兵器，散手单帕立坛侧。公结束登坛，威容若神，交手壁立，意气闲暇。黄酋望见震惧，不敢上，抽鞄矢三发而去。虏皆退走，由此夺气，不敢窥塞者数年。公猿臂壮伟，走及奔马。太傅短小精悍，坐而竦身，两足跨坐屋梁以为常。乃议者谓太傅武艺虽非所长，练兵亦有可取。盖阿分宜之指欲弹治，而北方正赖其力，又恐摇动军心，生他变也。至马公，虽始终无异议，而末年以那吉纳降为非是，坐夺职。夫武人言战是本等事，乃以此课去留，何耶？如此人物，若使文臣知兵有方略者督之，捍奴虏如秋风扫落叶，可以一空。而动多牵制，不尽用，可恨！

　　刀两刃者曰拍刀，起于隋阚陵。

火　　器

　　火器起于《周官》，有矢枉、矢紧、矢利、火射、枉矢之属，以变星名，能飞且有光也。《春秋》焚咸丘，焚者，樵之也，晋中军曳柴焚之也。鲁取齐攻廪丘之郛，主人焚冲，焚战车也。楚奔燧象，齐纵火牛，孙子五火之变，此其最著。水战之火，起于赤壁，束苇灌脂，用以济舟。魏、唐以来，火箭、射梯、巨炮、飞石。宋曾公亮编《武经》，有虎蹲、旋风之炮，蒺藜、霹雳之球。

　　国朝火车、火伞、大二三将军等铳，四眼、双头、九龙、三出、铁棒、石榴等器，最利者为佛郎机、鸟嘴，近又增火筒、火砖，而用无可加矣。此外则猛火油最烈，今未之闻。或云出高丽东数千里，日初出处，烘石所融之液,它物遇之即化为火,唯真琉璃器可贮。

　　陆战用火,莫著于陆逊秭归之役。水战用火,自赤壁外,莫著于我太祖鄱阳之役。然皆草木苇荻之类,束而灌脂,又趁风势,虽间以球、炮,未闻全用火药、火器也。惟建文东昌之战,燕军为火器所乘,死者万余人。味一"乘"字,则战酣而用,非全恃以决胜也。文皇因之,有神机铳炮之属,其制始盛。五军铁骑恃之益强,能逐虏数千里外。至宣皇喜峰口外之战,先以两翼飞矢,虏不能支,而后以此乘之,则用之次第可见。自后兵不习战,专倚之为护身符。敌佯挑战诱我,或驱所掳掠我中国人先尝我,火器叠发,敌叠为进退,药尽,敌冲而前,全军溃散。甚有不见敌而发火,敌至不及发而先走者,则火器误之也。

　　火药重在提硝洁净,硝有上、中、下三等。上等百斤提至九十斤,次者提至八十斤,下者七十斤。必咸秽去尽,舂捣极细,试然铁上,著火无滓,方妙。大铳药干结成块,经年不碎,虽久冒雾雨,放之雄烈,远去百步,入火箭、火龙、火砖诸器之内,虽二三年可用,则提之至净故也。不者,虽藏之极密,吐湿,尽废无用矣。

阵　法　战　法

　　刘锜、王德御金人于柘皋,用万人持斧,如墙而进,此阵法之最整者。葛荣众号百万,尔朱荣以八千骑讨之,分骑为数处,处不过数百人,扬尘鼓噪,使贼不测多少,临战不听,斩首以捧,捧之而已大破擒之,此战法之最神者。然必惯战久用精兵,指挥如意,方可语此。近年抚臣有以万人持刀,演为雪花阵;又有以万人持棍,演为一字阵,真同儿戏。吾友庄复我督粮庄浪,每称西兵戆勇,云:百数人遇虏,杀尽不肯退。用兵者有此站立脚跟,方可言阵。言战而吃紧,尤在选将。将如何选,那得有宗汝霖一只具眼,拔出岳鹏举。只于练兵见之,看其人骨格坚劲,意思深沉,木呐有志尚者,付以二三百人,练成一队,卒而试之,果能站定不扰乱,益以千人;又尽其力量,加至三千人,便是一枝上好战兵,能加至万人,即大将所向无前。更得文臣知兵者与之共事,而所谓监察巡视者,各宽其文法,公其举劾,何施不可！

步骑射

　　古人之射，穿杨命中。今天下之大，岂无其人？而省直武举，骑四矢以上，步射二矢以上，即为中式。闻射骑在十步之内，即步射靶子，亦不过六十二步。苟有妙手与平日习惯中之，亦非难事。而从来骑未见有中至六七矢，步未有四五矢者。至十发十中，想二三百年中无一人矣。何古今人之不相及至此！

僧慧开弓

　　开劲弓者，古多有之；左右射者，亦有之。惟董僧慧能反手于背，开五斛弓，此自来所无。僧慧，丹阳人，慷慨好读书，在南齐事晋安王子懋。子懋举兵不克死，僧慧葬之，悲恸而卒。真可谓义勇士矣！

纸铠绵甲

　　纸铠起于唐宣宗时，河中节度使徐商劈纸为之，劲矢不能入。商，有功五世孙也。官至平章事、太子太保。子彦若，官亦如之，有功仁恕之报也。
　　绵甲以绵花七斤，用布缝如夹袄，两臂过肩五寸，下长掩膝，粗线逐行横直缝紧，入水浸透，取起，铺地，用脚踹实，以不胖胀为度。晒干收用，见雨不重，霉鬓不烂，鸟铳不能大伤。纸甲用无性极柔之纸，加工锤软，叠厚三寸，方寸四钉，如遇水雨浸湿，铳箭难透。

甲胄密法

　　元太宗攻金，怀孟人李威从军。患世之甲胄不坚，得其妇兄杜坤密法，创蹄筋翎根别为之。太宗亲射不能入，宠以金符。威每战先登,不避矢石。帝劳之曰:"汝纵不自爱,独不为甲胄惜乎?"谓诸将曰:"能捍蔽尔为国家立功名者,威之甲也。"

廷　　杖

廷杖始于唐玄宗时,御史蒋挺决杖朝堂,张廷珪执奏,谓"御史可杀不可辱"。人服其知体。然本之又起于隋,《文帝本纪》称"殿庭挞人",此其征也。其后北魏、金、元皆用之。盖以夷狄效中国,而其本俗止有斩杀,原无此法。

成化以前,凡廷杖者,不去衣,用厚绵底衣重毡叠帊,示辱而已。然犹卧床数月,而后得愈。正德初年,逆瑾用事,恶廷臣,始去衣,遂有杖死者。又成、弘间下诏狱,惟叛逆、妖言、强盗好生打着问,喇虎、杀人打着问。其余常犯,送锦衣镇抚司问,转法司拟罪。中间情重,始有来说之旨。正德以后,一概打问,无复低昂矣。

凡廷杖者俱豫知状,或自分疏入必不免,得多服药,节啬以待,然间有死者,惟廖恭敏庄谏上皇事,久留中不报矣。以母忧领勘合入见,景皇想旧事,大怒,命锦衣卫着实打八十,送吏部贬驿丞。此而不死,真天祐也。余同年有为刑官者曰:"凡卒然与杖,即十下亦可死。有意待杖,至百亦难毙。"盖心血不上冲故也。然刑人者亦可念已。

族　　刑

战国而后,有三族、五族、九族之刑。国朝乃十族。邹阳则谓"荆轲湛七族",不知如何算帐。

木丸塞口

刑人者以木丸塞口,始于武曌杀郝象贤。象贤,处俊之孙,曌衔怨,因事诛之。临刑极骂,用此法,令离磔其尸,斫夷祖父棺冢。人生不幸遇大难,度不可脱,只默默以死,何至愤极,以自取酷烈,且累及先人骸骨耶？读《方正学传》，尤令人酸感。

申文鬼杀

凡狱囚往往为仇家赂狱吏，或承上官风旨，谬以疾申，不数日辄报死，实杀之也。成化、弘治间，曹子文为司狱吏，主书写申状多矣。一日，与众坐狱舍，忽旋风从外来，文色变神乱，张目若对语曰："某人某所命，某人某所使，非我罪也。"随语随困殆，舁归家，语不绝，卒。时谓众鬼杀之也，里中人亲见，皆能言之。

伏气

魏宏，字损之，宝元中进士，岳州司理参军，尝鞫狱，有囚闭口不食，莫能诘。宏乃引囚问曰："吾以一物塞若鼻，能久不食乎？"囚惧，遂承伏。或问故，宏曰："彼必善伏气，若塞鼻，则气结死矣。"

革鞭夹钱

洪武末年，湘阴县丞刘英以生革为鞭，长三尺，中夹铜钱，挞人至皮肉皆裂。尝出行，以巡检未即迎，怒而挞其妻，几死。上闻曰："刑者，不得已而用之，故圣人常加钦恤，惟恐滥及无辜。英，一县丞耳，酷虐乃至于此，独不闻刘宽蒲鞭之事哉！且律载刑具，明有定制，乃弃不用，而残贼如是，是废吾法也。难谕常律。"逮至，戮于市。

刑人而笑

宁国诸生周世禄，有仆逃孝丰，抵罪当赎金，械送本县。县令欲毙之狱，周代偿而舍之。其子希旦举进士，为莆司理。公训之："无深文，无淫刑。古者怒而刑人，今或笑而刑人。怒则仇矣，笑则乐；仇之已甚，又可乐乎！余尽见有刑人而笑者，不独有司。"此言真刺骨可痛。

鹦鹉堕地

陆纶,字理之,号南洋,归安人,为云南太守。一日之野,有鹦鹉向前哀鸣,忽堕地,则赫然死人也。就而视之,已复为鹦鹉。呼老妪问故,家先杀人,瘗尸鹦鹉笼下,掘之如生。亟召其子孙,畀以杀人者,四境颂若神明。

神　断

伍典为柳州太守,州民钟钮,其叔自他所赍书钮,携囊金市产。钮堕其计,至中途,叔与夥贼扑杀钮,携其囊金去,不可踪迹。妻讼之官,且祷于神,谓事必下公始得决。已而南宁道果以属公。檄至,公得钮妻所上叔所赍书,方思为之计,神忽见梦,公因策梦中语,谓事当起于僧人。因于府治白石山结僧堂一区,令方僧至者率舍其中,各写经凡几。已而得一僧,所写经字与钟妻所上书适类。又因诘其祝发岁月,正与杀钮时合。乃令钟妻遣仆觇之,众僧中果一人如钮叔,指以示,即公顷所诘问僧也。杖之吐实,遂伏辜。

陈琰,字公信,江都人,贡生。尝按云南,每出入,则凝顾院东民家烟楼,人莫知其故。一日,召其家长,闭诸后堂,复遣人诣其家文书匣检阅,有江西贩客路引。乃呼家长出讯曰:"汝于灶所谋害江西客人某,因取其货,汝罪当死。"即伏辜。盖尸瘗灶下,出入见烟楼中若有人手招以诉者。众惊以为神,后转陕西布政。

余一龙,婺源人,为江山令。妻戴,以刲股疗姑,卒。继李入署,合卺夕,虑有乘间者,潜出,则逻卒醉,狱户启,重囚将逸,悉捕获之。郊行见妇哭夫于墓而不哀,有男子从,召问:"若与彼何亲?"曰:"妇夫友也。"廉其邻里,妇故淫,夫暴死,家无期功亲,收妇系狱。阴语狱卒:"来视妇者告我。"前男子频致其私,狱卒以告,执讯之,吐实。邑称神明。

成宰，长垣人，举人，知睢州。有杀人北城者，街卒歫声寻逐不得，来白，密察。中有无良数辈，忽驰骑迹之，一人卧褥下，有血刀，诘之，以屠彘对。笑曰："屠彘，何避人为，而负刀以卧？北城之事，汝实为之。"出不意，语塞，服辜。

顾承显，临淮人，太保尚书佐之孙，为虞城令。乡民祝如川者，颇居积，一夕，室有槁尸而丧其元，家人恼恼，惧不测。驰往熟视，笑曰："是不类生人手刃者，殆仇之为。挟睚眦而思覆其巢，奴辈利汝财耳。"命遍索诸野，得新阡，有遗首焉。携至，吻合。迹其人，得之立承，曰："公，天神也。"

增官寿

彰德部中有大盗发觉，株连士族数百家。葛端肃守礼为司理，谳鞫尽释之。后晋为郎，病甚，梦帝谓曰："以彰德狱事，增寿三纪。"后年七十四，官太子少保左都，卒。为郎时正年四十，其数果符。然则公不但增纪，且增郎秩至八座矣。

年少编发

两广擒贼，率多斩首，年少者亦毙于狱。嘉靖三十二年，总督应槚题请韦扶道等，皆年二十以下，积恶未深，乞编发湖、江、浙为军，兵书聂贞襄公覆允。活人阴德，大矣，远矣！

非法用刑

南齐时，孔琇之为吴令，有十岁小儿偷刈邻家稻一束，付狱案罪。或谏之，琇之曰："小便为盗，长大何所不为！"遂致于辟。又有吉翰，为徐州刺史，有死罪囚，典签意欲活之，因翰入关斋，呈事省讫，语令且去，明日更呈。明旦，典签不敢复入，呼之取昨呈来，谓曰："卿意欲宥此囚，昨于斋中见其事，亦欲活之。但罪重不可全贷，既欲加恩，卿便当代任其罪。"因命左右收典签付狱,杀之,原此囚生命。此皆出理法之外,乱世之政,不可为训。乃吉翰收入《循吏传》,而史赞琇之贞素之风,不践无义之地,何居?十岁必无按罪之理,典签即受贿,欲活死囚,进邪说,何至于杀?既可杀,囚无活理。此时君臣任意诛赏,读书有名称者尚然,况武夫悍将哉!大约惟势家强宗任意恣行,无敢犯而格者。生人之酷,宁独编民卒伍为然,可哀也已!

门客义男

樊举人者,寿宁侯门下客也。侯贵振天下,樊负势,结勋戚贵臣,一切奏状皆出其手。然驾空亡事实,为怨家所发,事下刑部。刑部郎中韩绍宗具知,诘主奏,以实对曰:"樊举人为此。"于是摄樊举人。是时樊匿寿宁侯所甚深,乃百计出之。下狱数日,韩一旦出门,见地上一卷书,取视,则备书樊举人罪状,宜必置之死,不死不可。韩笑曰:"此樊举人所自为书也。"诘之,果服。同僚咸谓:"此畏笞,诬服耳,何乃自为此?"韩呼樊举人出,使背诵其书,背诵不讹一字。同僚惊问曰:"何乃自为此?"对曰:"韩公者,非可摇动以势。薪生则必死,今言死者,左计也,几死我耳。"郎中曰:"不然。若罪不至死。"于是发戍辽,寿宁侯虽心恶之,然无如之何。又朝审囚徒中有乱义男妇者,坐死。冢宰三原王公疑其太重,以问主者,不能对。韩前对曰:"义男犯其主,与子犯其父同科,有之乎?"冢宰曰:"然。"韩曰:"固也。然则乱义男妇者,独奈何弗死也?"冢宰雅知公,乃愈益重之。后官副使,归,苑洛先生之父也。

神示扼吭

马应祥为歙县知县,郡有杀人者,久不可得,乃以付公。公先期斋戒,祷越国汪公祠下曰:"神许我得其情,则雨。"是夜果雨。翌日启死者棺,事中诸人罗跪,乃一鼠自棺出,钻跪者一人衣底,寻忽不见。公念曰:"此神示也。"乃指其人曰:"杀人者汝!"其人色动,推究,果服。又郊外杀一人，未绝，公命移之县大门内，许人纵观之。乃一人嗟叹其侧者，久之，因扼其吭，遂绝。是时公已教隶卒觇举措矣，觇者以告，遂执而抵于法。盖杀人利其财，不绝，恐或出语，故复来扼吭耳。于是县中称神明。

雪冤解狱

保定御史栾尚岳，家居寝疾，微得其奴妾奸状，与妇议，欲扑杀之。妾闻，告奴，奴厚贿一屠，夜入，杀御史夫妇，而密洒血宿仇赵某之门及所经道上，已乃佯惊大呼，集众迹之，以血为据。栾无子，奴、妾即讦赵，坐大辟。赵不服，亟诉覆鞫。时青阳章时鸾为守，一见疑之。密询奴所最厚者何人，知为屠也。擒屠母，询之，立得实，尽伏辜。而御史之冤雪，赵氏之狱解。

冯 小 二

衡阳有少妇秦氏，孀居，有姿色。姑欲嫁之，不听。邻少年冯小二欲挑之，以姑在，不得间。因计毒其姑，佯为助丧，求与妇合。妇大怒，飞石中之，因讦妇有所私，为姑所禁，置鸩焉，陷于辟。有管思易者，鄞人，以恤刑至，疑之。夜梦老妇牵一马，泣诉曰："马实杀我，非妇也。"遍求马姓者，不得。视邻右尺牍有冯小二，忽悟曰："是矣。"遽呼询之，立承，妇遂得释。管后与尚书吴中争狱，不胜，愤而卒。

同 宗 二 狱

丰城雷焕九者，盗引为窝，法当死，以冤走匿。陶谐为佥事，曰："第无恐，果冤，吾为尔辩之。"焕九出，公以杂诸隶中，使群盗认之，不识。明日，复鞫之，门外跂而瞰者，执以入，盗叩头曰："渠实贿我建昌狱中，使诬焕九。"焕九曰："是同宗而有仇，不意其为此也。"立出焕九罪。又同宗有二商，自远归。其一商过旧馆止食，竟不归，其家以先归有谋，讼之。公推案馆人，不服。见馆所畜鸲鹆能言，使持刀诘之，鸲鹆言积灰处。启灰得尸，事遂白。咸以为神。

断　朱　英

尚书才宽为西安府太守，有治才。过客失金于店，急白宽。宽仰见飞鹰，又有蜘蛛坠案，曰："店中必有朱姓名英者为盗。"执之，果得金。民皆神之，谣曰："才宽断朱英。"

呜　咽　声

邹平王之士为河间守，民妇赵，年二十六，无故死，讼于官。王手其牒，心动，如闻有呜咽声。廉之，则姑与少年通，因逼赵，不从，断指自誓。窘之百方，益骂不从，姑与少年击之死。狱具，称神明。

支解不孝子

唐刚，保定府新城县人。告其子钺不孝，知县吴瑗令屠者支解钺而燔之。事闻，以专杀惨虐，瑗永远充军。嘉靖十九年事。

二主事得罪

正德十三年，下刑部主事郑懋德、林桂于锦衣卫狱。初，刑部狱卒例有供食，后移为公使费，而以囚粮之赢者给之，其弊已久。会锦衣卫千户王注与朱宁有连，挟宁势，纵恣。有瞽者善歌，出入注家，瞽者之兄与人斗，不胜，注为执斗者，绑掠之，寻死。其家讼于刑部，摄注就理，宁庇之不发。尚书张子麟、郎中林文缵知其故，置不问。员外郎刘秉监代文缵署事，再摄注，又不发。秉监即据众证成狱，注闻而惧，求救于宁曰："我亲戚谁不知，乃待我言。"阴讽东厂发盗用囚粮事。时懋德、桂相继提牢，遂收系狱。且言诸堂官皆利其赢余，请穷治。于是三法司皆恐，诣东厂求解。乃知意出于宁子麟及侍郎金献民、胡歆，造宁谢过，宁佯不知。三人者以秉监触祸，尤之。秉监称病不出，然宁必欲改狱，秉监乃移兵马司覆勘，指为病死，注得改拟。而死者之家以诬反坐。注始诣刑部，见尚书侍郎，皆与揖拜，若宾客礼。及谳，大理寺亦即报允。宁怒既释，乃寝囚粮事不治。懋德、桂本非其罪，竟调为州同知。懋德临清州，桂平度州。

争　田

江西新建县民毛凤，与同里民徐均仁争田，有旧怨，相讼久不决。会朝廷遣南刑部侍郎金绅巡视江西，凤乃嗾人诬均仁频年在乡劫杀拒捕，且赂其县官，妄报于绅及镇守太监刘倜、巡按御史段正，同檄三司及分巡等官，遣百户叶俊往捕之。凤又赂以五十金，密谋害均仁一家，快私忿。俊率兵四十人，凤集二百七十余人，操火铳兵器以从，围其家，纵火焚之，家属死者二十三人，杖死者五人，尽缚其未死者二十六人，送于府转达于巡按。御史皆信之，独按察司疑均仁等称冤，伤已重而无赃，其事必诬。令府县重鞫，死于狱者又十七人。存者徐细仔等三人令人诉之新巡按御史熊翀，翀奏其事，上以凤等挟仇聚众，诬害一家人命，命刑部郎中奚昊、锦衣千户潘旺会镇巡核勘，得实，凤等及俊坐凌迟死，仍籍俊家，从者俱斩。并责问守巡等官，境内有大狱，久不究理，令具闻处治。后俊死于狱，磔尸于市。

寝　大　狱

李健斋，名茂功，文定公第四子也，为兴化守。少年群不逞，诟而过市，市人或目之曰将、曰虎、曰地煞。邑令喜事，博名高，知非公所欲也，私告变台使者党数百人有异谋，下令捕系，具狱。台使者檄公覆案，公嘻曰："屠沽儿，醉饱得过，恶足与治乎？"为戍一人，城旦春三人，余杖而释之。郡人大安。同时吾兄汝器守建宁，亦有此事，活数百人。既归，即生二子。人谓有天道云。

鬼挠搏颡

神宗四十年，南京御史王万祚，严州府人。巡江至苏州治，豪家仆众，翕然归之。常熟有女巫，妖淫惑众，土人擒以献，其罪甚确。王览牒，忽大怒，坐诬，与杖各数十，众出不意。又暑月，毙者十余人，巫叩谢去，王得意甚。回京，忽群鬼挠之，搏颡叫曰："这是我不是！这是我不是！"流血立死。

雪白

谚曰"雪白百姓"，谓人身上无一点瑕颣类也。此二字即美玉不能免，惟雪无之，故以为言。然古不云乎？一家之中，大者可诛，小者可杀。此又何也？百姓中岂无隐过？岂无无心之过？以"雪白"二字概之，不可。舍二字而苛求，不可。余所历府县正官甚多，有一最快事，录于后：

里中有某者，父子济恶，道路以目，即宦族方盛，无如之何。有谢氏子，家可千金，少孤而佻，诱之赌博。其祖尚在，老矣，且懦甚，屡往寻归，归而复去。盖某别有诱之之术，落其度中，心已荡，不可制也。历两年，其善田宅悉勒契质于大家矣。谢老大愤，欲告于官。某闻之，笑曰："此所蜻蜓摇石柱者。"余叔父，谢老之侪也，来就谋，畏之，亦数数劝止。即余亦以为非敌。时县主为杨楚璞应聘，怀远人，癸未进士，有强干声。谢老奋曰："杨公好官，即死且走一遭！"状入不省，谢老大窘曰："当死又何言。"众揶揄，尤不可忍，跄踉而归。次日，某方缓步街市，将寻谢老所在捶之，尾而讙者数百人。忽捕者至，众失色，犹傲然挈其子以往。既至，杨不与语，某微觇气色，回顾同类曰："事败矣。"杨治它文书毕，喝与大杖三十，其子求代，并杖下狱。而召谢老，慰谕令归，俟农毕待理。盖不啻家人父子云。众闻之皆大惊，呼"杨青天"。盖其人纵恶久，杨已刺知，待时而发，后竟伏辜，里中清泰者可十余年。此后陈筠塘太守尤快尤多，然以此府怨遭谤，而杨之威德亦竟无人明之者，漫录出俟后。

卷之十三

埋羹撤茶

王琎，昌邑人。洪武初，以儒士历宁波知府。堂馔用鱼肉，命埋之，号"埋羹太守"。有给事来谒，具茶，给事为客居间，公大呼"撤去"，给事惭而退，又号"撤茶太守"。

中官祈哀

佥事陈谔，字克忠，诙谐。正统初，有中官阮巨队奉命来广征虎豹，谔从阮饮，求虎皮以归。明日草奏，言："阮多用肥壮者宴客，徒贡瘠虎，使毙诸涂。"阮大恐，置酒谢。谔酣，谓阮曰："闻子非阉者，近娶妾，然否？"阮请阅诸室，谔见群罐，知为金珠，佯问何物，曰："酒也。"谔笑曰："吾来正索此。"遂令人扛去。阮哀祈，得留其半。广人至今传为谈谑。谔，永乐戊子举人，初为给事中，奏事，声震朝宁。上令饿数日，奏对如前。上曰："是天生也。"呼为"大声秀才"。忤上，命为坎瘗之。谲瘗者云："吾今夕乃为大瓮所苦。"请其故，则骂曰："叱嗟！汝不知耶？朝廷瘗人，当如瓮，可令速死。"瘗者从之，遂得屈伸，凡七日不死，释还故官。谔性刚直，屡仆屡起，历卿寺、佥事、知县、长史同知，以寿终。

岁月正合

洪武间，黄岩县承方寇之后，顽敝殊甚。有薝林心月者，年八十余，寓西桥，善《易》数，预知吉凶。尝为人言："后此五十年，有周令者来，民始安。"果有周旭鉴者，贵溪人，以学行，三杨荐知县事，凡九年，县以大治。父老忆其岁月正合。群诉请留,即升台州通判,仍县事,即升知台州府事,又加右参政,掌府事,前后凡三十余年。台人赖之,黄岩遂为善邑。

试 诸 生

韩公雍巡抚江西,每对生员称说《诗》《书》。时江西科目方盛,生员私相谓曰:"巡抚,《千字文》秀才耳,安得称说《诗》《书》!"公闻之,命提学送诸生来,考以"律吕调阳"为论,"闰余成岁"为策,诸生皆不能详。公曰:"我辈做秀才时,读了《百家姓》,便读《千字文》,诸生如何连《千字文》也不知?"士皆愧服。

杖 知 府

朱公英总督两广,继韩襄毅之后,一切以简静治之,民以大和。又荐陈白沙,皆贤者事。其杖广州知府林橙,亦奇。橙,莆田人,天顺丁未进士,知广州。性豪侈,暑日易纱衣数袭;烹茗,罐不再用,以纱一幅封其口,用毕即弃去;烛大如椽,使童子执之,动即与杖。阅讼,以己意出入,纵吏为奸。英杖之,启其裙裤,皆纱制。英叹曰:"民力竭矣。"即逐去,民皆称快。

掩 金 宝

榆林双山堡之东,有所谓柳树会者,旧柳州也。土人于瑾耕地得金砖、金甲诸物,所值万余金,邻人讼之。镇督姚公镆,令佥宪姚文清鞫之,问其所自。瑾云:"其下隧道数曲,有巨室三楹,东西皆金银堆积,中则金甲胄数十。又有金耳环,如今制而长者数瓮,所积以千万计。盖西夏、金、元故物也。"姚佥宪请公差官勘实,闻于朝而发之,以实库藏,则百万之积可具。镆曰:"若是,则人将谓我辈先有所获,何以自明?且榆林镇所少岂独此哉?于瑾,一农夫耳,而天赐之,不可夺也。"乃斥讼者,以金归瑾,仍厚封其地,以绝后患。后至者议即故地发取,旋思其言而止。

操纵蜀府

罗通以御史按蜀,蜀王富甲诸国,出入僭用乘舆仪从,通心欲检制之。一日,王过御史台,公突使人收王所僭卤簿,蜀王气沮,藩、臬俱来见,问状,且曰:"闻报,王罪且不测,今且奈何?"通曰:"诚然,公等试思之。"诘旦复来,俱曰:"无策。"通曰:"易耳,宜密语王:但谓黄屋左纛,故玄元皇帝庙中器,今复还之耳。"玄元皇帝,唐玄宗幸蜀建祀老子者也。从之,事乃得解,王亦逆自敛。通始至蜀中,士大夫易通少年,至是,始惊服。

都郎中

户部郎中刘尔牧,号尧麓,东平州人,尚书源清之子也。进士,在部八年,方大司徒钝器重,举奏必以属。同列不堪,目为都郎中,卒坐杖归里,尚书公尚无恙。

清主事

张随,字子贞,山西芮城人。永乐丁酉解元,授户部主事,极清苦。宣庙微行至其家,见其躬汲水,内子舂米,甚嘉叹。后坐法,上曰:"此清主事也,勿问。"改工部,以疾归。三十余年,茅屋村居,不异寒士。或曰张巡之后。巡,芮城人,有墓在焉,有东张、南张二村。史曰巡南阳人,盖自芮而迁。死节后,土人怜之,具衣冠以葬。

林公四知

闽林氏,祖、父、孙三世五尚书,最后南工书仲山公烃。予同官南京,恂恂笃实人。公之曾祖父名镠,永乐辛丑进士,抚州知府,有善政,吴康斋大书"金井玉壶冰"五字褒之。入觐,乞致仕归。其友戴弘龄素方严,慎许可,称公有"四知"。金曰:"杨震故事乎?"戴曰:"乃公饶为之,更有进者,知县、知州、知府,又知足也。"公为上犹令,山东宁海州守,俱乞归展墓,见许。祖制之优恤外官乃尔。

却馈负税

丘司寇橓,本清方之士。然其胸次浅隘,好为名高,不近人情。其在省中,时湖广抚臣方廉馈之五金,疏发其事,方以此去,人颇不直之,遂谢病归里。其后居乡,力却上官馈遗,而多负国税。有县令恶其矫,积所却馈遗数百十金,请于两台,以抵其逋税,丘大惭。方在告时,有荐之江陵者,江陵曰:"此君怪行,非经德也。"终不肯起。江陵没,召为侍郎,往籍江陵,大宗伯于公慎行深规之。未几,丘之子云肇中进士,宦亦不达。

骑士捧檄

吾师刘晋川以少宰起少司空,理河漕事。方憩于门,二骑士捧檄至,谓其田父也,揖曰:"为通主君。"公诺而入,肃衣冠出见之。骑士惊伏罪,笑曰:"无伤也,若固不识耳。"此等事古有行之者,又见于公,亦自可喜。

习成节啬

梁司徒材为广东左辖,旦夕皆饭堂上,侑以青菜,或冬瓜、萝卜,惟一味。比擢副都御史,巡抚江右,荐绅皆饯诸大观桥。解衣尽欢,痛饮大嚼,始知其节啬,乃习惯成自然尔。视所服圆领,用浙蕉极下者,衷服布素浣补,惟两裾鲜洁。

止象凿山

世庙末年,滇有都御史某,请行战象之法于北边。钱塘陈敬亭善,时为右辖,极言象产炎徼,不耐西北苦寒,事得寝。陈居滇久,昆明之傍曰榜山,山阳有田五千顷,地高苦旱。陈视白石崖有泉在上游,可引溉,而为横山所隔,议凿山通渠,众咸难之。陈力任,矢众祷天,久之未就,众嫉之,陈引去。行有日矣,横山水洞忽报开通,咸惊为神助云。感之立祠,至今享有永利。屡荐未能用,在家优游二十年。令终,舆论崇重,与松江莫中江如忠、金昌袁裕春洪愈并称云。

三速六字

郭青螺子章,与夏仁吾良心,辛未科同年,同为左方伯,郭得闽,夏得江西。郭问夏曰:"何以从政?"曰:"予有三速:速收、速给批、速放。"夏问于郭,曰:"予有六字:一锭收,原封放。"二公兼用所长,皆有清声,皆开府。郭,泰和人;夏,广德人。

投书

胡澧,字伯钟,三水县人,弘治癸丑进士。强力有干,为松番副使。讨贼有功,胡端敏荐之,忤柄臣归。吴清惠又荐之,不起。后霍文敏为少宰,熟知其才,且善射,精韬钤。值大同兵变,荐赴京,拟金都御史,任西北。有投书者,发之,中四字曰:何如如何。求其人不得,命未下而卒。

二于

于达真,字子冲,历城人。丁丑进士,以泽州知州,为兵部员外郎。兵部未满岁,升山西佥事,饬兵昌平。神宗阅寿工,昌平孔道,以才选择。三年中，车驾四出，应之沛然。后官至参政殁，人咸惜之。初第以诗文名，诸生时，与于文定公俱为我郡吴竣伯所拔，称"二于"。又善骑射，总兵董一元兄弟较猎，数数胜之。天与之年，必为名制阃。

叱金忘名

屈西溪直，华阴人，官至左副都御史。先为我浙按察使，归安知县某被告发科敛万金，按之。知县怀白金来馈求解，叱出之，治益急。会迁河南，乃止。及公治漕事，则知县为御史，起复赴京。过淮上，修谒，执属官礼甚恭。公喜留宴，谭及浙，偶忘某为御史也。因言："生平未尝苟取，如浙属一知县犯赃，馈金求解，叱出未竟，及今耿耿，不知其人何如也？"御史色沮，愈恭，公怪之。及别去，谛思，即其人也，大悔，已无及。某入台，以刘瑾党诬公，遂罢。

杨太守

杨继宗为刑部主事，河间府获强盗，遣里甲张文、郭礼解送京师。中途遇夜，盗自释刑具而逃。张语郭曰："人言纵盗者罪与盗同。予二人俱死，不若留一人。汝母老，寡兄弟，汝可为解人，予为盗，可全汝母子之命。"郭感谢，张以刑具自服。到司，公疑其言动非盗，审之得实，二人遂俱得活。其真盗，后亦为人所擒。

公在天顺中升嘉兴太守，成化元年丁忧，五年服阕，复补嘉兴，先后满九载。今人皆知公之德政，而不知其先后两任也。

守嘉禾久，时清，北都等乡禾每茎离根二节，节间又生三茎，秀三穗，或生四五茎、四五穗者有之。竟亩计之，三穗者一二百，二穗者数千百，在在皆满。府经历司莲缸内栽禾二本，亦如野外生茎穗，公自为文记之。满九年考，以素苦风痹，自治行访医，送者倾郡，内外不得行，愿乞一物以示永永，解青纱衣与之，百姓藏之糜柜，置三贤祠右。后即家起浙江按察使，至金都御史，抚云南。公字承芳，山西阳城人，为国朝良刺史第一。又有黄懋者，元氏人，亦满九年，有惠政。曾拔吕文懿于诸生,升福建布政,还,卒嘉兴,遂葬于邑北板坊。子中,领浙乡试。墓数废数复,子孙尚存。

杨公升浙按察使,以忧去,民挽之不能得。既行十余日,相惊谓:"公夺情复任。"欢呼载道,迎候者填溢城门,月余方息。近年我浙窦廉使子偁,弃官去,自杭至平望,挽留者塞涂,无虑数十万人,则余所亲见者。

神　　识

范槚,会稽人,守淮安。景王出藩,大盗谋劫王,布党,起天津至鄱阳,分徒五百人,往来游奕。一日晚衙罢,门卒报:"有贵客入僦潘氏园寓孥者。"曰:"有传牌乎?"曰:"否。"命诇之。报曰:"从者众矣。"而更出入,心疑为盗。阴选健卒数十,易衣帽如庄农,曰:"若往视其徒,入肆者,阳与饮。饮中挑与斗,相搏,縶以来。"而戒曰:"慎勿言捕贼也。"卒既散去,公命舆,谒客西门,过街肆。搏者前诉,即收之。比反,得十七人。阳怒骂曰:"王舟方至,官司不暇食,暇问汝斗乎?"叱令就系。入夜,传令儆备,而令隶饱食以需。漏下二十刻,出诸囚于庭,厉声讯曰:"汝辈谓官府当出迎王,而欲乘空虚为乱,吾久知之,徒送死耳。"咸叩头伏曰:"奴辈当死。"往捕,贼首已遁。所留孥,妓也。于是令飞骑驰报徐、扬诸将吏,而毙十七人于杖,余贼散溃。乡宦某者,淫暴擅杀,大为里中患。海夷之乱,筑郛,绝衢道自固。府判出,经其郛,闭勿令过。判还以诉公,公怒命堕焉。无何,其徒杀邳州三邮,以贼级报验,得之。遂以兵围其第,縶徒三百余人,并发其所为诸奸利事。讯之,皆款伏。某知不可解,阴行刺,侦知之,不得发。则赂于朝,得复起,脱身亟行赴官。会为台纠,奉诏逮问,而归狱词于四郡。公焚香誓神,引囚七百,鞫之,得实以报,某竟狱死。民家子徐柏,及婚而失之,父诉府,公曰:"临婚当不远游,是为人杀耶?"父曰:"儿有力,人不能杀也。"久之,莫决。一夕,秉烛坐,有濡衣者,臂两鳖,偻而趋,默诧曰:"噫!是柏魂也,而系鳖,水死耳。"明日,问左右曰:"何池沼最深者?吾欲暂游。"对曰:"某寺。"遂舆以往,指池曰:"徐柏尸在是。"网之不得,将还,忽泡起如沸,复于下获焉。召其父视之,柏也,然莫知谁杀。公念柏有力,杀柏者当勍。一日,忽下令曰:"今乱初已,吾欲简健者为快手。"选竟,视一人反袄,脱而观之,血渍焉。呵曰:"汝何杀人?"曰:"前阵上涴耳。"解其里,血渍沾纩。公曰:"倭在夏秋,岂须袄?杀徐柏者,汝也!"遂具服。云以某童子故,执童子,至曰:"初意汝戏言也,果杀之乎?"一时称为神识。少尝读书道观,数怪见,同学者死焉,公玩习无惧色,其胆决,盖天性也。卒岁,有降紫姑神者,诸孙就问寿,以诗呈公,诗有"半醉逢司马"句,公笑曰:"吾今死矣。半,文八十加一,吾寿数也。醉者,酉卒,丁酉年也。马属午,在午日乎?"果以六月午日殁。

王公政教

王锐,永平府迁安县人,进士。景泰间,为彰德知府。锐长身修髯,顾盻生威,有权术,尚严政。治察郡中吏民贤不肖,赋则狱讼,皆籍识。自听其政,吏亡得为奸。出必钥关,泥之,民终岁不得与吏交一言。县吏以贿闻者,案之,即令去。他事不中程者,笞督令改案。深究事情,吏民畏之如神。每行郡,城中民皆闭户,亡敢立道旁,藏远鸡犬,恐有声。锐时策马过,视马耳,不左右顾。令民临道屋俱作修廊,檐外浚深沟,雨潦得泄,中道隆,立令水赴沟中。行委巷口,树栅门,有钥,甲夜即阖门钉板,仰卧栅门外,柝竟夜鸣,奸人莫敢入郡地也。尤留心学校,凡朔望谒先师庙已,坐明伦堂,听诸生说经,发疑无异。诸生皆居学宫,筹识姓名。政少暇,令隶持数筹,造明伦堂。诸生持筹来,自临试,或背诵书,或作义。其他出,及不衣冠居者,受笞。当是时,黉序间读书声洋洋盈耳。丁祭,陈钟鼓,鸣弦管,升降揖逊甚都。参政姚龙行部至府,往见之,出而叹曰:"此虽国学,亦无以加也。"

阳和俎豆

吕大川,字中源,浙新昌人,成化甲辰进士。守惠州,有善政。征剧贼张权,大川随军督饷,察胁从诖误者,释之。所至,召耆老谕以礼义祸福,莫不感动。番禺张诏曰:"吕惠州可谓霜雪之阳和,戎马之俎豆也。"竟卒于官。

妄捕弃官

妖贼王子龙,已于赣州龙南县当阵杀死,报功叙赏矣。后惠州通判署和平县事,复称子龙未死,今在民家,白所司擒获。赣抚移书,令杀后捕者灭口,太守孙光启不从,拂衣归。孙,嘉兴人,正直忠厚,余于昭庆寺一识面,真有过人者。未几,起福建参政,卒官。

藩国两名臣

胡兴,祁门人,进士,授三河知县。文皇帝封赵王,择辅,以兴为长史。汉庶人将反,密使至,赵王大惊,将执而奏之。兴曰:"彼举事有日矣,何暇奏乎?万一事泄,是趣之叛。"一夕尽歼之。汉平,赵王让还护卫兵,宣庙亦闻斩使事,曰:"吾叔非怀二心者。"赵遂得免。兴恢博多智略,历辅简王、惠王及王八子,侃侃师道自任。

赵准,藁城人。长身,美髯,性刚毅方严,终日无惰容,不轻言笑。年二十余,始读书。时有敏少年,日记数千言,赵先生耻居其下,日所诵书必与之埒,日不足,竟夜读忘寝。举顺天乡试,为学官。景泰间,迁赵府纪善。好谏诤,常思死节。王令诸郡王皆受经,为讲说甚详恳。门弟子常数十,矩矩严,诸生步立皆有则。尤重背诵,以身先之,无倦,诸生侍侧凛凛。时太守有十子,五子骄纵甚,虽守无如之何。一日,闻赵先生严,自领其子来,且遗一朴,广二寸,厚半寸,书其面曰:"专治五子,毋及余生。"诸子一望见即凛然,皆折节受学。守亲致于衙,置上座,亦不让。崔仲凫之父,少时出门下,殁祀于家。

誓不留食

顾昌,字德辉,长洲人。乡荐,为思恩府同知。清介绝俗,人不敢干,未尝受一疏之馈。晚年家居,诣人家,誓不留食,虽远去数十里,宁饥而归。文章简洁,似其为人。

麾兵抗席

太仓周云川怡,贰泉州。值倭变,署事,调兵食有方,士皆怀之。新守秦姓者至,年少任意,不时给,兵大哗。公出麾之,立散,遂罢守,以公为代。公受业于王大司马思质,弇州方幼,与公为尔汝交,狎挡靡不至。思质忽延公为师,抗席正颜,指摘文字亡所避。弇州小忿,即摄齐请去,皇恐谢罪乃已。后补永昌,不复出。

夫妇却金

南乐魏节斋怡,以贡为巩昌通判,行部秦州。赋户投金于几,觉而察之,逸去,乃付州库。夫人杨氏东归,复过其地,州吏取以献,夫人又谢却之。生三子:长允贞,丁丑进士,官侍郎;允中,丙子解元,庚辰进士,吏部主事;允孚,甲戌进士,刑部郎中。侍郎子广微,甲辰进士,官宫寮,世著清节云。

侍郎抚山西,日廪止受八分,京朝官以使事至者,亦如之。或嫌其薄,曰:"计肉食可五豆,必食前方丈而后快耶?"一佥事行部至泽州,州守为吾友许绳斋维新,事之无失礼。而佥事少年举解首,素豪奢自用,挞其承事人。许怒,停传给,凡三日,佥事窘,驰去。申文侍郎云:"州乏供具,仅杀一母鸡而食。"批云:"食鸡有何不足,而尚以为慢,露笔作罪案耶?"佥事大愧,引疾去。

立应军需

张恺,鄞县人,宣德三年,以监生为江陵知县。时征交趾,大军过,总督日晡立取火炉及架数百,恺即命木工以方漆卓锯半脚,凿其中,以铁锅实之。又取马槽千余,即取针工各户妇人,以绵布缝成槽,槽口缀以绳,用木桩张其四角。饲马食,便收卷,前路足用,遂以为法。后周文襄荐为工部主事,督运大得其力。

补盗库

嘉靖乙丑,盗劫长寿县。知县刘燮,清吏也,挈印逾墙,大呼逐寇。库中一空,邑中人相率补足。竟以呕血死,为神。民怜而祠之,祈祷必应。

救覆舟

李一宁,字应坤,东莞人。正德丁卯乡荐,为苏州教授,清苦端方。后知怀宁县,岂弟爱民,卒于官,无以为殓。先是,泊江干,遇一覆舟,心动,令人凿之,得一妇,抱婴孩犹活。询知长沙人,随舅宦游,一家淹没,扳挂已二日矣,为买舟归其乡。

双槐

黄瑜,字廷美,香山人。有学行,景泰丙子举人。历长乐知县,有惠政,以劲直弃官。手植槐二,构亭,吟啸其中。自称"双槐老人",曰:"子孙更植其一,则吾志毕矣。"盖希踪三槐也。作《双槐岁抄》。

编差

洪範,金溪人,字邦正,进士。弘治末为嘉兴令,初至不事事,吏卒皆侮易之。及编差粮长,太守忧其不任,讽谕之。洪归,集里书庭中,焚香与约,吏卒笑狎如初。洪大怒,杖而悬诸树,申令曰:"多用人,废时日,且牟利。每区只里老二人,敢妄举者,即代役,毋贷。"庭中肃然,皆以实举,尽日而毕。上诸府,府惊曰:"此重事,须几更日月乃办,何草草乃尔?"範曰:"姑覆之。"即辞还,府召应役者问,人人称允。守叹曰："神哉,令乎! 吾眼几瞎。"在官锄强扶弱,廉静寡欲,以比杨继宗云。

苦里正

韩伦,字秉彝,苑洛先生之叔。知武清县,忤梁昉,罢归。杜门不出,县尹以礼致之,不得。子堂叔继宗,应里正,尹故苦,以为公必可致。公曰:"彼苦里正,于我何与?"竟不往。尹后愧悔,言之分守车平章,平章曰:"尹误矣。致贤岂以威力哉?"率尹踵门,请数次,乃见。尹诚俗人,然悔而请教于上官,则俗而不失为雅。若在今,则祸且不测矣。

编役连拜

长洲知县郭波,福建人。与致仕尚书刘缨有小隙,编其家粮长七名,复以谢罪为辞,造其庐,连拜二十余拜。既出门,号于众曰:"我欲拜死老贼耳。"刘年八十余,不胜悫,愤而卒。其孙不能承役,逃移四方,家立破矣。

鳏巢

陈善住,广东钦州人。洪武中,以贡历任知县。官居三十余年,皆有能声。妻子不入官,自号其居曰"鳏巢"。

请旗牌

陈岷麓为德清令,甚有声,盖亦快士也。后为御史,监辽东军,救朝鲜。发愤请旗牌督战,此提督事,如何可行,部执不与,怏怏遂卒于军。赠光禄少卿,荫其子。陈名效,四川人。

增笔画

王受,洛川人,以监生为东阿丞。邑民王虎当受重役,赂吏改其名曰"田虎",两人争不决。公曰:"此必王虎也,笔画可增。"请府籍质之,果王虎也。遂伏罪。

名宦

平度州名宦,故祀汉臣王成,判官陈有勋见之,嘻曰:"此非伪增户口者乎?"草牒请厘革。未及举,以忧归。有勋,副都克宅之子,太宰有年之兄也。志节为时所重。

娄璿,东阳人,成化五年,以监生知顺德县。性刚果,好摧折权势,刻廉自喜,闻贪者,辄厉声骂,虽上官不避,人多嫉之。遣子就外傅,令自执盖,曰:"皂隶役于官,非汝役也。"竟坐诬去。后祀名宦,万历十二年,所司檄削,士论惜之。夫削名宦,非抚按即提学也,当查其人实之。

生祠

地方官生祠,自上达下,往往有之,惟学院绝无。盖教以严为主,不欲苟悦于人情也。惟南京有陈督学一祠,余友刘幼安见之,必嘻曰:"提学乃有生祠。"又谭有秉宽政者,嘻曰:"秀才为汝造生祠矣。"此言甚有意。习俗相沿,宁独提学为然。

蚤致仕

常熟丁南湖,名奉,正德戊辰进士,南司封郎中,年三十九致仕。谓古今贤士终此官者,得二人焉:宋则席汝言,明则庄定山昶。且云:同入泮者二十五人,三进士;同乡举者六人,五进士。皆先死,而己以年少独存,又多子孙,快然自幸,亦达人也。考公以母徐太安人丧,服阕致仕,累荐不起。时同乡陆太宰完为政,将用之,固辞不赴。太宰,其母舅也。临卒,作《入山待尽诗》、《别六孙》、《别鳏居小楼》数诗,皆有超然之识。先是,国朝戊辰科,本县中进士者,止洪武二十一年施显,正统十二年吴淳,官皆御史,皆有文学,皆不寿。至公,亦入御史选,以母老辞,改南吏部,早乞休。所著有《南湖留稿》,而寿亦甚永。要见天有定数,人固能留之矣。又筑假山于家,名曰代胜,自为之记。

冢宰有愧

鞠珍,字廷玉,临朐人,成化中乡荐。奉亲至孝,不信浮屠,母卒,躬负土成坟。后选南乐主簿,常禄之外,一无濡染。诣部考绩,珍乞归田,曰:"老不能任职,余禄足以养身,复何求焉。"冢宰王公叹曰:"吾有愧乎尔矣。"归家,杜门不出。尹尝署其家以远役,珍裹粮以往,尹闻之,惊曰:"何乃尔!"遽令罢之。非公事不谒,人称有澹台之风焉。

章童齐名

章枫山先生,同时有童品者,字廷式,号慎斋,与先生齐名。成化丙午,举南试,丙辰,始登第,为兵部主事。仅两考,引年致仕。家居十九年,以读书丧明,不自炫而卒。著书甚多,其学问行谊,不后枫山,而有传有不传,则后死者之责也。

劝父隐居

嘉兴包冯,隐居不仕。父鼎,池阳太守,欲弃官归,意未决。冯奉书重缄,无他言,惟左太冲《招隐诗》而已。池阳遂归。归后学神仙,无所遇。孙柽芳,副使,代有冠冕。

忍詈

曹宪副时中,华亭人。邻有悍生,修其先世怨,以垩书公名于牛后,向其僮加鞭,因极口肆詈,欲以激公怒。僮归以告,徐曰:"人詈我而若述之,是重詈我也,速往谢,无劳齿颊。"生不能难。于是修尺一,若为候者,而中实痛诋。令人直入,跽上之,公不发,曰:"休矣,待吾僮来。"既而从者至,命火燔之,曰:"知若主于我无好言也。"生愧而止。年九十卒,卒时有紫云自天而降,绕尸,人以为仙去。

归寿

吴蔚全,椒县人,举进士,为临淮簿。时青苗法行,口语藉藉,蔚注错得宜,民以不扰。积朝请大夫,知广德、彭、池三州,所至兴学劝士。性尤夷澹。一夕,梦人示四大字,曰:"龟蓍必良。"觉而诵曰:"龟者,归也。龟寿而藏,神告我矣。"即谢病归,终日宴坐,凡十七年,卒年八十四。

安贫

顾琛,字英玉,璘之从弟也。官副使,以忤直归。贫甚,昕夕不继,晏如也。尝曰:"贪贿请嘱与武断乡曲虽有差等,然皆非知耻畏义者之所为。"

藏贤书

贡生陈职,号铁峰,东阿人。性淳古,受贤书,藏之不复出。一日,客有泊舟河上,陈诣之,语及江南多士,欣然往,不复与家人别,追之至淮而返。

知机挂冠

永新县萧公樟，以举人署江山学谕，凡十年，登进士，官刑部主事。大礼被杖几死，告改南京刑部执法，号萧铁汉。屡忤要人，升曲靖知府。公知机械所自，挂冠不赴。

老莱衣

叶孟祯，惠安人，永乐丁酉举人。司训高州，念亲老，陈情乞归省，随改授泉州。朝夕子舍，备尽孝养。久之，迁顺义教谕，升陵源令。弃官归，称为廉吏。邑有陈御史者，横甚，乡里苦之。公上书陈状，御史坐削籍，惠安人皆德之。莆田林太史文有《送归省》诗，后四句云："江燕迎人语，山云傍马飞。到家欢侍日，应著老莱衣。"

耻扫门

程学庸，孝感人，伊川先生八世孙也。九岁善属文，乡三老刘公骑而过之，扬鞭曰："孺子行矣。"为拱立道左，不移足，刘愧下揖，趋而别焉。为诸生，力学，手两程夫子遗编，服膺勿失。尝言："两夫子产黄陂，前川有望鲁台，邑东有读书台，百世之下，闻风兴起，而后裔顾屑越之乎？"一日，坐矶石，咏阳明《白沙诗》数章，豁然开悟，题其壁间，有"涓涓银海陶尘虑，皎皎明月照匠心"之句。宗人坐事，走白监司，约公往，曰："吾不欲屈膝贵人。"前往者皆溺死，邑人士以公前知云。与江陵弟子同籍，偕计入都，众皆修谒，公独否。或言："相国雅相慕也。"公以正对："扫丞相府门者何人，而子为我愿之耶？"授荥泽知县，有惠政。

拔发

杜杰，黄冈人，父子鸣，为金事。杰少时，日者言：当以刀笔得官。怒而自拔其发,誓以儒显。有朱廷相,官知县,女字里中豪,朱贫且死,豪停婚。金事公叹曰:"为令而贫,君子也。焉有君子而其女患无婿者?"为公委禽,夜梦朱峨冠衣绯来谢:"君谊甚高,得请于帝美报矣。"复梦神赠以言,有"天上日初长,人间春正好"之句。是岁戊午,公弱冠,遂举于乡。主司初掷不录,诘朝,卷自展案上,如是再,异而录之。众甚传其故,以为天所以胙德也。父客死滇,扶服万里,将柩而归。值暑,滟滪大如马,瞿唐不可下。公抚棺而哭,头抢地吁天,惊涛忽减。须臾,舟行抵岸。长年三老,相顾且骇且喜:"微孝子精诚昭格不及此。"授长宁知县,采木万山中,一切驭以信义,夷酋咸乐为尽力。水涸,木不行,露祷于天。比晓,诸溪涧不雨而溢,石激之,跳沫丈许,木沿流无所阻,观者欢为神。寻告归卒。

抗 中 珰

吴宗尧,歙人,为益都令。税珰陈增至,横甚,诬奏福山令下诏狱,余皆震恐,往往长跽如属吏。吏白公,公叱曰:"须眉男子,乃为阉屈膝耶!"不往见,而之登州谒海防使者。德王使人谕增:"此非他令比也。"增阳诺。公还,王使两珰来,翼公舆而入,增无可如何,下堂迎,卒成宾主之礼而退。然耻为公所亢,衔之深。公过金岭镇,镇驿长金子登,拥驺从如上官,公诃之。已盛供张,复麾不纳。孟丘山有铅矿,子登说增:"此可鬻金,幸以相付,月得金若干为寿。"增遂檄之。公数诘责,子登遂行逸构,增逮诸富民,诬之盗矿,三日至五百人。公愤甚,疏其状,增反诬,遂被逮。初公见增恶己,书而藏之笥,曰:"吾侪七尺躯,戴天履地,托足圣门。岂可浮慕空谈,自类穿窬。际会当几,则张胆明目,为民请命,为主达聪,为缙绅作气。身外荣瘁,都付浮云。"郡守胡士鳌甫上官五日,以疏示之,士鳌曰:"君有二亲,不虞贻其忧乎?"曰:"有兄弟在。"曰:"闻君贫。"曰:"可以笔耕。"略无戚容。士鳌卜之灵棋,曰:"金精欲起,赖得元士,左手抑之,乃获止息。"其诗曰:"疾风如劲草,板荡识忠臣。籍此匡扶力,乾坤物又新。"公曰:"金精,所谓六庚、白虎,客星害气也。左手抑之,桎梏之象,扶乾坤者谁乎?"下镇抚司,送刑部。益都民欲杀增者汹汹,增恐,徙徐州。俄梦牛在山上,寤曰:"其出牢之征乎?"会增以所括时俸等赀数十万进,而阳乞贷公。仪郎鲍应鳌偕其友六人谒四明相曰:"南康守星子令徽惠得正襟牖下,益都何独不然?"四明秘启入,即日释公归。方劾增,寻上书,乞放还山。皆不报。父母念公,俾公妇来视,至淮,闻逮,止不进。公使吏翟士朴奉书还,而奄迹得之。士朴藏书壁隙,令旁舍儿驰去,奄考朴,亡所有,舍之,乃得免。公归家,寻卒,人皆惜之。

卷之十四

保全功臣

韩信以告反被执,赦为侯,居咸阳,声望吓人,至令樊哙称臣。汉祖又用兵燕、代,留信于腹心之地,安得不死。且假王之请,自有以胎之。彭越原非汉臣,事定封王,隐然敌国,势不并立。方追项羽,约与韩信会兵而不至,如何免得一死。虽吕后用刑,恐亦萧何之谋居多。高帝闻信死,且喜且怜,亦是真情所发。其赦栾布,亦是怜韩信之余。然则二人之死,逼于地位,未可尽罪高帝。至元功十八人,无一人强死者,则汉高之保全亦至矣。而坐以杀僇功臣,可乎?

亚父用壮

范亚父之为人,苏老泉评之当矣。中间如张良献玉斗,拔剑撞而碎之曰:"唉,孺子不足与计事!"是何等气质。言不用,归至彭城,疽发背死,是何等涵养。看来是愤激用壮之徒,止能望气,不足与成功。陈孚题其墓,诗曰:"七十衰翁两鬓霜,西来一笑火咸阳。生平奇计无他事,只劝鸿门杀汉王。"

先主伐吴

刘先主与云长结为兄弟,意气甚重。方即位,而云长败死。平时共患难死生,不少须臾离,而一旦委之虎口,既忝为兄,又做皇帝,戴平天冠,而弟仇不少泄,当日誓言谓何? 又何以见天下? 故先主之行,决不可已;即不行,亦须枉受张翼德一番臭气,驻手不得,惟一败,气结而死。故可以下见云长,而先主之心,亦可以无愧无憾。此正英雄本色，天下为轻，义为重者。况乘此机会，及其锐而用之，直下吞吴，亦未可知。当时孔明知先主之心，亦不强谏。既败，泣下曰："法孝直若在，必能制主上东行；纵行，必不倾危。"亦是感慨无聊之言，非孝直真能制之，而保其不败也。

三　谋　臣

擒王当在阵上，若人以好来，而我怀恶意，从酒席上取人，此最无行者所为。史籍中，惟田蚡用之灌夫。蚡之所以为蚡，叩头伏罪而死，即如磨髻鱼肠，亦是盗贼篡杀之行。亚父以此动项王取沛公，看来项王英雄，岂屑为此？既不听，又用项庄舞剑，当时多了项伯翼蔽一番。即使项庄行凶，必有云龙雷电，将此宴搅得一场扫兴，暗暗送沛公归营，决不死于小人之手。亚父之谋，拙矣，悖矣。他如法孝直说昭烈取刘璋，刘穆之说宋祖取刘毅，二主皆不听，方有气概，方成些事业。项王才气实胜二主，而败于垓下，天也。太史公之断，不足为据。而谋臣如范、如法、如刘，风斯下矣。

三　召　平

《史记》所称召平者三：其一具《项羽纪》：广陵人召平，为陈王徇广陵，未能下，闻陈王败走，秦兵又且至，乃渡江矫陈王命，拜项梁为楚王、上柱国，令急引兵西击秦。其一具《齐悼惠王刘肥传》：朱虚侯刘章，欲令齐王发兵以诛诸吕，齐王乃与中尉魏勃等阴谋发兵，齐相召平闻之，乃发卒卫王宫，后为勃所卖，遂自杀。《功臣表》：平子奴，以父功封黎侯。其一具《萧相国世家》：召平者，故秦东陵侯，秦破，为布衣，贫，种瓜于长安城东。瓜美，故世俗谓之东陵瓜。据此，三召平者，姓名偶同，非一人也。《齐王传》，小司马《索隐》注云：广陵人召平与东陵侯召平，及此召平，皆似别人。杨用修《史记题评》，于《羽纪》召平云：召平加"广陵人"于上者，正与东陵召平异也。又《后汉书》：广陵郡有东陵亭，《博物记》亦谓东陵圣母祠在广陵。疑此东陵,即召平所封地也。

两颜子

吴门徐祯卿,字昌谷,一曰昌国,以进士为评事。亲老,求改便地,当事者抑之,降五经博士。初善词章,后好玄学,晚乃从阳明游,凡三变。年三十三卒,阳明比之颜子。

徐爱游阳明之门,正德十三年卒,年三十一。尝游南岳,梦一瞿昙抚其背曰:"尔与颜子同德亦同寿。"自南京兵部郎中告归,与陆澄谋耕雪上之田,不果。合前说观之,阳明得二颜子矣。要之,阳明岂有此言,必出王、钱二公之手。若使罗念庵、邹东郭为之,更自浑成。

两廉蔺

梁武帝时,蜀人蔺相如为父报仇,杀降人刘季连,自缚归罪,帝壮而释之。时亦有廉颇者,为别将,立功淮上。后卒战死,有风雨之异,祀为神。

两逍遥公

北齐韦琼,以高隐封逍遥公;唐中宗时,韦嗣立以宰相阿附韦后,亦封逍遥公。"逍遥"二字,亦有幸不幸如此。

两施全

秦桧十客,其狎客为施全,而刺桧者亦曰施全,为殿前军使。以为一人,或以为非。要之,既为桧狎客,乃天下下流至不肖者,岂能复作此等忠义出格事。而桧老奸,岂有与其人久处而不能觉眉宇气味,几入其手乎?老节妇决不装淫娼,而老嫖院亦决能辨识于微渺间也。

两王保保

元有二王保保：其一扩廓帖木儿；其一征行元帅王斌之子，袭父封，复以军功殁于国事，赠武德将军，盩厔子。

两龙光

吉安有龙光，从阳明兵间，著奇节。乃其先泰和县亦有同姓名者，为松江训导，克振师范，人比之魏文靖。弟郁，工部侍郎；子伯，进士。慈溪知县张庄简有《龙光先生传》，字士熙，号素斋。

两六如

苏门公啸有六如：一如深溪虎，一如大海龙，一如高柳蝉，一如巫峡猿，一如华丘鹤，一如潇湘雁。唐子畏号六如，取佛书之说，不如前说更为脱洒有意趣。或者当时所取在此，而更托之彼，使人不可测耶？

两小友

张曲江呼李邺侯为小友，毕文简士安于王元之禹偁亦然。

两傲弟

牛弘、王旦俱有傲弟，一杀驾车牛，一击破祠庙百壶酒，俱无一言。

两烧尾

唐进士宴曲江，曰烧尾；而大臣初拜官，献食天子，亦曰烧尾。

两 大 索

秦始皇大索十日。汉武帝末年，坐建章宫，见一男子带剑入中龙华门，疑为异人，命收之，男子弃剑走，逐之不得，亦大索十日。

两 岘 山

殷仲文从桓玄之逆，黜为东阳太守，得免于诛足矣，犹邑邑不得志以死。尝登县南二高峰，以拟羊叔子，立亭其上，曰双岘。何叔子之不幸耶？马之纯有诗詈之。

两 吴 兴

我郡曰吴兴，孙皓以乌程侯入即王位，侈而改之也。浦城县旧名吴兴，江文通尝为其令，梦五色笔于此。县有狐山，因号曰梦笔山。

两 天 台

我浙天台，郡县皆以之得名。陕西凤翔府麟游县亦有天台山，在县南五里，九成宫之西。

两 孤 山

杭州孤山，以林和靖著；潍县之孤山，乃伯夷避纣之所，而名不甚著。则地之冲僻不同，而好事者所重在此不在彼也。

两 富 春

富春在严州，钓台不必言矣。乃濮州南四十里亦有此山，相传子陵应光武聘，尝经此驻足。此必有自来，未可尽以为妄。

两太岳

《禹贡》：太岳山在冀州河东龁县。东上党，西即霍山是也。国朝尊武当为玄岳，一曰太岳，而其名乃移之楚，要非其本称也。

两水晶宫

伪闽王延翰跨城西西湖，筑室十余里，号曰水晶宫。每携后庭游宴，从子城复道中。西湖之名甚多，惟水晶宫独见我湖，渠亦妄慕，效为之耳。

两淞江

吴淞江，今吴江宝带桥一路是也。而淞江亦因其名，惧水灾，故去水以襄之。眉州有江，即蜀江分派，亦曰淞江。

两湖

东坡谓杭州有西湖，如人之有眉目；王梅溪谓越之有鉴湖，如人之有肠胃，可谓贴对。鉴湖周回三百五十余里，溉田九千顷，湖高田丈余，田又高海丈余。后为民侵占，今之存者，视旧额不知何如。闻陶家堰上下一带，皆其地也。至西湖，往往有之，特不如杭州之佳丽著名。河南上河亦曰西湖，差可相亚。

两尚书

邝尚书野，清谨士也，而司本兵，故及于己巳之难。丁尚书汝夔，长厚人也，而司本兵，故及于庚戌之诛。人事乎？气运乎？皆有不可逃者。

丁尚书坐死,殊可怜。后六十余年,万历癸丑,其曾孙鸣阶举进士。余览齿录,得其家系,良喜。同时死者杨守谦,尤可怜。杨本世家,不知其子孙若何。至邝公之后,又未及闻也,于我心有戚戚焉。

尚书坐死,职方郎中王尚德从坐,丁独自引罪,王得减死。丁赴西市,问:"王郎中免乎?"王之子化在旁,谢曰:"免矣。"丁曰:"尔父劝吾出兵,吾为内阁所误,不从。今一死一生,天道也,即死不恨。"吁!丁之人品可见,宜其有后也。化为平远知县,会田坑贼,力战破之,超拜副使。妻计,烈妇,自有传。

两 海 运

朱清、张瑄,太仓人,皆为元海运万户。国初则朱寿、张赫,怀远人,亦海运,皆封侯,何同姓乃尔!

清佣于杨氏,杀杨谅妻子财货,官捕之,终不得。瑄行劫被缚。时洪起畏为浙西提刑,夜梦录囚,十八人中,一人虎形可畏。明日所解贼,数与梦合。瑄在其中,貌特异,遂贷死。未几,宋亡,瑄贵显,事洪终身。瑄目不识丁,书押文卷,但攒三指,染墨印纸上,状如"品"字。虽巧作伪效之,终不能。

陆文裕集云:沈都远登宋进士第,仕于扬州。会元兵渡江,复仕于苏。夜梦双虎黝然据狱,比明入视,果有两男子荷校者。察其异,阴纵之,即张瑄、朱清也。寻罢官,寓苏之乌鹊桥。后瑄、清以海道功,为万户,贵显,物色之。一日,遇诸涂,遥拜曰:"吾父,吾父。"即奉以归,至青浦居之。地沃,遂卜筑焉,始为嘉定人。至今子孙日衍,称大族。二说少异,两存之。

宋亡,有都统崔顺,领众五千,泊紫雾岛。元世祖命朱清招安,问用兵几何,清但求勇士二人,与子虎驾一舟至岛。顺舟发矢如雨,清曰:"我朱相公也。皇帝著我来招,从者富贵。"登舟宣旨,顺意徘徊,即斩以徇,众皆降,悉纵遣之。后清被逮,曰:"我世祖旧臣,宠渥无比,岂敢从叛?新众宰相图我财宝,以至于此。"触石死。

清、瑄虽死，而清子虎、瑄子文龙，仍治海漕，给所没田宅。清孙枢密院判完者，与诸孙皆还太仓，守墓。墓在北门外，松柏如山，武陵杜青碧云："太仓风水，赖朱氏山林茂盛，以致殷富。"及张士诚据吴，赭夷成丘矣。又清之子旭不乐仕进，退居田野，与士大夫游，博涉经史，长于小楷、篆、隶。好施，勇于为义，人咸德之。

两降夷

东汉末，其降夷徙处内地，渐渐能读书，通古今，故晋有五胡之乱。我朝降夷，内徙者尤多，惟厚其廪赐，止射猎自娱。其桀者以武显，为参将、副总兵，终不佩印，称上将。其封侯者间出佩印，而内顾重，不敢为恶。故己巳之变，虽在在蠢动，犹不为大害。又因用兵，徙之两广，故二百余年，四海宴然。盖祖宗控御之略，历代绸缪之功，视汉为密，而功德基本，又万倍于司马氏，要不可一律论。

两大界

用夏变夷，王政也，晋武用之刘渊，而五胡横行。以夷攻夷，上策也，殷浩用之姚襄，而一败涂地。晋武是承籍，不是创业英雄之主；殷浩是清品，不是用兵老辣之才。在国运为华夷之辨，在人才为文武之分，此世上两大界也。

殷浩悟空

殷浩既废，夷然无几微见颜色。桓温遗书，以示引用令仆之意。殷答以空函，斥之亦戏之也。温虽大怒，而无如之何。咄咄书空，盖已超凡界，入初地矣。道生之对，亦是至情，后温果杀其子涓以报辱。桓玄得志，著书痛诋浩以成父志。既败，刘裕建义，止竞武功，何暇改正。故余谓《晋书》有二大冤屈，桓氏之于殷，王、庾二氏之于陶士行是也。

告　反

张嘉贞为天兵使，人告其反，按验无状，当反坐。嘉贞谓："重兵利器皆在边，告者一不当即罪之，恐塞言路，为后患。"遂得减死。嘉贞以文士起，故为此言，且以中玄宗意。此后告禄山反者，皆不听，以致大乱。夫反是何等事，而可轻告？告必按虚实，方可示惩，而后之以实告者至矣。

褚遂良被诬

褚遂良真命薄，言者坐以潜杀刘洎，犹曰许敬宗为之，至常思谦，直谏有名，亦以市地亏直，露章劾罢。遂良为宰相，岂亏些小之直？其为诬捏无疑。常亦轻信太甚，终不得入名臣传。

皮日休避广明之难，奔钱氏，官太常博士，赠礼部尚书。子光业，为吴越丞相，孙璨，为元帅判官。三世皆以文雄江东，见尹师鲁文集。集中有《大理寺丞皮子良墓志》可考。子良，璨之子也，今《唐书》乃谓日休为黄巢翰林学士，诛死，何舛错陷人乃尔！

萧颖士才识

萧颖士再拒李林甫及永王璘，策东都先陷，劝李承式及崔圆保淮南，通贡道，识力经纶，当是李邺侯之流，而以宦不达，仅以文苑称。然则人果不可无官，官果能重人耶？

饤　座　梨

崔远有文，而风致峻整，世慕之，目曰饤座梨，言座所珍也。后与白马之难。

定　命

古之寻常人，亦有奇者，如段文昌帅南州，或旱，袯解必雨；或久雨，遇出游必霁。民为语曰："旱不苦，祷而雨；雨不愁，公出游。"若韩昌黎奇崛人，蓝关之雪，马不能前，此皆命之通塞为之。《淮西》碑文，一仆一立，其又何疑，身后日月光，谁复辨之。

唐次者，唐俭之裔孙也。以礼部员外贬开州刺史，韦皋表以自副，唐德宗恶而斥之。自以身在远，久抑不得申，采古忠贤罹谗毁被放，至杀身，君且不悟，为《辨谤录》上之。帝益怒，曰："是乃以古昏主方我。"改夔州。宪宗立，召还，授礼部郎中，知制诰，中书舍人。上雅恶朋比倾陷者，览其书，善之，谓学士沈传师曰："凡君人者宜所观省，然编录未尽，可广其书。"乃与令狐楚、杜元颖，起周讫隋，增为十篇，更号《元和辨谤略》。噫！次可谓苦心矣。而时君有怒有喜，岂非自己命中利钝，而亦可观时矣。

取　幽　州

宋太祖欲北伐取幽燕，谋于赵普。以曹翰为将，即以翰守之。普皆不敢驳，惟曰："翰死，孰可代之？"太祖默然。则明明是翰不可取，不可守，燕亦未可取，未可守，故设此穷其辞。赵普得谏法，宋祖悟意表，奇，奇！

南　使　折　虏

孔道辅使契丹，优人以宣圣为戏，公正色对曰："中国与北朝通好，以礼文相高。今优孟侮慢先圣而不禁，北朝之过也。"虏君臣默然。此对似矣，而犹未尽。当曰："宣圣并乾坤，配日月，本朝尊崇。凡皇帝幸学，四拜致礼，九夷百蛮无不知，无不敬。而某使臣，则其裔孙也，北朝独不闻乎？何礼文之有？"则虏之惭悔又不止默默而已。

钦宗札

完颜方强，宋钦宗所与李忠定、刘忠宣札子不下数百十，大约云："贼锐，不可与争锋，宜逼逐出境。"此譬如刍豢子弟，偶门上遇一凶人，畏而恶之，只谓家人曰："打他不过，赶他出去。"既打不过，尚可赶耶？哀哉，哀哉！

不学虬髯

赵永忠，泰州人，本姓胡，名清。少慕班超为人，因游岷州，遇积石国大酋鲁黎结驩，与相交善。后至交州，结驩移书永忠，告以其国久失王子，莫知存亡，可伪为王子归国。永忠乃西行，结驩迎之，国相撒斯、金庞斯等咸纳款焉。永忠居王位六月，致书青唐守仲威，求归宋。或阻之曰："为虬髯不亦美乎？"笑曰："虬髯，一海酋耳，不足学也。"状上宣抚童贯，贯遣威至境上待之。永忠率将相偕至河州，贯掩其功，以为拒战，不敌而降，授忠州刺史团练使，赐姓名赵永忠。贯虑其言于朝，诬以事，谪监韶州酒税。建炎南渡，广东盗起，宣尉司檄诸郡各出师讨贼，韶守命永忠督兵，大破雄、连诸寇，擒其酋。复解南雄围，遣三子分兵，破循、梅、潮诸寇。绍兴二年，被召至临安，未及朝见，卒。初，永忠闻徽宗结女直图辽，谓韶守曰："朝廷此举，非善计也。"后其言竟验，人服其识。胡清，一本作胡澄。

宋用李纲

弇州谓宋用李纲，未必能灭金还二圣，固是一说。然用李，则国势必强，可战可守。僭逆伪命之法行，则人心知儆，咸思自奋，敌国即未必灭，亦必惧而连和。还辕，复三京地，自在掌握间。嗟嗟！畏强欺弱，人情皆然，而况禽兽夷狄乎？

渊圣之酷

宋绍兴中，与金人议和。时渊圣在虏中尚无恙也，自后太后回銮，而渊圣竟不返。初疑金人欲留以为质，宋虽有请，彼或靳而未许。阅《朱子语类》，窥见其间一二，乃知渊圣之殁于虏，盖有深故也。先是，兀术下江南，屡失利，而张通古之来，朝之忠计者愤不肯和，宋势盖稍振矣。是时刘豫既废，金遂欲立渊圣于南京，以中分宋势，赖和定而止。既太后南旋，渊圣卧车前，泣曰："归与九哥与丞相等言，幸早归我，我得太乙宫使足矣，他不敢望也。"太后许之，且与誓而别。及归，知朝议大不然，遂不复语。自明受太子殂，高宗竟乏嗣，金人又欲立渊圣之子，以变动江南耳目，岳武穆尝具札言之。故终渊圣在虏，宋遣巫伋一迎之，后不复终请者，虑其狡谋复起，至不可区处也。后逆亮谋扫国南下，目中已无宋矣。而渊圣在彼，终以前议致疑，虑生他变，故先戕之。此殆南北一大机事也，作史者都不能举其概。渊圣厄于虏，又厄于弟兄，自覆载来，帝王之酷，无有过者。

大劫运

梁武帝、唐玄宗、宋徽宗，会逢大劫运。三主皆聪明人，亦预知其兆，切儆于心。凡梁之舍身，唐之厌胜，宋之暗祷，无所不至。然皆外勤兵而内忘武备，毕竟及祸。虽然，大劫难逃。内备虽饬，又必发之意外，今人但成败论人耳。

南宋末造，蒙古兵势漫天漫地盖来，又加以谋勇，如何御得他。金虏悉力支撑，终归净尽。残宋亦尽努睁，到此真无可奈何。此古今剥运第一，所以太祖之功为大。

宋亡，好个姜才、张世杰。张本降人，姜被虏复归。即配巡、远何愧。

读宋亡死节死难之人，上自大臣，下至戍卒，真是流涕，皇天殊欠慈怜。

钱俶

钱忠懿王俶，以天成四年八月二十四日生，宋太宗端拱元年八月二十四日卒，刚一甲子，复与父元瓘卒日同，人皆异之。杭州有保俶塔，因俶入朝，恐其被留，作此以保之。称名者，尊天子也。今误为保叔，不知者有"保叔缘何不保夫"之句。

欧阳永叔以妓故衔钱惟演，厚诬其祖元佐以下重敛虐民。或引钱氏纳土后，王方赘均杂税，减三斗为一斗之说实之，谓为不诬。是则然矣，然吴越之民追思钱氏，百年如新。钱之子孙，即失真王，其福泽绵远，子孙代兴，至满江南，何哉？宋虽减为一斗，而衙前各役之费多至破家；钱虽三斗，而一切差役俱免。又钱立国，置营田数千人于松江，辟土而耕，其奇器精缣皆制于官，以充朝贡，民老死无他缠累。且完国归朝，不杀一人，则其功德大矣，而永叔无一字之及，何耶？

生他郡

宋诸大臣多生他郡，亦多徙他郡。韩魏公生于泉州，欧公生于绵州，司马公生于光州，二程生于黄陂，李纲生于华亭，朱文公生于龙溪，王冀公生于武昌，王荆公生于临江。岂衙署风气厚，多毓贤人耶？张齐贤由曹州徙洛阳，杨亿由浦城徙颍川，韩亿由真定徙雍丘，杜衍由会稽徙睢阳，范纯仁由苏州徙许州，文彦博由汾徙洛，吕公著由寿徙洛，欧公由吉州徙颍州，二苏由眉州徙颍及阳羡，司马公由夏县徙洛阳，王文正公由大名徙开封，周元公由道州徙九江，邵康节由范阳徙洛阳，朱韦斋由新安徙建安。离乡井，去坟墓，于礼合邪？否邪？或谓宋都汴，诸公之徙亦近圣之意邪？以上二项，不能悉数。入我明，徙两京及凤阳者，以间右；徙云南者，以罪谪；隶锦衣、太医、钦天者，以官籍。余大臣，则李文正、杨文襄而下甚多。至程襄毅由河间徙歙，则又归原籍也。

辟幕客

范文正公言："幕府客，须可为我师者辟之；虽朋友，亦不可辟。"其论甚伟，然要看自家力量如何。

简肃心事

曹利用力挤鲁简肃，幸真宗察知，得寝。后曹骤得罪，简肃方病，闻之叹曰："利用何罪？但倔强不识好恶耳。"欲救之，报已押出国门，惊急脉绝而卒。此等心事，又在文彦博救唐介之上。

王苏

考亭谓："大苏早用，即是王安石。"此未必然。大苏乖，老王痴；大苏俊，老王笨；大苏可以机挑，老王难以理夺。考亭因程伊川恼苏氏，因张敬夫护张浚，大贤亦有未化处。

程子若能容大苏，便是孔子；对面服得大苏，便是西方至人。

上疏仰药

宋仁宗国本未立，诸公争之不能得。有监察御史里行陈洙发愤上疏，且云："陛下以臣怀异日之图，莫若杀臣之身，用臣之言。"疏上，仰药死。仁宗愍之，赐钱百万以葬。元祐初，司马光以为言，官其子。洙，字思道，建阳人，庆历二年进士，为乌程令，有声。

刺客同异

军中刺客引领待刎之事本出韩魏公，考亭作墓志，归之张浚。此必本于南轩行状，岂真有是事耶？然在魏公，一以为驻延安军中，一以为镇相州宣圣庙斋宿。记事者信笔而写，往往如此。

苏云卿评张浚云："长于知君子，短于知小人。"然浚所短，毕竟短于君子。一个岳武穆在面前，才交数语，语又磊落，便艴然，赶他还山去。又杀了有文有武的曲大，所长安在？至以邵宏渊副李显忠，益愤愤矣。

浚开府视师，诸将有以北讨之议闻者。事下督府，将从之。李椿为参谋官，亟奏记曰："复仇讨贼，天下之大义也。然必正名定分，养威观衅，而后可图。今议不出于督府，而出于诸将，已为舆尸之凶矣。况藩篱不固，储备不丰，将多而非才，兵弱而未练，节制未允，议论不定，虽得其地，不能守也。"书未入而师已行。又言："大将勇而无谋，愿授成算，俾进退可观，毋损威重。"不听，果大败于符离。浚之轻率寡谋如此，宋安得不弱？若李公者，筹略精明，真将相之选，如时之不用何！

石　大　门

石斗文，字天民，新昌人，隆兴初进士。任天台尉，迁临安府教授，与朱晦庵为友。丞相史浩荐其学行，改枢密院编修。上书论朝政，言甚剀切。其曰："朝廷辟如万金之家，必严大门以司出入，一旦疑守者而创开便门，不知便门之私，乃复滋甚。"一时以为名言，因目之曰"石大门"。除知武康军，晚益嗜学不衰云。

辞　集　乐

邹浩为扬州教授，吕申公守扬，命浩为宴集乐，浩辞焉。公语浩曰："他日为翰林学士，何如？"浩曰："为翰林学士则可，为祭酒司业则不可。"公被召，临别谓浩曰："教授器识不凡，当自爱。"至上前，首荐之。

坤　为　金

姚祐者，元符初，为杭州教授，堂试诸生，出《易》题《乾为金坤亦为金》,盖福建本书籍,刊板舛错,"坤为釜"脱二点,故姚误读作"金"。诸生疑之,因上请,姚复为臆说,诸生以诚告。姚取官本视之,果"釜"也。遂升堂自罚一直,其不护短如此。

教官全城

宣和间,睦寇猖獗,所至同恶响应,州连陷且五六,建瓴而下,将至永嘉。守贰欲弃城走,教授刘士英,湖州人,愤激于衷,曰:"吾徒诵诗书,讲逆顺,而俯首贴耳以事贼乎?"馆下生石砺慷慨佐之,画守御策,行保伍法,出奇计,数挫贼锋。于时海内习安,郡无武备,而忠驱义感,独恃人心为守,保全城以还天子。越五十六日,王师至,贼始惊遁。上功刘通守太原,会金虏犯城,死于力战,卒全其节。石辞禄不居,以布衣终。

学正抗敌

宋末,国子学正周泰,临安人。元兵至,纠众抗之不克,而志益奋。名其子曰思岳、思李、思文,谓武穆、忠节、信国也。后徙无锡。五世孙曰广济,号月窗。子敷,号煦庵,工医,尝曰:"病不能死生,药不能生死。"皆以寿考终。孙即礼书文恪公子义,曾孙炳谟,今官宫僚,皆学正公之报也。

五日受用

孙伟,字奇甫,学于刘待制。孙初为静州幕官,待制谪夷陵,自静请见,曰:"某生长南方,未见北方贤士大夫。闻先生学于司马公,此贤士大夫之冠,所以求见。不敢说从学,但求听说话数日足矣。"刘许,因共饭五日,与之语。既五日,孙以所闻尽录为一册,请曰:"所闻如此,恐录记有所不审。更住半日,先生为看过,乃辞归。"孙生平所受用,只此五日所闻。噫!古人好学之笃与实践精专如此。

救善类

莫汲，湖州人，自号月河，绍兴间为国子监生。秦桧恶其救拔善类，谪化州，士之秀者多从学焉。

临安三学

宋时以京尹之学为国学，临安三学之横，乃与人主抗衡。或少见施行，则必借秦为谕，动以坑儒恶声加之，招权纳赂，豪夺庇奸，动摇国法，作为无名之谤。扣阍上书，经台投卷，人畏之如狼虎，市井商贾无不被害而无所赴诉，虽京尹不敢过问。一时权相，如史嵩之、丁大全，极力与之为敌，于是协力合党，以攻大全，大全终于得罪而去。至贾似道作相，度其不可以力胜，遂以术笼络，重其恩数，丰其馈给，增拨膳田，种种加厚。于是诸生啖其利而畏其威，虽目击似道之罪，不敢发一语。及似道要君去国，则上书赞美，极意挽留，今日曰"师相"，明日曰"元老"，今日曰"周公"，明日曰"魏公"，无一人敢少指其非者。

大盗藉口

殷文珪，池州人，乾宁中进士。朱全忠特表荐之，文珪恶其奸，逃去。全忠大怒，追捕不及，每言"穷措大率皆负心"，白马之祸，亦引为证。古言待小人不恶而严，匪直道理如此，亦以免祸息乱，况大盗握重兵而可轻犯。全忠非文珪，白马之沉，自不肯免。要之，藉口有由来矣。

乡官多口

澧州同知甘玉声，阳朔人也。弘治间，条奏傜僮积岁劫杀之惨，兵部是其言，请于上，令抚按相宜剿抚。首恶闻之，猖獗愈甚，数掠玉声家,至取其人杀之,必欲赤族而后已。为县令者又扬言甘乡宦云云,欲尽诛汝辈,恐吓取厚赂以为解。嗟乎!玉声为地方计,未必有益,而家先受祸。为县官者,又因而取利。余近日均田之事酷与相类,盖惟口之祸如此。吁!今戒之晚矣。

均　　田

命坐磨蝎,无事得谤。余不幸坐此宫,生平所被猜疑讥讪,无影无形横加者,都出意外。自知自忍,自怜亦自笑,今都忘之矣。惟均田实自作之孽,岂得尽归咎磨蝎。然此议发之已久,余有所感,揭之抚按,误采发下,时编审已定,众当愤结时,哄然并起。适按台马起莘从聘,自嘉兴将至,众往迎,大刻"均田便民"四字,粘于道旁,处处皆遍。因随按台舟,自平望至郡城,一百二十里布满,极目不见首尾,愈近愈多。号呼投水者,往往而是。既至,登舆,众拥枳不得行,擒数人,旋释之。抵署问状,两县主又失辞。按台怒,却立曰:"民情如此,三日不靖,于汝乎取之。"于是大议泮宫,挤排几至堕桥。权在百姓,不在县主矣。县主亦怒,据均字以一切法齐之,而各大族之子弟互纠集,直犯府主,加恶声。府主震怒,多潜遁去。有二生犷甚,自以名实之,以示无惧,遂逮捕不可解。而初发时,率其仆从可千人,抵浔焚余居。未至三里,或云:"小民聚且格斗。"乃返。余妻子皆懵不知。又分布郡城各门,欲执余,余亦懵不知。而守道谢某至欲请兵,虞变,好言慰诸子弟曰:"可速问之朱平涵。"凡汹汹者旬日,乃小止。既议上矣,抚按会题,户部驳下,按台怒,勒所司毋动。且行十年,是时许敬庵师亦深为余危之。余曰:"事已然,无可奈何。第后有言入师耳者,幸以理裁。"惟丁长孺公深主其说,且屡为解于许师,傥亦所谓"推波助澜"者非耶?

初一册为辛丑年,第二册为辛亥年,合郡公议已定,余惩往事,不发一语。且法原非一人所得主,亦未有久而不变者,我亦何成心之有?最后县主曾兰若绍芳来问,只驳宦户贴银一款应之,曾不知何故,临期仍主均田,恨乃益深。第三册,县主曾有庵国祯暇时偶谭及,余曰:"罪魁也,何敢言!惟我父母,政成将内召矣,再做一篇好文字,终之造福在此,不朽功业亦在此。"有庵默然,遂精心求之,以均之一字为主,顺人情,从中略为参酌。不一月竣事,上下帖然,未知余之罪得小解否?痛减思痛,毛发尚自凛凛。恐老死无能自明,乃略叙始末,及均田初议,与赠有庵文字,存于篇末。总之,所谓罪案云尔。

揭　　帖

揭为均田定役,以救民命事。东南财赋之乡,而杭、嘉、湖在浙尤重。嘉靖以前,编审均徭,如库子、民皂、门厨之类,悉佥乡民应役,朝充夕破。重以倭警,官吏侵渔,公私俱尽。于是庞御史尚鹏,首行条鞭法,计直征银,而民力大纾。载在名宦,尸祝至今,可征也。又议革去粮长,以里长收粮,彼此互管,贫富通融,十年一审。大约中人之家,应役有期,力均时暇,不至破家;破亦有救,当道可谓苦心,地方亦云大幸矣。然而法久弊生,圣贤不免。迟至今日,道以人弘,岂偶然哉!请先言弊,又先言一县目击之弊。祯,乌程人也,辛未之审,幼不及详,然创法未久,当无甚害。辛巳,则罗知县用敬在事,是时豪贵把持,首进在图还图、在甲还甲之说。罗亦利仍旧贯,苟且了事。民虽愤郁,慑于威刑,爱惜身命,且力未甚穷,只得隐忍。递至辛卯,袁知县光宇以至今辛丑祖述其说,而民遂大困,不可支矣。兴衰各异,偏重不均。有一甲全然无田者,有一半亩产而充至数分者,有户绝丁存,妄报分数,而亲族代当者。一佥解户,必至逃亡。系籍则百劫不免,漏落则安坐自如。凡势家之佃户丛仆,疏属远亲,与其蔓延之种,田产悉据膏腴,亩数不啻万倍。影射那移,飞诡变幻。三十年来,无一手一足应公家之役,无一钱一粒充应役之劳。今番适当鼎新之会,在上者皆大贤大良,颙望绝命复苏,朽骨再肉,而牢不可破,殆有甚焉。不曰脱漏何妨,则曰断然不动。开口与杖,争辩授枷。惟图正积贿如山,卖免买免,报德报仇,公然无忌。而一种奸猾又从中把持,或子女,或田产器具,乘机胁夺,此谁之责,谁之过哉!亦试度五十年来,能保闾里间,图图甲甲,尽如其旧哉!当此势穷理极之时,大奋便民除害之断,力主均田,为民造命。参酌优免,以重儒绅,均派余田,以恤编户。直下宪牌,责以如式,弗以批发了事,弗以异议动摇,弗以已成惮改,则恩波与江海同深,爱戴共乾坤无极。岂不媲美庞公,且超而上哉!除后项条款外,为革弊均田以救民命事,应否会稿通行,理合具揭,须至揭帖者。

绪　　帖

再照编审之弊,不能尽言,病根积于"在图还图、在甲还甲"两言。重以漏丁不查,报顶不允,而民之生理尽矣。夫甲止数人,若系贫难,别无援救,贫者日贫。辟如索酒一盏之中,索肴一碗之内,断不终日,其偏一也。势家大族,实繁有徒,团作一处,冈上害人,富者日富,殊无餍足。甚至把持官府,摇惑视听,正论难伸,伸亦旋遏,其偏二也。有一二已故大宦,从公存恤,未为不可。而群小用事,形影欺瞒,主或加充,仆尽幸免。即背畔驱逐之辈,尚尔坐拥高赀,公然不动,泰如王侯,睥睨自若,不知何缘,概蒙显庇,其偏三也。等则不均,威胁愈甚。凡贫难下户止有逃移自尽一路,决不能控陈告诉。落水病儿,一直到底,下既无日无天,上亦不闻不见。久成者卒难遽改,后来者无可奈何,其偏四也。逃绝既多,势必累及亲邻,展转扳扯,展转躲避,以一害十,以十害百,以百害千,其偏五也。凡此五偏,犹其大略。至于琐屑,罄竹难书。故处今之势,别无善策,惟均田一节,直截简易。若曰便于民不便于宦,则一县极富极多田之家不过数人,就中分派,大段既定,彼亦无辞。尽有子弟奴仆寄庄取羡,非士大夫本心。而士大夫于优免之内尚未足数者,比比可屈指数也。今长兴金知县业行此法,彼中士夫素称强直,然已帖帖亲认,郡中颂金长兴者,万口如一。岂可行于长兴,而不可行于各县哉?若各县不行,无论失此机会,十年内,民无孑遗,而长兴士夫且将援以为辞,异日又将变而归之民矣,可不虑哉!可不惧哉!千载一时,宜汲汲为之所矣。惟仁人君子,裁之,察之。遇其人而不得行,则地方气运正厄,小民命脉当斩,非人之所能为也。

客　　问

　　或问于朱子曰："均田之说，当路断然行之，而子从旁多口。当路其大将也，子亦幕下一冲锋劲卒也。战虽乍胜，敌亦甚强，又添生兵焉。与其种百万大将，不日引旗鼓去，而子以只身乘障，窃为子危之。"朱子曰："其然，其不然。得失者，事也；公私者，理也；缓急者，势也；成败者，天也。天不能违势而可以权夺，理不能离事而可以衡平。目前则我急，何者？当路秉山岳之重，谁敢异议？朱生要不足当斧锧，内无期功强近之援，以穷人犯众怒，如踏虎尾，如履春冰，杀机已见，乌得不惧？虽然，惧亦无益。君子道其常，不以人之汹汹也而易其节。乃若日后则在事者亦急，何者？余即甚口，然不过一时愤激，条陈千百人之一耳。能夺抚按若郡邑权耶？能驱使小民耶？有意阱陷大家，使之受役，且坐罪耶？天日皎然，人心不死，此七尺者一任判断，惟是田均。而役法无定，异日必有伏害，必有更张。是在事者能始不能终，得其名而遗其实，所谓大人作用犹有未尽也。人情难与虑始，贤者固自不凡，诸家之纷纷当然无足怪。以操纵之权治不逞，以永久之利定新规，以公平之体挽偏重。大家安之以为当然，小民忘之以为何有。一种怃愤之夫，亦自惭且悔曰：'上人良法美意如此。'惜乎不胜躁，而以子弟为俘，以奴仆为殉，则汤武仁义之师也。夫所谓大将者，剿抚两用，胡越一家，候通万里，民无犬吠之惊，乃始称贤。岂其以一战奏凯而弃其精卒以与敌而不顾乎？必不然矣。"客笑曰："子祸不远。既任胆，安枕无多谭。"后议均役役均，而大小并安，公私俱妥，陈筼塘太守之力居多。

条　议　自　序

　　守拙者必爱闲，国祯请急归家，慈亲定省外，三时礼拜，鱼鸟为群。闲之一字，自分半生受用，高可以望傲士，下亦不失散人，已矣。无端为管城子所役，草《均田》一节，言之再言，目击亲尝，殊多感慨，褊衷信口,颇似讥弹。当道采而行之,一时大哄,谓制刃沉宗,犹未足尽朱氏之罪也。初只暇笔端自遣,实不意遂见施行。又不意万众从而鼓踊,役遍豪人,累缠巨室,揆之情理,委自不堪。总之,造物妒闲,故以不相干之事扰之,非直德薄命薄,自驱陷阱已也。纵免者如江湖之鱼,悠然以逝,束入者如山中之兽,即是麒麟,亦难安顿。客有云云以告者,笑而不答,归之有命。既先慈见背,困卧无事,一日曝书,偶见彼时底稿,读之且愠且激。忆敬庵许师诮祯学问不足,乐之初水部论亦如之。良师良友,政自难得,若早奉教,何至猖狂。然而功罪所由,终不可泯。谨将原揭,不改一字,存之梓工,以俟大人君子,要见狂悖,止亦如斯。事辞别无波及,愤同当辙,情异含沙,望在改弦,心非扞罔。苟有益于细民,当无辞于大僇,本末既已详明,罪案可以公判。至于家居梗概,众论是冯,天地鬼神,黑白难变。若夫多口杀身,则古人云:合六州四十三县铁,不能为此错。拙竟难全,嗟何及矣。

驳宦户贴银一款

贴银在小民对支,其力相抗,或可入手。若以士夫论,祯,痴人也,只从自身上体帖。最急官银,蒙县主持帖来催,亦逊谢,待明日矣。束脩最要紧,无所吝,然遇节令,或散馆,数日皱眉矣,犹曰囊之缺也。其以书帕至者,每两赏五分,已至微细,有不九折八折者乎?折矣,有不用新倾水丝者乎?此虽世套,亦人情之常。若以贴役持券而至,必孔夫子、陶朱公合为一人。又当暇间喜欢时,自可立地发出,三者少一,吾知其必不可得也。再从身上体帖,门户非高深也,仆从非簇拥也,然其人有敢突然至前者乎?至矣,家人有不索谢者乎?拒而有不怒,肯再通者乎?通矣,良朋胜赏,雅歌投壶,有暇料理及此乎?若夫湛思绩文,或愁冗疾病,与留得一钱之时,有不告之且去者乎?去而复来,来而复如故,又去又来。其人或怨嗟,或无状,有肯容而恕,且与之如数者乎?委之家督,督有贤于其主者乎?进之必曰官收之,官散之,官可尽法,手脚愈多,弊不滋甚乎?法当稽其所弊,有名无实,断然不可。天日在上,我辈官法难加,民隐难达,妻子奴仆皆涂掩耳目之人,图史文章亦雕丧心术之具,无可自致,只是出力当差。贡天子,臣职也;替小民,乡谊也;消灾积德,大利也;习事练手,远谋也。故贴银之说,诸公谋之,当道主之,祯决不敢闻命。在宦言宦,狂瞽之见止此。别有高论,请问之高品高官者其可。

曾有庵赠文

公之莅我邑也,大要严不束湿,宽不随流,明足悬断,而敏又足以赴机。雅洁性成,尤能强记,过目入耳,终身不忘。历政余四年,正直编审。此我郡先二十年变法,余实建议均田,至今为口实,供刀俎者。众方观望,公精心处之。念此字安得有弊,或者弊自议生,谓领议之人得阴阳上下其间也。停之审则立推必众所允服,始为责成,妙在严任而出之速。又或者弊自膈生,谓上下隔绝,情不得通也。令凡议有未尽者,再三往复,必惬当而后止。宁减毋增,宁豁毋署。绝不震以威,施以敲扑,妙在用和而出之迟。又或者弊自左右生,谓供役诸人,得窥伺行其术也。就一二质实畏法者,谕以至诚,密为体察,其人感激效用,等为身谋,视如家事,互相告诫,密佐聪明,妙在慎择而守之确。于是高卑远近轻重之际各叶于则,单赤者尽除,负重者减等,缙绅优而不漏,阛阓摘而不惊,万众欢然,四境谧若,均之一字,始为曲尽,克臻大成。此皆他人心思所不及,精神所不到,然亦惟公行之,能握机中的,有归于神明默成之中。而余初议之罪,或者因之少解。夫今之贤令尹,不过五年见德,编审则垂之十年,果其尽美,又可引之数十年。公承前草创,启后规模,此之功德,垂之永永。当日龚、黄、卓、鲁,未知何如?乃以真心任事,沦浃恩施,要亦若斯止矣。余沉沉宇下,乐观厥成,以极塞极戆之夫,世皆欲杀,公抚之有加。而余最与细民相习,所见出入耕作,无不举手加额,愿公此去,居要路,为大官者,不知何修得此。盖亦至和之旁礴,天籁之自鸣也。余久阁笔,无意当世之得失,第良心尚在,言其所明。其于赠行之文藻,蔑如也。

先　兆

　　余既坐均田得罪后，徐检吾以抚台一行于苏松，众大哄，谓祟发自吴兴。徐玄仗以乡绅一议于嘉禾，与贺伯闿相驳甚苦，今不知何如？大约仿佛均之一字为主，而贤有司临期参酌，故得相安。近来田价日增，不知时和年丰，既庶且富使然，抑田役均平，民不甚苦，乐趋为长久计也？记得先慈尝言，戊午岁朝，梦太守至家编役，寤而余生。而余甲申馆于汇沮潘氏，一夕三梦，甚清。初为乌程知县，梦中深思，乡党如何相处。比觉，以为杂乱无当。少选，合眼，升湖州太守；再合眼，升浙江布政，起来失笑。由今思之，皆田土户籍官也。一生作业，神先兆之，想数有不可逃者，亦何用怼且悔也。

卷之十五

天 文

国朝最重天文。童轩以景泰辛未进士,为都给事中,升太常少卿,管钦天监事,考正历法。癸卯,予告归,再起掌监事。日食,陈修省之要,盖公原占籍钦天监,精于天文故也。后改巡抚,历官南礼书,卒赠太子少保。嘉靖初,南给事中华湘,主事乐護,改光禄少卿掌监事,后以传禁书,出为知州。

帝 车

斗为帝车,运乎中央。说者谓斗,君象,故谓之帝;运动不居,故谓之车。又古者造车之初,有取于斗柄,下镌龙角之象。则所谓帝车者,岂非因其象而名之与?唐有《北斗赋》,王伯恟复为《帝车赋》,实一题也。

五星聚

嘉靖三年,五星聚于营室。司天乐護上言:星聚,非大福即大祸。聚房周昌,聚箕齐霸。汉兴聚东井,宋盛聚奎。天宝聚尾,禄山乱。占曰:天下兵谋,星聚营室。

彗 星

万历五年,彗星之异,光芒数丈,扫东南,经历斗、女凡三度,观者无不骇绝。一曰,蚩尤旗也。嘉靖八年,亦有此异。

王 李 二 生

但调元,江右人,有高才,乡举。游琼州,遇王某、李某,讲天文,奇之,谓为异人,尽得其说。癸丑会试策第三问,偶及天文,条对甚悉。谓"前代及昭代诸名家皆不足信,惟海上王、李二生可聘入修定"。其一二场佳甚,主试叶师相取为会元,定已七日矣。阅至此篇大惊,批云:"如此荆棘之世,何物二生,乃妄言!又有妄信者,公然笔之试卷。"遂致斥落。然则此生琼州之游,岂非寻业对,自厄其进乎?故天下奇异之事,奇异之人,在见者择而用之,不可胡行乱说也。

雷 电

二月雷乃发声,声发五日而始电,电闪雷乃益震,此阳气之以渐而张也。击石者始击则先有声,击而热,火乃出焉,非二物也。

祈 雨 法

《春秋繁露》中有祈雨法:贮水巨瓮,杂柳枝,聚蜥蜴寝其上,复以木固其泥封。令十岁幼童环日夜鞭,雨立至。此宣城徐华阳尚书试于蜀中有验。人谓仲舒深于阴阳五行之说,不虚矣。

藏 冰

南方冰薄,难以收藏。用盐洒冰上,一层盐一层冰,结成一块,厚与北方等。次年开用,味略咸,可以解暑愈病。

雪 报

春雪不宜过多,若多则百廿日必有大风雨,俗谓之"雪报",最伤农。

雪 篷

　　黄哲，番禺人，字庸之，有学行。国初，聘入翰林，应制，当上意，寻出知东阿县。浪溪有怪物啖人，哲为文祷于天。须臾，风雷大震，一青蛟毙于水上，人称精诚所感。初北上时，倚篷窗听雪，诧曰："天下奇音妙韵出自然者，莫是过也。"欣然自韵，人称"雪篷先生"。
　　余录黄先生事，时乙卯腊月廿七日，在馀溪舟中。盖余诞辰在元日，且届六旬，以病如径山避之。正大雪，有感先生听雪之题，泠泠会心。余尝有杂记曰："风来有影，非尘也；雪下有声，非珠也。"意亦如此。然先生自东阿归，横经受徒，岁凡数百人，又多名士。复征判东平，坐诖误死。余尽谢亲友，以文贽请教者，瞠目不答，并绝意仕进，人亦力挤且溺之，决不复然。然则学逊先生而祸，吾知免矣。惟听雪有感，欲作歌，未能也。

蜀 雪

　　赵纶，字廷言，上海人，进士。为内江令，识拔赵大周。先生有善政，民有利侄财，手刃七人者，绐为盗。公片言折伏，众惊以为神。蜀素无雪，是岁雪盈寸。又蝗不入境，粟一茎五穗，士民刻石称"三异"。仅南京刑部主事，卒。
　　迤南雪至少，而吴元年二月，昆明县雪深至七尺五寸。

雪 三 色

　　神宗四十四年正月，大雪，无锡有黄、红、黑三色，城中屋瓦，勿论大小人家，俱有巨人迹，不知何祥。丙辰二月廿六日，时清明后六日也，余扫先墓，过唐栖，下雪珠，溅入篷窗，甚巨，鹢首顷刻可掬。

望　　气

吴元济未破数月,吴武陵自硖石望东南,气如旗鼓牙盾,皆颠倒横斜。少选,黄白气出西北,盘蜿相交。武陵告韩愈曰:"今西北王师所在。气黄白,喜象也,败气为贼。日直木,举其盈数,不阅六十日,贼必亡。夫天见其祥,宜修事应之。且洄曲守将,急缓不可使,吴城贼将赵晔,诈而轻,若以兵诱之,伏以待,一举可夺其城,则右臂断矣。"

节　　令

文皇时,上元节午门张灯,听人纵观,示与民同乐之意。庭臣有父母,多奉之来观,上闻甚喜,至加赏赉。十三年正月壬子,灯山焚,有仓卒不及避而死者,都督同知马旺与焉,上甚惋惜。时在北京,敕皇太子修省,凡各衙门追送物料,悉皆停止,以纾民力。

正统中,每岁立春,顺天府别造春牛、春花,进御前及仁寿宫、中宫凡三座。每座用金银珠翠等物,为钱九万余。景皇即位,以明年春日,当复增三座。宛平坊民相率陈诉,言:"被兵之后,人户耗减,供办实难。其春花,乞买时宜花充用。"从之。

《西湖志》谓:清明前两日为寒食,《琴操》则曰前十日,一曰前三日。

俗云:夏至有风三伏热,重阳无雨一冬晴。验之,殊不然。及阅《感精符》云:夏至西逢三伏热,重阳戌遇一冬晴。乃知俗说之讹也。

五月五日,江南曰竞渡,陕西洋县曰踏石。

六月六日,日未出时,汲井水,用磁罂盛之,入黄瓜一条于中,黄腊封口。四十九日,瓜已化尽,水清如故,可解热毒。

唐玄宗以八月五日生,张说上《大衍历序》云:"谨以开元十六年八月端午,赤光照室之夜献之。"又宋璟请以八月五日为千秋节,表云:"月惟仲秋,日在端午。"则凡月之五日,皆可称为端午也。《卢顼传》云:"是夕冬至除夜。"又陈师锡家享仪:谓冬至前一日为冬往。往者,冬除也。则除夕亦不独岁暮一夕为然也。

太平兴国三年七月,诏七日为七夕,至今仍之。

夔门有武侯八阵图,士女以七日游此,谓之踏碛。八阵图,一在夔州之永安宫,一在新都之弥牟镇。杨升庵谓:在永安宫者,乃武侯从伐吴,防守江路行营布伍之遗制。非也。此图乃武侯应先主之召入蜀时所布,非伐吴也。先主伐吴,武侯未尝从,惟临终受遗托付,又一到永安耳。而说者谓孔明预知先主败走,设此以迷陆逊,未知果否。

腊者,接也,新故相接,故大祭以报成功也。夏曰嘉平,殷曰清祀,周曰大蜡,汉改为腊。

月　　忌

凡五月五日生者,多不利。其最著者,如宋徽宗改天宁节于十月十日,辽懿德皇后改坤宁节于十二月,盖亦因俗忌也。以帝后之尊尚不能免,异哉,异哉!然则五国城之酷,十香词之冤,又何尤于粘罕乙辛耶?

俗忌五月,官历不与焉。此是正当道理,不必言。然亦有可异者。太祖以闰五月十六葬孝陵,果有靖难之师。建文一支灰飞不必言,而文皇之劳苦,亦已甚矣。英宗以五月二十七立皇后钱氏,皇后遂多病,无所出。又七年,英宗北狩,后在宫中伏地祝天,昼夜不辍,因而流湿折股,又幽栖南城者六年。景王以五月十三就国,寻卒,无子,归葬西山。帝王如此,而况民家?则忌之未尝不是也。

律　　灰

律管吹灰,术甚微妙。须用河内葭莩灰试之方验,余灰即不动也。

九 州 不 同

《尔雅》"九州"。冀州：冀，近也，在两河之间，其气清，厥性相近。豫州：豫，舒也，在河之南，其气著密，厥性安舒。雍州：雍，壅也，东据龙门，河西距，其气蔽壅，厥性急促。荆州：荆，强也，又警也，北据荆山，南及衡阳，其气燥刚强梁，又南蛮数为寇逆，常警备也。扬州：扬，阳也，据淮南，距海，直大阳位，其气燥劲，厥性轻扬。兖州：兖，信也，越济水，西北至河，其气专，厥性谦信。徐州：徐，舒也，东至于海，北至岱，其气宽舒，禀性安徐。幽州：幽，要也，自易水至北狄，其气深要，厥性剽悍。岱之正东曰青州：以青丘名，东方少阳，其色青，其气清。东北据海，西南距岱。曰营州，以营丘名，盖今辽东西之地也。此《尔雅》之文，上与《禹贡》不同，下与《周礼》又异。禹别九州，有青、徐、梁，而无幽、并、营，是夏制也。《周礼》，周公所作，有青、并、幽，而无徐、梁、营，是周制也。《尔雅》有徐、幽、营而独无梁、并，疑是殷制也。据此，则《尔雅》又在周以前。郭景纯之序，无乃未尽与？杜牧云：冀州者，以其恃强不循理，冀其必破弱，虽已破，冀其必强大也。并州者，力足并吞也。幽州者，幽阴惨杀也。

西 南 寒 暑

风土南北寒暑以大河为界，不甚相远，独西南隅异，如黔中则多阴多雨，滇中则乍雨乍日，粤中则乍暖乍寒，滇中则不寒不暖。黔中之阴雨，以地在万山之中，山川出云，故晴霁时少，语云：天无三日晴，地无三里平也。粤中之乍暖乍寒，以土薄水浅，阳气尽泄，故顷时晴雨叠更，裘葛两用。兼之林木荟蔚，虺蛇嘘吸，烟雾纵横，中之者谓之瘴疟，宜也。独滇中风气，夏不甚热，冬不甚寒，日则单夹，夜则枲絮，四时一也。夏日不甚长，冬日亦不甚短，刻漏按之，与历书、与中州，各差刻余。又镇日咸西南风，更不起东北。冬、春，风刮地扬尘，与江北同。即二三百里内，地之寒热，与谷种之先后，悬绝星渊。地多海子，似天造地设，以润极高之地，亘古不溃不堙，犹人之首上脉络也。李月山谓其地去昆仑伊迩，势极高而寒，以近南故，寒燠半之，以极高故，日出没，常受光先，而入夜迟也。

府州郡县异同

春秋时，县大而郡小，秦并天下，郡大而县小。汉有郡国，皆统于州，然州乃分部之名，或十二，或九。及南北分裂，彼此相冒，各立侨寓名色，至百余州，而郡即带焉。隋并天下，废郡存州，州即郡也，炀帝改州为郡，而州之名废。唐又罢郡置州，而郡之名废，其实一也。宋、元以来，设府于州，州即府也。我明府、州并存，但州有直隶者，有属府者，以此稍异。

云南自段氏改天水，有郡之名；胡元入主中国，有州之名，我明始有府之名，惟云南县则始于汉。

各府地方，其平洋旷远，自平阳府而外甚多。至山谷幽邃而又辽阔者，莫如汉中府。自凤县至白河，南北凡一千七百余里，东西一千二百余里，州县相距多或二三百里。设官虽多，势不相及。其地分属郧台，于金州添设佥事，控制尤易。产药甚多，何首乌有一颗至十余斤者，然枵落无味，不堪用，余曾试之，笑其大而无当也。

金州谓秦头楚尾，余谓当作秦尾楚头。

古扬州，山有会稽，今分于浙；水有彭蠡，今分于江右；震泽三江五湖，今分于苏州。亦犹乌程之分为一州六县，及宜兴、馀杭、华亭之分为松江三县，又分嘉兴也。

地名支干

西安府南百里有子午谷，有子午关，杜诗"故人今居子午谷，独在阴崖结茅屋"是也。陕西西乡县有子午谷，子午水。宜君县亦有子午水。庆阳府合水县有子午山。广东惠州有甲子门。成都绵竹县有庚癸山。福建福州有丁戊山。汀州府有丁水，有寅湖。德化有丁溪。广西桂林府有癸水。陕西沔县有大丙山，有丙水，有丙穴，杜诗"鱼知丙穴由来美"是也。湖广辰州有辰溪、辰水、酉水、酉阳、大酉山、小酉山，湘东王绎赋"访酉阳之逸典"是也，其源皆起于汉之戊己校尉。

地名训义

地名栎阳，读作药阳，莲勺作辇勺，隆虑作林庐，荡阴作汤阴，不羹作不郎，平舆作平预，宛句为冤朐，沙羨为沙夷，不其为不基，太末为闼末，番和为盘和，乌氏为乌支，龟兹为丘慈，番禺为潘禺，荔浦为肄浦，阳夏为阳贾。如此类甚多，此必有义，未能详考也。

五岭

裴氏《广州记》云："五岭，大庾、始安、临贺、桂阳、揭阳。"邓德明《南康记》云："五岭者，台岭之峤，五岭之第一岭也，在大庾；骑田之峤，五岭之第二岭也，在桂阳；都庞之峤，五岭之第三岭也，在九真；萌渚之峤，五岭之第四岭也，在临贺；越城之峤，五岭之第五岭也，在始安。"都庞，《水经注》作部龙。萌渚，《舆地志》作明诸。徐广曰："五十万人守五岭。"《淮南子》曰："始皇利越之犀角、象齿、翡翠、珠玑，乃尉屠睢发卒五十万，分为五军。一军塞镡城之岭，一军守九嶷之塞，一军处番禺之都，一军守南野之界，一军结余干之水。注：镡城在武陵之南，接郁林；九嶷在零陵；番禺在南海；南野、余干在豫章。"其说五岭又不同。并志于此，俟考。

渡泸

孔明《出师表》："五月渡泸。"今以为泸州，非也。泸州，古之江阳，而泸水乃今之金沙江，即黑水也，其水色黑，故以泸名之尔。《沉黎古志》："孔明南征，由今黎州路。黎州四百余里至两林蛮，自两林南瑟琶部，三程至巂州，十程至泸水，泸水四程至弄栋，即姚州也。今之金沙江在滇蜀之交，一在武定府元江驿，一在姚安之左邰。"据《沉黎志》，孔明所渡，当是今之左邰也。瑟琶，一作虱琶；两林，今之邛部长官司也。

朐忍

《汉·地里志》有朐忍县，颜师古注："音劬。"误也。按《说文》："朐，腊挺也，其俱反。"字既从句，与地名何干？《通典》作"朐䏰"，朐，音如顺切；䏰，如尹切，读如闰蠢。《通典》之音，得之矣。而字作劬，则因《汉志》而误也，当从朐，乃叶闰字之音。朐䏰，虫名，夔州地多此虫，遂以为名。又谓朐䏰属汉中，亦误。检《地志》，汉中实无此县。云安之西三十里万户驿下，横石滩上，土人云：驿之左右，朐䏰故地也。辩文字与辩职方者，宜知之。古李巽岩《朐忍辩》，可谓互证，考千古之谬矣。

息壤

永州龙兴寺有息壤，柳子厚尝记之。谓隆然负砖甓而起者，步四步，高尺五寸。始为堂也，夷之而又高，凡持锸者尽死，由是人莫敢夷。子厚曰："南方多疫，劳者先死。彼持锸者，其死于劳且疫耳，土乌能神？"其说甚正。然万历庚辰，余姚蒋劝能分部永州，有要人冀攘此寺为宅，郡邑皆唯唯，独蒋持之不与，以此得谤罢官。后数年，地竟归要人，土功兴，执役者八人，一日尽死，未几，要人亦卒。宦永者贻蒋书曰："使公早与之，则向时彼已死，无能害公矣。"闻者相共惊异。按古籍，息壤有二：一甘茂盟处；一即此，所云"鲧窃以堙洪水"者，未知孰是触者死，前后皆符，然则理诚不可穷。柳以劳疫当之者，亦臆说也。而旧有详为辨者，未知孰是。

息　壤　辩

　　《山海经》云："鲧窃帝之息壤以堙洪水。"罗泌作《路史》，发挥求其说而不得，乃云：楚有地名息壤，其土能长，若人之赘疣然，是眯而道也。按许叔重《说文解字》云："壤，柔土也。"《书》曰："咸则三壤。"孔安国云："无块曰壤。"《九章算术》云："穿地四为壤，五为坚，三缓。"是息土和缓之名。《周礼·地官》十二壤注："壤，赤土。"以万物自生，则言土，土，吐也。以人所耕树蓻则曰壤，土坚而壤濡。《前汉书·欧阳传》注："梁益间所爱，谓其肥盛曰壤。"又尧时有《击壤歌》，耕者拔其陈根，击其坚块也。又汉令解衣而耕曰襄，壤字从襄，盖耕治之土也。宋杨亿当制，于辽国书云："邻壤交欢。"太宗以嫌干粪朽、朽壤，易作"境"字。以上数文证之，壤字之意明矣。《山海经》所云"鲧窃帝之息壤"，盖指桑土稻田，可以生息，故曰息壤。土田皆君所授于民，故曰"帝之息壤"。鲧之治水，不顺水性，而力与水争，决耕桑之畎亩以堙淫潦之洪流，故曰"窃帝之息壤以堙洪水"，其义岂不昭矣哉！古书传之言，本自明且昭，而解者翳且晦，此类多矣。

编　　户

　　县有编户一里者，金州之平利县是也。然东至湖广郧阳府竹山县三百里，南至四川夔州府大宁县一千里，西南达县一千三百里，北至金州九十里，东北至洵阳县二百四十里，中间辽阔乃尔。大约皆溪山胶结而居民稀少也，其景象亦可思已。

牂　　船

　　战国时，楚顷襄王遣将庄蒙伐夜郎，军至且兰，牂船于岸，步战灭夜郎。后人以且兰有牂船牂柯处，乃名其地为牂柯。牂柯，系船筏也。

哀牢，古姚州永昌郡，当在滇。今以广西为哀牢，想必有据。

新丰南迁

嘉禾城东三十余里，镇曰新丰，塘曰汉塘，相传以为汉新丰人迁于汴又南迁于此者。

洞天

普安阁洞，天下洞天之首。

长乐县有华阳洞，洞庭山有林屋洞，我湖有黄龙洞，余皆得游，奇诡不可殚述。惟林屋洞门下连涂淖，游者必卧板上拖入，故进者绝稀。

滁有秋山洞，每天霁，即洞燥欲尘；将大水，飞瀑从洞出，头高丈余，如匹练，老农视此觇旱潦。

白路贯顶

泰山悬崖绝壑，不可攀援处，时有白路迤逦，贯顶而上。盖因风雨晦冥时，狞龙求珠不可得，怒抉其石致然。理或有之，且不独泰山也。

火井

阿迷州有火井，烟来水出，投以竹木则焚。邛有火井，以外火投之，生焰，光数里。

幔井见月

宿迁县西北马灵山，凡中秋遇月，张布幔其上，月光照井，一无所隔,余日则否。时有白气冲出,下必有异,人不能测。

圣　　井

陈高祖生我湖长兴下若里,其宅址犹存。去太湖仅十余里,以东弁山为案,六水环注焉。宅有井,相传始生时,井水沸出以浴帝,名曰圣井。有红罗浮出焉,好事者屡为去其翳蔽出之。归震川先生为令,往视,作亭于上,勒铭焉。

泰　州　井

泰州有天女缫丝井,相传董永行孝之所。每蚕熟时,井中有白草,根长丈余,如丝。又有度军井,泉虽浅,常不竭,汲且尽,击其栏,泉复溢出。岳武穆经略通泰,领兵过此,饮之不竭,故以名。元淮南王闻其异,取栏置庭井中,击之无验,遂送还,至今人呼为"圣井栏头"云。

井署井脉

贾制使守扬州,有黄冠持画轴来见,展之,皆云章鸟篆,不可识,问之,亦不应。冉冉上升,足有紫云,急拜祷曰:"已涉下界,奈何不留遗迹?"黄冠复下,趋出,入后土祠井中。因缒狱囚下视,见一洞,署曰"玉勾"。复使入,则水漫不可寻矣。蜀冈上禅智寺侧有井,味极甘洌,脉与蜀江相通。有老僧洗钵蜀江,失之,从井浮出,为寺僧所得。凡数年,老僧过而见之,惊曰:"何缘到此?"脱衲衣赎归。

山　池　船

无为州天井山顶有池出泉,四时不涸。弘治间,池偶涌沸,流出一敝船,船有篷,篷有断绳。

虾　池

白虾池在开化县北金水乡三十里,余仁合家左,广七丈,深三丈。清献赵公抃尝馆其家,后为四川制置使,以白虾遗仁合,仁合朴雅,不好玩弄,置之池内,厥后生息不绝。有求而他畜者,其色变赤。

石　潭

安定县后深潭,有两石似龟,或击折一头,江水为赤。数年,又有五泥人,卓立如人形。知县有清德,则沙开成潭,而泥人出;若贪污,则淤塞而泥人隐。相传吴定寔、罗昌作令时,潭深数丈,余皆填塞。

峡岭山洞

中宿峡,一曰峡山,在清远县东,山对峙江中。秦赵胡曾钓得金鲤鱼,可重百斤,贡之秦王,有钓鲤台。东有尉佗万人城,南有标幡岭。唐大历间,哥舒晃叛,州将来讨,梦神人谓曰:"见幡即回。"及晃平回师,山顶有挂幡焉。白云山在番禺东,山高无泉,有龙化为九童子,泉遽涌出,时有五色小蛇,蜿蜒其间。下为大小水帘洞,秦安期生隐处,始皇尝遣人访之。或云,子城东遗迹尚存。蒲涧溪涧中产菖蒲,一寸九节,食之仙。

崇阳洪

崇阳县北有崇阳洪,两山相夹,中有三洪。堪舆家谓凿山有利,遂兴工,石工暴病殁,乃止。久之,山长复如故。

石　油

延安府延长县，石油出自泉中。岁秋，民勺之，可以燃灯，亦可治毒疮。浸不灰木，以火爇之有焰，灭之则木不坏。

周　公　庙　泉

岐山县有周公庙，庙有润德泉，在东北隅，世乱则涸，治则出。其出必有数日烈风雷雨。弘治十五年九月甲子，雷风交作，山泽震裂，泉乃复出，盖不知涸已若干年矣。

温　泉

温泉最多，而骊山、安宁为佳。骊山泉出有二穴，朔后出左穴，望后出右穴，浇田至五里外方冷。暖水灌禾必枯，而此水无恙。其泉清澈，深五六尺，毛发都鉴。又水中蹲绿玉石，坐而浴，甚佳。骊山泉出穴甚热，到浴池正温。安宁出穴即可浴，然初浴觉稍热，久之反温。新安黄山温泉亦佳，余尝浴之。正温，雪天坐楼上望之，气坌出如蒸云。泉当大岭之下，贩米者逾岭而来，弛担就浴，必百十人，溷甚，少选即清，盖泉出右穴，流于左方也。初出处，手之甚冷。杨用修以硫黄实之，恐未必然，浴而有硫黄气者是也，斯最下。

灵　泉

博平县西三十里，有灵泉，一名涵管洞。巨石甃成，六管三窍，以泄暴水。永乐九年，疏会通河，其水遂塞，可见水溢不在彼则在此。一会通河，不但通南北咽喉，而天地之气赖以节宣多矣。

甘　泉

东昌府茌平县西北有丁家冈,出泉甘冽,酿酒甚美。谚云:茌平丁块酒。又称曰酒泉。余同年程肖莪尝就冈下造酒以归,号为天下第一。余过访饮之,真绝品,当与易州相配。

咸　水　泉

莱州府潍县有咸水泉,在潍东三十里刘村。地势甚高,平泉流数十步,伏流于地。他水在左右者皆淡,惟此泉独咸,因甃为池,立祠祀之。其地去海近,岂一窦所通而然?亦奇。

第　四　泉

天下第四泉,在上饶县北茶山寺。唐陆鸿渐寓其地,即山种茶,酌以烹之,品其等为第四。邑人尚书杨麒读书于此,因取以为号。一曰胭脂井,以土赤名。

石　穴　水

蜀黔之水都出石穴。处州东十里有龙泉,或一日一涨,或三日一涨,消则清,涨则浑,人莫能测。若京师玉泉之瓮山,我湖之广苕山,自趾及顶,在在从石罅溢出,而草翳之,又不必穴也。

品　水

黄谏字廷臣,临洮兰州人,正统壬戌及第三人。使安南却馈,升翰林学士。作《金城》、《黄河》二赋,李贤、刘定之皆称美之。好品评泉水,自郊畿论之,玉泉为第一;自京城论之,文华殿东大庖厨井为第一。作《京师水记》，每进讲退食内府，必啜厨井水所烹茶，比众过多。或寒暑罢讲，则连饮数杯，曰："暂与汝辞。"众皆哗然一笑。石亨败，以乡人有连，谪广东通判。评广州诸水，以鸡爬井为第一，更名学士泉。谏博学多艺，工隶篆行草，而尤长八分。后诏还，卒于南雄。

禁城中外海子，即古燕市积水潭也。源出西山一亩、马眼诸泉，绕出瓮山后，汇为七里泺。纡回向西南行数十里，称高梁河。将近城，分为二，外绕都城开水门，内注潭中，入为内海子，绕禁城，出巽方，流玉河桥，合外隍入于大通河，其水甘冽。余在京三年，取汲德胜门外，烹茶最佳，人未之知，语之亦不信。大内御用井亦此泉所灌，真天汉第一品，陆羽所不及载。至京师常用甜水，俱近西北，想亦此泉一脉所注，而其不及远矣。黄学士之言，真先得我心。

南中井泉凡数十余处，余尝之，皆不佳。因忆古有称"石头城下水"者，取之，亦欠佳。乃令役自以钱雇小舟，对石城，棹至江心汲归。澄之，微有沙，烹茶，可与慧泉等。凡在南二十一月，再月一汲，用钱三百，以此自韵。人或笑之，不恤也。

俗语：芒种逢壬便立霉。霉后积水，烹茶甚香冽，可久藏。一交夏至，便迥别矣，试之良验。细思其理，有不可晓者。或者夏至一阴初生，前数日阴正潜伏。水，阴物也，当其伏时极净，一切草木飞潜之气不能杂，故独存本色为佳。但取法极难，须以磁盆最洁者，布空野盛之，沾一物即变。贮之尤难，非地清洁且垫高不可。某年无雨，挑河水贮之，亦与常水异，而香冽不及远矣。

又雪水、腊水、清明水，俱可用。但雪水太淡，取不能多，惟贮以蘸热毒有效。

家居苦泉水难得，自以意取寻常水煮滚，总入大磁缸，置庭中，避日色，俟夜，天色皎洁，开缸受露。凡三夕，其清澈底，积垢二三寸，亟取出，以坛盛之，烹茶与慧泉无异。盖经火锻炼一番，又浥露取真气，则返本还元，依然可用。此亦修炼遗意，而余创为之，未必非水经一助也。他则令节或吉日，雨后承取，用之亦可。

石　名

郑磁之青石，莱州之白石，绛州之斑石，洛水之石卵，吴越之奇石，此宋所采者。国朝白石，采之近畿之大石窝。宋时未入版图，班石取之徐、邳二州。显陵之役，枣阳出白石，若神启之云。

奔　石

昔有神人驱石之海，祝曰："苍苍为牛，凿凿为羊。羊牛来斯，曰骤而骧。"石皆群奔，鞭之流血。既出谷，遇老姥，问之："见吾羊否？"姥曰："奔石也，羊吾不知。"又问："见吾牛否？"曰："奔石也，牛吾不知。"神人曰："惜为汝道破。"因忽不见，惟群石存焉。

磬　石

宝庆府东五里康济庙有一石，约长五尺，阔一尺四寸，厚一寸五分。中穿为窍，置铁索悬架，以为磬，击之有声嘹亮，闻五里，上有二线纹。相传昔有渔者，兄渔于江，获金片以归，兄弟争分，遂化为石，因舁庙中。

津　石

宋元祐中，韩相国玉汝帅长安，筑通津大石梁，督责有司急，巨石无所出。忽夜梦一文面人，自荐曰："吾可应命。"诘其所来，曰："吾青州石氏丈人也。居其所，以齐封人辱吾，文面之垢若干年矣。倘起吾泥涂，磨洗吾垢，与今相国任津梁，以济世之病涉者，非吾之至幸与？"明日，抵某所，果见一穹碣在泥中，_{杨光远碑，五代时事。}丈之，应所科。磨其刻，舆至津所，柱于津，而梁落成。

石　妇

广平府城东庄有二石妇,俗呼为石婆婆。其一折腰,庄人相传,夜有一妇人入人家窃饮水浆,防者以刀中之,亦不知为何物也。明旦视石人,其一腰下两断,遂以为异,咸来祈子。元旦,浓抹胭脂,焚香拜祷,颇有验,遂构亭以居云。

娥　石

汉彭娥时遭乱,娥方出汲间,贼至,弃汲器走还,与贼遇,贼缚娥出溪边,将污之。溪边有峭壁,娥呼曰:"皇天有神否?我岂受污于贼奴之手!"遂以头触石者再。山忽开数丈,娥即趋入,贼急逐之,山复合,贼皆压死,娥遂不知所在。遗下汲器化为石,形似鸡,山曰石鸡山,潭曰女娥潭。

醒酒石

李德裕醒酒石,在河南长春殿南,色微青。今改曰婆萝石,作亭覆之,因以名,然不若仍旧名为得。大凡古人命名,政不必易。

五丁石

五丁石道在汉中府褒成县境,汉永平中,司隶校尉阳厥又凿而广之。

太湖石

宋太师秦国卫文节公泾,淳熙十一年进士第一人,参知政事,文章议论有裨于当时,《宋史》轶不传。公,昆山县人,韩侂胄用事,隐居十年。于所居地名石浦，辟西园，累致太湖石甚富。至今往往流落人间，然皆为屠沽儿酒肉腥秽，可吊也。独其在学宫者，为四方过客之所瞻仰。其冢间大石尤奇，旋转作人舞，而形质恢诡，类袜师所率之夷舞。若以甲乙品第，当在学宫之上。归震川先生得之，记云："公，我乡之先哲。余朝夕对之，复如对公。前十年于阊门刘尚书宅得一奇石，形如大斾，迎风猎猎，仿佛汉大将军兵至阗颜，大风起，纵兵左右翼围单于，骠骑封狼居胥，临瀚海时也。久僵仆庭中，今立于西垣云。"

朱勔进太湖石，舁者千人，徽宗封曰盘固侯。

怪　　石

英德江中有怪石为患，众神之，创庙祀焉。霍渭厓毁其庙，未几，雷击去其石，洪涛驱沙，江为安流。清远飞来峰有虎患，霍移文山神，虎遂绝。今其文竖寺中，世呼"驱虎碑"。

庙　　石

石船、石帆、铁履、铁屐。《郡国志》：涂山有石帆，长一丈，云禹所乘者。《十道四蕃志》：圣姑从海中乘石舟，张石兜帆至此，遂立庙。庙中有石船，船侧掘得铁履一量。《寰宇记》：宋元嘉中，有人于石船侧掘得铁屐一双。《会稽记》：东海圣姑乘石船，张石帆至。二物见在庙中，盖江北禹庙也。

田　州　石

初，岑猛之将变，忽有石自田州江心浮出，倾卧岸侧。其时民间有"田石倾，田州兵；田石平，田州宁"之谣，猛甚恶之，禁人勿言。密起百余人，夜平其石，旦即复倾，如是者屡屡，已而果有兵变。卢、苏等既来投顺归，视其石，则已平矣。

剑门皆石，无寸土；潼关皆土，无拳石。

南宫旧物

壶中九华石，此东坡题识。高不能逾指，广仅周尺。巑岏㠑怪，山立九峰相属，如神剜鬼斫，米南宫旧物。后入严东楼家，尹洞山有记。

石碣

弘治初，庐州府店埠东北，居民修桥，掘土，得小石碣一，长可三尺许。上镌"慎县界"三字；背刻"少避长，贱避贵"六字。

石箭石鲸

文王射于丰，有石箭一枝，长二丈五尺，围四尺七寸，见存，因名曰文王山。其对峙者，曰武王山，今在同官县内。

渭水石鲸，长二百尺。

石光射人

正德六年，桐君山下，傍江，有石发白光，皎洁闪烁，圆大如簸箕。每日自巳至未，射人目，烛数里。远近皆往观，如是者弥月而止。

石人赌钱

雷州治前立石人十二，执牙旗两旁，即今卫治是也。忽一夜，守宿军闻人赌博争声，趋而视之，乃石人得钱数千。次早闻于郡守，阅视库藏，锁钥如故，而所失钱，如所得钱数。郡守将石人分置城隍、岳庙等处，其怪遂止。

石　　青

永乐十七年，山西行都司军士，采石青于净沙州旧塘，用工多，而所得甚少。忽见青蛇随所往，二百余步失之。发其下，得石青加倍。其色视旧塘产者益鲜明，至是都指挥李谦绘图来进。

文　　石

王之辅，新城人，大名同知。寿工兴，督采文石于黎阳。凿地无所得，有田父言："丙夜见火光烛地，状如星陨。"旦往视之，文石在焉，得万余方。

献　　石

屠丹山太宰父松窗公好治鱼池，及丹山母忧时，将凿池以悦其意，而未得也。一夕，梦神人谒曰："吾当献之。"觉而大惊异。已而于居之干隅购得隙地，因凿池，得石多且巨，又瑰奇可爱，叹曰："梦征矣，殆天意乎？"乃即池为山，名曰天赐岩，构亭于池前，曰乐亲亭云。

端 溪 石

端溪旧石，久不可得。万历间，采珠内臣至其地，测旧坎，水深数丈，用皮囊绞至百日，水尽，人縋而下拾取，凿成零块颇多，水忽大至，縋者亟上得免。时憨山和尚在彼觅得，致王损庵五六方。大者长尺余，高半之。召匠依古式琢成，董思白题识。细洁莹净，宛如碧玉，天然奇珍，可爱。

社义立石

黄裳，字迪吉，番禺人。在政和时修县志，论社所以主石之义，曰："社祭土，主阴气也。夫阳气积而成天，故其精为星；阴气积而成地，故其精为石。石击则星出，阴动生阳也；星陨则化石，阳变为阴也。土为阴气之积，而石乃其精，故社以石为主。"时称其善论。

无字碑

泰山顶上有无字碑，色碧，文理极细，高可三丈，每面六尺。唐高宗乾陵中亦有之，乃于阗国所进。

癸巳碑

龙泉关坛山石，上有吉日癸巳碑，乃周穆王所刻。笔力遒劲，有剑拔弩张之势。今移赞皇儒学仪门内。

韩文公碑

南海广利王庙在番禺南，庙有唐韩文公碑。玉简、玉砚，象鞭精致。郑絪出镇时，林霭守高州，献铜鼓，面阔五尺，脐隐起，海鱼虾蟆周匝，今藏庙中。宋真宗赐南海玉带，蕃国刻金书表，龙牙火浣布并存焉。

汾阴碑

宋真宗祀汾阴，立碑石，今在荣河县察院东。高丈余，阔三丈，光泽坚厚，上镌二圣配享铭。俗称萧墙。有铁人四，高各六尺，在碑前。盖顶焚炉之具。后土祠东岳祠铁柱各二。

仆碑起立

南宫县有李阳冰庙碑，高丈余，岁久，祠颓碑仆。山阳刘安为知县，率僚属祈雨。至祠下，见碑，非数百人弗能起。告于神曰："神如有灵，碑自立，安当新其祠。"翌日，雷雨大作，四野沾足，碑起立，安以银觚奠神，就付诸庙中。因具上闻，且请新其祠，诏许之。召工薙草莱，增基址，兴版筑，掘地获钱六十万缗，遂为修葺之需。期月而庙成。正统辛酉春，安慨科目久乏人，乃割俸资，市巨木送学宫。语诸生曰："吾以科目望汝辈，不负吾所望者，当以此木表其坊。"是秋，白圭乡荐，举进士，历官巡抚、太子太保、兵部尚书，遂以所市木，立乡贡进士坊。又出俸金厚赠之。自是人才辈出，科目有人。后同官于浙，师生僚友，各尽其道云。

仆碑生杏

司马温公之葬也，敕苏子瞻为文，御笔题曰：清忠粹德之碑。至党祸作，仆其碑。有杏生于断碑之罅，盘屈偃盖，拥其龟趺。金皇统间，夏邑令建祠，入元凡二百余年，白云先生家与之邻，益加封殖，绘图传之。

勒石题名

勒石始于李斯，题名始于汉文翁，礼殿三碑，止题姓字。唐建中二年，京兆府有同官记碑，则署爵里官方，而司马温公《谏院记》则用文矣。

禁立碑

刘宋裴松之以世立私碑，有乖事实，上言以为立碑者宜上言，为朝议所许,然后听之,庶几可防遏无征,显章茂实,由是普断遵行。至隋、唐,凡立碑者皆奏请,至五代而弛。今之立碑者,弥亘普天,若行此例,悉摧作阶砌,亦快事也。

诘龙浮碑

欧阳公四岁而孤,二亲俱葬吉安永丰之泷冈。盖其考崇公官于绵,而生欧阳子,官于泰而殁。妣越国太夫人郑氏,以其子依叔父官于随,欧阳子年二十,豫随州贡,二十四登进士,历任多在中朝及江北。年四十六,太夫人卒,归祔崇公之兆,葬后还颍,尝于青州刻《泷冈阡表》以归。舟泊采石,夜梦神人从公假观《阡表》,明日,水裂舟危,公悟,投碑于江。黄山谷为文诘龙,顷之,灵龟涌碑出沙溪沼中,有龙王点迹数行如镂,取置西阳宫,为亭覆之。后宫火,独碑亭无恙。

掷碑熄火

靖康元年,尚书省火,延及各署,折省中石碑掷火中,遂息。隆庆元年,南城县治火,佥事张祉往视,亟令人拽石碑入火中,亦顿息。张盖熟宋事,投而试之,果验。岂气有所制,石火亦不免,抑事之偶值者耶?

挖碑

去思碑与题名碑,凡负时名,执法有功迹者,必经磨挖,更以浅深为高下。国子监则姜凤阿宝,吾郡则万太守云鹏。姜不过奏增监生坐班日月耳,恨之如此。万一时劲吏,千古人豪,其名挖至寸余,盖补而复磨,故深乃尔。近则陈筠塘幼学,其有以朱笔添花者,则某公也。

碑神

越嶲道上一石碑,高三丈许,中有"大唐地界"四巨字。苔藓繁如虬龙，独绕字旁，若巧避。下有青石，方阔可二丈，滑净若人素所履者。时有神鬼出没，人至憩且立者，必有祸。一老叟过而悦之，坐石上，良久，出酒肴，解榆桊，酌而且歌。其桊甚精，非世间物。有神人自碑跃下，笑而揖曰："今日之饮乐乎？"老叟与对坐，饮且数杯，慷慨纵谭曰："别三千年，不谓相遇于此。"又曰："已被此子觑见，去，去！非久留地也。"遗一器，飘然上升。有樵者隐丛薄间，遥见，亟趋至，器中尚有余沥，刮入口，觉精气勃勃，自踵贯顶，归家不复思食。后辞家，不知所往。

供 御 桊

唐曹王皋有巧思，精于器用。为荆南节度使，有羁旅士人怀二桊求通谒，先启于宾府，观者讶之，曰："岂足尚耶？"士曰："但启之，尚书当解矣。"及见，皋捧而叹曰："不意今日复逢至宝。"指其刚匀之状，宾佐唯唯。或腹非之，皋曰："诸公未必信。"命取食榇，自选其极平者，遂重二桊于榇心，以油注桊，满而不浸溢，盖相契而无际也。皋曰："此必开元、天宝供御桊。不然，何以至此？"问其所自，客曰："在黔得于高力士之家。"

白 绸 帐

安禄山昵吉温，温还朝，敕吏设白绸帐于传，庆绪亲御而饯之。此时正极奢靡，而以白绸为重，岂绸一时独出而贵，或北方所少耶？今宦涂以为常物，帐用至锦绣矣。

人 舆

三代时，人主乘车皆负以马，故曰"辂车乘马"。惟桀用人辇，谓之不道。至穆王，犹用八骏。汉，黄屋、左纛，袭秦之旧，当必用人，然未及臣下也。东汉阴就始用人，为井丹所叱。唐宰相皆乘马，武元衡被刺，马归，始知之。裴度马上被砍，毡裹厚，得不死，犹断鞅而去。张弘靖以宰相镇幽州，用人舆出入，将士创见，且骇且怒，驯至于乱。是时，朝官出使，皆乘驿马。间有乘担子者，夫皆自雇。然惟宰相至仆射，致仕官疾病者得乘之。王荆公在金陵乘驴，有进肩舆者，怒曰："奈何以人代畜！"朝臣有赐者，力辞乃受。南渡时，行在百官皆赐，汪淳溪有谢表，然止肩舆。秦桧入朝，施全刺之，毡裹厚不得入，则帏轿矣。今制，两京文武三品以上乘轿，双棍引前。四品以下，即少詹、金都、祭酒，皆乘马，用双棍，京师人谓之马棍，甚厉。若乘轿，则棍反拖后不得施矣。在外，自大吏而下，皆给马，武官勋戚皆乘马。惟年老公侯拜三公者赐轿，内相掌司理东厂者如之，亦必钦赐。今南中无大小，皆乘轿，惟有四人、两人之分，犹曰留都稍自便。北京亦用肩舆出入，即兵马指挥若卫经历皆然，雇直甚贱。在外惟典史乘马，恐不久亦当变矣。

有部使者王化按浙。一举人冠员帽入谒，王问曰："此冠起自何时？"对："即起大人乘轿之年。"王惭，反加礼焉。盖前此外官三品用帏轿，部使者止乘马故也。

织 锦 札

书札至用销金大红帖，奢已极矣。闻江陵盛时，馈者用织锦，以大红绒为地，青绒为字，而绣金上下格为蟒龙蟠曲之状。江陵见之嘻笑，不为非也。江陵振厉有为，不甚通贿赂，独好华整，人以此求媚，理或有之，要亦呆甚。如此权势，何不率先俭朴，而为人所窥乃尔？

习 套 科 禁

宋末柬帖虚套，有"学际天人"、"即膺召用"、"台候神相"等语。又有场屋喧噪之禁。今有"大台柱"、"大柱国"、"即宫詹"、"即开府"、"即铨省"、"恭候台福"等语，习为固然。而场屋喧噪，沿以成风，日甚一日。然所司秉公者，亦自帖然。即此可以观事，可以观人矣。

告　示

前在京中，过安福胡同，见兵马司告示大于巡城御史。后归家，见驿丞告示大于知县，乃富翁之告示金以朱笔县之通衢。盖人之不自分如此，而风俗纪纲可概见矣。

京师老媪

京师惟内官妇人遇轿不下马，不引避。宋栗庵太宰转长安街，一老媪面衣不避，隶人误以为男子，呵而触之，媪露面，指太宰面叱曰："我在京住了五十余年，这些见了千千万万，罕希你这蚁子官！"从者失色，无如之何。亟前行，老媪亦不顾去。太宰到部，笑语同寮曰："今日悔气，空受了老妇人一场大骂。"同寮问故，语以状。又大笑曰："也不是蚁子了。"听者俱失笑。嗟乎！此妇人眼界亦不小矣。

施　钱

乘舆济人，孟子以为小惠。今有大臣行长安街携钱以与丐者，每一出，丐攀号求施，累累缀行不绝，彼自色得，人亦艳而称之。不知于政体有当否？即不能平天下，独不能如先朝姚文敏奏令五城收养活人耶？比余官南中，亦有大老行之者，数以讽余，余不应，此老亦悟，虽行之自若，然辄令圉人曰："勿令朱爷见。"

松筠相公总督江南时，每出，令从者怀白金以施贫子。由是丐者探其出，常什伯随之。此可为惠而不知为政者。

卷之十六

圣　　表

先师四十九表，至援神契所志，苌弘所谈，姑布子卿所称，老莱弟子所识，荀卿、司马迁所述，并未一及须髯。汉文翁刻遗像，与唐大观元年所刻吴道子画像，孙淮海先生跋其须髯皆不甚盛。然则今之所刻，殆亦稍失其真矣。

道子画像在鄱阳县。元末，红巾起，马至一处，不行，策之不动，疑有异宝。掘之，穹碑立土中，则圣像也。徙置一屋，众罗拜而行。从此道宫、佛宇，俱设宣尼像，以避兵火。饶州府学，昔为天宁寺。国初，陶学士安知府事，以原有先圣十哲像，遂改为学，僧奏夺不得。近年行人陆起龙欲得圣像，广文不欲开端，假巡道力，一时摩数百纸，陆得七十纸以归，有乞者，皆不应。

启　圣　祠

立启圣祠，以孔鲤、颜路、曾点、孟孙氏配，其说发于先儒熊禾。至世庙时，工部主事刘魁申其说，遂下礼官拟议另祠。乃丘琼山亦有议欲立庙于曲阜、特祀三子，而以颜子、曾子、子思配，或各祀于其子之墓。孟有墓在邹县，颜墓在曲阜，曾墓在嘉祥，然不如禾说为妥，丘亦未之见也。宋濂溪《孔子庙堂议》曰："古者立学，专以明人伦。子虽齐圣，不先父食久矣。故禹不先鲧，汤不先契，文、武不先不窋。宋祖帝乙、郑祖厉王，犹上祖也。今一切置而不讲，颜回、曾参、孔伋，子也，配享堂上；颜路、曾点、孔鲤，父也，列祀庑间。张载，则二程之表叔也，乃坐其下。颠倒彝伦，莫此为甚，吾又不知其为何说也！"余谓表叔似不必拘。

解大绅《大庖西上封事》曰："孔子自天子达于庶人，通祀以为先师；而以颜、曾、子思、孟子配。自闵子以下，各祭于其乡。而鲁之阙里仍建叔梁纥庙，赠以王爵，而以颜路、曾晳、孔鲤配，一洗历代之因仍，肇起天朝之文献，岂不盛哉！"

易主之始

先师易木主，世庙时，张罗峰当国议行。然成化十七年，国子监丞祝澜曾有此说，疏上，黜为云南广西府经历。又天顺中，林鹗守苏州，先师像岁久多坏，鹗曰："塑像非古也。太祖建学，易之以木，百年夷俗，为之旷然。未坏者犹然，况遇其坏耶？"盖木主之说，有自来矣。

圣称圣裔

孔安国先圣远孙，追称曰先君，此最得体，孔颖达亦然。今人单以称父，而称其远祖曰家某，或以官，或以字。

湛甘泉称孔子曰庶圣，谓庶人中之圣也。其语生拗无意趣，且为鲁司寇，原非庶人。如陈剩夫、王心斋等，可称庶贤耳。

衍圣公入京下程，自宣德后用羊一只，鹅二只，酒六瓴，面二十斤，茶、盐、酱各二斤，油烛十枝。其初钦赐，后改礼部，又改顺天府，今仍之。

曲阜世以孔氏裔孙为令。世庙时，有不胜任者，议改流官。诸大臣谓：此前代故事，即不职，当择贤者以易，何至以一人，废数百年盛典？遂复世职如故，惟令抚按考选。

曲阜令故不上计。万历中，孔弘复号桂窗，请于大吏，愿入觐，许之。考三年满进知州，六年进同知，又三年进运同，皆掌邑事。

先师四世独传，扬子云五世独传。

厄 台

汉祖追项王于固陵，其地今在陈州西北三十里。汲长孺守淮阳，

即今之陈州也,州城中尚有卧治阁遗址。州有厄台,盖孔子绝粮之处。其地以"厄台夕照"作八景之一,王元之记云:

　　天地厄于晦冥,日月厄于薄蚀,山川厄于崩竭。圣人生而肖天地之貌,禀日月之灵,钟山川之粹,得无厄乎?所以帝舜厄于历山,大禹厄于洪水,成汤厄于夏台,文王厄于羑里,我先圣厄于陈蔡,其道一也。于时,周室卵危,鲁道迷溃,仁义路塞,奢侈源开。列国用权,猬芒而起。坏礼乐为糠秕,视诗书如莞苕。孩提王室,变坏儒风,俎豆不修,军旅用事。苟有衣缝掖而冠章甫者,鲜不拔戟而叱之。三纲五常,盖扫地矣。吾夫子抱帝王之道,处衰乱之世,痛五教之大裂,嫉四维之不张。刳道德为舟楫,将欲济天下之垫溺;斫礼法为耒耜,将欲芟天下之荒秽。故不程其力,不顾其势,聚三千之徒,聘八十之国,应机设教,与世垂范。然佩兰于鲍肆,孰闻其香?施法于乱主,孰知其政?所谓天柱将倾折,建一枝而扶之,厥惟艰哉!故教不用于哀、定,位不崇于季、孟,辞逊于阳货,见忌于子西。文行忠信未得用世,卒致天厌圣道,绝粮于陈,颜、冉之徒,馁目相视。我先圣则坦尔无闷,怡然自居,腹空肠干,未尝太息。盖圣人为人也,不为己也;忧道也,不忧贫也。但欲缀皇纲之绝绪,辟帝王之坦途,酌二代之礼文,垂万世之典则。彼王泽浸于生民,苟道至于是,虽不食而死,复何憾哉!吁!奸喉佞舌者,图一日之饱饫;道醉德饱者,谋万世之利功。故教不用于当时,而用于今世;位不显于生前,而显于殁后。何则?祖述宪章之义,雷行天地之间。俾夫为君臣父子者,不可斯须离也,得非用于今世耶?名载典籍,身享庙食,得非显于殁后耶?与夫图一日之饫者,又何辽绝哉!余客在宛丘,得睹斯台之地,披蓁访古,驰笔而铭曰:

　　僭禄尸位,殁则绝祀。所谓伊人,若敖之鬼。夫子耻之,不其馁而。饱德醉义,殁则垂世。所谓伊人,东山之士。天子求之,可谓仁乎?巍巍圣人,生而道迍。历聘求合,绝粮于陈。箕山之士,可齐其名。若敖之鬼,决非其伦。庙食不匮,祀典惟新。我来旧国,荒台磷磷,拂石勒铭,德音益振。

孔子台在庐州柘皋乡,状如圆坛,可容千人。宣圣与弟子尝憩于此,故名。

占　　鼎

孔子使子贡往外而未来,谓弟子占之。遇鼎,皆言无下足,不来。颜子曰:"无足者,乘舟也,赐且至矣。"诘朝,子贡果乘舟而至。

游　　海

昔鲁人泛海漂泊而失津,至于澶州,遇先圣七十子游于海上,指以归途,使告鲁公筑城以备寇。鲁人归以告鲁侯,侯以为诞。俄有群鹊数万,衔土培城,侯始信之,乃城曲阜。城讫,而齐寇果至。

翔　　鹤

金真佑二年正月二十四日,北虏犯孔庙殿堂,廊庑灰烬什伍,植桧三株亦遭厄数。俄有五色云覆其上,云中群鹤翔鸣,良久而去。

仙　　迹

金明昌元年,有异人拜先圣于庙门外,伫立石上,甚有异色。既去,其足迹存焉,文曰仙人脚。

曾　　孟

世庙时,诏官曾子裔孙质粹为博士。传子至孙承业,贫而盲。宗人有豪者,上书争袭,已嗣官矣。承业父子号而行乞,不能白。滋阳刘公不息为礼科给事,申奏状夺还之,人心称快。

孟子生时,其母梦神人乘云自泰山来,将止于峄。母凝视久之,忽片云坠而寤。时间巷皆见有五色云覆孟氏之居焉。

配享孟子之始

孟子配享，起于宋神宗时，晋州教授陆长愈之奏，太常寺看详。初以不同时为疑，礼部言从祀但取著德立功，相成为主，不必同时，引勾芒乃少昊之子以配伏羲为言，议乃定。

章时鸾，青阳人。父梦神授以孟子小像置膝上，遂生，号孟泉，英气勃勃不屈。后以举人为邹县知县，有善政，官至副使。卒时，梦邹民千余迎公赴庙，岂孟夫子转世，抑官其地而先之兆也？

太祖欲黜孟子配享，固因钱唐等力谏而止，然其时风雷示异，太祖业心动，所谓岩岩气象者，亦真可畏也。至《孟子节文》，乃刘昆孙等奉旨所为。后昆孙以科场事坐死，说者谓《节文》报应，岂孟子乃迁怒而然？

宫墙修礼

郑大同，莆田人。卒之旦，会新文庙，有江西木匠数人，于昧爽候，见公服大红，拜庙门内，出广桥，忽不见。顷之，一匠过其巷，闻哭声，归相讶曰："早有长髯伟貌，行昂昂如鹤，衣吉服，肃入庙门内拜者，非侍郎乎？"盖公宅近宫墙，每过必入谒。故其卒也，亦修礼而行如此。时嘉靖之丙寅年也。

余以丁丑入县庠，见有司行香，皆黎明入庙，礼毕，讲书三春乃退。今闻随便过门一拜，不复知讲书为何事。而圣殿宫墙，荒颓不理，其他一切祭祀乡饮，尤草草了事，甚至接诏重典若等儿戏。谕祭乡贤，视其家之隆杀，为迟速厚薄。大约世变江河，刑日重，礼日替，而政事可知已。

夹室塑像

杨止庵先生未生，其父赠公梦行绀宫，夹室左右皆塑像，金碧欲剥。赠公揖之,其举一手答曰:"是将以某月日时降于家。"及公生,而岁时日月悉符梦中语。他日赠公过学宫,则又见所谓夹室金碧而揖公者,状貌甚肖,乃以问先达蒋公。盖嘉靖中文庙改用木主,诸贤遗像尽藏夹室中。

黜从祀

吴草庐、许鲁斋以仕元,黜从祀。然则孔子有灵,于元祭祀决在所吐。考之《元史》,独宦官李邦宁主祭,风雷示异,余皆平平无事。则八十九年中,享其祀已二百七十七次,而其余祭告,又不与焉。天以夷狄为骄子,骄子献食,有何不是而拒之?骄子用事之人,苟非济恶,间有恂恂知书人在旁,方奖之不暇,而反夺其饩,曰:"何故事吾子?"则亦非人情,非天道矣。

骄子一日逐嫡长,据其家政,而事父母师友如故,父母且无如之何,师友从旁只得与父母伺隙,徐徐改正。而所谓家统、家教,固不可一日废也。辟天地虽极晦冥极变怪之际,历日支干,可得削而去之否?

为学两端

晦翁云:"近时为学,不过两端:一则径趋简约,脱略过高;一则专务外驰,支离繁碎。过高者固为有害,然犹为近本;外驰者诡谲狼狈,更不可言。吾侪幸稍平正,然亦觉欠涵养本原工夫。"此言盖为陆象山、陈同甫发也。

多目星

晦翁与吕东莱同读书云谷,日夜锐志著述。文公精神百倍,无少怠倦;东莱竭力从事,每至夜分,辄觉疲困,必息而后兴。尝自愧力之不及,爰询文公夜坐时,书几下若有物抵其足,据踏良久,精神倍增。

数岁后，一夕，文公忽见神人头有目光百余，云多目星现。嗣是后几下之物不至，而文公夜分亦必就寝。

得水解毒

晦翁中乌喙毒，头岑岑，渐烦瞀，遍体皆黑，几至危殆。深山中又无医药，因思汉质帝得水可活之言，汲新水连饮之，大呕而解。此神明所祐，亦平日精力完固之验也。

晦翁之祖名森，字良材。

晦翁门人可考者三百三十八人，亡考者五十八人，得夫子十分之一。

宜楸神

古有善睡者，其神名曰宜楸。吴渊颖先生久病嗜睡，作《寠宜楸辞》。先生名莱，字立夫。初生之夕，父直方忽梦西域神人飞空而来，止于内寝，因名曰来。南岩方凤见而奇之曰："此邦家材也。"取"南山有台"诗中，更曰莱。好学，无所不窥，体素羸弱，年四十四，久病不自振。忽梦作《重汪琦赞》，觉，谓人曰："汪琦，殇者也，今岁殆不起。"果卒。私谥曰渊颖先生。宋景濂出门下，其学大抵多出于先生云。

学者归宿

景濂自称白牛生，想生平出入所乘者。元至正戊戌，作《诸子辨》，起鹖子，至周、程子，凡三十四人，具九家者流，而终之以周、程，示学者有所归宿也。中间疏别觚排，各有深意。又佐太祖议礼制度，考文之功，确然为本朝儒臣之冠。与薛河东并驱，而文学过之，俎豆宫墙不为过。乃不幸谪死，子孙零落。门人方正学又死靖难，遂无有发明者。正德中谥文宪，嘉靖初，录六世孙德寿为国子生。

陈白沙先生

先生以成化十九年三月三十日，以累荐征用，入京朝见赴部。五月二十五日，吏部题奉圣旨："恁部里还考试了，量拟职来说。"先生以病，久之不赴部。终以病不就试，上疏终养，此必吏部以应考题，而拟旨者亦仍之。是时，太宰为尹旻，揆路为万安刘吉，皆不向学，拘例抑之，失最初征聘之意矣。且康斋授谕德，而先生止检讨，其意可见。父乐芸，年二十七卒；母林氏，年二十四寡。先生，遗腹子也。母后以节旌，年八十余。

先生弘治十三年二月十日卒，葬于圭峰。后二十一年，改葬皂帽峰下。湛甘泉倡之，各司皆有助。新会县典史贺恩督工，余置祭田，买其前湖，湖曰自然。

先生挽罗一峰先生诗云："状元文史少微星，翰苑为官漫两京。"此二句说尽一峰生平历履。又云："青天白日人千古，五典三纲疏一通。"说尽行事。只此四句，可当一篇好墓志，人谁做得？先生之诗，大约得温柔敦厚之旨，法律之精，又不必言。其谈诗有云："作诗当雅健第一，忌俗与弱。"盖其所得深矣。大儒之不可尽如此。国朝诸儒除《荆川先生文集》，如先生若罗念庵之集，俱不可不细读也。

近日文字中间为上官而作，如考满入觐，贺寿送行，连篇累牍，有一人而至二三首者。非不美观，然套语谀辞，若出一辙。其于文格，益靡且远。惟先生一切谢绝，即刘东山为广左伯郡太守，求送行序文，亦不肯应。其言曰："所不敢施于当道，一嫌于上交，一恐其难继。"其识远矣。

厓山大忠祠慈元庙之建，与祀典之举，最初皆发议于先生，及副使陶鲁、右布政刘大夏、佥事徐纮共成之。大忠祠成，太夫人梦金冠三人，从甲士数百，谢于门。慈元庙之未建也，先生梦一女人后饰立于大忠之上曰："请先生启之。"后十年，建庙，即其所也。故先生吊慈元诗，有"依稀犹作梦魂通"之句。先生精神尝与神明通，居外海陈谦宅，有异人来见，尝梦游天台，至第八重而觉。又梦一长髯道士，以布囊贮罗浮山遗之。八月十五日夜，忽梦玉宇无瑕，碧云灿烂，南斗下大书八字，下有四人，面西而行，或隐或见。临殁，梦与濂溪、两厓答歌于衡山之五峰，皆纪之以诗。盖其神之极清，故所感如是。昔人所谓"夜验之梦寐"者也。北归时，泊舟江浒，夜半有人呼，急起，未几水至，溺死人畜无算，因得免也。

先生作《潮州三利溪记》，盛言太守周鹏之功。鹏，道州永明县人，濂溪先生之后也，故下语尤真切。后知其妄，悔之，作诗云："欲写生平不可心，孤灯挑尽几沉吟。文章信史知谁是，且博人间润笔金。"王侍郎晳见而叹曰："君子可欺以其方。"噫！今有明知而故为谀，更有献谀以凑妄，彼此欢然，不但润笔，且以干殁者矣。

先生既授检讨，归，复有荐者，与中书舍人王汶同征，弘治二年之十月也。汶未抵京五十里，卒于舟中。汶号齐山，文忠公祎之曾孙，稌之子。成化戊戌进士，初第即请为教官，竟得中书。非其好也，谢病归，读书不仕。乡人尊之而不名，称曰"齐山先生"，年仅五十七。

王 阳 明 先 生

先生起征岑猛，启行过郡城，前驱一人冲道，絷之，盖军法也。有陈生者，将从之受学，问知，状曰："是且威乡里。"遂去之。阳明闻颇悔，大减导从去。

《四友斋》一款云：阳明既擒宸濠，因于浙省。时武宗南幸，住跸留都，中官诱其令阳明释放还江西，以待圣驾亲征。差二中贵至浙省谕旨，阳明责中官具领状，中官惧，其事乃寝。

先生擒宸濠，知诸边将领兵至江西，欲令释放，俟上至，亲与战，擒之。不得已，将濠取浙河北上，至杭州，以濠付臬司狱。适太监张永至浙，与语，知其可信，遂以付之。后诸人谗毁，终得永之力免于祸。此时中贵气焰赫然，乃能责之具领状耶？

又云：阳明广东用兵回，经兰溪城下。过时，章文懿尚在，阳明往见。在城外，即换四人轿，屏去队伍而行。盖阳明在军中用八人轿，随行必有队伍也。至文懿家，阳明正南坐。茶后，有一人跪在庭下,乃文懿门生,曾为广中通判,以赃去官,欲带一功以赎前罪。文懿力为之言,阳明曰:"无奈报功本已去矣。"然本实未行。人以为文懿,似多此一节。余谓诚朴之人,易为人所欺,然心实无私,言之益见其厚。

枫山先生卒于嘉靖元年,阳明广东用兵在六年,远不相及。事平七年,阳明告归,卒于南安舟中,未尝生回,经兰溪城下也。为门人请托,先生必不为。阳明有道人,可不可,自然以情告。宁有未发本而诞言已发之理?狙诈之术,庸人所羞,而谓阳明为之,且以对长者乎?或者江西俘宁王过兰溪相会未可知。要之,先生决不为一门人力言。果言,阳明必有以处决,不作诞语也。

又云:章朴庵,名拯,枫山之侄,释褐为给事中,后官至工部尚书。清操淳朴,略与枫山等。其致仕回家,有俸余四五百金。枫山知之,大不乐曰:"汝此行做一场买卖回,大有生息。"朴庵有惭色。

枫山先生卒时,朴庵方为布政,治其丧,请恤典。比尚书忤旨归,则先生卒已十余年矣。俸余五百,止见清操,何大不乐?先生素待人以礼,叔侄之间,义不掩恩。"卖买生息"之言,乃市井小人之口,先生决无此语也。

又云:武宗末年,当弥留之际,杨石斋已定计擒江彬。然彬所领边兵数千,为彬爪牙者,皆劲卒也,恐其仓猝为变,计无所出,因谋之于王晋溪。晋溪曰:"当录其扈从南巡之功,令至通州听赏。"于是边兵尽出,而江彬遂成擒矣。

武宗晏驾在十六年辛巳三月十四日,杨石斋即以遗诏散豹房威武营官军。至十八日,诱江彬入内,奉皇太后密旨,擒付狱中。石斋故与晋溪相左,前十二月改晋溪于吏部,以王宪代为兵部矣。

庄定山先生

先生以南行人司副,家居三十年,奉旨赴都。过吏部堂,止三揖,不跪,补原职,迁南验封郎中。中风疾,告归,明年考察,以老疾罢官。主者,倪公岳也。丘琼山深嫉定山,曰:"引天下士背叛朝廷者,自昶始也。"

后渠评品

崔后渠评大厓李世卿集云："李子未知诗,其词险,其调戾,文则庶矣,古而郐,简而腴,奇而妥。"

又评《圭峰集》云："罗景鸣,振奇人也。故其言捷于异,而奇于典,其昭于细故,而暗于大。然能自冶伟词,不乱于颓习。"评白沙禅而疏,一峰尚直而率,定山好名而无实。又云："白沙受清秩而交泛,一峰行乡约而僇族人,定山晚仕而败。"独推重章枫山,是矣,然指谪三公处,殊不尽然。"禅"与"疏"二字,非白沙本色,其交亦非"泛泛"者。"僇族人",事必有故,苟为所不可,除之何害。定山以老疾被察典,不可谓"败"也。

英皇之狩,袁彬、沙狐狸、杨铭实从,门达自以谲察得幸。仲凫谓袁彬、门达实从,必别有据。至其恕李文达之夺情,犹可言也;而讥周文襄,则非北人入词林,不熟钱谷事,宜其以余米为訾。

后渠长子滂,少颖异,以子房、孔明自期,后渠屡斥其狂。后乡举,强力治田圃,宽后渠家食,甚赖之。嘉靖己丑卒,年三十四。

荐贤

蔡京荐龟山,石亨荐康斋,赵文华荐荆川。荐而得召,自然当应,世乃以此为病,何与?虽然,此三人者,尚知荐贤;今之忌嫉者,是何等心肺?宜其以荐者为病也。

康斋先生以讼至县庭,原以墓田,此大不可已、大不得已处,何损于日月乎?

邪正

凡真正道学,决被攻击推敲,即贤者犹不免致疑于形迹间。而惟一种邪说横议，最能惑人，为人所推，举国趋之如狂。故以李卓吾次之，匪敢雌黄，聊志吾过。

李 卓 吾

卓吾名贽，曾会之邳州舟中，精悍人也，自有可取处。读其书，每至辩穷，辄曰："吾为上上人说法。"嗟嗟！上上人矣，更容说法耶？此法一说，何所不至？圣人原开一权字，而又不言所以，此际着不得一言，只好心悟，亦非圣人所敢言，所忍言。今日士风猖狂，实开于此。全不读四书本经，而李氏《藏书》、《焚书》，人挟一册，以为奇货，坏人心，伤风化，天下之祸，未知所终也。

李氏诸书，有主意人看他，尽足相发，开心胸；没主意人看他，定然流于小人，无忌惮。

卓吾谓："只有东南海，而无西北海。"不知这日头没时，钻在那里去，又到东边出来。或曰："隐于昆仑山。"然日县上之正中，则下亦宜然，决非旋绕四旁而无上下者。且由上下，则四旁在中，只四旁，其能透上达下乎？理甚明白，勿多言。

卓吾列王陵、温峤、赵苞为杀母贼。夫对使伏剑，陵其如何？峤过江东，原欲奉使即归。苞母在贼，降而救母得矣，然必败之贼，母子俱死国法，忠孝两失，悔将何追！古人值此时势，万不得已，几许剜心呕血，尚论者又复苛求，宜其宽于胡广、冯道也。

黄叔度二诬辨 徐应雷著

黄叔度言论风旨无所传，闻入明嘉靖之季，昆山王舜华名逢年。有高才奇癖，著《天禄阁外史》，托于叔度以自鸣。舜华为吾友孟肃名在公。诸大父，余犹及见其人，知其著《外史》甚确。自初出，有纂入东汉文，王舜华尚在，而天下谓《外史》出秘阁，实黄征君著，则后世曷从核真赝乎？叔度故无弦琴，曷横加五弦七弦诬之也？近复有温陵李氏著论曰："牛医儿一脉，颇为害事。甚至互相标榜，目为颜子，自谓既明且哲，实则贼德而祸来学。回视国家将倾，诸贤就戮，上之不能如孙登之污埋，次之不能如皇甫规之不与，下之不能兴狐兔之悲，方且沾沾自喜，因同志之死以为名高，是诚何忍哉？此乡原之学，不可以不早辨也。"此李氏有所激而言也。李氏尝曰："世固有有激而言者，不必说尽道理，明知是说不得，然安可无此议论乎？"李氏盖激于乡原之与世浮沉也，而移色于叔度，竟不考诸史传，评叔度之始末。按朱子《纲目》，于汉安帝延光元年冬，书"汝南黄宪卒。当是时，天下无党人"。又四十五年，为桓帝延熹九年，捕司隶校尉李膺、太仆杜密部党二百余人下狱，遂策免太尉蕃。永康元年六月，赦党人归田里。又三年，为灵帝建宁二年冬十月，复治钩党，杀前司隶校尉李膺等百余人。史册之章明较著如此，计诸贤之就戮，去叔度卒，已四十有八年。夫诸贤之最激烈者，莫若李膺、范滂，李膺且死，曰："吾年已六十。"范滂之死，年三十三。溯叔度卒之年，李膺年十三，范滂正未生。故曰"当是时，天下无党人"。盖宪卒之十有六年而滂始生，宪卒之三十有八年为延熹二年，而膺以河南尹按宛陵，大姓羊元群始与时忤，又七年而党事起。则党人之祸，于宪何与哉！宪虽大贤，安能救诸贤之就戮于吾身后之四十有八年耶？岂谓当宪之时，党人有兆，李膺虽幼而有长于膺者，范滂虽未生而有先滂生多年者，叔度曷不化诲之，使不及于祸耶？噫！即使叔度与诸贤皆同时，自孔子不能改一子路之行行以善其死，而何以钩党百余人，责一叔度也？岂谓不能维持国事，使吾身没四十年之后，刑戮不加于善人耶？则大树将颠，非一绳所维，而何以责不就征辟之一布衣也？是故叔度之隤然处顺，渊乎似道，无异孙登之默，何以曰"不能如孙登之污埋"？当叔度之生存，尚未有党人之名，何以曰"不能如皇甫规之不与"？诸贤未至于就戮，何以曰"不能兴狐兔之悲"？又何以曰"回视国家将倾，诸贤就戮，方且沾沾自喜，因同志之死以为名高"？李氏之轻于持论如此，不亦无其事而唾骂名贤盛德乎哉？且叔度之为颜子，为"千顷波"，盖诸贤之目叔度，不闻叔度之目诸贤也。何尝"互相标榜"？叔度稍以言论自见，则为郭林宗；叔度不死遭乱，则必为申屠蟠。总之，必能保身，何尝自谓"既明且哲"？夫以李膺之简亢，独以荀淑为师。乃牛医儿年十四，荀公一见,竦然异之曰:"子,吾之师表也。"以戴良之才高倨傲,自谓"仲尼长东鲁,大禹出西羌,独步天下,无与为偶"。而见叔度,未尝不正容,及归,罔然若有失也。叔度盖《易》之所谓"龙德"耶?何以曰"贼德而祸来学"?曰"此乡原之学"也?且李氏既恶乡原矣,顾于胡广、冯道有取焉,何也?盖李氏奇人盛气,喜事而不能无事,以济世为贤,而不以遁世为高,故喜称胡广之中庸,冯道之长乐,绝不喜叔度之无事。今李氏方盛行于世,恐览者不察也,余故以《纲目》之大书特书辨之。虽然,千顷汪汪,万古如斯,澄之淆之,河海不知,余固辨其所不必辨也。

余守拙,于人无敢短长,独于卓吾云云,自知为众所笑。及读《二诬辩》,乃知此老本末略被人窥破。又见太仆瞿洞观墓志,有"最不喜温陵人李贽"一句,而朱大复执议最坚。一旦问曰:"李卓吾何如人?"余直以意对,大喜。要知世间自有同心者,乃大复以狱中不堪其苦,书刀自刎为天报。事有无不可知,只据所刻书评论,至欲翻倒孔夫子坐位,是何等见识,何等说话?惟焦弱侯尊崇之,若闻此言,必且推几大骂。弱侯自是真人,独其偏见至此不可开。耿叔台侍郎在南中谓其子曰:"世上有三个人说不听,难相处。"子问为谁,曰:"孙月峰、李九我与汝父也。"

焦弱侯推尊卓吾,无所不至,谭及,余每不应。弱侯一日问曰:"兄有所不足耶?即未必是圣人,可肩一'狂'字,坐圣门第二席。"余谓此字要解得好。既列中行之下,不是小可。孟子举琴张、曾晳为言,而曰"嘐嘐"。古人行不掩言,不屑不洁,吾未敢以为然。盖孔子尝言之矣,曰"狂者进取"。取而曰进,直取圣人也。狷者有所不为,有不为,直欲为圣人也。"取"字径捷,"为"字谨密,乃二人分别处。故圣门之狂,惟颜子可以当之,曰"见进未见止";狷惟曾子可以当之,曰"参也鲁"。此其气象,居然可见,下此则为狂简之狂。至三疾之狂,又须别论。盖一则界中行狷而言,是其品也;一则一冠矜冠而言,是其病也。如德字有吉、有凶,仁字有小、有大,悍字有精、有粗、有凶。古人用字,义各不同。今乃一概混而称之,狷狂无忌惮者,引以自命。圣人固曰"贤知之过",已豫忧思有以闲之矣。

卓吾初与耿天台不相入,焦弱侯受天台国士之知,在南中建祠堂会讲。其弟叔台,又为操江都御史,相与推尊。卓吾亦以二公弥缝,《焚书》中大加赞服。天台学问自佳,奖进后学尤力,与张太岳最相善,夺情致书,为录于后:

去冬苍皇颛启奉慰,时尚未悉朝议本末,伻还,辱示《奏对录》一册。仰惟主上眷倚之隆,阁下陈情之悃,精诚缅缅,溢于缃帙。藉今世有仲淹,而缀之太甲《说命篇》中当更为烈,不可论古今矣。某尝思,伊尹毅然以先觉觉后自任,初不解所觉何事,近始省会。挞市之耻,纳沟之痛,此是伊尹觉处。盖君民与吾一体,此理人人本同。顾未肩其任,便觉之不先。譬彼途人视负重檐者,其疲苦艰辛,自与暌隔,故不无拒蔽于格式,而胶纽于故常也。惟伊任之重,觉之先,其耻其痛若此,即欲自好,而不冒天下之非议,可得耶? 夫时有常变,道有经权,顺变达权,莫深于《易》。《易》以知进而不知退者为圣人,亦时位所乘,道当然也。古惟伊尹以之,兹阁下所遭与伊尹异时而同任者,安可拘挛于格式,而胶纽于故常哉! 乃兹议纷纷,是此学不明故耳。忆昔阁下为太史时,曾奏记于华亭相君所,士绅佥艳颂之。某尝以请,而阁下故恚曰:"此余生平积毒,偶一发耳。"某时愯然,窃谓世咸藉藉钦为忠告讦谟,而先生故以为毒,何也? 积疑者许年,近少有省于伊尹之觉,而后知阁下之所为毒,其旨深也。夫今士人自束发呫哔以来,便惟知以直言敢谏为贤,而其耻其痛不切君民,则世所谓为贤,非毒而何? 某非阁下之觉,亦终蒙毒以死矣。

天台所经相公用事者,分宜、华亭、新郑、江陵、吴县,皆不甚龃龉。观所与江陵一书,大略可见。王阳明初不为杨新都所知,后不为张永嘉所喜,极于桂安仁之嫉妒。既殁岭表,可以已矣,椎敲弹射,无所不至,甚至夺爵而后止。阳明和粹,造到极纯熟地位,岂果有所自取乎? 大抵经霜雪一番,增一番凛冽;经锻炼一番,增一番光彩。安得人人而悦之? 为大臣者,亦大可以思矣。

权臣受柱

郭青螺为胡庐山直墓志云：副使入京补官，江陵犹加礼，延之上座。既别，致书不答。考之江陵集中，答书甚详，可见权臣亦有受柱处。即如分宜之恶，古今无两，然惟杀杨焦山、沈青霞、郭损庵，出其父子主意。张半洲、李古冲，则赵文华结构得罪，千古可恨。其他受祸受摈，出其报复者固多。却有世宗独断，与部院公评，历历可指，今其子孙皆推之分宜名下以自解。又如嘉靖癸亥以后事体，皆推之华亭；隆庆庚辛两年事体，皆推之新郑；万历十年以前，必推之江陵；十七年以前，必推之吴县；二十二年以前，必推之太仓。此后相权日轻，其风稍息，而终亦不尽免者，则祖前人余说也。

阁部争权

万历十七年以后，阁部如水火，部臣不安其位，反得享其名。夫有所不安，则阁亦不得独安矣。有所享，则阁之所享者，又可知矣。此国家最不幸处。既阁权日轻，部臣自宽，稍稍相安。此际得一名世大臣，如马钧阳、刘华容其人主之，内调宰辅，外统百官，崇廉黜贪，奖恬抑竞，天下可大治，无奈时之乏人何也。循资而进，老者居先，二三十年，回翔出入，垂涎之精神一旦如愿，急欲发挥，伥无所之，愤无所分别，悻悻必欲求振其权。遂有一二匪人窥之，投入怀中，其气、其辨、其作用，果自不群。遂深信，任为腹心，倚为命脉。而又呼朋引类，张局作威，辟之老和尚领袖众沙弥，鼓钵百花喧闹中，只得随其奔走，甘受驱使不自觉。夫其人果正人也，必不乘势暗牵其鼻，窃其权。既窃之矣，何所不至，且谁之权而可窃也。窃必私，私必杂，两者胶胶结结。极之颠倒是非，淆乱黑白，官常日替，秕政日滋，四民失业，百猾皆张，以至今日，其祸乃烈。然则窃者与被窃之失主，当坐何律？律所不载。在家为家运，在国为国运，在天地为天地之剥运。噫！存而不论可也。